Galtzea metodo kontua da

Izenburua: Galtzea metodo kontua da
Jatorrizko izenburua: Perder es cuestión de método
Egilea: Santiago Gamboa
Itzultzailea: Ainara Maia Urroz

Azala eta bildumaren diseinua: Esteban Montorio

Argitaratzea:
Txalaparta argitaletxea E.M.
Nabaz-Bides karrika 1-2. 78. posta kutxa, 31300 Tafalla NAFARROA
Tfnoa. 948 703 934, Faxa 948 704 072
txalaparta@txalaparta.com
www.txalaparta.com

Jatorrizko lehenengo argitaraldia
Mondadori, 1997
Txalapartaren lehenengo argitaraldia
Tafalla, 2004ko martxoa

Diseinua
Nabarreria argitalpen kudeaketa

Inprimaketa
Graficas Lizarra

I.S.B.N.
84-8136-303-0
Lege gordailua
NA-554-04

Santiago Gamboa

Galtzea metodo kontua da

KORTAZAR

Dickens eta Vargas Llosa irakurtzen gozatu zuen eta
hainbeste maite nuen Ricardo Gamboa argazkilaria gogoan.
Liburu hau oparitzeko zilegizko eta ezinezko nahiarekin.

LEHEN ZATIA

1

“Gertatzen den guztiak zentzua du”, pentsatu zuen Victor Silanpak, goiz desberdina zela sumatu zuenean. Goizalde arte irakurtzen aritu zen, begiak gorriturik, eta Vicki Baum-en *Shangai Hotel*-aren bi liburukiak bukatuta, oraindik ez zekien liburua gustatzen ote zitzaion. Zergatik irakurri zuen ere ez zekien. Ez zuela erreko hitzeman arren, gauean berriro ere jan egin zuen hitza eta, gainera, bainugelako apaletik desafioka begiratzen zion odoluzkien aurkako ukenduarekin hasi behar zuen. Kaxatxo gorriari gorrotoz begiratu zion, plastikozko txanoa jiratu eta, likido hotz bat ateratzen utziz, bere gorputzera hurbildu zuen, buruko barrunbeak nahaspilatzen zitzaizkiola sentituz.

Telefono hotsak sarrerako mahaian durunda egin zuen.

–Bai? –Silanpak hatz lodiaz eta txikiaz hartu zuen aparatua.

–Badakit igandea dela, baina gauza larria da –Moya kapitainaren ahotsa ezagutu zuen–: berrogeita hamabost urte inguru, Sisgaren bazterrean hesolez gurutziltzaturik eta Merkurio galant baten moduan biluzik. Ez paper bat ezta arropa arrastorik ere. Ezer ez.

–Noiz aurkitu dute?

–Gaur goizean, baina egun batzuk badaramatzala dirudi. Errepidetik aldendurik dago, urbilduaren alde batean. Kanoan zebiltzan gazte batzuek aurkitu dute. Mugi zaitez, zu iritsi arte ez eramateko agindua eman dut. Burutazio ona, ala?

–Bai, kapitaina. Oraintxe bertan irtengo naiz harantz.

Drillezko galtza zahar batzuk jantzi, keinu batez panpina agurtu, gaur ere eder, eguzkia aurpegian zuela, liburutegiaren alboan, eta bi kolpetan Txileko etorbidean behera abiatua zen, autobiderantz.

–Silanpa. Prentsa –bere txartela erakutsi zuen.

–Segi, handik da.

Urrutitik Jesukristo gizen bat iruditu zitzaion. Haur batek marraztutako elefante zurbil bat.

–Jar ezazu hau sudurrean –agenteak amoniakoz bustiriko kotoi zati bat eman zion–. Han behean mozkor baten puzkerrak baino okerrago usaintzen du.

Konpresari ezpainaren gainean heldu zion; begietatik malkoak isuriz sastraken eta ihiaren gainetik jauzi egiten hasi zen, tokira iritsi arte. Gorpua ubeldua, haizatua eta lur idorrez betea zegoen. Hesolek gurutze moduan zeharkatzen zuten. Instintiboki, Silanparen giharrak uzkurtu egin ziren eta ziztada bortitz bat sentitu zuen.

Bere libretan krokis bat egin zuen, gorpuaren kokagunea ertzetik metro batzuetara marraztu zuen, ihitzaren erdian, eta gero gorpua arakatzeko lan gorrotagarria hasi zen. Eskumuturretan eta lepoan markak zituen. Lotu eta, segur aski, tiroz josi zuten. Agenteak margolari-eskailera eskaini zion eta, nazkaz beteta, aurpegira hurbildu zitzaion. Begi zuloak hutsik zeuden eta ahoa erdi irekirik, lurrez eta legarrez betea. Gero Nikkormat txikia atera eta argazki batzuk egin zizkion.

–Gehiago dirudi itoa, hesolez gurutziltzatua baino, ezta agente?

–Bai, jauna. Eta begira iezaiozu atzetik: buztanetik ateratzen zaion hori ez al dira algak?

–Bai, hala dirudi... –Silanpa eskaileratik jaitsi zen–. Tira, orain zuen txanda da. Esaiozue Piedrahitari ni bihar goizean goiz joango naizela.

Berriro ere errepideraino igo zen eta lakuari zubitik begiratu zion. Etsitako askok jauzi egin zuten handik, inoiz iritsi ez zen dei batekin, norbaiten edo zerbaiten keinu batekin amets egiten zuten pertsonek. Hotza sentitu zuen. Haize leun hezeak uretan marra paraleloen erliebea sortzen zuen. Patruilako irratitik kapitainari deitu zion.

–Hemen Aristofanes Moya –entzun zuen beste aldetik–, 40 Brigadako kapitaina, bai esan?

Silanpa identifikatu egin zen. Zigarretak hatz artean dardara egiten zion.

–Itotako bat da –esan zion–. Hori gurutziltzatzeko lakutik atera behar izan zuten. Arraroa da, ezta?

–Arrastoren bat aurkitu al duzu?

–Agenteek berrehun metro biribilean arakatu dute eta ez dute ezer ere aurkitu. Ezta adartxo zatikatu bat ere.

Kapitainak eztarria garbituz ahotsa argitu zuen.

–Tira bada, artikulutxo hori ikusiko dut. Ba al duzu nire argazki berririk?

–Bai noski, kapitaina.

Gero, *El Observador*-en erredakziora deitu zuen.

–Esquibel? Hemen Silanpa, presazkoa. Kolorezko argazki batentzat lehen orriko koadro bat eta polizia saileko orrialde oso bat gorde diezadazun behar dut.

–Eta ez al duzu nahi *Zure begietan kea dago* kantatzea?

–Kontu garrantzitsua da, Eskibel, sinets iezadazu, hesolez gurutziltzatutako bat Sisgaren ertzean. Gero joango naiz eta erakutsiko dizut.

Zigarreta bat bestearen atzetik errez Bogotara itzuli zen, gorpuaren irudiak liluraturik, haren begietako betzulo lehertuek, aurpegiko imintzioak. Izua sentitu zuen esatean hura noizbait ere bera bezalako gizona izan zela, besteek entzuten, eskua ematen eta, agian, maitatzen zuten pertsona. Zigarretari emaniko azken ahokadak zapore mikatza utzi zion eta leihatila jaitsi zuen listua botatzeko. Kaltegarria zen hildakoengandik hain gertu egotea.

Hirugarren zubira iristerakoan, erlojuari begiratu eta ia bostak zirela ohartu zen: "Monica haserre egongo da", esan zion bere buruari. 127 etorbideraino azeleratu eta gero Nizarantz jaitsi zen, bere burua estu hartuz, zen bezalakoa izateagatik: denboran galdutako norbait, hitzordu batera garaiz iristeko ezgauza, erlojuaren koordenatuak bere bizitzatik kanpoko lengoaia izango balira bezala. Bidegorrian korri egiten lagunduko ziola hitzeman zion, baina jadanik oso berandu zen.

Monikak haserre aurpegiz zabaldu zion atea eta kafe bat hartzera joan zen sukaldera. Kirol arropa zeukan jantzirik.

–Non demontre sartu zara? Zure etxera deitu dizut. Egunkarian esan didate ez zaituztela ikusi.

–Sisgara joan behar izan dut. Ibaiertzean hesolez gurutziltzatutako gorpu bat aurkitu dute. Ikuskizun ikaragarria.

–Hesolez gurutziltzatua? –harriturik begiratu zion katiluko keari putz egiten ziolarik–. Eta, zer da? Paramilitarrak, narkotrafikoa, gerrilla?

–Badakizu ni ez naizela horrelako gauzetan sartzen –baso bat esne hartu zuen–. Momentuz hilketa arruntaren moduan aztertuko da. Korrika egitera atera al zara?

–Bai, Oscarrekin. Itxaron iezadazu hemen, dutxa bat hartzera noa eta.

Oscarrengan pentsatuz, begiradarekin logelaraino jarraitu zion. Monikaren mutil-laguna izan zen bera baino lehen, eta inoiz ez zuen etsi hura galtzera. Jarraitzen zion, mesedeak egiten zizkion... beti adi edozein gutiziari, hura berreskuratzeko ezkutuko itxaropenarekin.

Erdi irekirik zegoen atetik galtzak eranzten eta berehalako efektua sorrarazten zioten kulero urdinekin gelditzen ikusi zuen. Salto batean heldu eta begietara begiratu zion, baina hauen dirdiran ez zuen goxotasunik, ageri. Amorru pittin bat, agian.

–Barka iezadazu, zer moduz hurrengo igandean?

–Zin egin.

–Zin egiten dizut.

Bortizki besarkatu zuen, gorputza eskuekin erabili zuen alde batera egin zuen arte.

–Geldi, bakea, bakea! –esan zion barrez–. Itxaron, nik kenduko ditut.

Orain dela hiru urte ezagutu zuen egunean, Guajiran istripu arraro bati buruzko erreportaje bat egitetik itzuli zen Silanpa. Lorez kargatutako hegazkin zamari bat dunen erdian erori zen, inoren eta ezeren arrastorik utzi gabe. Pilotuek paraxutean jauzi egin ote zuten? Erreskate taldeak iritsi aurretik ihes egin ote zuten? Misterioa... herrialdeko inongo aireportutan ez zegoen irteera erregistrorik eta hegazkinaren hezurdura erraustua besterik ez zuten aurkitu, errautsez eta kedarrez estaliriko krabelin eta arrosa mendi txigortu baten erdian. Handik itzultzean, egunkariak alokatutako Cessna hegazkin arin batean, berria aireportuan idaztea otu zitzaion Silanpari, hegazkinen zaratak inspirazioa emango ziolako aitzakiarekin. Hala egin zuen, eta Prestoko mahai batean bi ordu baino gehiago eman zituen eserita, harik eta emakume bat galdezka hasi zitzaion arte, ea zertan ari zen, eta bera Panamatik zetorren lagun baten esperoan zegoela esan zion, eta atzeraturik zetorrela, eta hitz egiten segitu zuten Silanpak oharra telefonoz diktatu eta Panamako hegaldiak arazo teknikoengatik Medellinen lurreratu behar izan zuela jakin ondoren. Berak, lotsati samarra zenez, ahotik hitz-jario bitxi bat ateratzen zitzaiola sentitzen zuen; emakumea, berriz, ordurako jada Monica, azalpenak entzuten ari zen, hegazkinaren hondakinak, leherketa entzun eta alarma eman zuten eremuko biztanleen aurpegi isilak, ibilbide posiblea eta abar. Geroago, eta garagardo batzuen ondoren, beraiez, beren desioez eta gabeziez, obsesioez nahiz mania txikiez hitz egitera pasatu zirenean, begietan dirdira zuela begiratzen zion eta gauza guztietan ados jartzen hasi ziren, eta hain gauza antzekoa egin nahi zuten beren bizitzekin, ezen bat-batean Monicak hatz bat bere ezpainetan jarri eta etxera gonbidatu baitzuen, Silanpak inoiz ere entzun ez zuen esaldi batekin; hura izan zen paper batean idatzi eta bere panpinaren sakeletako batean gorde zuen lehenengo esaldia: "Biluzik ikus nazazun nahi dut". Panamako hegazkina, Oscar barne, ez zen inoiz Bogotara iritsi, eta hura Milky Way txokolatez eta Dior perfume flaskoz betetako maletarekin agertu zenean, Monicak kafearen aurrean eserarazi zuen eta tonu fatidikoz esan zion: "Hitz egin behar dugu, gauzak gertatu dira".

Une bat geroago, Monica ohetik jaiki zen dutxara joateko eta berak, hotzean, irrika sentitu zuen berriro. Zein izango ote zen gorpu anonimo hura? Nola iritsi ote zen toki hartara? Gurutziltzatu eta han, haize-eurien erdian, utzi zuten eskuak irudikatu zituen, haizetan eta euritan jarriak. Esku gogorrak, heriotzara ohituak.

Monica dutxatu bitartean, jantzi egin zen.

–Erredakziora noa oharra idaztera. Joango al gara gero gaueko saiora?

–Bai, maitea. Zer ikusi nahi duzu?

–Ez dakit, berdin zait. Zuk?

–*Bizkartzaina* ona dela esaten dute. Astor Plazan ematen dute.

–Ados bada, gero deituko dizut.

Iluntzen ari zuelarik iritsi zen egunkarira eta argazki-filmarekin joan zen laborategira.

–Begira –Silanpak hatz erakuslea negatiboa ukitzeraino luzatu zuen; Esquibelek betaurrekoak sudur puntan jarri zituen–. Hau izugarria da.

Ediziora eraman zituzten argazkiak eta Silanpa bulegoko PC zaharraren aurrean eseri zen. Zigarreta bat piztu eta teklatuan bi hatzekin pik egiten hasi zen.

HESOLEZ GURUTZILTZATUA SISGAN

Sisgako urbildua, Cund. (urriak 16). Oraindik identifikatu ez duten gizon baten gorpua aurkitu zuten atzo Sisgako urbilduaren hegoaldeko ertzean; giza basakeriak inoiz asmatu duen zigor anker eta antzinakoenetakoa pairarazi izango zioten: hesolez gurutziltzatzea. Aristofanes Moya kapitainak agindurik (ikus 1. argazkia, goialdean), ordena publikoaren juliozesarrek, Bogotako Poliziaren 40 Brigadak aurkikuntza egin eta berehala hasi zituen ikerketak. "Hiritarra lasai egon daiteke", esan zion Moya kapitainak hau idazten ari den erreportariari, "zerrikeria hauen egiletasun intelektuala duen pertsona juridiko edo izaki gaizkileak merezi duen zigorra jasoko baitu".

Ikerketak hasi berriak dira, eta nahiz eta arrasto eta aztarna ugari eta argiak egon, egunkari honek ez du iritzirik adieraziko, polizia-ikerketaren sekretua babestearren. Zein izen du gorpu misteriotsuak? Zein da krimen izugarri honen eragilea? Aristofanes Moya kapitainak eta bere detektibe taldeak erantzuna eman arte itxaron beharko da.

Baina errepara diezaiogun azalpen jakingarri bati: zer da hesolez gurutziltzatzea, Balkanetatik etorritako teknika ilun hori, garai batean Drakula kondearen, Trantsilvaniako jauna ere deitzen zioten haren, meneko izan zen lurretik? Sentibera direnek uko egin beharko diote ondorengo azalpen hau irakurtzeari: ankerkeria hori egiten dutenek, hain zuzen, hesola bat sartzen dute uzkitik, zeharka, gorputz enborra alderik alde zeharkatu eta lepauztaia gorputzaren alde batera apur dezan. Beste hesolak antzeko bidea egiten du, baina uzkitik sartu beharrean pixka bat goragotik sartzen dute, giltzurrunen paretik, eta X ikaragarri bat osatzen dute, horrela errukarriaren pisuari eutsi ahal izateko (ikus 1 eta 2 argazkiak).

2

Medikuntza Legalaren Institutuko anfiteatroan hezetasunak sabaiko margoa altxatu zuen, eta artesi eta zuloak agerian utzi. Horietako batetik labezomorro baten antena nanoak agertzen ziren.

–Atzo jaso nuen kaka nire bizitza osoan ikusi dudan gauzarik itsusienetakoa da –Piedrahita kafea hartzen ari zen eta errosko bati kosk egin zion eskuetako plastikozko eskularruak kendu gabe.

–Eta nola hil da?

–Alde guztietatik kraskatua dago. Bizkarrezurreko haustura dauka, urdaila txikiturik, ura biriketan eta zintzurra itsatsirik. Horren guztiorren erdiagatik ere, aio, *pelaio*!

Silanpak izularriz begiratzen zien Piedrahitak bere garaikurrak gordetzeko erabiltzen zituen formolezko botilei: hiru bala zulo zituen bihotza, zirrosiak ahitutako gibela, labana bat estutzen zuen eskua...

–Arraioa. Eta denboraz, bada inolako arrastorik?

–Bi aste, agian gehiago. Horrenbesteko mina egin denean zail da jakiten. Gehienera jota bi hilabete kalkulatzen ditut urpean egon dela jakinik. Denbora gehiago, eta desegingo litzateke.

–Bi aste eta bi hilabete artean?

–Bai.

–Tira. Gutxienez mugatzen dugu. Zein adin duela esango zenuke?

–Berrogeita hamar eta hirurogei artean. Ezin pilatu horrenbeste koipe gutxiagoan.

–Eta ezaugarriez?

–Azal zuria. Ile urdindua, kasko soildua eta belarrondo banatan bizarra. Bat eta hirurogeita zortziko altuera. Moya kapitainari bidali diot guztia, han arituko dira marrazkitxoa egiten.

–Eta barruan zuena: lurra, algak?

–Hori guztia goizean goiz bidali dut laborategira. Agian, bihar arratsalderako.

–Eskerrik asko. Beste berririk bada, abisatu.

–Bai, gero arte.

Moya kapitaina itxura osasuntsurik ez duen gizona da, eta berrogeita hamar urteak beteta dituela dirudi. Bere aurpegieran gehiegizko janak eta lo faltak marka jarri dute: begi gorrituak, betazalen azpiko poltsa ilunak, izerdi ugari. Ezpain fin batzuen gainean, sudurra, tuberkulu moduko bat, arkatzez marraztuak dirudíten zainez josia, lehertzeko zorian baleude bezala. Bisaia hark zera esan nahi zuela zirudien: hemen sufritu duen gizon bat dago, ezbeharrek erasana, baina, hala eta guztiz ere, gizonaren esentziazko ontasunean sinisten jarraitzen du; hemen martiria dago, sugarren erdian irribarre egin duena, eta sakrifizioaren eta besteren aldeko lanari osoki ematearen zentzu sakona ulertu duena.

Hesolez gurutziltzatuaren erretratua mahai gainean zuen Moyak. Traza atseginetako gizona zen.

–Hor duzu eman diezazukedan guztia, karpeta horretan. Batez ere, desagertuen zerrenda. Bi hilabete esan al zenidan?

–Bai, hasteko.

–Hogeita bost urtetik gorako gizonezkoak bereizi ditugu. Noski, Barrutikoak daude soilik. Jadanik gaur goizean eskatu ditut herrialdeko datuak, baina ordenagailuak gainkargaturik daude. Uste dut Chocontako zenbait izen daudela.

–Nonbaitetik hasi beharko da.

Kapitaina besaulkian etzan eta indartsu hartu zuen arnasa, hanka gurutzatzeko alferreko saialdia eginez. Jaka militarrak tripatzarra estutzen zion eta eztultxo hareatsu batek ahotsa itotzen zion.

–Utzidazu galderatxo pertsonal bat, kazetari –esan zuen. Moyak begiak sartu zizkion kokotsa laztantzen zuen bitartean–. Lagun bezala hitz egingo dizut, Silanpito, gizonetik gizonera, nik esatea ongi ez badago ere, esperientzia sakon baterako prestatzen ari bainaiz... Azken Afaria izeneko gauzaren bat ezagutzen al duzu?

–Bai, kapitaina, Bibliako pasarte batzuk irakurriz argaltzeko elkarte ebanjeliko bat da –erantzun zuen Silanpak–. Zergatik galdetzen didazu?

–Zeren eta nire emazteari buruan sartu baitzaio ni hara joan nadin. Baina ez dakit, gauza horiek arraroak egiten zaizkit.

–Baliteke baliagarria izatea. Egun, jende asko dago horrelako gauzetan sartua. Noiz hasiko zara?

Moyak bere sabelari begiratu eta zurrupatzen saiatu zen. Aulkiaren atzealdeak kirrinka egin eta lehen zegoen bezala jarri zen.

–Oraindik ez dakit. Arazoa da lehenengo saioan gainontzeko kideei hitz egin behar zaiela, zergatik dagoen bat han... eta ezagutzen nauzu, ni oso pertsona lotsatia naiz. Ez dakit jendaurrean hitz egiten.

–Garrantzitsuena emaitzak dira –esan zuen Silanpak–. Nahi al duzu egunkarian horri buruz zerbait gehiago jakitea?

–Ez, gauza bereziren bat baldin badago soilik. Pentsatzen ari naiz.

Silanpa Hamahiru kalera irten eta Moyak emandako karpeta ireki zuen. Espediente bakoitzak argazki bat, historial bat eta egoerei buruz senitartekoek eginiko deklarazioak zituen. Burgerrean sartu zen bazkaltzera, gazta hanburgesa handi bat eskatu eta 38 espedienteekin leiho aldean eseri zen, baina, bat-batean, nagikeria sakona sentitu zuen. Nondik hasi? Kontzentratzen saiatu zen, baina kaleko zaratak begiak kanpoaldera eramanarazi zizkion. Behin baino gehiagotan irakurri zuen semaforo gainaldean zegoen ohar bat: "Bogota denona da. Zain ezazu". Granahorrarko erlojuak arratsaldeko ordu biak jo zituen eta etorbidearen beste aldean, hauteskunde kartel zaharrez betetako pareta zartatu batean, norbaitek idatzi zuen: "Ni ez naiz Don Johnson izango... baina ez naiz Don Inor ere!".

Espedienteekin komisariara itzuli zenean, Moya kapitainak esan zion arratsaldeko ordu bietatik aurrera gorputegian jendea espero zutela gorpua identifikatzen saiatzeko.

–Hauen senitartekoak? –karpeta astindu zuen.

–Bai. Zoaz ikustera, kazetari. Seguru han zerbait lortuko duzula.

Piedrahitak bata bat eman zion eta esertzera gonbidatu zuen. Hogeita zazpi urteko gazte bat iritsi zen lehena.

–Bila zabiltzan pertsonaren izena eta ahaidetasuna?

–Tulio Poveda Bejorano. Seme zaharrena.

–Segi.

Ohatilaraino eraman eta izara baztertu zioten. Gazteak nazka keinu bat egin zuen, baina nahikoak zitzaizkion hiru segundo ez, ez da esateko.

–Begira ezazu ongi –tematu zen Piedrahita.

–Ez da, jada esan dizut.

–Gorpua oso hondatua dago, galde diezazuket zergatik zauden horren seguru?

–Ahoagatik, doktore. Nire aitari ezkerreko letagina soilik gelditzen zitzaion.

Silanpak, atzetik entzuten ari baitzen, espedientea markatu zuen. Gero, gazte batek lagundurik zetorren emakumearen txanda izan zen.

–Marcos Nemqueteba Carrero. Emaztea eta iloba.

Hurbildu ziren. Izara erretiratu zutela ikustean, gaztea atzean gelditu zen.

–Ez da.

–Seguru, andrea?

–Bai.

–Arrazoia jakin al dezaket?

–Barka esatea, doktore –ahotsa tonuz jaitsi zuen, belarrira hurbildu zitzaion–. Eta jakin ezazu ez nukeela esango zuk galdetu ez bazenit... emakume batek oso ongi ezagutzen du bere senarra, ez duzu hala uste?

–Hau polizia-ikerketa da, andrea, esango al zenidake arrazoia?

Emakumea Piedrahitaren belarrira hurbildu zen.

–Marquitosi barrabil bat falta zitzaion, doktore... gauza ikaragarri bat izan zen. Bera denok bezala sortu zen, normal eta oso-osoa, baina ezkondu eta gero istripu bat izan zuen. Pentsa, Lautadan zaldi gainean zebilela hesi baten kontra jo eta erortzean puntadun alanbrean katigatu zen. Hor zauritu zen Marquitos. Baina jakizu horregatik ez ziola utzi gizon izateari...

–Eskerrik asko zure laguntzagatik, andrea.

Arratsalde erdialde arte erdiak pasatu ziren eta erantzuna beti bera zen: ez da.

–Arturo Carrizo Sinoco. Koinatua.

Erakutsi zioten eta buruaz ezetz esan zuen.

–Zergatik?

–Akats bat egon behar du, doktore. Nire koinatua ez zen ez gizen ezta zaharra ere, eta azkeneko aldiz ikusi genuenean, beltza zen.

–Ba bai, orduan akats bat egon behar zuen. Hurrengoa.

Osler Estupiñan Juarez. Anaia gazteena.

–Kontzentratu eta begiratu –esan zuen Piedrahitak.

–Ea ikusi... –adi-adi begiratzen hasi zen. Goitik behera aztertu zuen. Zalantza egin zuen.

–Lehenengo kolpean ez dirudi, baina zerbait ezaguna dago.

–Begira ezazu ongi. Denbora guztia dugu.

–Izan daiteke, bai.

–Pasa zaitez horra, erizainak ohiko galdera batzuk egingo dizkizu.

Silanpak formikazko mahai batean esertzera gonbidatu zuen. Gizona txikia zen, soinean mila-marradun bat zeraman eta artilezko gorbata urdina. Lokatzez zikindutako zapatak zituen.

–Espediente honetan diozu zure anaia orain dela hilabete eta erdi desagertu zela. Baieztatzen al duzu?

–Bai.

–Zure anaia ezkongabea zen, berrogeita hamabost urte zituen, Fontibonen bizi zen, ez zuen desoreka mentalik eta hiriko taxi bat gidatzen zuen, FT 3643 plakadun Chevrolet 66. Zuzena al da?

–Bai. Chevrolet 66, 73ra berritua.

–Hemen diozu ez duzula ikusi joan den urteko otsailetik. Egia al da?

–Hala da.

–Urrian gaudela gogoan harturik, esan nahi duzu orain dela hogeita bat hilabete ikusi zenuela azkenekoz. Zein egoeratan ikusi zenuten elkar?

–Gauza sinesgaitz bat. Begira, nik *canean* lan egiten dut, Catastron. Lanegun batean Samper Mendoza-Bosque Izquierdo autobusa hartzera atera nintzen eta El Dorado etorbideko geltokian itxaroten nengoela, klaxona jo zidan taxi bat ikusi nuen eta hurbildu egin zen. Hasieran uste nuen autobusa itxaroten zegoen pertsonaren batek txistua joz erabaki zuela autoren bat gelditzea, baina hurbilago zegoenean keinuka ari zen esku bat ikusi nuen. Hurbildu eta harriturik Osler ikusi nuen. Tira, aitortzen dut bere burua aurkeztu ez balu ez nuela ezagutuko, zeren eta Cartagenara joan nintzenetik ikusi gabea bainuen, pentsa, orain dela bederatzi urte.

–Cartagenara?

–Bai. Hiri bedeinkatua –jarraitu zuen esaten Estupiñanek–. Bogotan gauzak hain izorratuak zeudenez, kostaldeko enpresa batek lan xumea eskaini zidanean erabaki nuen. Postu duina, banatzaile baten upeltegiko buru, ez oso ondo ordaindua, baina miserablea ere ez. Alokairua ordaintzeko iristen zen, baita urtean behin arropa erosteko ere, eta hemen gure artean, harresietako eremuan noizean behin zakila bustitzeko, leku iluna denez ez du-eta zirrararik eragiten eta Bogotarekin konparatuz dezente merkeagoa da. Bertatik beltzaranxka zenbait paseatzen dira, eta esaten uzten badidazu, hankarte errazekoak. Bavaria bat ordaintzen zaie, arto pila eta zigarreta bana erosi, milako billete bat bularraldean sartu eta kito!, ahateak bezala zabaltzen dira, ia-ia. Zertaz ari ginen?

–Zure anaia. Autobusari itxaroten zeunden eta bera iritsi zen.

–A bai. Esaten nizun bezala, ia ez nuen ezagutu. Baina berak ikusi ninduen eta igoarazi. Egun hartan, lana nuen, Bosque Izquierdon lantxo bat orduz kanpo egin behar nuen, eta ez ginen elkarrekin asko egon. Baina hurrengo asteburuan Hogeita hiru kalean ikusi genuen elkar, Zazpigarrenarekin elkartzen den kale kantoian, eta Punto Rojora joan ginen tripak uzten ziguneraino bazkaltzera; garraio publikoko profesional asko joaten zirela esan zidan.

–Eta erakusten dizugun gorpua bera da ala ez?

–Ez, ezetz uste dut. Ez dakit. Baietz esango nuke.

–Esadazu gauza bat, zer uste duzu gertatu zitzaiola zure anaiari?

–Misterioa. Gutxi edaten zuen, jokoa ez zitzaion gustatzen, eta emeekin ere, "maskulinoa" deritzan txartela erakusteko adina, ulertzen didazu? –barre pikaro bat egin zuen–. Ideiarik ez. Tipo ona zen, etsairik gabeko gizona.

–Bahiketan pentsatu al duzu?

–Eez... nork bahitu nahi izango zukeen taxiaren jabea ere ez zen taxilaria –airea hartu zuen, Silanparen belarrira hurbildu zen–. Zerbait desberdina izan zen: autoa bortizkeria arrastorik gabe aurkitu zuten aparkatua. Bere etxea txukun zegoen. Benetan, ez dut ideiarik ere. Baina kontaidazu, erizain guztiek egiten al dituzte honelako galdeketak?

Silanpak billete zorrotik intsignia faltsu bat atera zuen.

–A, ulertzen dut... sekreta?

–Poliziarekin kolaboratzen dut. Zure anaiaz zerbait baldin badakizu deitzeko eska al diezazuket? Agian, bion artean aurkituko dugu.

–Hori egina dago, nagusi. Nik deituko dizut. *Keep in touch.*

–Ingelesez hitz egiten al duzu?

–Emigratzeko prestatzen ari naiz. Zuk ezagutzen al duzu hangoa?

–Ez, gustatuko litzaidake, baina ez.

Silanpa gogogabeturik atera zen. Inork ez zuen gorpua ezagutu eta herrialde osotik espediente andana etorriko zela ikusten zuen. Moyari deitu zion eta emaitzak kontatu zizkion, gero etxera joan eta erantzungailuan mezu bat aurkitu zuen: "Silanpa jauna, Gallarin andrea naiz. Nire abokatuarekin hitz egin dut eta bera ados dago. Argazkiekin nahikoa dela esaten du, beraz atera itzazu eta ekarri lehen baino lehen. Eskerrik asko".

Panpinarengana hurbildu eta tonu baxuan esan zion: "Gaur gauean elkarrekin aterako gara", eta musu eman zion. Erlojuari begiratu eta oraindik denbora asko zuela ikusi zuen. Garagardo bat hartu eta lasaitasunez edan zuen, hesolez gurutziltzatuaren argazkien kopiak eta espediente batzuk ikuskatzen ari zen bitartean. Gero pentsatu zuen egunak zirela Guzman ikusi ez zuela.

Eta hura bisitatzera joan zen.

Fernando Guzmanek berarekin bukatu zuen kolegioa. Elkarrekin egin zuten kazetaritza karrera Javerianan, eta gero, batera sartu ziren *El Observador*-en. Guzman judizialetara zuzenean, sartze-proba onena egin baitzuen eta aukera zezala eskatu zioten, Silanpak ikaste-denboraldi bat egin behar izan zuen igande atalean.

Guzman bere belaunaldiko kazetaririk argiena zen: gizon kultua, obsesiboa, sen handikoa. Silanpak haren ataleko lankideekin hainbat kasuri buruz eztabaidatzen ikusten zuen eta harro sentitzen zen. "Hori nire laguna da", esaten zuen, eta ohartzen zen estutasunean nola jartzen zituen, eta beti, hasiberri eta esperientzia gabea izanik ere, Guzmanek dena konpontzea lortzen zuela, auziaren muinera iristea, eta jakiten zuela ezin aurkituzkoa zirudiena nola eta non bilatu.

Azkenean, Silanpak judizialetan sartu ahal izan zuenean, Guzman editore kargura igo zuten; harentzat munduko gauzarik naturalena zen eta, egiaz, jada hilabete batzuk lehenago ere zeregin horiek bere gain hartuak zituen, bere dinamismoa eta zorroztasuna zela eta. Egun hartatik aurrera, goiztiarrenek, egunkarira lehenbiziko autobusetan iristen zirenek, eserita aurkitzen zuten, erretzen, pantailaren aurrean begi gorrituekin kafe beltza hartzen. Guzmanek keinuak egiten zituen, errealitateak hunkitzen zuen eta harrapari bat balitz bezala jarraitzen zion. Aurreratu nahi zuen, ulertu, ia limurtu...

Oso berandu arte lan egiten zuen. Eguneko azken erredaktoreak joan zirenean ere Guzmanek hantxe jarraitzen zuen, gorbata okertuta, mahuka hutsik eta Pielroja bat beste Pielroja baten atzetik erretzen, gaueko erredaktoreei argibideak ematen, deiak egiten, salatariei jarraipena egiten eta, batzuetan, korrika eta presaka alde egiten zuen premiazko daturen bat bilatzera.

Gauerdi inguruan, batzuetan, Silanparekin joaten zen, zeinak probintzietakoekin rona edanez itxaroten baitzion; beste batzuetan, bakarrik joaten zen, eta Guzman ez zegoenean, mundu guztiak zerbait garrantzitsua falta zela sentitzen zuen, egunkariaren zutabeetako bat desagertu zela.

Igoera bizkorrak bere baitara bildu zuen Guzman. Lanak burmuin osoa hartzen zion eta hitz egiten ziotenean, sabaiko izkinetako baterantz begiratzen zuen, bere ideiak zainduz bezala. Gaueko irteerek lehenik alkoholera eraman zuten eta hortik drogara (Silanpak hori ez zuen oso argi jakin)... Lana jasateko drogatzen zela esaten zuten, argi eta iratzarririk egoteko egun eta gau osoan. Judizialetako erredaktore kargua eman ziotenez geroztik Silanpak urrutitik begira ziezaiokeen eta harekiko miresmena elikatu. Baina hurbiltzean ikusi zuen Guzman iparra galtzen hasia zela. Egunetik egunera goizago mozkortzen zen, ron trago bakoitza luzeagoa zen.

Gaueko hamarrak inguruan, Guzman tintaroi-paper itxurako bat zen: haren masailak puztu egiten ziren eta sudurrak piper gorria zirudien. Silanpak zioen, agian, hori izan zitekeela inteligentziaren truke ordaintzen zuen prezioa, eta denek horrela onartzen zuten. Eta hamaikak aldean, Guzmanek begiak gorriturik zituenean eta ahotsak apenas zirudienean berea, grabazio haluzinaturen bat, bainugelara balantzaka joaten zen. Itzultzerakoan, beste bat zen: munduan ez da gaitzik garondoa ur hotzez freskatuta sendatzen ez denik, esaten zuen.

Silanpa goizeko bederatzietan iristen zen erredakziora, eta kafea hartu bitartean, Guzmanek egunean zehar zer zegoen azaltzen zion, bere ideiak irudikatzen zituzten grafiko eta marren bidez, esaten dutena marraztu gabe mintzatu ezin diren grafomano horietakoa baitzen, hitzak paper gaineko marrekin hornitzen dituztenetakoa.

Goiz batean hatsa sentitu zion eta harriturik gelditu zen.

–Ordu hauetan edaten egon al zara? –galdetu zion Silanpak–. Goizeko bederatziak dira... zerbait gertatu al da?

–Ezer ez, trago bat soilik ahotsa doitzeko.

–Mozkorturik zaude. Begira zeure buruari...

Paperontziaren alboan ron botila ikusi zuen.

–Lasai –Guzmanek beste zigarreta bat piztu zuen keinu urduriz–. Botila hori bezalakoa naiz: alkoholez beterik nago, baina ez horditurik. Ekingo al diogu lanari?

Egun batean gauzak aurreratu egin ziren, egundoko labezomorroak ikusten zituela esanez erredakzioko lanpara eta makina guztiak ibili zituen. Psikiatrek esan zuten estresak, drogak, alkoholak eta lanak burmuina hondatu ziotela... nonbait sartu behar zutela, erredakziotik aldendu.

Orduz geroztik, Guzman Chiako atseden-etxe batean sarturik zegoen, gauza guztietatik aldendurik. Silanpak noizean behin bisitatzen zuen.

R6a aparkalekuko sarreran utzi, oinez hesiraino joan eta moja bati deitu zion.

–Fernando Guzman ikustera nator. Familiaren lagun bat naiz.

Mojak logelaraino lagundu zion.

Hura ikustean, aldi bakoitzean bezala, zintzurrean korapilo bat egin zitzaion.

–Nola tratatzen zaituzte, ongi? –*almojabana* paketea eta mahats batzuk eman zizkion–. Bai...–Begi zorrotzekin begiratu eta moja atera artean itxaron zuen–. Ikusi nahi zintudan, atzo aurrerapauso handia egin nuen aske izateko bidean.

–Zein?

–Prentsa irakurtzen uzteko konbentzitu nituen...

–Baina min emango dizu! –Silanpa bere onetik atera zen–. Medikuak esan zuen informaziorik ezetz.

–Itxaron, itxaron, azalduko dizut. Egunkari bat eguneko irakurtzen utz ziezadatela proposatu nien, baina ez albiste edo aktualitate moduan, baizik eta istorio baten moduan, ulertzen?

–Ez.

–Beraiek egunero egunkari zahar bat ematen didate, erietxean sartu nintzen urtekoa... Eta horrela, nik gauzen berri izaten dut urte batzuen atzerapenarekin eta dosi txikietan, baina berriak jakiten ditut.

Silanpak miresmenez begiratu zion. Nahi zuena lortu zuen.

–Justizia Jauregia hartu zutenekoarekin ari naiz. Latza, ezta? Herri hau izorratu egin da. Betancurrek plebiszitu bat egin beharko du, edo kargua utzi.

–Ez duzu irudikatzen ahal ere zer etorriko den gero...

–Hitz bat ere ez, poeta –esan zion Guzmanek–. Bigarren bogotazo bat egon izan balitz, ohartuko nintzatekeen.

Malko jario batek atzerarazi zuen. Leiho aldera joan eta muinoei tristuraz begiratu zien. Orduan, hesolez gurutziltzatuarena kontatzea erabaki zuen.

–Ez dakit nor den ezta nondik atera den ere. Algaz eta legarrez betetako gantz-bola bat...

–Lehenago antzeko zerbait gertatu den begiratu behar da –aztertu zuen Guzmanek–. Poliziaren artxiboetan begira ezazue ea norbait hesolez josi duten, edo gurutziltzatu, edo urkatu eta guztien bistan utzi duten. Zerbaitetan oinarritu behar da, arrasto bakarra ezin da gorpuaren identifikazioa izan.

–Gauza nahiko zail dago –Silanpak zigarreta bat piztu eta leihoa ireki zuen–. Desagertutako pertsonen espedienteetan bila ari naiz, Moya laguntzen ari zait kolaborazioaren truke.

–Victor, horrelako triskantza bat ez da gorrotorik gabe egiten, eta gorroto sakona izan behar du, gainera. Hori ez da krimen soila, hor makur jokatu nahi izan dute, norbait gutxietsi, umiliatu.

Erizaina pilula batekin sartu eta goitik behera begiratu zion, mesfidati. Silanpak joan egin beharko zuela pentsatu zuen. Berari odola berotu zion bosteko batez agurtu zuten elkar, eta, beste behin, begietara begiratzea saihestu zuen.

Bogotara poliki itzuli zen, eta bere etxean Guzmanekin, Negro Ferreirarekin eta Juan Carlos Elorzarekin pasatzen zituen ikasketa-arratsaldeetan pentsatu zuen. Prentsako berri laburrak aztertzen zituzten, informazioaren ikuspuntuen inguruan eztabaidatzen zuten eta euren buruak IBM baten aurrean eserita ikusten zituzten, egunkari garrantzitsuren baten erredakzioan, telefonoa belarriari itsatsirik eta hurrengo egunean errealitatearen ibilbidea aldatuko zuen hil edo biziko adierazpen bat kopiatzen. Denek sentitzen zuten zainetatik tinta zihoala eta inprimatutako orrialdea denbora luzapen bat zela, eta lan arratsaldeak eta adiskidetasun eta neke gauak elkarrekin pasatzeko irrikaz zeudela.

Erlojuari begiratu zion: arratsaldeko seiak ziren. Gallarin jauna ez zen 19:30 baino lehen ateratzen, baina aurrea hartzea hobe zen. Eskularru kaxan bere lagun filosofo Tabo Chirollak utzitako Cioranen liburua zuela egiaztatu ostean, klinikarantz alde egin zuen.

19:30 puntuan Gallarinen BMW Sedana aparkalekutik atera zen. Ehun kalea eta Hemeretzigarrena elkartzen ziren izkinaraino jo eta semaforoan, ohi bezala, maitalea hartu zuen. Gero, Ehunetik autobidera jaitsi eta Estadero del Norterantz gidatu zuen. Silanpak bere Nikkormata eta moteleko solairuaren planoa behatu zituen. Gallarin beti joaten zen barneko patiora ematen zuten logeletara, miniteka eta sauna dituztenetara. Gakordea sakelan ukitu eta zigarreta bat piztu zuen BMWaren argiei begiratzen zien bitartean, bereetatik metro batzuk aurreragо baitzegoen.

Motelera iristean, Silanpak gidariaren ondoko eserlekuan ezarri zuen panpina, artilezko pontxo bat jarri eta bere sorbaldaren kontra etzan zuen. Aterantz aurreratu eta txirrina bi aldiz jo zuen. "Ongi etorri Malpighi tenplura" esan zion belarrira, eta iruditu zitzaion irribarre egin ziola. Gazte batek zabaldu zien ziztu bizian, eta ikurrei segitzeko adierazi. Ezkerrera joan zen, barneko logelak bilatzera, eta pasatzean BMW Sedan autoa 7 zenbakian zegoela ikusi zuen.

Panpina besoetan zuela jaitsi zen eta logeletara igo, begiak barneko pasabidean finkatuz. Hortik sartuko zen. Logelako ispiluan begiratu, ekipoa ikuskatu eta berriro ere bere liburua atera zuen. Saltsaren erdian harrapatu nahi zituen eta horretarako pixka bat itxaron behar zuen, minutu batzuk.

Irten aurretik, pixa egitera sartu zen bainugelan eta zigarrokina itzali zuen. "Itxaron iezadazu hemen", esan zion panpina telebistaren aurrean eserarazten zuela. Atera iristean orkatilek dardara egiten zioten. Aiene batzuk entzun zituen eta esan zuen bere baitan: "Jada onenean egongo dira". Argazki makina prest jarri eta atea ireki zuen flash kolpeak jaurtiz eta oihukatuz: "Ez dadila inor mugi, Poliziaaa!".

Gallarin buruz behera zegoen. Parpaila arrosazko brassier bat zeraman, zilar koloreko zapata takoidunak, besoak oheko markoan loturik zituen, nylonezko galtzerdiekin. Bere atzean Zoltan beltza zegoen, klinikako garbiketa arduraduna, zilborrerainoko tiradun kamiseta batekin.

–Irribarre egin ezazue eta ez mugitu –oihukatu zuen Silanpak argazki makinari saka eta saka.

Tximista balitz bezala, beltz sodomitak Gallarinengandik askatu eta Silanpari aurre egin zion bere zintzilikario iluna dantzan zebilkiola.

–Geldi... Polizia.

Esaldia bukatu baino lehen, lurrean zilipurdika zebilen ukabilkada ikaragarri baten eraginez. Etiopiarrak ukabil bizkorra zuen.

–Zoltan, astakirtena, zer demontre ari zara egiten? Utz ezazu, ez ezazu arazoa gehiago konplika –Gallarin bere onera etortzen saiatu zen.

Silanpa mailaturik jaiki zen eta beltzak bazter batera egin zuen, gorrotoz begiratzen ziola, umiliatuaren gorrotoz.

–Poliziak motela inguraturik dauka –oldarkorra izan nahiko zukeen ahotsez gezurra esan zuen–. Ohiko operazio bat da, beraz gera zaitezte hortxe mugitu gabe kapitaina etorri arte.

–Zoltan, bainugelara. Utz iezadazu jaunarekin hitz egiten.

Beltza sartu eta atea itxi zuen.

–Ez dakit nor zaren, gazte, baina imajinatzen dut. Ez dut sinisten poliziaren istorio hori eta, aldiz, egingo nuke senar adulteriogileak zaintzen ibiltzen diren detektibe horietako bat zarela. Oker al nabil?

Silanpak ez zuen esan ez baietzik ez ezetzik. Aitzitik, masail kolpatua laztandu zuen eta biluzik zegoen gizon izerditsuari begiratzea saihestu zuen.

–Badakit nire emazteak bidaltzen zaituela eta, beraz, argi eta garbi mintza gaitezke: Zenbat?

–Zenbat zer?

–Ez ezazu alprojarena egin. Zenbat, zenbat ordaindu dizu nire emazteak?

–Hori sekretu profesionala da.

–Pikutara zure sekretu profesionala. Zenbat argazki erroiluagatik? Eska iezadazu nahi duzuna. Berrehun mila peso nahi dituzu?

Silanpak pentsatu zuen justu zenbateko hori kobratu zuela eta jadanik Renault 6aren sistema elektrikoa konpontzen gastatu zuela.

–Sos horrekin ez dut belarri atzea garbitzeko ere, doktore. Gainera, proposatzen didazuna ez da legezkoa.

–Eta legezkoa al da besteen bizitzan sartzea?

Lotsatu egin zen, baina bere onera etorri zen.

–Zure emaztea engainatzen duzu, doktore, eta ez zaitez hasi sermoiekin. Hanka-okerrarekin egitera hona etortzea Biblian ere zigorturik dago.

Masaila laztandu zuen. Buelta erdia eman eta aterantz abiatu zen.

–Itxaron... milioi erdiak balio al dizu? –biratu zen Gallarin.

Silanpak argazki makinari begiratu zion eta harridura keinu batek salatu zuen.

–Tira, oraintxe bertan txeke bat egingo dizut.

Gizona izara batez estali zen. Bere jaka zegoen lekuraino joan eta boligrafoa atera zuen.

–Hemen duzu. Eman iezadazu erroilua.

Silanpak txekea hartu eta filma eman zion. Buelta erdia eman eta ateraino joan zen egiten zuen azkeneko aldia zela pentsatuz. Besteen bizitza pribatuak lilura handia sorrarazten zion, baina bere buruari esan zion: "Ni kazetaria naiz, kontxo. Zer egiten dut endredo hauetan sarturik?".

3

Aristofanes Moya dut izena. 1,80 metro luze naiz eta 124 kilo ditut. Agian, batzuek jada ezagutuko nauzue, gizon erdi publikoa izatearen lanbide xume baina gogorra dela eta, ejem... bere bizitza besteen zerbitzura ematen duen horietakoa naiz. Baina ez nago hemen kalean zer egiten dugun azaltzeko, baizik eta toki honetara, elkarte errespetagarri honetara, ekarri gaituenari buruz hitz egiteko.

Jan edo ez jan, nork erabakitzen du? Egun batean, arauzko hiru otorduez gainera, eta emakumeek barkatu ahal naute, harrapatu nituen kaka guztiak irentsi nituen: hamazazpi Jet txokolatina, hamalau Chito zorro eta hamaika Chocorramo, eta gauza larritu egin zen. Eta hori gozoetan soilik, zeren eta gazitik ere marka guztiak ontzeko adina sartu bainuen: bederatzi enpanada, baratxuri oliozko sei arepa eta gaztazko lau hanburgesa, bakoitzari dagozkien patata frijitu, tomate saltsa ziapearekin. Horrek guztiak, eta Eliza katolikoak exijitzen dituen eguneroko hiru mantel kolpeek, bederatzi mila kaloria baino gehiago egiten dute, gizaki normal batek elikatzeko behar duena halako hiru. Heziketa gutxiko pertsona naiz, baina, hala ere, neure burua ez dut ezjakintzat. Telebista ikusi eta irratia entzuten dut. Egunero egunkari bat irakurtzen dut, kirolaren atalean luzatzen naiz, baina politika gaiak, delinkuentzia kontuak edo gizarte gertakariak irakurri gabe ez dut uzten. Hilabetean behin, eta nire emazte andrearen aholkuz, *Selecciones del Reader's Digest* erosten dut eta, nahiz eta sotoskriptoaz, nitaz alegia, trufatu nahi duenean berak besterik esan, zenbait artikulu irakurtzen ditut eta ez txisteen orrialdea bakarrik. Orduantxe jabetu nintzen nire arazoaz, zehazki "Juanen urdaila naiz" izenburua zuen kapitulu batean. Labur esanda, ikasi nuen urdaila gauza bat dela eta zabor poltsa beste bat. Eta hemen, zuen barkamenarekin, beste hiperbole bat egin dut: nire andreak, sukaldean eta burruntzalia eskuan mendiak mugitzeko gai den santa horrek, beti esaten dit: "Buka ezazu gelditzen den zopa apurra, bai? Bestela, bota egin beharko da". "Har ezazu saltsa hau arroz gehiagorekin, horrela bukatu egingo dugu; berotuko al dizut?", eta horrelako gauzak egun osoan. Eta nik, jaki plater baten aurrean titiko umeak baino borondate gutxiago dudanez gero, kasu egiten diot. Behin irakurri nuen, *Selecciones*-en hori ere, animalia harrapariek ehizatzen duten guztia jaten dutela. Tigre edo pantera batek harrapakina osorik jaten dutela besteen atzaparretan ez uzteko. Horrelako animalia batek hogeita hamabost kilo haragi jan ditzake, eta hezurrak garbi-garbi gelditzen direnean eta jada zer miazkaturik ez dagoenean soilik ematen dute bukatutzat. Baina hori gauza naturala da eta hortxe dago desberdintasuna. Nire baitarako esan nuen: "Aristofanes, hi ez haiz ez tigre ez pantera ere", baina esan beharra dut hemen lankideek batzuetan Tigre deitzen didatela, baina kasu honetarako balio ez duten beste arrazoiengatik. Laburbilduz, ni ez naiz animalia eta pentsa dezaket, eta horregatik, pentsa dezakedalako, laguntza eskatzen dizuet zuei, Azken Afariko elkartekoei. Ez dut uste ahuldadea denik laguntza eskatzea, ezta? Gizakiongan ohikoa da huts egitea, baina ohikoa da halaber arazo bat dagoela onartzea, eta ogi gogorrari ekiteko hortzak zorroztu behar dira, esamoldeak salatzen nauen arren.

4

Gona ongi gelditzen zitzaion. Oihal merkea, baina hori bai, kalitate onekoa, kolore polita, eta amonaren Singerraz etxean egindako ukitu batzuen ondoren, gorputzari moldatzen zitzaion, satinezko eskularrua izango balitz bezala. Atzealdean liso erortzen zitzaion, aldeetan estutzen eta aparra bezalako apaingarri batek ertzetan grazia ematen zion. Zera esaten zuen iragarki-panelaz oroitu zen: "Mundua zeurea da. Ausart zaitez". Bera ausartu egin zen.

Nancy harro iritsi zen Barragan Abokatuen bulegora, jadanik lehen lan asteko ahalkerik gabe.

–Hor dago printzesa –xuxurlatu zion Trinik, bigarren idazkariak, Nacha telefonistari belarrira–. Begira ezazu. Hori apurtzera dator.

–Ez ezazu gaizki pentsa –erantzun zion Nachak–; lotsatiago ezin du izan.

–Lotsatia? Nik ezagutzen ditut lotsati hauek –ardo beltz zurruta bat hartu zuen–. Lotsa prostituzio interesatuaren hastapena da, politta. Zenbat apustu? Nik diot hilabetea bukatu baino lehen honek doktorea jada dakigun tokian jarriko duela.

–Tira, doktorea apaiz jesuita izango balitz bezala. Izterretan egiten didan zimiko bakoitzarengatik peso bat emango balit, xanpaina edanez egongo nintzateke Acapulcon.

Bat-batean atea ireki zen eta Emilio Barraganen figurak bete zuen hutsunea, berrogeitaka urteko doktorea bera, Italiatik inportaturiko ileordea duen alopezikoa, Rosarioko abokatua, Risk jokalari ikaragarria eta Jockey Klubean txiste berdeak ongi kontatzen dituena. Bera baino lehen zetorren Obsession perfumearen lamada, Calvin Kleinena.

Trinak eta Nachak aho zabalik begiratu zuten. Tomate, hirugarren idazkaria, eta Domitilo, mandatuak egiten zituen txinatarra, egiten ari zirena utzi eta beraganantz jiratu ziren:

–Egun on, doktore! –oihukatu zuten laurek.

–Egun on –erantzun zuen, oso-oso lanpeturik.

Tomatek alkandora zuri orbanik gabearen eta gorbataren korapiloaren artean harmonia ikusi zuen, laukizuzen perfektua ohi baino zentimetro bat gorago, eta horrek nahi gabeko dotorezia jitea ematen zion. Inbidia sentitu zuen, eta bere buruari izaki apalago baten itxura hartu zion, narraskeriara kondenaturik.

–Non dago berria? Nola du izena? –galdetu zuen Barraganek, geldialdi bat eginez bere bulegoko atea ireki baino lehen.

–Nancy? Ideiarik ez, doktore, orain dela momentu bat iritsi da, baina desagertu egin da.

Une horretan Nancyk bainugelako atea ireki zuen eta bulegora sartu zen. Ongi egin zuen ezpainak eta betiletxoa errepasatzera sartuta, eta gonako zimurrak lisatuta, 98A autobuseko 48 minutuen oroigarriak, non, gainera, lotsagabe batek arrunkeriak esanez barre eginarazi zion: "Oparitu iezazkidazu pantimedia horiek, politta, baina ongi zikindurik daudenean".

–Egun on, doktore –esan zuen adeitsu.

–Egun on, Nancy –begietara begiratu zion, lokian hatz bat jarri eta esan zuen–: bila iezadazu Pereira Antunez fitxa. Glosategiaren fotokopia egin eta ekar ezazu nire bulegora. Trini, jar nazazu Marco Tulio doktorearekin, udalbatzan.

Trinik Nachari begiratu zion inbidiaz beterik. Domitilok Nancyri lizunkeriaz begiratu zion eta Tomaterekin begi zorrotzak gurutzatu zituen. Tomatek begi-ninia Nancyren pelbis eremuan finkatu zuen eta biluzik, hankak zabaldurik ikusi zuen, eta bere buruari kondoi bat jartzen ziola imajinatu zuen, zera esaten ziola "oraintxe, azukre koxkorra, badoa". Denek listua irentsi eta Tomatek eskua sakelan sartu zuen.

Marco Tulio Esquilache zinegotzia bulegoko leihotik hodei beltzei begira zegoen, ordu horretan kutsadurak zeru zati bat ikusten utzi zuela-eta harriturik. "Bizitzan hain kolpe gogorrak daude, nik al dakit bada", ozen errezitatu zuen, buruz, eta telefonoak jo zuen.

–Barragan hirugarrenetik, doktore –idazkariaren ahotsa entzun zuen.

–Itxaron ezazu minututxo bat eta pasa iezadazu –erantzun zuen lasai.

Beheko tiradera ireki, Montecristo zigarro bat atera eta lasaiki piztu zuen. Bere baitan esan zuen berriro: "Gaur gezurtxoren bat esatea tokatzen bada, gutxienez milioi bat pesorengatik izan dadila". Gero entzungailua altxatu zuen.

–Emilio, plazer bat da horren goiz zu entzutea.

–Niretzat ere bai, Marco Tulio. Prentsa irakurri al duzu?

–Bai noski. Txatxukeria hutsak, beti bezala...

–Ez al zaitu harritu hesolez gurutziltzatuarenak?

–A, tira, hori beste gauza bat da. Motel, zuk badakizu, hemen gauza horiek egunero gertatzen dira.

–Ni hunkitu ninduen, Marco Tulio. Ba al dakizu zerbait?

–Zu beti izan zara sentimentala, Emilio. Catalina zer moduz dago?

–Mesedez, Marco Tulio. Galdera bat egiten ari natzaizu.

–Ni naiz galderak egiten dituena, ergel halakoa. Zer moduz dago Catalina?

–Ongi, ongi. Beti galdetzen du noiz etorriko zaren bazkaltzera.

–Eta Juantxito eta Cata?

–Kolegioan. Catak frantsesean ohorezko aipamena eduki du.

–Orduan dena ongi dago –Esquilachek airea hartu zuen, leihotik Guadalupeko muinora begiratu eta korrok egin zuen–. Lehenik familia, alproja handia. Eta orain bai, esadazu, zer gertatzen da hesolez gurutziltzatuaren istorio horrekin?

–*El Observador*-en xehetasun guztiak irakurri nituenetik bat-etortze zenbait zeudela iruditu zitzaidan.

–Bizitza bat-etortzez beterik dago, Emilito, ez al duzu irakurri Goetheren *Hautazko kidetasunak*?

–Mesedez, Marco Tulio.

–Irakurri beharko zenuke zeren eta gutxi gorabehera hori esaten baitu. Zerk kezkatzen zaitu horrenbeste?

–Pereira Antunezekin zerikusiren bat izateak arduratzen nau.

–Pereira inozoa zen. Bere gisako ipurterre bat: txikitatik jada alproja zen.

–Beldur naiz, Marco Tulio.

–Beldurrari ez zaio beldurrik eduki behar, laguntxo. "Beldurrik gabeko gizona ergela da": Federico Fellini.

–Benetan ari naiz.

–Ni ere benetan ari naiz. Esaiozu Catalinari iganderako zerbait gozoa prestatzeko. Zuk Casillero del Diablo botila bat erosi eta nik postrea eta geroko Montecristoak eramango ditut. Ulertua? Hor hitz egingo dugu. Eta bitartean, laguntxo, negar zotinak utz itzazu. Arnasa sakon hartu eta zakilaren behealdean duzun haragi-bola pare hori duintzen saia zaitez, bai?

Esquilachek telefonoa indarrez bota zuen. "Mundu madarikatua", pentsatu zuen, "gazteek jada ez dakite non dauden barrabilak". Egun desberdina zen. Jaiki eta irratian Bogota hegoaldeko uholdeei buruz hitz egiten entzun zuenean sumatu zuen. Ezin zuen ulertu hiriko alde horretan euria aritzea goian-behean eta bere etxe ondoan eguzkiak dirdira egitea. Telefonoko hizketaldiak asaldaturik, apalategira hurbildu eta Covarrubiasen hiztegi zaharra atera zuen: "Koldarra: gogo gutxiko eta beldur handiko gizona". Valdes, Varela, Vargas Vicuña... telefono aparatua altxatu eta zenbakia markatu zuen.

–Bai?

–Vargas Vicuña doktorea, mesedez.

–Noren partetik?

–Marco Tulio Esquilache, Bogotako udalbatzatik.

Tartean berriro ere habanoa piztu zuen, kea indarrez bota eta leiho aldera jiratu zen.

–Nola doakizu, doktore estimatua? –ahots leunez esan zuen.

–Marco Tulio, nik uste nuen ez ninduzula jada inoiz gehiago deituko. Nola doaz gauzak udalbatzan?

–Hortxe, betiko zera bera.

Ezpain gainean izerdi tanta bat atera zitzaion. Beste bat bizkarretik behera jaitsi zitzaion eta alkandoran arrasto ilun bat utzi zion.

–Zertxobait komentatu nahi nizun, doktore –esatera animatu zen–. Zu enpresa-gerentea zarenez, herrialdeko eraikuntza enpresa handienetako baten buru, ez al duzu aholkurik jasotzen eraikuntzaren lege-aferen inguruan?

–Bai noski, Marco Tulio. Hiru abokatu ditut, hezurrik gogorrena ere xehatu eta samurtzeko, zergatik galdetzen didazu?

–Izan ere, doktore, ohar zaitez nolakoa den bizitza. Hemen daukat, nire begi aurrean, gure legelariaren txosten bat, eta zera esaten du, laburbilduz, zuk Vivir en Armonia urbanizazioa eraiki nahi duzun Bosa lur sailek arazotxo bat dutela, zorua hondatu egin omen daiteke eta. Eta azpimarratzen du zure enpresaren egitasmoa, seina pisuko bederatzi eraikinetako etxe multzo bat, erabat bideraezina dela, behe buztintsuak ez bailuke ziurtatuko bost urte baino gehiago zutik irautea. Imajinatzen al duzu iskanbila?

–Zer gauzak esaten dizkidazun, Marco Tulio –eztarria garbitu zuen. Bien artean isiltasun deseroso bat egin zen. Esquilachek listua irentsi eta kea leihoaren kontra bota zuen. Vargas Vicuñak jarraitu zuen–: Nik ere zoruaren ikerketa egin zezatela agindu nuen, itzelezko paper sorta, zenbait gringoren sinadurekin eta Unibertsitate Zentralaren laborategi batenarekin ere bai. Uste al zenuen, ene lagun Marco

Tulio, horrelako lur sailtxo batean sartuko nintzela kontuan hartu beharrekoak hartu gabe?

–Zuk beti hala egin izan duzu, doktore, zertarako esan. Baina beste arazo bat ere bada: salmentaren notario-kopiak ditut eta, ikusten denez, zuk lur sailak B kategoriako azalera urbanizagarriaren prezioan ordaindu zenituen, hau da, gehienez hiru pisutako eraikinak egiteko. Ulertzen? Ez da egitasmoa txarra, ez, baina barrenak hartu beharko zaizkio.

–Marco Tulio, zu beti zure umorearekin –zenbait arnasa hartze telefonoaren kontra askatu zituen–. Begira, zuk ongi dakizu inork ez zituela lur sail horiek nahi eta Barrutiak saldu zizkidala urrutiko paraje horietan inor ez zelako animatzen txakur txikirik ere inbertitzera. Zuek hiria biziberritzeko politika nahi al duzue? Hor nago ni, inor ez doan tokian eraikitzeko inbertituz, inbasio lurretan, azalera mortuetan....

–Doktore, uler nazazu...

–Ulertzen zaitut, Marco Tulio. Eta hiru pisutakoak suertatzen badira, bada hiru pisutakoak egingo dira. Ez gara legearen gainetik pasatuko eta bizilagun izango direnak ez ditugu arriskuan jarriko, ala?

–Hori entzun nahi nuen, doktore.

–Ez diezaiogun buelta gehiagorik eman –bukatu zuen Vargas Vicuñak–. Egitasmoaren txostena bidal iezadazu eta sei pisu jartzen duen tokian hiru jarriko ditugu. Eta kito. Eta zorua begiratzen ibili ziren gringoei dinamitakada bat bakoitzari ipurtzuloan, ongi deritzozu?

–Ja, ja... Bai noski, doktore –Esquilachek barre egin zuen, jada lasaiago–. Eta esadazu gauzatxo bat, asko esatea ez bada: ez duzu izango urbanizatze egitasmo gehiagorik, ezta, hor, erdi ezkutuan?

–Hortik bizi naiz, ene zinegotzi maitea. Prest dauden neurrian bidaliko dizkizut.

Elkar agurtu zuten eta Esquilachek arnasa hartu zuen. Oraindik ere Vargas Vicuña bezalako aurkari arriskutsu batekin ongi konpon zitekeen. Biek ala biek ongi antzeztu zuten euren rola.

Kaletik klaxon zalaparta heldu zen. Esnea banatzen ari zen kamioi bat espaloiaren gainetik buelta ematen saiatzen ari zen eta autobus bat kontrako zentzuan zetorkion.

Handik aparte, Peugeot 605aren giltzatakoarekin jostetan ari zelarik, Emilio Barragan abokatuari pentsamenduek ihes egiten zioten. Izan ere, Esquilacherekin hizketaldi absurdua izan arren, goiza ongi atera zen: eguzki ederra, muinotik jaisten zen haize freskoa eta zeru garbia, lainorik gabe. Leihoa ireki eta hiria zuhaitzen atzean ikusi zuen. Bat-batean keinu bizkor batez gerria ukitu eta, nazkaturik, gramo batzuk irabazi zituela egiaztatu zuen. Tripa zurrupatuz aireari eutsi, gero eskuak bular aldetik pasatu zituen, giharrak atera, kokotsa altxatu eta beiran leunki islatzen zen soslaiari begiratu zion. Zergatik tratatzen ote zuen horrela Esquilachek? Bistakoa: lanak lortzen zizkiolako, mukizutzat zuelako, Catalinaren osaba zelako eta fakultatetik laguntzatxoa ematen ziolako aurrerantz egin zezan. Orduan, hatz bat lepotik pasatu zuen eta sudurrera eraman. Keinu urduriz idazmahaiko hirugarren tiradera ireki, perfume flaskoa atera eta tanta-pare bat ipini zituen.

Hesolez gurutziltzatuaren istorioak kezkatzen zuen. Ikaragarria zen horrelako gauzak jende zibilizatuarengandik hain hurbil gertatzea. Horregatik antsiaz kosk egiten zion Londresera bizitzera joatearen ideiari. Harrodseko alkandorekin eta Camdem Towngo merkatutxoarekin egiten zuen amets. Edo Parisera: Saint Honore karrikako dendak, Eliseo Zelaietako boutiqueak eta Opera auzoko mila eta bat dendak. Hori bai bizitza, ez Bogotan egunero bizi zuen gauza aspergarri eta txepela, leku guztietan hain desatseginak ziren eragozpen eta zikinkeria horiekin. Atzo kontatu zioten, urrutirago joan gabe, semaforo batean kristalak garbitzen zituen elbarri batek eskua sartu zuela Cansino Pradaren emaztearen autoaren leihotik. Sudurraren aurrean kaka pila bat jarri zion eta zera oihukatu: "Andrea, kaka jan nahi ez baduzu, hamar mila pesoko billetetxoa atera iezadazu". Ia bihotzekoak eman ziola esan zioten, eta berak ulertzen zuen. Ze nazka.

5

Etxera iristean, erantzungailuan Monicaren mezua aurkitu zuen: "Berriro ere galdu egin zara. Zortzi eta erdiak dira eta ni hemen ergel baten moduan Granahorrarko Zentroan zure zain. Hamar minuturen buruan iristen ez bazara, Oscarri deituko diot". Erlojuari begiratu zion: hamarrak ziren.

Bakarrik sentitu zen, eta iruditu zitzaion gauza bikaina ari zela galtzen. Sukaldera joan eta Viejo de Caldasetik bete zuen edalontzi erdia, Scott Joplinen konpaktu bat jarri eta panpinaren sakeletan gordetzen zituen esaldiak irakurtzen hasi zen: liburuen aipuak, promesak, Monikaren hitzak, Guzmanen esaldiak edo bereak, bere Underwood elektrikoan edo paper solteetan idatziak, ordenarik gabe irakurri zituen, musikaren erritmoan kea botaz eta ronari trago laburrak eginez. "Itxaropen bakarra hurrengo tragoa da": Malcolm Lowry. "Ez nazazu torea adarrak sartzea nahi ez baduzu": Monica. "Clavek daga bat oparitu zidan, eta nik sartu egin nion": Virgilio Piñera. "Galdu egin nuen. Beti galdu izan nuen. Ez nau ez sumintzen ezta kezkatzen ere. Galtzea metodo kontua da": Luis Sepulveda. "Nire zoritxarrek garaitua, miseriak menderatua nire lanaren handia gorabehera, emaztea ospitalean zoratuta, haren pentsioa ezin ordainduz, bertan behera gelditzen naiz": Emilio Salgari. "Zure bizitzan itzal mistiko bat dago": Trio Matamoros.

Panpina Guzmanen ideia izan zen. Arratsalde batean kapelategi bateko erakusleihoan ikusi zuten, Bolivar plazatik hurbil. Soineko beltza zuen eta aurpegiaren gainean parpailazko estalkia.

–Horrelako panpinarekin ez nintzateke inoiz gehiago bakarrik egongo –esan zuen berak.

Silanpak ez zion ezer ere erantsi, baina hurrengo egunean R6an joan eta zentzuzko kantitate baten truke erosi zuen: egurrezko bustoa oinarri bertikal baten gainean, bi beso eta igeltsuzko aurpegia beirazko begiekin. Begiak beltz biziz margoturik.

Hesolez gurutziltzatuaren espedienteak atera zituen eta saltxitxoixerrak jaten zituen bitartean ikuskatzen hasi zen. Guzmanek esan zionari buruz pentsatu zuen: hildakoaren identitatea ezin da arrasto bakarra izan. Zer egin? Zeukan guztia Estupiñanen istorioa zen. Biharamunean, akaso, herrialdeko gainontzeko txostenak iritsiko ziren eta hor hasiko zen onena. Telefonoa hartu zuen, alferkeriaz, Monicaren zenbakia markatu eta jo zezala utzi zuen. Ez zegoen eta berak bazekien.

–Ez iezadazu horrela begiratu –esan zion panpinari–, badakit nire errua dela eta ez dudala merezi.

Figurarengana hurbildu, tunika beltzaren (sevillar bordatu zahar bat) sakelan eskua sartu, papertxo bat atera eta irakurri zuen: "Gizon handiek enplegu finkoaz gozatzen dute, lansari ederraz... Beti dute tokiren batean beraiena den zerbait, zuk zure hotela bezala. Bizizaleek..., tira, han eta hemen bilatzen dugu bizitzekoa, tabernetan... begiak ongi zabalik eta belarria adi dugula ibiltzen gara". Graham Greenen aipu bat zen. Zer zen bera? Monicak gizon handia izatea nahi zuen eta berak bizizale izateko irrika zuen. Sukaldera joan eta Viejo de Caldasetik beste ditarekada bat hartu zuen: ez zen ez bata eta ez bestea. Alferra izateko, sosa soberan zuen, eta errespetagarria izateko, ez zitzaion iristen.

Idazteko zerbait edukitzea gustatu izango zitzaiokeen. Hesolez gurutziltzatuaren istorioak hatzetan kilika egiten zion baina ez zuela balioko pentsatu zuen. Hala eta guztiz ere, Underwood elektrikoaren aurrean eseri eta orri bat jarri zuen: "Gaur gauean ez dut ezer esatekorik. Nahiago nuke zerbaitekin amets egingo banu". Esaldia zenbait aldiz kopiatu hainbat modutara: "Ezin dut ezer idatzi, ez delako ezer ere gertatzen". Leihorantz begiratuz ron trago luzea edan zuen, lasaitasunez erre eta teklatura itzuli zen: "Amesgaizto on bat nahiko nuke, baina ez sugeen maletarena. Horri izua diot". Eta gero: "Zerbait gaizki doa Danimarkako erreinuan, baina hemen ez da ezer gertatzen".

Goizaldean telefonoak txilio egin zuen metalezko mahaitik eta Silanpak iluntasunean esku-kolpe bat eman zuen.

–Bai?

–Presazkoa da, ikertzaile. Emir Estupiñanek hitz egiten dizu.

–Nork?

–Desagertutakoaren anaia naiz, oroitzen? Anfiteatroan?

–Esadazu...

–Arrasto bat daukat. Oraintxe bertan nagoen tokira etortzerik ba al duzu?

–Goizeko hirurak dira. Presazkoa al da?

–Ezin dizut telefonoz esan. Lolita tabernan nago, Santander parkearen atzealdean. Etor zaitez bizkor.

Deia moztu egin zen eta Silanpak, kezkaturik, salto batean jaiki eta minez ulu egin zuen. Tokia hatzarekin arakatu zuen eta ikaraturik odoluzkia indartzen ari zela sentitu zuen, gogortzen, barnerantz zabaltzen.

Ahal zuen bezala jantzi, hotzez dardaraka atera eta saihesbidetik Santander parkeraino lasterka joan zen.

Bertan katu pixa usaina zegoen. Atean gormutu bat zegoen, eta keinuekin, eskailera meharretatik igotzeko gonbita egin zion. Silanpa sartu zenean, gizonak barrabilak estutu zituen goian emakume puskak zeudela esan nahian. Eskailerek bigarren solairura eraman zuten. Gero txirrina zuen ate beltz batera.

–Bai? –gizon batek sareta bat ireki zuen.

–Gabon... sar al naiteke?

Gizonak goitik behera begiratu zion, mesfidati.

–Lekua aholkatu zidaten, papertxo honetan helbidea idatzi zidaten, baina nik ezin dut irakurri –milako billete bat eman zion.

–Ongi esan zizuten, segi.

Oso ilun zegoen. Begiak hartara ohitu beharra zegoen eta Silanpa Estupiñan bilatzen hasi zen. Barrarantz joan eta gaizki argitutako mahai batekin tupust egin zuen, non gorbatadun gizon batek burua kulunkatzen zuen pattar kopa baten aurrean. Gainerako mahaietan emakume lokartuak eta haiek eskuz ukitzen zituzten gizonak zeuden. Disko makina batetik rancherak irteten ziren. Hondoan, korridore bat pasatuz, billar areto bat ikusi zuen.

–Rona.

Ostalariak mesfidati begiratu zion hasieran, baina gero atsegina izan zen.

–Tori, ongi betea. Zoaz esertzera, bidaliko dizut-eta neskato bat.

–Eskerrik asko. Utzidazu niri aukeratzen.

Billarraren areto argiztaturantz joan eta eskuinaldean zenbait joko mahai zeudela ikusi zuen. Ez zuen Estupiñan ikusten eta pazientzia galtzen hasi zen, harik eta atzealdetik ahots bat iritsi zitzaion arte.

–Zoaz leihoko mahairaino eta tako bat har ezazu. Oraintxe noa.

Argibideei jarraitu zien eta, pasatzerakoan, leihotik kalerantz begiratu zuen. Ez zebilen arima bat ere. Urapanen hostoak asfalto bustiaren gainean zeuden.

Aretoa, berriz, gainezka zegoen: lauko mahaiak kartaz eta billetez beterik, dominoa, dadoak, ziba, parketa. Benetako joko etxea. Emakumeak gonak altxatuz joan-etorrian zebiltzan, eta bezeroei ukitzen uzten zieten garagardoen edo milako billeteen truke.

–Partidatxo bat utziko al didazu?

Estupiñanek baimena emanez agurtu zuen.

–Noski.

Besterik gabe jokoan hasi ziren. Estupiñanek ez zuen hitz egin lehen hogeita bost karanboletan. Bat-batean esan zuen:

–Begira ezazu. Hango hura.

Mahai batean eserita zegoen gizon bat seinalatu zion.

Hanketan bi emakume zituen: hamazazpi urteko beltz bat eta zaharrago bat, ile tindatuarekin, lepoa laztantzen.

–Lau egun daramatza hemendik atera gabe. Musika ordaintzen du, pattarra hartu eta pareko gantxigortegitik janaria ekartzen du. Kulero artean billeteak sartuz limurtu zituen emagalduak. Edozerengatik apustu egiten du eta ez zaio galtzea axola, diruz beteriko zakua baitauka.

–Eta zer dugu horrekin?

–Orain dela momentu bat begira gelditu naiz eta egin zuen lantxo bati buruz hitz egiten entzun dut.

Silanpa, takoa utzi, eta hurbildu egin zitzaion.

–Ez utzi jokatzeari, eman.

–Zein lantxo?

–Karga arraro bat garraiatzea kamionetan.

–Esan al du zein karga mota?

–Ez.

–Eta orduan?

–Tunjatik Chocontarako bidaia batez hitz egin du, eta hori gorpua aurkitu den urmaeletik gertu dago, ezta?

–Ai ene...

–Horregatik deitu dizut.

–Berarekin hitz egin daiteke?

–Jokatzeari uzten dionean trago batera gonbidatuko dugu eta berarekin apustu egin –Estupiñanek zeharka begiratu zuen–. Erraz hitz egiten duen gizona da, harro baitago egin zuenaz eta kontatu nahi du. Aurpegian ikusten zaio, itxaron eta ikusiko duzu.

Gizonak domino partida bukatu zuen, zakua ireki eta milako hiru billete atera zituen bere aurkariari emateko. Keinu bera eginez bostehuneko bi atera eta andereñoen gonen artean sartu zituen.

–Musika, arraioa! –egin zuen oihu.

–Partidatxo bat? –Silanpa adeitasunez joan zen harengana.

–Eser zaitez. Zertan jokatzen duzu?

–Zuk esan...

–Ikus dezagun... parketa?

–Parketa.

–Lotario Abuchija, garraiolaria. Ni neu –eskua eman zien.

–Emir Estupiñan, kontablea, eta nire laguna...

–Victor Silanpa.

Azaleko gauzez hitz eginez hasi zuten jokoa. Taularen erdian milako hiru billete zeuden.

–Bizitza festa da, ezta? –esan zuen bat-batean Estupiñanek.

–Bai –baieztatu zuen gizonak–. Tragoa, apustua eta ipurmasailak. Ene maitea, nire lagunei atzealdea erakutsiko al diezu?

Gazteenak gona gerriraino jaso eta ebanozko izterrak agerian utzi zituen.

–Ene... lastima dena horren iragankorra izatea –esan zuen sabaiari begiratuz.

–Baina jauna zorte oneko da –Silanpak begiratu gabe hitz egin zuen–. Nahi nuke nik ere.

–Zu zara...?

–Aseguru agentea.

–Horregatik gustatzen zaizu jokatzea.

–Eta zu?

–Nik ordaindutako garraioak egiten ditut.

Estupiñanek Silanpari mahai azpitik oina zapaldu zion.

–Hori interesgarria izango da, ezta? Zer garraiatzen duzu?

–Denetik. Ordaintzen badidate, baita kaka ere.

Barre egin zuten. Silanpak dadoak bota zituen, mugitu eta toki segururaino aurreratu zen.

–Harroputza! –oihu egin zuen Estupiñanek –. Honekin jan zenezakeen.

–A!

Silanpak ostalariari deitu eta garagardo erronda bat eskatu zuten.

–Baina jaunari ongi ordainduko diote, bestela, nola izan ditzake honelako luxuak? –andereñoei begiratu zien.

–Izan ere, batzuetan, gauza handiak suertatzen dira –begi batean azkura egin zitzaion.

–Hori ongi da. Ni, aldiz, beti berdin.

Hondoko aulki batean, emakume baten zangoak zeuden zintzilik orratzezko takoidun zapatekin. Silanpak jakin-minez begiratu zuen.

–Eta zer-nolako gauzak, jakin baldin badaiteke.

–Ezer larririk ez, ez pentsa... gehiago ematen duten gauza inuzenteak.

Estupiñanek unea iristen ikusi zuen: gizonak hitz egin nahi zuen baina bultzadatxo bat behar zuen. Brindis bat proposatu zuen, begian azkura egin zitzaion, besoa heldu zion eta irribarrez esan:

–Konta ezazu sekretua, lagun artean.

–Nik zer esango dizut ba –harrotasunez pizturiko begiekin trago luze bat hartu zuen–. Gauza arraroak, batzuetan misteriotsuak eta zailak.

–Ikusteagatik ordainduko nuke –esan zuen bat-batean Silanpak, taularen gainean bost mila pesoko billete bat erortzen utziz.

–Jokoz erratu zara –erantzun zuen garraiolariak–. Ez dago ezer ikustekorik.

–Ongi kontatutako istorio bat ikus daiteke –esan zuen Silanpak.

–Zu bezalako tipo bati istorioak gustatzen al zaizkio?

–Izan ere, urtebetetze festarik gabeko haurtzaroa izan nuen...

–A...

Abuchijak billeteari begiratuz kokotsa laztandu zuen, gero hatzekin hartu zuen eta sudurrera eraman. Alboetara begiratu zuen, aurpegia taularen erdialdera hurbildu eta ahots apalez hitz egin zuen.

–Tira, baina ez dadila mahai honetatik atera...

–Eeez –esan zuten Estupiñanek eta Silanpak elkar seinalatuz.

–Zorte kolpea izan zen, zertarako ukatu... –eztarria leundu eta maleziaz begiratu zien–. Aurreko egun batean fardel bat Tunjatik

Chocontara eramanarazi zidaten eta diru goxoa eman. Bidaia gauez egiteko eta ez gelditzeko esan zidaten. Ez nekien zer zen, baina hori bai, ni ondradua naiz. Hobeki esanda: sudur ondradua daukat. Zerbait txarra usaintzen dudanean, ez jakinik ere, ez dut onartzen. Baina aspergarri jartzen ari gara. Nork mugitzen du?

–Nik –esan zuen Estupiñanek dadoak hartuz–. Choconta ederra da. Plazan hartu al zenuen *almojabana* txokolatearekin? Errege mokadua.

–Ez, apenas sartu nintzen herrian. Ez nuen ezagutzen.

–Eta nola egin zenuen?

–Mapa, helbidea eta argibideak eman zizkidaten.

–Gauez orientatzea zaila izango da.

–Dena idatzirik zegoen. Gainera, herritik kanpo dagoen upeltegi bakarra zen. Baina tira, joka dezagun. Eta bil itzazu zure billeteak, istorioa nire kontu.

Silanpak datuak bere buruan gorde zituen eta emakumearen zangoei begiratzen jarraitu zuen altxatu zen arte.

–Barka, komunera noa.

Pasatzean aurpegira begiratu zion eta burua besoen gainean pausaturik lotan zegoen neskatila bat ikusi zuen. Mahaira itzultzean, Estupiñani esan zion:

–Zorabiaturik nago, tragoak gaizki egin dit.

–Goazen kanpora gau-ihintza har dezazun.

–Goazen.

Barkamena eskatu, billeteak jaso eta tabernaren ateraino joan ziren. Komun paretik pasatzerakoan uraren zarata entzun zuten WCtik behera, gero urrats batzuk eta eztul bat. Atea ireki zen eta zango politak zituen neskatoa ikusi zuten irteten, gona altxatu eta galtzerdiak ongi jarriz.

–Nola duzu izena? –ausartu zen Silanpa.

–Quica, baina gaurkoz amaitu dut jada.

–Beste egun batean? –bere aurpegi nerabea, aho fina eta katu begiak gustatu zitzaizkion.

–Etor zaitez garaiz ostiralean, zazpiak inguruan.

Hotzetara atera ziren eta Silanpak erlojuari begiratu zion: goizeko lau eta erdiak. R6ra igo eta hitzik egin gabe, eta ados jarri gabe, autobiderako bidea hartu zuten.

6

Eta hemen, neure borondatez, istoriotik aldenduko naiz. Laburbiltzeko aldenduko naiz: txikitan, nire haurtzaroko eta oroitzapenetako Neiva urrun eta lausoan, nire gurasoek merkatuko plazan postua zuten, eta frijitu oliotsuak, hamaiketakoak, garagardoa eta oloa izaten zuten. Frijitu oliotsua Kolonbiako elikagai peto-petoenetakoa da, nobleenetakoa, baina esan dezagun, aberria ez mintzeko asmoz, odol zirkulazioarentzat eta kolesterolarentzat pozoia dela. Ni horrela hazi nintzen, soberakinak ezkutuan janez, aguakatean bustiriko gantxigor zatiak, lukainka eta birika hotzak, erdizka hozkatutako txerriki takotxoak ahoan sartuz, nire guraso sufrituen ezkutuan, haiek, bide batez esan dezadan, haur hezkuntzaz kontzeptu zorrotza zuten eta apenas arroz platertxo bat ematen zidaten entsalada eta haragi idor zati batekin. Eta zuek, entzuten ari zareten horiek, jada zeuen buruei galdetuko diezue zergatik izan nuen hain haurtzaro gogorra. Bada zera, kontua da Aristofanes Moya, sotoskriptoa, gizarteko gotorleku ohoragarrienetako batetik ezinbesteko rola betetzen duen norbait, nazioko guardiaren uniformea eramatea bere bizitzako gertakizun garrantzitsuenekotzat, itzal handienekotzat duena..., laburbilduz, hitz egiten dizuena, ez zela inor hasieran.

Nire lehen hezkuntza, bizitzaz gain, merkatuko plazako liburu irekia izan zen. Neivako eskolari esker irakurtzen eta idazten ikasi nuen, eskola publikoan noski, bosgarren mailatik aurrera pasatzen utzi ez zidaten arren. Baina ez du axola, egurra ona zenez, lantzen hastea besterik ez zen behar, eta orain, datu hauek guztiak alde batera utziko ditut, kide estimatu eta errespetagarriak, eta eman baditut, ez dut handinahiz egin, nire istorioaren funtsa direlako baizik. Nire haurtzaroa bi muturren artean mugitu zen: bakardadea eta gosea alde batean, zoriona eta janaria bestean. Eta hori, jaun-andreak, hemen barruan daramat, zulagailuz sartuta bezala, ulertzen al didazue? Eta begi bistako ondorioak ekarri zituen: egun batean, hamaika urte nituelarik, aitari esaten entzun nion: "Aristofanesek ez du ezertarako balio. Jan eta jan bakarrik. Lotsarazi egiten nau". Esaldi horrek nigan, gazte nintzen hartan, tximista baten eragina izan zuen: hiru aste pasatu nituen jan gabe, mokadu bat bera ere probatu gabe, eta ez haserreagatik edo umiliazioagatik; nire gorputza barrutik itxi zela zirudien. Hogeita zortzi kilo pisatzera iritsi nintzen, eta ospitalean, jada ez dagoenari bezala begiratzen ninduen jendeak, Estacionen diogun moduan, hutsa irentzen ari denari bezala.

Eta nola bukatu zen kontua? Modurik gizatiarrenean eta, esaten uzten badidazue, ederrenean: jada gehiago ezin nuelarik, hezurrak gorputzaren aldeetatik ateratzen zitzaizkidalarik, nire aita ospitalean gau bat gelditzera etorri zitzaidan. Oso berandu, goizaldean, kexu batzuek iratzarri ninduten: nire aita zen eta negarrez ari zen. Zuek jakingo duzue zer sentitzen duen gizaki batek aita negarrez ikustean. Hain gauza sakona eta misterioz betea da ezen mundua zalantzan jartzen baita eta ordenaren hasiera bezala da, aurrekoa ahanzturara botatzen duen zerbait. Eta hor ezabatu zen guztia. Biharamunean gorputza libratu egin zen eta berriro jan ahal izan nuen. Baina gaixotasun horren ondorioa oso argia izan zen, hitzei beldurra hartu bainien. Esaldi batek zenbaterainoko kaltea egin dezakeen konturatu nintzen, zuek elkarri esango diozue, nolatan ote da posible Aristofanes Moyak hitzei beldur izatea? Bada bai, jaun-andreak, beldur handia. Gizatxar baten labana bati edo lapur baten bala bati baino beldur handiagoa, hemen dauden damen barkamenarekin. Zeren eta hitzez egindako zauriak ez dira alkoholez eta sueroz Hortuan sendatzen, tristura hutsez baizik, eta ez dute odolik isurtzen, makurturik gelditzen dira, gure gainera jauzi egiteko zain dauden armiarmak bezala, iluntasunean zelatatuz, sarean erortzen denari erasotzeko prest, animaliekin konparatzen uzten badidazue. Eta orduan, entzuteko, handien elkarrizketak aditzeko beldurra sortu zitzaidan, eta horregatik joaten nintzen harriak jaurtitzera errepidera, edo errekara ura pasatzen ikustera, edo mango zuhaitzera igotzera eta zain egotera, finean landa eremuko haurtzaro osasuntsu baten zeregin naturalak egitera. Ikaratzen ez ninduen hots bakarra txoriena, ur-jauziena eta Bogotara joateko jendea biltzen zuen autobusarena baitzen. Eta nik urrutitik koloreetako autobus hari begiratzen nion, eta errespetua nion bai bainekien egunen batean ni ere bertara igoko nintzela hiriburura etortzeko...

7

Sisgara iritsi zirenean, eguna urratzen ari zen eta Estupiñan kezkatzen hasi zen.

–Ni hemen, polizia eta lapurretara jolasten, eta bi ordu barru bulegoan egon behar dut.

–Ez zaitez kezkatu, minutu batean konponduko dizut. Idatz iezadazu paper honetan zure nagusiaren telefonoa eta izena.

Chocontan sartzerakoan, telefono publiko batean gelditu ziren eta Silanpak Moya kapitainari deitu zion.

–Kapitaina? Bai, badakit goiz dela. Hesolez gurutziltzatuarenarekin segitzen dut eta arrasto garrantzitsu baten atzetik nabil. Baina mesede bat egin diezadazun nahi dut: deitu honako telefonora, apuntatu: 248 39 26, balantze saileko Teofilo Mejorado zuzendariarekin jartzeko eskatu, eta azal iezaiozu Emir Estupiñan gaur ezingo dela lanera joan, premiazko eta sekretuzko kasu batean Polizia Nazionalari laguntzen ari delako. Mesedea egingo al didazu?

–Eta nor da Estupiñan hori?

–Desagertutako baten anaia da, kapitaina; gainerakoa gero kontatuko dizut.

–Ados, Silanpa. Eta gauzatxo bat, gantxigorrezko zahi batzuk eskatuko banizkizu eragozpen handia litzake?

–Atseginez, kapitaina, zenbat nahi dituzu?

–Hamabost baino gehiago ez, hemen polizia etxean jateko.

Goizeko seiak ziren. Kaletik pontxodun eta kapeladun laborari batzuk pasatzen ari ziren, hotz zegoen; airean, urezko tela baten antzera, euri langar arin bat erortzen ari zen. Silanpak apaiza zetorrela ikusi zuen.

–Agurgarri hori, barka beza. Bogotakoak gara eta upeltegi bat bilatzen ari gara.

–Upeltegia? Bihitegia esan nahiko duzu.

–Hori, aita, hori. Gau guztian bidaiatu dut eta jadanik ez dakit zer esaten dudan ere.

–Kale horretatik behera atera zaitez. Hor harrobi bat inguratuz mendi baterantz igotzen den bide bat ikusiko duzu. Hortik bostehun metro-edo jarrai ezazu eta gero eskuinetara sartu. Bide bat dago eta seinaleak badira.

–Eskerrik asko, aita.

Bidegurutzera iristerakoan, euri langarra euri zaparrada bilakatu zen. Ez zen arima bat ere ikusten eta autoa zuhaitz batzuen azpian uztea erabaki zuten oinez jarraitzeko.

–Ez al dago aterkirik? –Estupiñanek eserlekuaren azpian begiratu zuen.

–Ez, baina ez kezkatu. Zuk hemen itxarongo didazu.

–Ezta pentsatu ere. Autoak itoginak ditu eta ez dago irratirik.

–Ez dut nigan hartuko gerta dakizukeenaren ardura.

–Lasai, ikertzaile. Nik neure kontura lagunduko dizut.

Mende hasierako zurezko eta porlanezko eraikin bat zen. Eraikin zentral bat zuen, Union Bihitegia kartelarekin, non zenbait bulego zeuden. Gero pabilioia bi hegaldun teilatuarekin eta burdinazko hesiak zituen leihate handiak. Ez zegoen mugimendurik, ez zen inor ikusten. Aurrean ez zegoen autorik.

–Goazen atzealdean begiratzera –Silanpak zuhaitzez zuhaitz laster egin zuen ez bustitzearren.

Estupiñanek hezetasunak jandako zurezko ate bat ireki zuen eta sukalde zahar batean sartu ziren. Hortik bobedarik gabeko sabaia zuen gela batera pasatu ziren, lur usainekoa, eta lerrokaturiko siloak ikusi zituzten, bihia kobrezko bandejen gainera botatzen zuten itzelezko tutuekin.

–Hemen usain txara dago.

–Chiguiroaren puzkerraren usaina du –zehaztu zuen Estupiñanek

–Arraroa da inor ez egotea.

Fardel denek lu letrekin zigilu gorri bat zuten erdi aldean, eta beherago, letra beltzez markaturik: *Choconta-Boyaca.*

Irekitzen ari zen ate baten hotsak fardelen atzera jauzi eginarazi zien.

–Hor dago karga –esan zuen ahots batek–. Zenbat fardel esan zenidan?

–Hirurogei. Kamioia zein ordutan ekar dezaket?

–Nahi duzunean. Oraintxe etorri nahi baduzu, garajea irekiko dizut, horrela ez zara bustiko.

–Hamarrak buelta horretan, hobeki. Biharko badut hornidura.

Bakarrik gelditzean, irten egin ziren eta gela ikuskatu zuten. Ez zegoen ezer arrarorik.

Silanpak bisitariaren kamioneta ikustea lortu zuen. Atzealdeko atean zera jartzen zuen: *Boyaca Real Okindegia.* Gizonak atea itxi zuen eta eskaileratik igo zen.

Bihitegitik ateratzerakoan, Silanpak estalgune bat aurkitu zuen, puntadun alanbreak zituen krisketa baten bidez jabetzari lotua zen. Sartu eta zurmindutako eserleku batzuk, ikatzezko zenbait sutegi, ispilu hautsiak eta mahai apurtuak ikusi zituzten. Ate puska baten gainean zera esaten zuen: Paraiso Terrenal bainu turkiarrak.

Itzulinguru bat eginez, R6ra iritsi ziren eta Chocontako komisariara arrapaladan joan ziren. Silanpak txartela atera zuen, Estupiñan kreditatu zuen, eta Camargo tenienteak, autoritate gorenak, bulegoan hartu zituen.

–Ardo beltza zerbitzatuko al dizuet?

–Eskerrik asko.

–Zu kazetaria zara orduan?

–Bai.

Estupiñanek, harriturik, Silanpari begiratu zion: kazetaria?

Bandeja bat ekarri zuten, hiru katilu kaferekin eta ogi otarretxo batekin.

–Proba ezazue gantxigorrezko zahia. Tumatxa da. Zertan lagun diezazueket?

–Gauza bat galdetu nahi nizuke. Zein da Union Bihitegiaren jabea?

–Bihitegikoa? Angel Vargas Vicuña doktorea da, zuek ezagutuko duzue. Goi mailako gizona, langile xumea, hiri honetako produktu tipikoa. Ez zen iskanbilaren batean sartuko?

–Alderantziz. Nor zen jakin nahi genuen horrelakorik ez izateko. Besterik ez. Eta zahizko gantxigorra hemen Chocontan egiten al duzue?

–Bai, zer moduzkoa dago?

–*Ave Maria*, ene tenientea. Horrenbesteko gozamenekin, hemen bizitzen jartzeko gogoa ematen du.

Irteterakoan, bere libretako orritxoetako bat bete zuela ohartu zen Silanpa:

"Billar Lolita. Lotario Abuchija. Kalkulatu: Tunja-Chocontara 300.000 peso inguru gau-bidaiako. Aztertu. Upeltegia bilatu. Quica. Goiz ostiralean. Union Bihitegia. Boyaca Real okindegira hirurogei fardel. Paraiso Terrenal bainu turkiarra. Vargas Vicuña doktorea. Camargo tenientea-Choconta".

Bogotarantz autobidetik itzultzen ari ziren eta Estupiñanek, ordu arte isilik, bat-batean hitz egin zuen:

–Silanpa jauna, galdera bat egiten utziko didazu, kazetaria esan al duzu zuk?

–Bai, *El Observador*-en lan egiten dut.

–Arraioa, sekretakoa zinela uste nuen.

–Zer diozu, gizona, daukadan sekretu bakarra aspirinak gosaltzea da.

Chiara iristean zera esan zion Estupiñani:

–Ordu erdi itxaron iezadazu eta bien bitartean zerbait jan jatetxe honetan –pankarta batera hurbildu zen–. Korapilo hau askatzen lagunduko didan pertsona bisitatzera noa.

–Zure esanetara, nagusi. Nagusi deitzea inporta al zaizu?

–Nahi duzun bezala esadazu. Oraintxe nator.

Estupiñan terrazako mahai batean jarri zen eta Silanpa atseden etxean sartu zen. Eskaileretatik bigarren pisuraino igo zen, lorategi baketsuei begiratuz: edadeko zenbait gizon-emakume eguzkitan arnasa hartzen ari ziren, aulki gurpildunetan, iturri baten alboan, eta bugainbile-igokari batek arrosa eta more kolorea ematen zion tokiari.

–A zer putakeria Armerorena! –Guzmanek egunkarian irakurri berri zuen eta gaitzitua zegoen–. Edozer imajina nezakeen, baina ez hori... benetan esaten dizut, herri hau putasek eraman zuen.

–Okerragoa da gero datorrena.

–Ez esan, hau baino okerragoa?

–Ez dizut kontatuko –ohatzean eseri zen eta mesanotxean pilaturiko *El Tiempo, El Espectador* eta *El Observador*-en ale horituei begiratu bat eman zien–. Batez ere, hesolez gurutziltzatuaren kasuan lagun diezadazun etorri naiz.

Guzmanek katamotz begiak jarri zizkion.

–Dakizun guztia konta diezadazun behar dut, ikusi duzuna zehatz-mehatz deskriba diezadazun: tokia, ezaugarri fisikoak, dena.

Silanpa mintzatzen hasi zen, eta Guzman papera eta arkatza atera eta oharrak hartu eta marrazkiak egiten hasi zen. Gorpua aurkitu zen urmaeleko gunea eta hesolen egur mota deskribatu zion, Estupiñani buruz hitz egin zion, Lolita tabernaz eta garraiolariaz. Chocontara egindako bidaia kontatu zion eta libretan kopiatu zuen informazio guztia eman zion.

–Tira, segituan moja etorriko da izorratzera, beraz hobe izango duzu joatea –Guzmanen begiek sua jaurtitzen zuten–. Utzi egun batzuk datu hauen inguruan hausnartzeko.

–Eskerrik asko, anaia.

Triste atera zen, maldizioka, betiko negar etorri pattalak sentimenduen mailan egoten utzi ez ziolako.

8

Nancy Barraganen bulegoan sartu zen, orriak eskuetan zituela. Doktorea mahuka hutsean zegoen, alkandoran zituen aingura formako biki pare elegantea erakutsiz. Airean sumatu zuen jarduera atmosfera batek orpoetan hotza eta alde guztietatik miresmen handia sentiarazten zion Nancyri.

–A, eskerrik asko. Eser zaitez, mesedez –idazmahai beti betearen alboan aulki bat seinalatu zion.

Fotokopiei begiratuz isilik gelditu zen, bat-batean ahots tinkoz esan zuen arte.

–Andereño, bulegoarekin zerikusia duen kontu batez hitz egin nahi dut zurekin eta hori pribatuan egin beharreko gauza da. Horregatik bazkaltzera nirekin etor zaitezen eskatzen dizut... hemen hormek belarriak dituzte.

–Nahi duzun bezala, doktore.

–Zu atera eta nik kantoian hartuko zaitut. Hitz bitan esateko, zera da kontua: aldaketa batzuk egitea pentsatzen ari naiz eta zu bezalako norbaiten iritzia jakin behar dut, aurreiritzirik pilatzeko denborarik izan ez duen norbaitena, etorri berria zarenez gauzak beste edozeinek baino argiago ikusiko dituzulako.

Nancy gorri jarri zen eta zangoek dardara egin zioten.

–Tira, doktore... laguntzeko bada...

–Baina gauza bat zin egin behar didazu: kanpoko andereño horiei ezta hitz bat ere.

–Zin egina –esan zuen, doktorearekin batera sekretu bat zuela jakiteaz harro.

Masailak gorriturik atera zen. Trinik eta Nachak begiradarekin gurutziltzatu zuten eta gero elkarri begiratu zioten, Nancyri baldarra eta zakarra iruditu zitzaion keinu arraro bat trukatuz. Tomatek, beti bezala, begiak gonaren irekigunean finkatu zituen.

Bere idazmahaira joan, dokumentuak artxibategietan ordenatu eta ia-ia ezagutzen ez zuen jendeari buruz hitz egin beharko zuela pentsatu zuen. Hortaz, goizean zehar haiek behatzen saiatu zen, euren mugimenduak sekretuki aztertzen eta bakoitzaz gutxi gorabeherako ideia zehatz bat egiten. Hamabi eta erdietan jaiki, jaka hartu eta ezer esan gabe atera zen.

–Nancy, ez al zatoz gurekin bazkaltzera? –esan zion Nachak, idazmakina utzita.

–Ez, lehengusina batekin noa bazkaltzera.

–A...

Kale kantoiraino joan zen, inork zelatatzen ez zuela begiratu eta merkataritza zentrora arin joan zen. Erakusleiho baten aurrean oihal batzuei begira gelditu zen eta horretan zegoelarik Emilio Barraganen ahotsa entzun zuen. Autoaren atea ireki zion eta, neska eseri baino lehen, jaka besagainean tolestu zuen.

–Eskerrik asko etortzeagatik, Nancy.

–Doktore... –esan zuen lotsati, mitxoleta bat masail bakoitzean.

La Calera aldera igotzen hasi eta bidean zegoen jatetxe batera joan ziren bazkaltzera. Bigarren solairuan mahai bat hartu zuten, leihoaren ondoan, eta Barraganek hiriaren ikuspegi zoragarria erakutsi zion. Nancy berriro ere gorri jarri zen eta ergel bat zela pentsatu zuen, doktorea hain atsegina eta ongi hezia izanik ez zuela zertan lotsarik eduki.

–Nancy, ezagutzen al duzu New York?

–Ez, doktore. Gutxi bidaiatu dut.

–Izan ere, toki hau da New Yorken antzekoena gure herrialdean. Ikusmirak beti New Jerseyn dagoen jatetxe gozagarri bat oroitu izan dit. Leihotik Manhattango eraikinak ikus daitezke.

Janaria ekarri zietenean, mamiari heldu zioten: Barraganek bulegoko jendeari buruzko iritzia galdegin zion. Bera zegokion mailan egoten eta goizean pentsatu zuenaz oso ongi oroitzen saiatu zen.

–Domitilo serioa iruditu zait, lanari leial emana. Zintzoa, ondradua eta lagunkoia da.

Doktoreak irribarre batez onetsi zuen, ardo zuri gehiago eskatu eta interesez entzuten segitu zuen, noizean behin eskote aldera begiratuz. Ekin zion:

–Hitz egin iezadazu zuk zeuk izan duzun esperientziaz.

–Trini hasieran pixka bat mesfidatia iruditu zitzaidan –esan zuen Tacama zuritik trago egin eta ahoa garbituz–. Arraro begiratzen zuen, baina gero ezetz ohartu nintzen, batez ere nire lotsati izaera zela. Profesional ona da, gauza guztiez arduratzen da beti eta bulegoa primeran ezagutzen du.

–Lagunak egin al zarete?

–Ez, beti Nacharekin dago, eta egia esan, biak ikusten ditudanean saihestu egin behar ditudala iruditzen zait eta horregatik ez natzaie hurbiltzen.

–Eta Tomate?

–Oso ongi ikusten dut. Atsegina eta alaia. Bulegoan ez galtzeko jakin beharreko guztia berak azaldu zidan. Batzuetan autobusa itxaroten laguntzen dit.

–Oso ongi, Nancy, esaten didazuna kontu handiz hartzen dut... –berriro ere begiratu zion, oraingoan begietara–. Eta Paris ere, ez duzu ezagutzen?

–Ez, doktore. Hori nahiko nuke nik.

–Hiri zoragarria da. Senara ematen duten jatetxez betea. Ikasteko bidaiatu beharra dagoela pentsatzen duten horietakoa naiz ni, Nancy, horregatik mintzatzen natzaizu horrenbeste beste herrialdeez.

–Arrazoi duzu, doktore –lotsaturik sentitu zen.

–Horregatik... badakizu zer? Lanagatik bidaiatu behar dudan hurrengo batean niri laguntzeko eskatuko dizut. Nire langile guztiek kultura izan dezaten nahi dut nik eta badira liburuetan ikasten ez diren gauzak.

–Eskertzen dizut konfiantza, doktore.

Arratsaldeko ordu biak baino lehen itzuli ziren bulegora. Doktoreak bere laguntza oso baliagarria izan zitzaiola ziurtatuz eskerrak eman zizkion eta bi etxadi lehenago utzi zuen, eraikineko atezainek susmorik ez hartzearren. Nancyk harro egin zuen bidea. Ez zuen inori buruz gaizki hitz egin, denak ongi utzi zituen Trini eta Nacharen sekretutxoak gustatu ez arren, hala hasten zirenean biek ala biek arrano begiz begiratzen zioten, jantzi eta erantzi egiten zuten eta eskerrak haien barre algara artean ez zuen entzuten zer esaten zuten.

Bulegora itzultzean Barraganek premiazko dei bat jaso zuen.

–Doktore, bostetik Vargas Vicuña jauna. Pasatuko al dizut?

–Esaiozu momentu bat itxaroteko, urrunera hitz egiten ari naizela.

Besaulkian jarri zen, urduri. Tiraderetako bat ireki zuen eta toledoar erako hortzetarako txotxa atera zuen. Hortz tarteak garbitu zituen, azal zati bat erauzi eta azkenean konmutadorearen botoia sakatu zuen.

–Orain bai, pasa iezadazu.

–Emilito, ze atsegina zu agurtzea...

–Bai, niretzat ere. Barkamena eskatzen dizut zain edukitzeagatik, baina New Yorkekin ari nintzen. Zeri zor diot plazer hau?

–Bizitzako kontuak... nik zurekin literaturaz, musikaz, operaz hitz egin nahiko nuke. Zuk hain ongi ezagutzen duzun eta nik miresten dudan horri guztiorri buruz, baina errealitate gordinak lurtarrago izatera behartzen nau. Urmael ondoko lursailtxo horiez hitz egin nahiko nuke.

Barraganek lepoko zainetan zaratatxo bat sentitu zuen. Ezpain gainetik hiru izerdi tanta agertu zitzaizkion.

–Bai...? belarriak adi ditut, doktore.

–Paradisu txiki bat da, benetako amets bat. Ulertzen al didazu? Hijos del Soleko laurehun hektareez ari naiz.

–Begira, doktore. Pereira Antunez kasua apenas ari naizen aztertzen. Datorren astean dei iezadazu eta orduan gauzak hobeki gogoratuko ditut eta hobeki hitz egingo dugu.

–Oroimena gauza harrigarria da, ez al da hala? Landareei bezala, ur pixka bat bota behar zaio dirdiratsu egoteko.

Barraganek alkandoraren lepoan hezetasuna sentitu zuen eta, keinu bizkor batez, gorbata libre utziz, lehenbiziko botoia askatu zuen.

–Nahi baduzu, Esquilache zinegotziarekin hitz egin ezazu. Bera oroimen kontuetan oso ona da –segitu zuen Vargas Vicuñak–. Berarekin hitz egin ezazu eta gero dei iezadazu. Ba al dakizu? Niri ere gustatzen zait lagunek deitzea.

–Bai noski, doktore. Datorren astean. Hitzematen dizut.

–Gauzak nola diren!, egia esan, oraintxe hitz egin dut Esquilacherekin. Baina ez diot lursailen aipamenik egin nahi izan zurekin seguru egon arte.

–Izan ere, lehenengo kolpean ez da erraza, doktore. Zuk badakizu paper horietan eskua sartzea ez dela oso katolikoa, eta horrek denbora eskatzen du.

–Katolizismoa amonen eta kale kantoiko polizien dotrina da. Hobe duzu bizi garen mundu honetan pentsatzea. Zein gauza zaila errealitate hau ulertzea, ez duzu uste?

–Bai, doktore. Baina denbora behar dut.

–Jainkoarren, Emilio, denbora badugu.

–Orduan itxaron, neuk deituko diot.

Barraganek telefonoa eskegi zuen, eta nerbioz jota bezala, aulkitik jaiki zen. Ez zen ausartu hesolez gurutziltzatuarena kontatzera, baina pentsatu zuen, agian, jadanik ez zegoela horren urrun Londresko Candem-eko merkatutxoa edo Saint Honoreko ametsa.

9

–Aii! –Silanpak minez oihukatu zuen medikuak pintza hotz batekin odoluzkia auskultatu zionean–. Oso larria al da?

–Tira, haziz baldin badoakizu, flotagailu bat erosi beharko duzu esertzeko.

–Eta zer egin daiteke?

–Zure esku dago. Zahizko pilulak hartu al dituzu?

–Bai... tira, gutxi gorabehera.

–Utzi al diozu gaseosa, likorea, koipea eta janari pikanteak hartzeari?

–Gutxi gorabehera, doktore.

–Hor dago koska. *Gutxi gorabehera*-ko dietarekin jarraituko baduzu, operatu egin beharko zaitut.

–Eta oso mingarria al da?

–Amigdalak erauztea bezalaxe da, baina ipurdian.

Kontsultatik anestesiaturik atera zen, Chocontan eta bere koadernoko oharretan pentsatuz. Osteguna zen. Estupiñanek arratsaldeko hiruretan deituko zion.

Inteligentziak informatika matxura konpondu ezinik segitzen zuen, beste komisariekin komunikatu ezinik, eta berak pentsatu zuen gustatuko litzaiokeela asteburua baino lehen kasua argitzea Monicarekin Melgarrera joateko, aurreko urtean horren zoriontsu izan ziren bungalow horietara itzuli eta denbora baterako gauza guztiak ahanzteko: bera hamaka batean etzanda, Joseph Rothen orrialde gozagarrietan barneraturik, eta hura igerilekuaren ertzean, eguzkitan erretzen, Virginia Woolf irakurtzen.

Moya kapitainak esana zion: "Lasai, kazetari, ez dago inolako lanik", eta Monica ez zen ageri. Zenbait aldiz etxera deitu zion eta ez zuen inork erantzun, eta laborategian ez zekiten non zegoen. Baina bazekien hark zein mekanismo erabiltzen zituen jenio txarrez zegoela adierazteko, gaizki egin zuela erakusteko, eta bazekien itxarotea zela kontua. Orduan mezu bat uztea erabaki zuen, hurrengo egunerako hitzordu bat jartzea eta haren etxera joatea. Gero libreta atera eta izen bat bilatu zuen.

–Bai? Informazioa?

–Bai, zure esanetara.

–Paraiso Terrenal bainu turkiarretako telefonoa jakin nahiko nuke, mesedez.

–Momentu bat.

Zenbakia idatzi, eskerrak eman eta eskegi egin zuen.

Zigarreta bat piztu eta panpinari begiratuz esan zuen: "Pikutara, operatu egingo naiz, zuk zer pentsatzen duzu?". Sukaldera joan eta edalontzia bete ron hartu zuen. Egongelara itzuli eta telefono aparatua hartu zuen.

–Paraiso Terrenal bainu turkiarrak, zure esanetara?

–Arratsaldeon. Ordutegiak jakiteko deitzen dut.

–Jauna Hijos del Sol klubeko bazkidea al da?

–Ez.

–Orduan alferrik esango dizut, klub pribatua da.

–Eta bazkide izateko norengana jo behar dut?

–Eskari-eskutitz bat bidal ezazu postaz. Guk informazio guztiarekin erantzungo dizugu.

–Eta helbidea?

–Chocontatik Machetarako errepidea, hemezortzigarren kilometroa. Baina bidal ezazu gure bulegora, 32505 posta kutxara.

–Eskerrik asko.

Eskegi eta telefonoak berriro jo zuen. Ikaratu zen pentsatuz: "Monica da".

–Ikertzaile, hemen Estupiñan. Txanda.

–Jada prest al zaude?

–Bai, Catastrorekin hitz egin dut. Astelehena bitarte libre eman didate.

–Orduan Txile etorbidea eta Caracas artera irten zaitez, ordu erdi barru han hartuko zaitut.

–Nora joango gara?

–Sisgara berriro ere.

–Arraioa laku hori, gustatzen zaizula dirudi. Arrastorik ba al dago?

–Bidean kontatuko dizut.

–Bai, jauna. Txanda eta kito.

Autobidea hutsik zegoen. Kamioi eta autobus batzuk bakarrik.

–Galdera bat, nagusi –esan zuen kokotsa igurtziz–: liberalak sozialdemokratak direla uste al duzu?

–Ez dakit, Estupiñan, zergatik galdetzen didazu?

–Izan ere, lehengo egunean *El Tiempo*-n irakurri nuen kolonbiarrok ez dugula heziketa politikorik. Horregatik noizean behin niri gaia ateratzea gustatzen zait, ea zer ikasten dudan.

–Ba ez dakit, arazoa da ni ere kolonbiarra naizela.

Jabetza pinudi trinko batek inguratzen zuen. Sarreran egurrezko jakinarazpen bat zegoen letra gorriekin: *Paraiso Terrenal*. Ilunabartzen hasi zen eta Silanpa ataurre gainetik begiratzen saiatu zen. Urrunean, lur eta harrizko bide baten amaieran, argi bat ikusi zuela iruditu zitzaion.

–Goazen atzealdetik –esan zion Estupiñani.

–Eta zakurrak baldin badaude?

–Zakurrak baldin badaude, izorratu egingo gara.

Muinora ematen zuen bidexka batetik inguratu zuten pinudia. Azkenean eraikuntza bat aurkitu zuten eta, behean, harrizko bidezidor bati jarraituz, arroila bat.

–Handik sar gaitezke –Silanpak kopeta zimurtuz begiratu zuen.

–Ez, toki hori zainduena izango da. Hobe hormatik igotzea.

–Tira, nik jarriko dizkizut eskuak.

Silanpak Estupiñanen eskuetan oina jarriz indar egin zuen ertzera iritsi arte. Gero Estupiñanek gorantz bulkatu zuen.

–Zer dago?

–Ez da ezer ere ikusten. Itxaron iezadazu hemen.

Zapatak kendu eta kontu handiz teilatutik aurreratu zen. Goratzeko egin zuen indarrarekin odoluzkietan deskarga elektriko bat askatu zitzaion eta min zuen. Kanalera iristean beira lausotuzko markesina bat ikusi zuen lurruna botatzen zuen tximinia hodi baten alboan. "Turkiar bainua da", pentsatu zuen. Haratago barneko patio bat zegoen eta bere baitarako esan zuen: "Haraino joan eta itzuli egingo naiz". Kontu handiz jaitsi zen, beste tximiniaraino iritsi eta burua agertu zuen. Harriturik gelditu zen.

–Denak larrugorrian. Hogeita hamar bat. Gizonak eta emakumeak. Denak biluzik, hizketan eta barrez –Silanpak zigarreta bat piztu zuen eta Estupiñanek harriturik begiratzen zion.

–Larrugorrian? Esan nahi duzu... arroparik gabe?

–Bai. Lorategian zebiltzan, irakurtzen, erretzen ari ziren. Denak larrugorrian.

–Barka galdetzea: eta emakumeak ere bai?

–Bai, denak.

–Hurrengoan neu igoko naiz –Estupiñan R6aren eserlekuan mugitu zen–. Begira, esaten didazunarekin bakarrik zakila gogortzen hasia zait.

–Hain lasai zeuden...

–Horregatik deituko da Paraiso Terrenal.

–Orain ulertzen dut horrenbesteko misterioa izatea telefonoz.

–Baina ez al zen prostituzioa? Esan nahi dut, gizonak emakumeekin... ezta hala?

–Ez. Lorategian mintzatzen, paseatzen ari ziren.

–Txorakeriak! Orduan maritxu kontua da. Hori oso arraroa da, kazetari.

–Itzuli egin beharko dugu.

Estupiñan 127aren eta Suba etorbidearen artean jaitsi zen, eta Silanpa Monicaren apartamenturantz joan zen. Ikusi egin nahi zuen, mezuan hurrengo egunerako hitzordua jarri arren, eta nahiz eta jakin ez zela ari errespetatzen itxaroteak eta barkatzeak eskatzen dituzten ohiko distantzia-denborak.

Igogailuan sartu zen, bere sakeletan neskak eman eta ia inoiz erabiltzen ez zuen giltza bilatzen zuen bitartean. “Ez badago, ron pixka bat hartuz itxarongo diot”. Baina Monica etxean zen. Jaka sofan utzi eta gelan sartu zen.

–Zer egiten duzu hemen? –Monicak harriturik begiratu zion.

Ohe-estalkiaren gainean biluzik zegoen: ılea nahasirik zeukan, arnasa aztoratua eta mitxoletak bezalako matrail gorriak.

–Nire zain al zeunden?

Silanpak desiraz begiratu zion eta Monicak begirada jaitsi zuen, mintzatzera ausartu gabe. Bat-batean, hots batek arreta galarazi zion: norbait komuneko urari ematen ari zen.

–Nor...?

Esaldia bukatu aurretik, Oscar ikusi zuen bainugelako atean larrugorrian. Lasai etortzen ikusi zuen, ilea atonduz eta barrabilak igurtziz.

–Ez da zuk uste duzuna... –Monicak zerbait esan beharrez hitz egin zuen.

Oscar hitz egiten saiatu zen, baina Silanpa ezer esan gabe aurretik pasatu zitzaion. Ate kolpe bat eman eta atera egin zen.

Euria ari zuen, haizeak hotza zekarren muinotik.

Itzal likatsu batez estaliriko adimenaz, Silanpak liburu bateko orri bat soilik oroit zezakeen, bere panpinaren sakelan gordetzen zuen Graham Greenen esaldi horietako bat: "Hunkituta zauden momentuan gutxi sufritzen da". Egia zen, eta orain berari heldu zitzaion txanda. Zerbait egin behar zuen bizkor. Chirolla filosofoa gogoratu zuen. Egun batean zera esan zion: "Atso horrek ihes egingo dizu".

Lolita tabernako zaindariak berehala ezagutu zuen eta atea ireki zion. Silanpa sartu eta barrarantz joan zen.

–Whiski bat. Ez, rona hobe.

Mahaietan emakumeak zeuden begira, bakarrik, eta aho zabalka. Osteguna zen, gaueko hamaikak. Ordu horietan bezero gutxi zetorren.

–Eta Quica? –galdetu zion zerbitzariari.

–Sukaldean dago. Deituko al diot?

Silanpak baiezkoa egin zion, mahai batean eseri eta minutu bat geroago neska gaztea ondora etorri zitzaion.

–Garaia baino lehen etorri zara, galankote. Ostiralean esan nizun.

Silanpak hitz egin gabe begiratu zion.

–Ui, larria dirudi gauzak. Ardo bat eska al dezaket?

–Eskatu nahi duzuna.

Bainujantzi arrosa zeraman. Ipurmasailak sumatzen zitzaizkion eta sabel gogorrak gerria nabarmentzen zion. Silanpak ron trago bat edan zuen eta beste bat eskatu.

–Zenbat gelara igotzeagatik?

–Zortzi mila.

–Goazen.

Zerbitzariari keinu egin zion azken ron bikoitza ekar ziezaion.

Korridore batetik 6 zenbakidun toki pribaturaino joan ziren. Iristerakoan, Quica bainugelara joan zen.

–Ohera zaitez hor. Arropa pertxa horretan zintzilika dezakezu.

Atearen atzealdean ezkutatzen ikusi zuen. Zapatak, atorra eta galtzak kendu zituen. Galtzontzilotan itxaron zuen.

Quica biluzik etorri zen eta bere ondoan jarri zen, orinez betetako ipurdi zoragarria agerian utziz.

–Zerbait egitea nahi duzu edo jada igo egingo zara?

–Berdin zait.

Sabaiak birak ematen zituen buru gainean. Soka elektrikotik dilindan bonbilla batek pipien eta eulien hegaldiak erakartzen zituen. Edaten jarraitu zuen eta ohartu zen Quica jada bere gainean zegoela eta indarrez mugitzen ari zela. Beira baten atzetik bezala ikusten zuen.

–Hori hainbeste edateagatik gertatzen zaizu.

–Ez du axola, berdin gustatu zait.

Barran ronak edaten jarraitu zuen, bata bestearen atzetik. Goizaldeko hirurak pasaturik, mostradore gainean burua ezarri eta horrela gelditu zen. Ez zen ezertaz ohartu, ez zuen jabearen eskaririk entzun eta atezainak airean eraman zuenean ere ez zuen haren atzaparrik sentitu; kaleko hotzera atera eta bidean utzi zuen.

10

Kontaketaren une honetan, nire pubertaroaren lehen argien goiztirian, Moya'tar Simona anderea, zeruan datzan nire amona noblea, sartzen da eszenan. Simona anderea alargundu zen, ezkon bizitza latz eta zail –ez horregatik zorigaiztokoago– horietako baten ondoren. Etxeko poza, batez ere, erritu katolikoz bataiatutako hamaika seme-alabek eman zioten, baina logikoa eta humanoa denez ez ziren falta izan irautera kondenatutako harreman benetakoek izaten dituzten nahigabeak eta plater hautsiak, bereziki zenbait zaletasunen eraginez: garagar zukua, joko etxeak, gonak eta eskoteak guztiak ere ezinbesteko tresnak gizontasun aberkoiaren mendeetako kontzertuan. Nire aitona, gizon ongi hezia izatetik urruti, familia giharren bidez altxarazi zuten aitzindari horietako bat izan zen: Armeniako jatetxe batean txinatar mandatariarenak egin zituen eta, jada ezkondurik, Barrancara emigratu eta Magdalenan arrantzale bilakatu zen. Gero hegoalderantz itzuli eta La Linean kamioilari izan zen, mekanikari Ibaguen, itsasorantz abiatu eta Ozeano Barean marinel egin zen, gero armadore Buenaventuran eta, azkenik, orkatilan min hartu eta makulu batekin ibiltzera behartu zuen zauri baten ondorioz, Barranca hirian jostun sastre; berriro ere abiapuntura heldu zen. Parketan bezala, konparaketa onartzen badidazue... bizitzaren parketa. Eta, barka, jada gehiegi nabaritzen zait-eta lirikarako dudan zaletasuna.

Han agertu nintzen hamaika urterekin, Simona andereak jada bere seme-alaba guztiak euren kabuz bizitzera bidali zituenean, alaba bat izan ezik, gazteena, hura amaren ondoan geratu zen, harenganako amatasunez eta elkartasunez ezkongabe, eta etxeko lanetan eta gozoki postutxo batean laguntzen zion, egunerokoa egiteko eta bizirik irauteko izan zezaten. Eta orduan gozokiaren zapore galgarri eta loriatsua ezagutu nuen, merkatuko plazan jan ohi nuenetik hain desberdina zen zerbait, eta lehenengo unetik izpirituarentzat usain gozo bat bezalakoa izan zen, nirea bezalako izpiritu zakar eta heziketa bidean zegoen batentzat. Mielmesabezko lehenbiziko koilarakadatik nire kontzientzian antena bat altxatu zen, eta nire baitan esan nuen: hau erregeen kontua da, operan esaten denez, *bocato di cardinale.*

Nire ulermen urriak esaten dit, esplikatu baitut nire hezkuntza bakarra bizitzaren eskola librea izan dela, gozokiak haurrarengan hondamendi moduko zerbait sortzen duela. Zuek ezagutzen al duzue ume normalek ezti-egoski, kolondar edo txokolatezko tarta batekin zoratzen ez denik? Ez, eta baldin badago, neronek erosiko dut. Gozokiak zergatik erakartzen ote du haurra? Miazkatzen direlako, hatzarekin atera eta adurrez betetzen direlako, eta horiek haurtzaroko kontuak dira bete-betean, gizonaren beste arotakoa baino gehiago. Eta hemen, areto errespetagarri honetan esaten uzten badidazue, gizona –antropologoek eta apaizek "gizakia" esaten dutena– hemezortzi mendez bizi izan zen azukrerik gabe. *Selecciones*-en irakurri nuen koipea finkatzen eta gorputza desitxuratzen digun urdaileko pozoia jariarazten duen hipofisi txarraren faktoreei buruzko artikulu batean. Eta hori, filosofo klasikoen arabera, bide batez esan dezadan, izpirituari min handia egin diezaiokeen desitxuratzea da, baina gaitik aldentzen ari naiz... nire azalpenarekin segituko dut: fruituetako eta naturak gizonari emandako jakietako azukre naturala... hori ona. Txarra bestea da, sasikoa, andereek barka nazatela, beira itxurako eta gardena den hauts txikia, goizero kafesnera bota eta postreen erdiak pozoitzeko erabiltzen duguna, nahiz eta horrek ez duen kentzen gure herriko loria gastronomikoa izatea, bai hemen bertan baita atzerrian ere... azukre hori, jaun-andreok, bizitzako pozoia da, izan ere, behin aho sabaia erakarririk, konparaketa morala onartzen badidazue, izpiritua bekatuari bezala itsasten da, eta hortik dator bizitzatik bereizteko zailtasuna. Nik, diziplinara ohitutako gizon batek, nire baitan esan nuen: "Probatu duzu, izorratu zara... Orain minaren bidez konpontzen saiatzea besterik ez da gelditzen". Eta nire gorputza nerabezaroko gihar sendoz osatuz eta gogortuz zihoan neurrian, nire adimenak eta izpirituak gogor egiten zuten nire amonak eta izebak kazoletatik egunero ateratzen zuten pozoitik aldendurik egoteko, harekin, ironien ironia, nire mantenua ziurtatzen bazuten ere. Baina sufrimendua eta ahalegina gorabehera, arreta galtzen nuenean eta kremazko konoak, ezti-egoskizko txirikordak eta mielmesabezko platertxoak erakartzen ninduenean, eguzkiak gehiago argitzen zuela iruditzen zitzaidan, bizitza gehiago zela eta gizakia miko negarti bat baino zerbait gehiago zela. Baina gero damua zetorren, oilo bat bezala hegan, planeatuz, eta arima ahulen den tokian mokokatzen ninduen, eta deskribatuko ez dudan ekintza batekin, umiliagarria eta lotsagarria baita, oka eginarazten nion neure buruari, hori baitzen edabe galgarria bota eta tripa garbitzeko modu bakarra.

11

–Non nago? –erdi esan zuen Silanpak, begi bat irekiz. Argi izpiak sartzen ziren leiho bat ikusi zuen, mailaturik zegoen metalezko armairu bat, ispilu hautsi bat, besaulki berde bat, zuri-beltzezko argazki eta postalak paretan buru orratzez itsatsirik eta, gela osoan, aire itxi oso trinkoa, hauts partikula nanoz beterik. Jaikitzen saiatu zen, baina buruan zama izoztu bat sentitu zuen. Izerditan zegoen. Argiak itsutu egin zuen.

Atea, kolorezko oihal batez estalia, bat-batean ireki zen. Quica zen, galtza bakeroak zeramatzan eta "I Love Girardot" idatzirik zuen kamiseta zuri bat.

–Zer? Jada pasatu al zaizu kasketaldia? Bekozko zeunden, galankote.

–Zer gertatu da?

–Lo geratu zinen eta Ulisesek kalera atera zintuen. Zortea izan duzu billete zorroan sosa aurkitu zizuten ordaintzeko, bestela bizirik larrutuko zintuzten.

–Zer ordu da? –jaikitzen saiatu zen, baina burua berriro ere lehertu egin zitzaion.

–Lasai, polita. Hau nire etxea da. Goiz da.

–Zuk ekarri al ninduzun bart gauean?

–Bai, taxia zor didazu. Gidariari bikoitza ordaindu behar izan nion gora igotzen lagun ziezadan.

Azkenean jaiki ahal izan zuen.

–Non dago bainugela? –galdetu zuen lotsaturik.

–Hor –ihardetsi zion–. Ur beroa nahi baduzu, sutan berotu behar da.

Zenbait eskukada ur bota zituen aurpegian, esku hezeak lepotik belarri atzeetaraino pasatu eta hobeki sentitzen hasi zen. Orduan Monicaz oroitu zen eta hortzak estutu zituen. Ezin zen egia izan, amets ikaragarri bat izango zen.

Bainugelak leiho txiki-txiki bat zuen patiorantz begira. Urrunean, lainoen atzealdeko orban ilun baten moduan, muinoetako irudia ikusi zuen eta parean porlanezko eraikuntza ilara bat arropa-sokak, bizikleta gurpilak, saretutako tapizak dilindan zituzten leiho nanoekin.

–Non demontre nago?

–Kennedy-n, polita. Ez al zenuen ezagutzen?

–Noizbait etorri izan naiz –bere erlojua bilatu eta orduari begiratu zion, arratsaldeko ordu biak ziren–. Dei bat egin al dezaket?

–Bai, noski, betiere hamar pesoko txanpon bat baldin baduzu. Telefonoa kale kantoian dago.

Kafe bat hartu zuten eta Quicak deia egitera lagundu zion. *El Observador*-eko zenbakia markatu zuen.

–Esquivel? Hemen Silanpa.

–Non arraio sartu zara?! Bi ordu daramatzat zure etxera deika. Gaur goizean Solorzano etorri da erredakzioko bilerara eta aitzakia bat asmatu behar izan dugu.

–Hesolez gurutziltzatuaren aferan nago. Baina konfiantza eta denbora behar dut.

–Etor zaitez hona eta zuzendaritzakoei azalduko diezu. Zure abokatuarena egiteaz nekaturik nago.

Quica agurtu, bost milako billete bat utzi eta Americas etorbidera eramango zuen taxi bat hartzera joan zen.

Bidean imajina ikaragarria oroitu zuen: Monica biluzik eta Oscar bainugelatik ateratzen. Nazka sentitu zuen, eta estualdi gogor bat urdailean, eta leihoa ireki zuen, arnasa hartzeko. Guzmani kontatzea gustatu izango zitzaion, haren iseketan eta zinismoan hatsa bilatzea. Baina desamodiozko istorioak hutsalak dira. Denak berdinak, sufritzen dituenarentzat soilik interesgarriak.

Egunkarira iristean, kafetegira joan zen eta hiru kafe edan zituen segidan. Jadanik hobeki sentitzen zen.

–Moya kapitainak zuhurtziaz jokatzeko eskatu zidan gauzak argi egon arte. Zenbait arrasto ditut.

Erredakzio gelatik teklatuen hotsa heltzen zen.

–Zein arrasto? –arkatz bat hozkatuz begiratzen zion Solorzanok.

–Momentuz ezin dut ezer argitara eman.

–Informazio zuzendaria naiz, Silanpa. Jakiteko eskubidea dut.

–Hitza eman dut...

–Ni profesionala naiz. Eta badakizu zer? Hemen zerbait arraroa dagoela iruditzen zait. Hesolez gurutziltzatua ikusi genuen, noski, baina ez dakit... –Solorzanok buelta eman eta leihotik begiratu zuen–. Zuk, kalean ikertzen ibiltzeagatik, ordu gutxiago sartzen dituzu, eta hor korapilatzen zait istorioa eta nire baitan esaten dut: ergel hau ez ote dabil probetxua ateratzen gainontzekoak lanean ari direnean?

Silanpak ez zuen erantzun, bere maletatxoa hartu eta bere mahaian esertzera joan zen. PCa piztu eta, koleraturik, idazteko ezer ez zuela egiaztatu zuen. Buruko mina zuen, leku hartatik urrun egon nahi zuen, baina bere burua gainditzen saiatu zen.

GORPU MISTERIOTSUAK

Bogota, erredakzioa.– Sisgan Hesolez gurutziltzatuaren Krimenak kronika hauetan agertutako misterio ikaragarrienetako bat bilakatzeko itxura guztia du. Gorpua Medikuntza Legalaren Institutuko gorputegira eraman eta desagertutakoen senitarteko multzo handi bati arretaz begiratzeko erakutsi arren, horietako inork ez zuen ezagutu. Beste hitz batzuetan: gorpuak mutu jarraitzen du. Heriotzak, dena aurretik eramaten duen horrek, badirudi kasu honetan iragana ezabatu duela, baita gorpuzkera sendoko, berrogeita hamabost urte inguruko (ikus grafikoa) eta itxura atsegineko gizon honen nortasuna ere. Ezin dugu jakin nor zen, ezta zein arrazoik eraman zuen ere hain amaiera tragikora, baina imajina dezakegu, aldiz, zenbaterainoko sufrimendu ankerra jasan zuen, zenbat krudeltasun alferrekoren biktima izan zen eta bere borreroek nolako amorruz zigortu zioten gorputza.

Hesolez gurutziltzatuaren gainean ikerkuntzak egin ahala, kronika hauetan kontatzen jarraituko dugu, eta irakurlea beste gorpu ezezagun baten kasua oroitzera gonbidatzen dugu, Zilarrezko Gaztea deitutakoarena, Dollarton herrixkatik hurbil gertatua, Columbia Britanica izenez ezagutzen den Kanada ekialdeko eremu horretan. Zilarrezko Gaztea eskiatzaile batzuek aurkitu zuten, 1978ko neguan. Gorpuak, izozturik, hamahiru bat urteko mutikoa erakusten zuen, begi urdin handiekin eta hortz zorrotzekin. Berehalaxe etorri zen galdera: nor zen, zer gertatu zitzaion? Baina Columbia Britanica osoan, inork ez zuen salatu halako ezaugarriak zituen gaztearen desagerpena. Albistea Ottawara iritsi zen, herrialdea zeharkatu zuen Montrealeraino eta mito handienetako bat bilakatu zen: Zein da gazte eder hori? Irrati eta telebista erredakzioek emakumezkoen dei eta eskutitz pila jaso zuten, haren ama zirela esanez, baina ezin izan zen inola ere egiaztatu. Haurraren ustezko bizitzari buruzko istorioak idatzi ziren, ikertzaileek era guztietako hipotesiak agortu zituzten, baina misterioak jarraitzen zuen, harik eta Montrealgo Le Soir*-eko kazetari gazte batek, Valerie Neierrek, gakoa aurkitu zuen arte: Zilarrezko Gaztea –prentsak horrela bataiatu baitzuen misterioak iraun zuen zortzi hilabeteetan– suitzarra zen eta Karl Aspern zuen izena. Zazpi urte lehenago, Karlen gurasoen hegazkin arinak istripua izan zuen iparraldeko lakuen eremuan eta denak hiltzat eman zituzten. Baina kazetariaren arabera, Karlek elurrera jauzi egingo zuen aparatua puskatu aurretik eta haren gorpua izozturik kontserbatuko zen. Poliki-poliki, zazpi urte haietan, gaztearen gorpua neguko ekaitzek bultzatuko zuten erreka txiki bateraino, eta honek lur azpiko korronteren batera eraman izango zuen, eta urte batzuk geroago, Dollartondik hurbil utziko zuen. Karl Aspernen Zuricheko familiak emandako argazkiak bat zetozen eta kazetariak istripuaren erregistroa aurkitu zuen. Horrela, zazpi urtean zehar, Karlen gorpuak, agertu aurretik, 978 kilometro egin izango zituen.*

Inguruan telefono baten deia entzun eta burua berriro ere lehertu egin zitzaion.

–Silanpa, zuretzat bigarrenetik.

Dardaraka joan zen telefonora: bera izango ote zen?

–Bai?

–Hemen Estupiñan. Non sartu zara? Bart gauean Lotario Abuchija garraiolariarekin harremanetan jarri nintzen berriro. Berarekin arratsaldeko seietan hitzordu bat dugu Caracas billarretan.

–Berririk ba al dago?

–Chocontarako bidaiatxoa xehetasunekin kontatuko zidala esan zuen.

–Han ikusiko dugu elkar.

Odoluzkiek min ematen zioten eta bainugelara joatera ere ez zen ausartzen. Begiak nonbait finkatzen zituenean, zorabioa areagotu egiten zitzaion.

Kafetegira jaitsi zen.

–Pochi, ez al duzu izango gaixo batentzat alka-seltzer aletxoren bat?

–Noski, Victor jauna, zer duzu, biharamuna?

–Biharamun morala, Pochi. Pentsa, adarrak jartzen dizkidate.

–Bai?

–Ez da garrantzitsua, baina hala eta guztiz ere min ematen du.

–Itxaron segundo bat –sukaldera joan eta plater batean zerbait hartu zuen–. Alka-seltzerra baino lehen har ezazu haragi saldatxo hau eta ikusiko duzu. Hor joango zaizu guztia.

Ohar polizial pare bat idatzi, Colprensatik bidaliak baleude bezala, hiru folioak ediziora pasatu eta Zazpigarrenera joan zen taxi baten eske.

Etxean Monicaren lau mezu zituen zain. Erantzungailuaren botoia sakatu eta Clausen lata bat edanez sofan eseri zen.

"Victor. Bart gauekoak badu azalpena. Eguerdian deituko al didazu? Aio". Geroago: "Eguerdia pasa da eta ez didazu deitu. Oso haserre al zaude? Egunkarira deitu dizut eta ez zaudela esan didate. Ordu biak arte laborategian geldituko naiz. Deitu. Hitz egin behar dugu". Zintak aurrera jarraitu zuen. "Ordu biak eta bost dira". Kontsultategira noa Lorena ikustera eta gero, hiru eta erdietan iritsiko naiz etxera. Harremanetan jarriko zarela espero dut. Aio". Eta gero: "Etxean nago, eta mezuak nituen arren bat ere ez zen zurea. Ez al didazu deitu behar? Arratsalde osoan hemen geldituko naiz zuk deitu arte. Gaur gauean elkar ikustea gustatuko litzaidake hitz egiteko. Ulertzen dut haserre egotea. Aio".

Silanpak zigarreta bat piztu zuen garagardoa amaitzen zuen bitartean, Monicaren ahotsak oraindik garunean durunda egiten zuela. Bere errua zela pentsatuz begiak busti zitzaizkion: beti berandu iritsiz, beti bakarrik utziz. Baina, ordu askotan bukatzerik izango ez zuen eztabaida batean hasteko beldurrez, ez zen deitzera ausartu, orain bere armarik onena isiltasuna zela sinetsita. Panpinari begiratu zion, zurbilago zirudien; begiak ikustearren mantelina goratu eta esan zion: "Badakit, zuk jada esan zenidan. Ergel bat naiz". Orduan erlojuari begiratu eta eraikineko aparkalekura jaitsi zen.

57 kale kantoian, Caracas billarretako atea saltxitxa beroen postu baten eta zigarreten beste baten aldamenean zegoen. Silanpa larriturik sartu zen.

–Kazetari, berandu heldu zara –Estupiñanek lanpararen argi konoaren tartetik begiratu zion.

–Zirkulazioa... –esan zuen Lotario Abuchijari bostekoa luzatuz–. Pozten naiz berriro ere zu ikusita.

–Poza neurea da. Emirrek, edo hobeki esanda, Estupiñan ikertzaileak bion benetako nortasunak azaldu dizkit. Zuenak oso lan zirraragarria izan behar du, ezta? Batman eta Robin bezalako izen faltsuak erabili behar izatea...

–Gutxi gorabehera –esan zuen Estupiñanek mahaiaren beste aldetik–. Abuchija jaunak –jarraitu zuen– hesolez gurutziltzatuaren kasuari buruzko berriak irakurri ditu eta jakinaren gainean dago, kazetari. Horregatik gaude hemen berekin... Eta ongi egiten du, bai? Nik jada azaldu baitiot, gauza hauetan hobe dela legearen aldean egotea.

–Ni pertsona zintzoa naiz, kazetari jauna.

–Ea bada, konta iezaguzu zer gertatu zen.

–Nik nire kamioitxoa daukat, esan nizuen bezala, eta garraioak eginez ateratzen dut bizitza. Neivara, Villaora edo Cucutara joan behar dela, hor dago Lotario. Honda-tik Bogotara fruituak eraman behar direla: Lotario. Gainerako denbora Caracas eta 58 artean aparkatuta ematen dut aginduen zain. Batzuek jada ezagutzen naute eta deitzen didate: altzari bat dela, Paloquemaora bidaia bat dela, enkargu osoak direla...

–Tira, Lotario adiskide, aurreratu iezaiozu zati hori kazetariari. Goazen ekintzara –eskatu zuen Estupiñanek takoa klarionez betez.

Abuchija leihoaren ondoan eseri zen, filtratutako Nazional bat piztu zuen, ahokada handi bat eman eta hitz egiten hasi zen:

–Urriaren hamarreko arratsaldean nire ohiko lantokian nengoen, berrogeita hemezortziko kantoitik hamar metrora, Caracas gainean, laranja handi bat janez eta txiste batzuk botaz Puerco Espinekin batera, Chevrolet bat gidatzen duen ergel batekin. Orduan ongi jantzitako andere bat etorri eta bazter batera deitu ninduen: "Zuk Bogotatik kanpora lanik egiten al duzu?", galdetu zidan. Eta baietz esan nion, edonora eta edonondik, izan ere, jakin ezazue albiste idazle eta ikertzaile jaun horiek, garraiolariaren egoera ez dagoela baldintzak jartzeko moduan. Batek ez baldin badu onartzen, hurrengoak hartzen du, eta pentsa zenbateraino dudan arrazoia, ezen anderearekin hitz egiten ari nintzelarik, itxura ederreko andrea bera, dena esan behar bada, Puerco Espinek lepoa luzatzen baitzuen ea zerbait harrapatzen zuen. Nik nire baitan esan nuen: hori anderearen ipurdira begira ari da, gauza ulergarria eta humanoa, baina, benetan, elkarrizketa zelatatzen ari zen, bere burua eskaintzeko zain, ni, ni!, esanez. Ez jauna, esan nuen, eta proposamena onartu egin nuen, sosaz hitzik ere egin gabe. Orduan esan nuen "eta noiz da?". Eta bera itzuli egin zen esanez: "Gaur gauean bertan, etor zaitez nire atzetik". Berehala bere Mitsubishi partikularrera igo eta Unicentroko aparkalekura joanarazi ninduen. Bera ez nuen gehiago ikusi, izan ere, aparkatutako auto ilaren artetik jarraitzen ari nintzaiola, beste gizon bat agertu eta gelditzeko keinua egin zidan. Tunjara joateko esan zidan, hiriko plano bat eman, eta merkataritza zentro batera nola iritsi azaldu. Han, gasolindegian, pertsona bat nirekin harremanetan jarriko zen. Gero honela mintzatu zitzaidan hitzez hitz: "Egin ezazu eta zorte on. Ez da legez kanpoko ezer ezta arriskutsua ere, baina bai garrantzitsua". Eta gero ehun mila peso zituen paperezko zorro bat eman zidan. Listua irentsi nuen eta billete kopurua ikusirik, barka, baina gelditu ere egin zitzaidan, eta orduan ondorengoa esan zidan: "Tunjara iristean beste zorrotxo bat emango dizute, sos gehiagorekin, eta karga ere bai. Zoaz lasai, han azalduko baitizute". Bidaia gelditu gabe egin nuen, Luperengan pentsatuz, harrapaturik nauen Lolita tabernako emakume batengan. Tunjara gaueko hamaiketan iritsi nintzen eta seinalatu zidaten aparkalekura joan nintzen. Ez zegoen inor. Motorra piztuta zain egon nintzen momentu batez, eta ezer ez, harik eta itzali nuen arte eta esan: "Jadanik dirutza hau eman baldin badidate, interesatzen zaielako izango da". Eta horrela izan zen, izan ere handik bost minutura jauzi bat emanarazi zidan kolpetxo bat sentitu nuen kristalean. Garaje bat adierazten zidan edadeko gizon bat zen. "Sar ezazu kamioneta han", esan zidan zabaltzen ari zen ate bat seinalatuz. Ni sartu eta jaitsi egin nintzen. Gizona etorri zen, nekaturik egongo nintzela, gaseosaren bat hartu edo agian zerbait jan nahiko nuela esanez, merkataritza zentroaren aurreko denda batera eraman ninduen, eta nik baiezkoa eman nion, izan ere konturatu nintzen istorio hasierako laranjarekin nengoela, ez nuela ezer gehiago jan. Garajera itzuli ginenean, ezuste handia hartu nuen nire kamionetari estalkia jarri baitzioten, eta gizonak, gainera, zera esan zidan: "Lasai. Kargatu dugu jadanik". Eta gero erantsi zuen: "Atzealdean, mutil bat joango da karga zainduz Chocontara iritsi arte". Eta nik esan nuen: "Choconta?". Eta pentsatu nuen: zergatik ez ote dute hemengo gidariren bat kontratatu? Baina zorroa eta Luperen zangoak etorri zitzaizkidan burura eta berriro gelditu zitzaidan eta baietz esan nion, bai guztiari. Beste ordain bat jaso nuen, berrogeita hamar milako eskupekotxo bat, zuek jada ezagutzen duzuen bihitegira nola iritsi azaldu zidaten eta bidaian abiatu nintzen. Iritsiera berdina izan zen: kamioia garajean sartu behar izan nuen, jaitsarazi ninduten eta, zahizko gantxigorrekin kafea hartu ondoren, azken zorrotxoa eta eskerrak eman zizkidaten. Eta akabo, hor bukatzen da, izan ere gainerakoa Luperekin Lolitan gertatua da eta hori ez dizuet kontatuko.

–Ikusi zenituen pertsonak ezagutuko al zenituzke? –Silanpak zigarreta bat piztu eta bere libreta atera zuen.

–Bai, batez ere anderea, Tunjakoa eta Chocontakoa.

–Zein koloretakoa zen Mitsubishia?

–Urdina.

–Argia edo iluna?

–Argia.

–Argia edo oso argia?

–Argia.

–Kasualitatez plakei begiratu al zenien?

–Ez.

–Mitsubishiak ba al zuen ageriko zeinurik, hala nola, kalkomania, apaingarri, esploradora, hagun zabal edo abarrik?

–Ez naiz oroitzen.

–Nola zihoan jantzirik anderea?

–Gonarekin eta traje-jakarekin. Xehetasunak Puerco Espini galdetu beharko zaizkio, goitik behera erretratatu baitzuen, gerri aldea batez ere.

–Eta beste pertsonak?

–Kaleko jantzi arrunt eta normalekin.

–Anderea ederra al zen, ile beltz gaztain kolorekoa al zuen?

–Ederra.

–Begi urdin, berde, beltz...?

–Begi argiak.

–Argiak edo oso argiak?

–Argiak.

–Zenbateko altuera?

–Ni baino altuagoa, bat eta hirurogeita zortzi naiz.

–Adina?

–Ongi gordetako berrogeitaka batzuk.

–Azala?

–Zuria.

–Esango al zenuke Bogotakoa zen, edo Boyacakoa, Medellingoa, kostaldekoa, Llanos aldekoa...?

–Bogotakoa.

–Eta Tunjakoa?

–Altua, bibotea, berrogeita hamar urte, galtza bakeroz jantzirik eta oihalezko jaka urdin ilun bat gainean. Bogotakoa zirudien hark ere.

Abuchijak aulkitxotik altxatu eta eskuak gerrian jarririk begiratu zien.

–Ez zarete CIAkoak izango?

–Eeeez... –erantzun zuten biek.

–A, tira. Jarrai dezakegu.

–Tunjako garajea kokatzen jakingo zenuke?

–Agian bai, baina etxepeko garajeak zirenez, bost ate berdin zeuden.

–Hori da guztia –esan zuen Silanpak –. Estupiñan?

–Bi xehetasun txiki besterik ez... ez al zenuen zure kamionetan ezer arrarorik edo desberdinik sumatu bidaia egiten ari zinen bitartean? Hildakoarena edo formolarena bezalako usainen bat?

–Ez. Egia esateko ogi usainaren antzekoa zetorkidan. Eta oroitzen naiz zera pentsatu nuela: ez al didate gaua errepidean pasaraziko berrehun kilo zahi garraiatzeko?

–Zergatik berrehun kilo?

–Nire kamioneta ezagutzen dut, ikertzaile. Pisuagatik nekez dabilenean, nik badakit kalkulatzen.

–Beste xehetasun bat: atzean zihoan pertsonari ez al zenion inoiz aurpegia ikusi?

–Ez. Ez nuen sumatu ere egin, atera kontuak.

–Eskerrik asko, hori da dena.

Estupiñanek bizkarra eman zion eta irmoki leihorantz joan zen, uzkurtu, hatz erakuslea altxatu eta ahots gora hitz egin zuen:

–Gaizkile horien buru gainean dago zintzilik Demostenesen ezpata!

–Demostenes? –esan zuen Silanpak–. Damokles esan nahiko duzu.

–Gauza bera da, nagusi. Garai hartan mundu guztia zebilen armaturik.

12

–Osaba!! –Barraganen seme-alabak Esquilacheren gainera joan ziren–. Zer ekarri diguzu?

–Maitasuna, umeak, beti bezala, eta gainera litxarreria hauek –*Coffee delight* gozoki pakete bat atera zuen–. Baina hori bai, bazkalondorako.

Catalina, Barraganen emaztea, karbonara erako pasta prestatzen ari zen sukaldean eta, mantala soinean, agurtzera atera zen.

–A ze etxe alaia, Cata. Bizitzan onena familia giroa da –bota zuen zinegotziak–. Esan iezadazu, non dago zure senar ergela?

–Oraintxe dator, Marco –eskailburura hurbildu zen–. Emilio! Marco Tulio jadanik iritsi da! Izan ere, lanez gainezka dabil, idazmahaiari loturik pasatzen du denbora.

Barraganek eskailerak jaitsi zituen. Drillezko galtza zuri batzuk zeramatzan eta mahuka luzeko Lacoste kamiseta bat.

–Zer moduz, Marco Tulio? Ongi da zu ikustea.

–Hitzemana zor nizun, habanoak hemen daude –Bost zenbakidun Montecristo kaxa utzi zuen mahai gainean.

–Zorra zor –esan zuen Emiliok Casillero botila bati kortxoa ateratzen ziolarik.

Telenobela bateko bukaera posibleak komentatuz eta eskolako umeen pasadizoak entzunez bazkaldu zuten.

–Osaba, frantseseko andereñoak bibotea dauka, eta esan dit azterketen aurreko kontroletan nota onak ateratzen jarraitzen badut bosgarrenekoekin Parisera bidaliko nauela.

–Juantxo, joan eta asko ikasi behar duzu. Zure gurasoak sakrifikatzen ari dira biok onena izan dezazuen.

Bazkaria amaituta, Barragan eta Esquilache estudiora joan ziren.

–Emilio, esango dizudana sar ezazu ongi buruan. Hesolez gurutziltzatu horrek ez du inolako zerikusirik gurekin, ezta Pereira Antunezekin ere. Pereira orain bi aste lurperatu genuen, edo jada ez al zara oroitzen?

–Bai, Marco Tulio, oroitzen naiz noski... Baina izan ere, ez dakit, ez dakit *El Observador*-en atera zen irudia, hesolez gurutziltzatuaren argazkia, ez dakit zergatik...

–Nori bururatuko litzaioke Pereira Antunezi horrelako gauzaren bat egitea, e, Emilio? Zu zure lanean buru-belarri sar zaitez. Nola doa lur sailen gorabehera?

–Horretaz ere hitz egin nahi nizun. Jaso nituen paperetan, bidali zenidan ondasunen aitorpenean, ez dago laurehun hektarea horien arrastorik ere.

–Nola?! –habanoa alfonbra gainera erori zen.

–Entzuten duzun bezala. Arrastorik ere ez. Ez da ondasunen artean ageri.

–Emilio, ez da posible, zenbakiak ongi begira itzazu, ez al da orriren bat faltako?

–Errepasatu nuen eta dena ordenaturik dago, abokatuek aitortutako jabetzetan ez dago lur zati bat ere.

–Emilito, laurehun hektarea ezin dira gauetik goizera galdu, eta are gutxiago gainean ditugun zoro horiekin.

–Pereira Antunez naturista zen, Marco Tulio, horregatik utzi zien Hijos del Solekoei lur horiek erabiltzen. Nork daki... ikertu beharko da.

–Baina ezin izan gara erratu. Azken katastroan jabe moduan bera agertzen zen.

–Marco Tulio, zuk badakizu Vargas Vicuña lur horien atzetik dabilela, ezta?

–Zuk esanda. Berak ez dit ezer ere esan –Esquilachek azazkal bati hozka egin zion eta amorruz doktorearen ahotsaz oroitu zen–. Vargas Vicuñak azpijokoren bat egin izango digu. Eta Hijos del Solekoen berririk badugu?

–Ez. Ez gara harremanetan jarri, baina datorren astean gerentearekin hitzordu bat jar dezakegu.

–Nor da?

–Emakume bat, Susan Caviedes du izena.

–Emilio, lur horiek aurkitu behar ditugu. GranCapitalekoek jadanik egina dute laku inguruko lurrak hiriztatzeko egitasmo bat: berrogeita bost etxadi golfeko pistekin, eski nautikoarekin eta ehizarako oihan batekin. Huts egiten badiet Udalbatzan sostengua kenduko didate. Zertarako eman xehetasun gehiagorik.

–Jadanik ba al duzu haiekin konpromisorik?

–Urriaren leheneko memorandumean azaldu nizun guztia, ez al zenuen irakurri, txoriburu halakoa? –Esquilache ahotsa ozenagotzen hasi zen.

–Marco Tulio, lasai zaitez. Dena bere momentuan, ez dezagun zaldia zelatu ekarri baino lehen.

–Emilito, zaldia jada zelaturik dago, eta zuk orain esaten didazu ez dagoela zaldirik.

–Zer esan nahi duzu?

–Esan nahi dudana da iazko kanpainako funtsen zati bat GranCapitaletik zetorrela, eta lur sail horiek lortzen ez baditugu biok dakizkigun horiek moztuko dizkigutela eta haragi xerratan janaraziko.

–Baina... eta Vargas Vicuña? Nik uste nuen lur horiekin harentzako lanean ari zinela...

–Vargas Vicuñari ez diot ezer ere zor eta GranCapitali bai. Eta ez ezazu txorakeriarik esan, urteak daramatzat Vargas Vicuñarekin lanik egin gabe.

–Ba al daki hori Vargas Vicuñak?

–Hau hemen kontatzen dizut, zure etxean, igandea familiarekin pasatu ondoren. Baina lau horma hauetatik kanpora ateratzen bada, akabo zure karrera, ulertzen?

–Ez nazazu mehatxatu, Marco Tulio. Itsasontzi honetan biok gaude. Arazoa da Vargas Vicuñak gauza beragatik deitzen didala, eta horregatik jakin nahi nuen...

–Emilito, lur sailen eskrituren bila hasi beharko dugu. Ez dakit non, zu zara abokatua. Aurkitu eta Barrutiari eginiko erreserba moduan aitortu behar dizkiogu, eta gero GranCapitali utzi, ulertzen al didazu?

–Ezin dizut hitzik eman... Vargas Vicuñak jadanik hatzaparrak jarri baldin baditu oso zaila izango da haiek berreskuratzea.

–Eta Hijos del Solekoek baldin badituzte?

–Agian errazagoa da, nik horiek ez ditut ezagutzen.

–Horiekin ere kontuz ibili beharra dago. Zoro horiek larrugorrian ibiliko dira, harpeetan bizi zirenak bezala, baina ez dira inozoak.

–Eta Pereira Antunezen gainerako jabetzekin zer egingo dugu?

–Hori erraza da. Oinordekorik ez badago inork ez gaitu oztopatuko. Baina hori huskeria da, Emilio, hemen axola duena, ene laguntxoa, laurehun hektareak dira.

Esquilache arratsaldeko seiak buelta horretan joan zen, eta Barragan aldatzera igo zen. Telefonoa hartu, dei bat egin eta ahapeka mintzatu zen. Jaka urdin ilun bat jantzita jaitsi zen, eta paparreko sakelatik burdeos koloreko zapia agerian zuela.

–Ba al zoaz? –Catalinak begiratu egin zion, Catica altxatuz.

–Countryra noa trago bat hartzera, maitea, baina aurretik momentu batean bulegotik pasatuko naiz Marco Tuliok eskatu dizkidan dokumentu batzuk begiratzera.

–Ez zaitez berandutu, haurrei zu hemen egotea gustatzen zaie oheratzen direnean.

–Ez zaitez kezkatu.

Kolonia ur lamada bat utziz atera zen.

Bulegoko atean Nancy topatu zuen. Ia egunero bazkaldu zuten elkarrekin eta Emiliok komertzio eragiketa oso korapilatsu batean zeudela kontatu zion. Hura hartu eta iparralderantz jo zuen.

–Doktore, ez dut ulertzen –esan zion Nancyk, igande arratsalde batez nagusiarekin egoteaz pixka bat harriturik–, toki honetara etorri behar izatea mintzatzera...

Argi gutxi zegoen, pistaren erdian bi bikote ari ziren dantzan.

–Nancy, nire atzetik dabiltza. Mikrofonoen beldur naiz eta horregatik hona etorri behar dut.

–Baina... –ikara sentitu zuen–. Nor duzu atzetik?

–Mafia, Nancy... Zuk badakizu ni abokatua naizela. Bulegora kasuak heltzen direla eta... egia esateko, mundu guztiaz mesfidatzen naiz.

–Eta nik zer ikusteko dut horrekin guztiarekin.

–Nancy, zuk bakarrik lagun diezadakezu.

–Baina... nola?

–Ezin dizut askorik esan, zu honetan ez nahastearren. Baina gaur, hemen nirekin egonez, herriari mesede handia egiten ari zatzaizkio.

Dantzan ari ziren bikoteak musuka hasi eta Nancy urduritasuna sentitzen hasi zen.

–Hor ikusten duzun hori –esan zuen Barraganek gizon mardul bat, gorbata horiduna, seinalatuz–, CIAko agentea da. Oraintxe bainugelara joan naizenean mezu bat jaso dut. Baina ezin dizut ezer gehiago esan.

–Hain arriskutsua al da hau?

–Ez duzu imajinatu ere egiten –ostalariari klaska eginez deitu zion–. Beste bi kuba-libre.

–Baina doktore, esan nizun bada ez dudala edaten.

–Nancy, egin ezazu esaten dizudana, hau oso-oso arriskutsua da.

–Baina zorabiatzen ari naiz.

–Ez du axola. Pentsa ezazu zure herrian, demokrazian, presidentearengan. Hori guztia dago oraintxe jokoan.

–Gizon hori CIAkoa al da?

–Shh, agian intertzeptatu egin naute eta jada entzuten ari zaizkigu.

–Baina nor?

–Nancy, errusiarrak. Eta ez gehiago galdetu.

Hitz bat esaten zuen bakoitzean, belarrira hurbiltzen zitzaion. Nancyk Calvin Kleinen Obsessionen usaina sumatzen zuen, harik eta Emiliok eskuarekin ukitu zuen arte.

–Doktore, zer egiten duzu?

–Nancy, plantak egin behar ditugu, bestela konturatu egingo dira ere.

–Beldur naiz.

Barraganek eskua estutu zion.

–Lasai, ni hemen nago eta horko ostalaria nire agentea da. Etortzen badira bera armaturik dago.

–Eta ezin al dugu joan?

–Ez. Mezuaren zain egon behar dut.

–Baina... ez al duzu esan gorbatadun gizonak jada eman dizula?

–Mezua eman dit, baina ez gakoa. Nancy, hobe izango da hainbeste galdera egiten ez badizkidazu. Hobe da zure segurtasunerako.

Barraganen eskua gona altxatzen hasi zitzaion.

–Hau arraroa irudituko zaizu, baina horrela izan behar du.

Hatz erakusleaz haren sexuraino iritsi zen, laztandu zuen.

–Doktore...

Nancy harengandik aldendu zen.

–Kontuz –esan zuen Barraganek–. Errusiar bat ikusi berri dut bainugelako atean.

–Horko hori?

–Bai, baina ez ezazu begiratu.

–Baina beltza da eta.

–Beltza, baina errusiarrentzat lan egiten du. Berarekin borrokatu nintzen behin.

–Orduan, ezagutzen duzue elkar?

–Itxaron iezadazu hemen...

Barragan altxatu, barraraino joan eta pixka bat berandutu egin zen. Une bat geroago berriro ere eseri eta Nancyren belarrira hurbildu zen.

–Sarrerako atea errusiarrez beterik dago. Nire agenteak dio atzeko aldean gorde gaitezkeela. Mugi...

Eskailera mehar batzuetatik gela txiki bateraino igo ziren. Sartu eta Barraganek giltzaz itxi zuen.

–Hemen itxaron behar dugu nire agenteak seinalea eman arte.

–Baina doktore, bulegoan ez naiz paperak hartzera ere iritsi...

–Nancy, hori irteteko aitzakia bat zen. Esan dizut jada mundu guztiaz mesfidatu behar dudala. Goazen, eser zaitez eta itxaron segundo bat. Hogei minuturen buruan itzuli ez banaiz, deitu das-era.

Atera zen eta Nancy ardo beltz koloreko sofa batean itxaroten gelditu zen. Argi gutxiko lanpara ikusi zuen, koadro asimetrikoak, tapiz zuria zigarreten erredurekin.

Une baten buruan itzuli zen Barragan. Eskuetan bi kuba-libre zituen.

–Nire agenteak hau lortu ahal izan dit, oraindik ezin dugula atera esan dit. Seinalearen zain egon behar dugu.

–Asko berandutuko al da?

–Ideiarik ez, hemen itxarotea izango da onena. Topa.

Nancyk edalontzitik tragotxo bat hartu zuen eta burua bueltaka hasi zitzaion.

Barraganek musukatu zuenean gozoa iruditu zitzaion. Ekiten utzi zion eta ohartu orduko jada biluzik zegoen, hanka bat sofaren bizkarraldean zuela eta bestea nagusiaren sorbaldaren gainean.

13

Istorioak hamasei urte geroago jarraitzen du, jaun-andreok, nerabezaroan ongi barneraturik, gaztea gizon bilakatzen den momentuan, eta arrazoi horregatik, natural eta sano, beste era batera begiratzen hasten da bere kideko eder horri, emakumeari. Ez naiz xehetasunetan sartuko, ez baita tokia eta horretarako ere ez baikaude, baina nerabezaroa zalantzen momentua da eta hor hartu zuen garrantzia emakumeak ni bezalako esperientziarik gabeko batentzat eta, izan ere, neurria eman baino askoz ere lehenago jantzi behar izan nituen etxeko gizonaren galtzak, nire izeba ezkongabearen eta amona santuaren egoerak eta beharrak bultzaturik. Postreen eta gozokien postutxoak duintasunez bizitzeko ematen zuen, hori bai, baina azukrearekiko gertutasunak bigundu ninduen eta denborarekin ohiko bihurtu zen masan eta krema berotan hatza sartzearen keinu inuzentea. Gaztea jaten ari delarik ez da kezkatzen, hazten ari delako, baina hitz egiten ari zaizuen honek, hamasei urtera iristean, jadanik altxaturik zuen lurretik bere bizitza osorako emango zuen guztia, eta beraz, gozokien kontuak urdailaren barrunbeetan sartzen hasi ziren, kaparrak bezala bazterretan itsatsiz. Hamasei urteak zailak dira, ez den hura nahi izaten baita, eta hemen, andere agurgarriok, belarriak estal itzazue, zeren eta esan beharra baitut ez dela bidezkoa emakumezko gorpuztxo horiek edukitzea, nahiz eta, bide batez esateko, arraza aberkoiaren harrotasunerako motibo ezezik atzerrian oso aipatuak izan. Nire amonak esaten zuenez, neska gazteak ezin ziren ukitu, ezta arrosa petaloekin ere, eta hitz horiek nire belarri gazteetara zigor kolpe baten moduan heltzen ziren, nerabezaroko sukar betean, begiratzen ez denean ere zangoak ikusten diren garaian. Horregatik, eta orain bai andreok, benetan estal itzazue belarriak, gazteak beti emakume publikoetara jotzen du, horrenbeste belaunaldiren gizon eskolara. Ordu txikietan emagaldu etxeetara eginiko txango horietan ikasi nuen, eta Jainkoak barka nazala, lehen aldiz eta bizitza osorako lodi izatea zer zen. Hasieran gauza modu neutro batean agertzen zen. "Aizu, loditxo, garagardo on batera gonbidatuko al nauzu?", esaten zuten azpi-sugeek, eta niri "lodi" izena maileguan hartutako trajea iruditzen zitzaidan, nirekin ez zihoan zerbait. Baina dena alferrik, emakumeek "loditxo" deitzen zidaten, auzoko nire adiskideen hiztegira laster pasatu zen izengoitia, eta poliki-poliki niri ere ohikoa egin zitzaidan. Eta hau esaten dut geroztik lasterka egitea, festatan dantzan aritzea eta saskibaloiko kantxan areto futbolean jolastea bezalako gauza naturalak zerbait nekagarri bilakatu zitzaizkidalako. Hankei eragiten nien, bizkortasun handiagoz mugitzeko, baina beti bazen airea harrizko bihurtzen zen puntu bat eta ahotsen batek belarrira esaten zidan hor gelditzen zara, etsi ezazu, loditxo bat zara. Gozoak gorroto izan nituen. Kristaldutako droga gorroto nuen eta mila aldiz zin egin nuen izurritetik edo koleratik bezala alde egingo nuela mielmesabetik... baina gauean etxera iristen nintzen eta nire izebak, gonbidapen atsegin eta goxoz, esaten zidan: "Aris, ene haurra, zenbat izerdi egiten duzun, postre platertxo bat emango al dizut?". Eta nik buruarekin ezetz esaten nuen, zeren eta ahoa zabalduz gero baietz erantzungo nukeen, horixe nahi bainuen, eta nire izebak, barrukoa irakurtzen baitzekien, kopetatik eskua pasatu eta platertxo bat ekartzen zidan, eta ni maitatua, zaindua, babestua sentitzen nintzen eta... era berean, miserablea. Eta beti horrela izan zen, eta ispilura begiratzen nuenean ez nuen neure burua ezagutzen, neure burua ikusi beharrean, barka, baina neskato lenoziniko horiek esaten zuten loditxo hura ikusten nuen, eta hura ni ez nintzela pentsatzen nuen eta nire artean esaten nuen ni ez nintzela ispiluak behin eta berriz erakusten zidan hori, ni erakusten zidan horren barruan nengoela, eta saiatzen nintzen neure burua aurkitzen, eta sabela zurrupatzen nuen, eta ezpainei hozka egiten nien, eta birak ematen nituen eta bularraldea ateratzen, baina ezer ez, ez nintzen inondik ageri eta irudia beti bera zen: nire adiskideek iseka egiten zioten izaki txepel haragi eroriko hura, harria botatzeko eta chiguiroak ehizatzeko muino kaskora arnasestuka iristen zena, gaueko ibilietan nekatzen zena eta emagalduei irribarre eginarazten ziena.

14

Emakumea taxi ilara bateraino joan zen urduri. Dodge Dart hori bat gelditu zen, gidariari argibideak eman eta Astor Plaza zinemaraino eraman zuen. Kevin Costnerren *Bizkartzaina* ematen zuten Astorren, eta eskuan bi mila pesoko billete batekin txarteldegira hurbildu zen, txartel bat erosi eta sartu egin zen. Jada aretoan, beheko jarlekuetako txoko batean eseri zen, antzokia beteta ez dagoenean jende gutxi izaten den tokian. Une baten buruan, argiak itzali zirenean, gizon bat bere ondoan eseri zen.

–Norbaitek ikusi al zaitu bulegotik ateratzen?

–Ez, ez dut uste.

–Tira, goazen.

–Bai, hamalauan itxarongo dizut.

Caracasen eta 13aren arteko kale bueltan zegoen La Bilirrubina moteleko 14 zenbakiadun gela esan nahi zuen hamalauak.

Emakumea iritsi zen lehenengo. Bainugelara joan, pixa egin eta gero ispiluaren aurrean gona altxatu zuen bere burua ikusteko: aldakei begiratu zien, ezpainak hozkatuz bira eman zuen itxura sexiagoa edukitzeko eta aldi berean ipurmamiei kolpetxoak eman zizkien. Gero, kuleroak gorantz luzatu zituen. Dena ongi zihoan. Orduan biluzi egin zen, eta zango ederrak eta titi eroriak agerian utzi zituen. Gizona ondoren iritsi zen eta, denborarik galdu gabe, ohean sartu zen, non emakumea larrugorrian zain zuen. Elkar ukitzen hasi ziren eta, jada oihuka ari zirenean, Silanpa bere Nikkormata sakatuz sartu zen.

–Polizia, errutinazko ikuskapena!

Biak ala biak elektrizaturik gelditu ziren.

–Jose Luis, egin ezazu zerbait, ez zaitez hor ergel baten moduan gelditu! –oihukatu zuen emakumeak, baina gizonak aurpegia ohe-estalkiarekin estali zuen. Mugimenduengatik, negarrez ari zela asma zitekeen.

–Putasemea! –oihukatu zuen berriro–. Ez al zara ohartzen zenbateko mina egiten ari zaren?

Silanpak begietara begiratu zion: makillaje arrastoak masailean barreiaturik zituen, ilea mototsean bildurik, eta besoan, zilarrezko eskumuturrekoa. Hura ikustean erakargarri iruditu zitzaion eta gorputz biluzi eta izerditsua maindirearekin estaliz, erregu aurpegia zuen. Orduan mahai gainean zenbaki bat idatzi eta esan zien: "Dei iezadazue hitz egiteko". Hori esanda atera zen, eta gorrotoa sentitu zuen, bere burua engainu batean harrapaturik ikusten zuelako, eta aldi berean, bikote gajo hori errukarria iruditu zitzaion, motel merkeetan elkartu beharrez ezkutuko amodio arin eta zapore askorik gabeko baterako.

Pribatuko lana utzi behar zuela pentsatu zuen. Argazki makina ireki, erroilua atera eta autobidean bertan bota zuen, norbaitek Monicaren argazkiak ekarriz gero zer sentituko ote zuen imajinatu nahian. Min horretan perbertsioa dago: beste esku batzuetan ikustea, beste gorputz baten presiopean. Minutu batzuen buruan Chiako atseden etxearen aurrean aparkatu zuen.

Guzman lasai zegoen. Achira pakete bat eman zion Silanpak eta Abuchijako eta bainu turkiarreko txangoa xehetasunez kontatu zion.

–Victor, neure kabuz pentsatzen aritu naiz, arazoa aztertuz, eta ideia bat otu zait... horrelako gauzarik, horren nazkagarria, ez zen inoiz ere ikusi herri honetan, ezta? Esan nahi dut, hemen egunero hiltzen dutenak sadikoak dira, baina inoiz ere ez dira iritsi horren gauza makurra egitera. Horregatik beste arrazoiren bat dagoela pentsatzen dut eta... ez dakit, ez dakit zergatik bururatzen zaidan erritualen bat dela, mezu baten modukoa, norbaiti zuzendutako zerbait, lengoaia pribatu baten antzekoa, ulertzen? Krudelkeriak formak ditu, norbait hesolez gurutziltzatzea, modu batean, fintasun bat da... agian oker nabil.

–Egia da horrelakorik inoiz ez dela gertatu.

–Horixe diot nik ere.

–Azter ezazu alderdi hori artxiboetan. Historia liburuak irakurri, nortzuek gurutziltzatzen zuten jendea hesolez eta zergatik?

Silanpak entziklopedian aurkitu ahal izan zuena azaldu zion eta Guzmanek oharrak hartu zituen. Gero begietara begiratu zion:

–Beste zerbait gehiago dagoela sumatzen dut –esan zion.

–Hori da dudan guztia.

–Zuri buruz ari nintzen. Zerbait gertatzen da.

Zerbait bilatuz sabai alderantz begiratu zuen: itzal bat, artesi ilunen bat...

–Monica da.

–Ene Jainkoa.

–Oscarrekin adarrak jartzen ari zait, mutil-lagun ohiarekin, oroitzen al zara?

–Iruditzen zitzaidan bada horrelako zerbait zegoela... ziur al zaude?

–Biak elkarrekin aurkitu nituen.

Guzmanek masailetan hazka egin zuen.

–Eta nola zaude?

–Kaka egina, baina horretan ez pentsatzen saiatzen naiz.

–Zuen artean zerbait gertatu al da?

–Txatxukeriak. Lanak gailendu eta bazter batera utzi dut pixka bat.

–Hori ez da txatxukeria. Hori emakume bati egin dakiokeen gauzarik okerrena da. Hitz egin al duzue?

–Ez naiz ausartzen bera ikustera, jakiteko beldur naiz.

–Monica bezalako emakume batek hori egiten badu, barnean zerbait hautsi zaiolako da. Oinarrizko zerbait.

Silanpak isilik begiratu zion eta Guzmanek jarraitu:

–Maitasuna mozkorraldi bat bezala da. Botila ondoan duzunean, zoriontsu sentitzen zara. Baina gero amaitu egiten da, lokartu egiten zara eta hurrengo egunean minez esnatzen. Gero zin egiten duzu ez duzula gehiago edango... oraindik maite al duzu?

–Bai.

–Eta berak?

–Uste dut errudun sentitzen dela, inoiz ez nuen horrela ikusi –Silanpak eskua burutik pasatu zuen–. Ez dakit zer egin, galdurik sentitzen naiz, estalkia altxatzeko beldur naiz, begiratu eta bera ez ikusteko beldur.

–Ez iezaiozu beldurrik izan. Victor, zu asko irakurritako gizona zara, badakizu bizitza egiaren atzean hasten dela.

–Jada ez zait egia interesatzen, nahiago dut engainaturik bizi –ihardetsi zuen.

–Hezur eta haragizko norbaitez ari gara, motel. Maite baduzu bila ezazu eta barkatu, barka iezaiozu dena eta ahalegindu berak ere barka zaitzan. Oroit zaitez bizitzan ostikoka aurreratzen dela. Gertatutakoari zerbait ona atera iezaiozu. Baina maite ez baduzu, ahaztu.

–Ez dakit berak zer pentsatzen duen. Ez dakit zer nahi duen.

–Besteaz maitemindu baldin bada, arazoa desberdina da. Kasu horretan mozkor zaitez, negar egin, bota, aurrezkiak gastatu, paretaren kontra pare bat edalontzi puskatu. Moby Dick hil ezazu eta gero, berriro ere, Old Parr botila batekin ospatu, itsas lapurren whiskiarekin. Horixe da guztia. Emakumearen aurka borrokatzea galtzea da. Napoleonek, Europa erdia konkistatu zuen hark, esaldi jakintsu bat esan zuen: "Emakumeen aurkako batailak dira ihes eginez irabazten diren bakarrak".

–Baina nik ez dut irabazi nahi.

–Sar zaitez buru-belarri beste gauza batzuetan, adimena lanpeturik eduki –egoskortu zen Guzman–. Arazoa da maitasuna jokoa bezalakoa dela: substantziarik gabeko bizioa. Sendatzeko ez dago gorputzetik ezer atera beharrik.

Guzmanek ahotsa goratzen zuen hitz egitean eta, bat-batean, atea ireki zen. Erizain bat agertu zen gelan pilula erretilu batekin. Orduan Silanpak joatea erabaki zuen.

Ibilbidean Guzmanen hitzak ibili zituen gogoan: erraza zen gauzak urrundik ikustea, norbere sabelean korapilorik ez dagoenean. "Ezer edan gabe nago", esan zuen bere baitan. Denda batean gelditu eta hiru pattar hartu zituen. Errealitatea aurka jarri zitzaion, gehiegi aldatzeko ahaleginik egin gabe geratzeko moduan. Baina alferrikakoa izan zen, esan zuen bere Underwoodean pentsatuz: errealitatea da atzean utzi ezin daitekeen gauza bakarra. Beti harrapatzen gaitu.

Etxera iristean, arratsaldean ikusi ez zuen gutun-azal bat aurkitu zuen. Berari zuzendurik zegoen eta idazpuru bat zuen: Paraiso Terrenal bainu turkiarrak. Ireki eta eskatutako informazioa aurkitu zuen. Inprimakia bete eta argazki batekin eta hogei mila pesoko txeke batekin, sartzeko aukera izan zezakeen. Hori bai, naturista-bazkide txartela eduki aurretik, bisitan joateko eskubidea zuen eta arratsalde batez Paraiso Terrenaleko instalazioez gozatzeko aukera izena ematean eginiko ordainketaren kontura. Xehetasun bat: alferrikakoa bakarrik agertzea. "Paraiso Terrenalek, gizakiaren eta naturaren arteko harremanaren alderdi filosofikoari erreparatzen baitio, batez ere balio moralak gorde nahi ditu. Beraz, bikote-eskariak soilik onartzen ditugu".

Papera maletatxoan gorde eta erantzungailuaren play-a sakatu zuen. "Silanpa, Monica naiz. Hain larria al da? Gaueko bederatziak dira eta ergel baten moduan telefonoaren aldamenean eserita nago. Zuk deitzea espero dut".

Listua irentsi, begiak idortu eta zinta entzuten jarraitu zuen. "Hemen Emir Estupiñan. Txanda. Igandean Lotario Abuchija Tunjara joateko prest dagoela jakinarazteko, ditxosozko garajea bilatzera. Txanda eta kito".

Bat-batean, panpinaren begirada salatzailea sentitu zuen. "Bai, trago pare bat hartu nituen bidean", gezurra esan zion, "baina bi bakarrik. Zin dagizut". Sukaldera joan, hozkailua ireki eta jateko ezer ez zuela ikusi zuenean, berriro itxi zuen. Zer egin? Ez zion Monicari deitu nahi. Ez zuen zinemara joan nahi. Orduan goitik ideia bat erori zitzaion: Quica. Gurpilekin kirrinka eginez atera zen, eta sigi-sagak eginez, semaforoak gorrian pasatu zituen.

Quicak hezea zuen gorputza, eta sartu zionean, euri zaparrada baten ondoren Chocoko eliza batean sartu izan balitz bezala sentitu zen. Zenbat urte zituen?

–Zeren arabera, polizia bazara hogei, bezeroa bazara hamasei. Zein duzu nahiago?

–Egia.

–Neuk ere ez dakit.

Zeru-lurrak eskaini behar izan zizkion berekin etorri ahal zedin, baina azkenean onartu egin zuen. Lehenik, hanburgesa bat jatera 15 eta 84 artera eraman zuen, eta bukatzeko Salomen saltsa dantzatu nahi zuela otu zitzaion neskari.

–Zuk esan duzu nik nahi dudan guztia.

–Tira, goazen...

Garagardoak eskatu eta ezkongai bikoteen artean nahasiz dantzatu zuten. Agian, Monica han egon zen Oscarrekin, lehenago berekin bezala. Agian, une bat lehenago joan ziren, nekaturik, eta orain argiak itzalita mintzatzen ariko ziren. Berari buruz hitz egingo zuten. Bere erruz banandurik egon ziren denboraz. Goizaldeko lauretan Quicak ahoa zabaldu zuen eta Silanpa ordaintzera joan zen.

–Nora joango gara orain? –galdetu zuen Quicak.

–Nire etxera, atseden hartu behar da.

–Atseden hartu? Niri ipurditik eman nahi didazu zuk... zerri halakoa –esan zion begiarekin keinu eginez–. Nik ezagutzen ditut gizonak.

Silanpak ez zuen ezer esan eta autoraino besotik eraman zuen. Tristea iruditu zitzaion hain gaztea zen norbaitek engainua ezagutzea.

Etxean, Quicak tiradera guztiak, hozkailua, jaki gordailua, armairuak ireki zituen, telebista piztu eta itzali egin zuen, panpinagatik galdetu zion eta mantelina kendu nahi izan zion, emisora aldatuz jauzika ibili zen, Coca Cola baso bat hartu zuen, edan gabe utzi, zigarreta bat piztu eta trago bat whiski eskatu zuen. Gero, bainugelara joan eta dutxa bat har zezakeen galdetu zion Silanpari, baina azkenean, kulerotan ohean sartu zen begiak logalez gorrituta.

–Bihar ezusteko bat daukat –esan zuen Silanpak.

–Zer da?

–Toki berezi batera joango gara.

–Nora?

–Bogotatik gertu, baina ez dizut gehiago kontatuko.

Hurrengo egunean, eguerdi aldera, autobidera irten ziren. Quicak irratiko abestiak ahapeka kantatzen zituen eta errepide postu bakoitzean gelditzeko eskatzen zuen fruituak, merengada, marrubiak kremarekin erosteko. Silanpak isilean begiratzen zion, inbidiaz. Noizbait sufrituko al zuen? Galdetu zuen bere baitan.

–Bai, nire anaia hil zutenean –esan zuen ahoa marrubiz beteta–. Ni baino bi urte zaharragoa zen. Ciudad Bolivarren bi tiro eman zizkioten.

–Zergatik?

–Ez iezadazu galdetu, ez zait gustatzen horretaz hitz egitea.

Denbora pixka batean bila aritu ziren, harik eta Silanpak, urrundik, pinu-hesia ezagutu zuen arte. Paraiso Terrenalen kartela ikustean Quicak barre egin zuen.

–Quica, hemen gutxi hitz egin behar da, eta gure artean soilik. Gero azalduko dizut.

Itxura hotzeko gizon batek ireki zien atea. Silanpak gonbidapena zuen gutun-azala eman zion eta hark goitik behera begiratu zien.

–Etor zaitezte bulegora.

Hala joan ziren.

–Jakin al dezaket zergatik nahi duzuen klubean sartu?

–Hiriaz, hipokrisiaz, itxurakeriez gogaiturik gaude... Benetako atseden bat nahi dugu eta horregatik erabaki genuen filosofia naturistan murgiltzea.

–Ongi, ongi. Sar zaitezte aretoetara, han dira aldagelak.

Quicak begiak zabaldu zituen. Larrugorrian jarri behar zuen eta gizon-emakumeak, larrugorrian haiek ere, hitz egiten eta egunkaria irakurtzen ari ziren zenbait aretotara sartu behar zuen. Barregura eman zion.

–Goazen lurrun aretora.

Lehendabizi eztul egin zuen, baina pixka bat geroago, poroak irekitzen eta nerbioak berotasunarekin desegiten zirela sentitzean, gustatzen hasi zitzaion.

–Goxoa da, hormetako lauzak politak dira.

Sauna nekezagoa izan zen: erdi ilunpetan zegoen aretoa egurrezko jarlekuekin eta azala minberatzen zion beroarekin. Eukaliptoaren usain sarkorra. Minutu gutxira izerditan blai zegoen.

–Orain ur hotzezko dutxa.

Silanpa behatzen ari zen: tripa eroriak, bizkar bilotsuak, edadeak deformaturiko sabelen gainean tolesduretan erortzen ziren itzelezko titiak zituzten emakumeak, noizean behin gorputz gazteren bat... Markesina ezagutu zuen, handik igo baitzen aurrekoan, eta gero patioa, baina ikusi zuen ezer ez zitzaion susmagarri iruditu. Bide faltsua ari ote zen segitzen?

Paseo bat ematea erabaki zuen; patioa zeharkatu eta "pribatua" jartzen zuen atea ireki zuen. Pasabidetik ibili zen, eskailerak jaitsi eta bulego baten ondotik pasatu zen, non zenbait pertsona eztabaidan ari ziren. Beste eskailera batek atarira eraman zuen, eta urrats batzuk hurbiltzen sumatu zituenean, han zegoen zer egin ez zekiela. Non ezkutatu? Irteera bakarrak garajera ematen zuen eta hortik sartu zen. Begiak zabaldu zituen: zurezko bionbo baten atzean Mitsubishi urdin metaliko bat zegoen aparkaturik. Plakaren zenbakiak gogoan hartu zituen eta berriro ere igo egin zen Quicaren bila. Pasabidetik bueltan zetorrela, esku bat sorbaldan pausatu zitzaion.

–Zeren bila dabil jauna?

–Bainugela.

Atea ireki eta patiora irteteko keinua egin zion.

–Beste aldetik da.

–Eskerrik asko.

Abuchijak deskribatu zion emakumearen bila hasi zen: pinpirina, begi argiak. Alde guztietara begiratu zuen, baina ezer ez.

Agian, bulegoko ahotsen bat izango zen.

Quica zoriontsu zegoen. Lurrun aretoan edadeko jaun batekin hizketan ari zen eta ez zirudien joateko gogorik zuenik.

–Begira, Alberto jauna aurkeztuko dizut.

–Pozten naiz –esan zuen Silanpak.

–Gustua ematen du gazteei ere naturismoa interesatzen zaiela ikusteak. Hain da... bizitza berri bat da, Dantek esango zukeen moduan.

–Duela asko egiten al duzu?

–Hemeretzi urte nituenetik, hara. Garai hartan biziotsu batzuk ginela esaten zuten, nahi genuen gauza bakarra gorputzak erakustea zela. Ergelak. Biluztea pixa kontua bakarrik izango balitz bezala. Gero elkartearekin klub hau sortu zen, hala ere esaten dizut, lasai bizi bagara, elkar babesten dugulako da.

–Noiz eraiki zenuten kluba?

–Hirurogeita hamaikan, pentsa zenbat denbora pasatu den.

Silanpak begiratzen jarraitu zuen eta bat-batean, aretoetako batetik Abuchijaren deskribapenera hurbiltzen zen emakume erakargarri bat etortzen ikusi zuen. Orinez beterik zituen eskuak, begiak sakondurik eta lepoa ildoz beterik.

Quica ikustean, emakumeak harridura keinua egin zuen.

–Zatoz, Susan, zatoz, aurkeztuko dizkizut... Berriak dira –esan zuen zaharrak.

Emakumea zurezko aulkitxoan eseri zen, zangoak gurutzatuta. Zorrotz begiratu zion Quicaren gorputzari, begiratu batez Silanpa erradiografiatu zuen eta, azkenean, buztinezko bisaia baten gainean eskuz marraztuta bezala, irribarre bat agertu zen.

–Atsegin handiz, eta ongi etorri.

–Guretzat bazkide berriak edukitzea, jende gaztea, zeinen garrantzitsua den esaten ari nintzaien.

–Noski, noski...

–Zu ere txikitatik al zara naturista? –galdetu zuen Silanpak.

–Bai –pixka bat urduri erantzun zuen–. Barka iezadazue, mesedez. Alberto, zure bila nenbilen... bulegora lagunduko al didazu momentu batean?

–Noski, goazen.

–Jaun-andreok, gero ikusiko dugu elkar, eta gozatu –emakumeak berriro ere garratz begiratu zien.

Silanpak ateraino segitu zien begiradarekin eta erlojuari begiratu zion. Arratsaldeko laurak ziren. Bisitak fruituak eman zituen, orain itxarotea besterik ez zegoen.

15

–Paraiso Terrenal bainu turkiarrak? –hozkaturiko arkatz batekin idatzi zuen gizonak eta segidan fitxategien artean galdu zen.

–Baquetica, eskerrik asko. Arrunt premiazkoa dela pentsa dezakezu.

Erregistroen Agentziako enplegatuak bi gauza oso itsusi zituen: mahuka pean ezkutatzen zuen esku gogortua, eta bibote bakan batez erdizka estalitako erbi-ezpaina. Baquetica larunbatetan ere Agentziara joaten zen, astean zehar lan egiten zuen leku berera, paper sorten airea arnastera, gurutzegramak egitera, libre sentitzera eta ezer egin gabe egotera. Behin Silanpari aitortu zionez, Fontibonen alokatutako gelan ordu miserableak bera etorri zain zeudela pentsatzea ikaratzen zuen, eta lo egitera soilik joaten zen, ahal bazuen mozkorturik. Horregatik, seiak bitartean liburu artean gelditzen zen eta gero, gogoz baldin bazegoen, Copoliara jaisten zen sexuzko bat ikustera. Silanpak ezagutzen zuen, eskupekoak eman eta arazoak entzuten zizkion.

–Erregistro orria hemen daukat. Jabetzarena ez dago, baina bai administratzailearena: Alberto Cossio, honako eta halako zedula. Balio al dizu?

–Bai, ea zer kopiatzen dudan.

Silanpak erregistro papera irakurri eta goiburuko data abuztuaren 10ekoa zela ikusi zuen.

–Baquetica, erregistro honek bi hilabete eskas al ditu?

–Bai, datagatik bai.

–Baina klub hura orain dela hogei urte baino lehenagotik dago. Zer gertatuko ote zen?

–Ez dakit, jabetza aldatzean erregistro berria egiten da, baina historiala ez dago hemen. Itxaron ezazu, transakzioa dohaintzen fitxategian bilatzera noa. Agian, horregatik izango da.

Arratsaldeko argia hauts ilarak osatuz sartzen zen leiho zabal-zabaletatik. Baqueticaren irudia joan eta etorri zebilen paper sorta pilen artean; batzuk sokaz loturik zeuden eta arkatzez jarritako zenbakiak zituzten.

–Hemen daukat. Begira, dohaintza da. Historiala hemen dago.

–Eta noren dohaintza?

–Casiodoro Pereira Antunezek Heliodoro Tiflisi. Begira, berria da, ez ditu bi hilabete ere.

Silanpak datu guztiak kopiatu eta kalera hegaka irten zen. Jadanik iluntzen ari zuen. R6an Quica aurpegi txarra jartzen ari zen.

–Lotsagabea, berandutu egin zara. Eraman nazazu bizkor Lolitara, berandu egiten ari zait eta.

Iristean, musu arin batekin agurtu ziren. Eskailera meharretatik igotzen ikusi zuenean, sabelean zerbait sentitu zuen, eta amorrua eta jelosia gero, gormutuak izterretan esku-kolpe batez agurtu zuenean.

Zenbait dei zituen etxeko erantzungailuan. Botoi gainean dir-dir egiten zuen argi gorria ikusi zuen eta panpina zegoen alderantz jiratu zen: "Deitu al du? Kapela berri bat apustu baietz deitu izan". Play-a sakatu zuen, bere ahotsa entzun zuen sarrera emanez, Guzmanek "indukzio gurditxoa" deitu zuen hori, eta gero: "Silanpa. Monica naiz. Ergelkeria honetaz nekaturik nagoela esateko deitzen dizut. Nirekin hitz egin nahi ez baduzu, gutxienez aurpegia emateko ausardia izan eta esan ezazu. Bostak dira eta etxean nago. Ez naiz aterako. Iristen zaren bezain laster dei iezadazu".

Hiru txistu eta gero: "Hemen Emir Estupiñan, txanda. Lotario Abuchijarekin izaniko hizketaldian ikerketarako intereseko elementu berriak aurkitu ez direla jakinarazteko. Tunjako garajeak bisitatzeko biharko hitzorduak bere horretan jarraitzen du, baina Abuchijak nahiago du bere kamionetan ez joan bi arrazoirengatik. Lehenengoa: inork ez ezagutzeko. Bigarrena: relay-ak huts egiten diolako. Eta hori da dena. Txanda eta kito".

Pip, pip, pip...

"Silanpa, zazpiak dira. Ba al dakizu zer bururatu zaidan? Haserre zaudelako edo horrelako zerbaitengatik hitz egin nahi ez badidazu, proposamen bat egingo dizut. Etxera etorri, telefonoz pizza bat eskatu eta 'Larunbat zoriontsuak' ikusiko dugu. Gero hitz egin nahi baduzu, hitz egingo dugu, bestela, alde. Ados?".

Izua sentitu zuen eta erlojuari begiratu zion. Bazekien zeri buruz hitz egin nahi zuen. Zortziak eta hamar ziren. Leihora joan zen, hiriko argiak ikusi eta zigarreta bat piztu zuen deitu behar ote zion pentsatuz. "Deituko diot ala ez?". Telefonoa bi aldiz hartu, baina utzi egin zuen. Gero sukaldera joan eta ura berotzen jarri zuen espageti batzuk olio eta atunarekin egiteko. Aulkian esertzean odoluzkiaren mina sentitu zuen, baina egun osoan minik eman ez ziola ohartu zen. Lurrunezko bainua izan ote zen? Egongelan telefonoak jo zuen, baina zigarreta hartu eta erantzun gabe begira gelditu zitzaion.

"Ku-ku. Ezagutzen al nauzu? Zure telefonoa ezkutuan apuntatu dut. Aio".

Quica zen. Minutuaren buruan txirrinak jo zuen berriro eta erantzungailuan Esquivelen ahotsa ezagutu zuen: "Gaur gauean erredakzioan guardiako txanda egokitzen zaizula gogorarazteko deitzen dizut. Ahaztu egin al zaizu? Gogoratu, hamaiketatik aurrera".

Sukaldean jan zuen, "Larunbat zoriontsuak" ikustea erabaki zuen eta telebista bainugelara eraman zuen. Bainuontzia bete, biluzi eta besaurreak igurtziz uretan sartu zen. Bat-batean ateko txirrina entzun zuen. Xukadera batean bildu eta hotzez dardaraka ate ondoraino joan zen. Bera izango ote da? Baina ezagutzen ez zuen emakume bat erakutsi zion behatxuloak, lenteak antzaldatua.

–Bai?

–Victor Silanpa jauna?

–Bai...

–Kontsulta profesional baterako etorri naiz, premiazkoa...

–Momentu bat, mesedez.

Atea ireki eta bular aldean kolpe bat sentitu zuen: bainu turkiarreko emakumea zen, Abuchija garraiolariak deskribatu zuen berbera. Sartzera gonbidatu zuen.

–Erdi biluzik nago, dutxatzen ari naiz eta... eser zaitez segundo bat, oraintxe naiz zurekin.

–Ez zaitez kezkatu, suposatzen dut lurrun aretoan zenuen gorputz bera duzula.

Silanpak burlaizez begiratu zion, bainugelara bata jartzera joan eta sandaliekin itzuli zen egongelara.

–Zertan lagun diezazuket?

–Victor, egunkarian kasu horri buruzko zure kronikak irakurtzen aritu naiz. Nola deitzen diozu zuk...? A, bai, Hesolez Gurutziltzatuaren Krimena.

Bat-bateko intimitateagatik harritu egin zen eta, lotsaturik, zango argal eta zurixkak bataren hegalekin estali zituen. Emakumeak ardo beltz koloreko soineko sastrea zeraman eta Pall Mall luze bat ari zen erretzen.

–Eta ba al dakizu zer esaten dizudan? Nire ustez, kasu horren ikerketak ekarri zintuen gure klubera. Oker al nabil?

–Utz iezadazu zerbait eskaintzen... garagardo bat, tragotxo bat?

–Whiskia baldin baduzu bai, bestela kafe bat nahiago dut.

–Whiskia badaukat.

Altxatu zenean emakumeak begiratu egin zion eta begiekin sukalderaino jarraitu zion. Silanpak bizkarrean hotza sentitu zuen.

–Ez didazu erantzun –trago luze bat egin zuen eta mihiarekin edalontzi barruko izotz zatiak mugitu zituen.

–Ni kazetaria naiz, andrea. Egunkarian polizia-ikerketa hutsetik haratago doazen beharrak ditut. Ba al dakizu gizarte artikuluak ere egiten ditudala? Zure kluba oso gutxi ezagutzen dela eta gure irakurleei asko interesatuko litzaiekeela?

–Victor, ni ez naiz hona etorri txorakeriez mintzatzeko –begietara begiratu zion, zangoa gurutzatu eta zigarretari ahokada luzea eman zion.

–Nola lortu duzu nire helbidea?

–Klubean sartzeko bete duzun inprimakian dago, ez al zara oroitzen?

–Bai.

–Argi hitz egin dezagun. Guk hesolez gurutziltzatuarekin zerikusiren bat dugula uste duzu. Bai ala ez?

–Andrea, ikerketa bat egiten ari naiz. Whiski gehiago nahi baduzu eman diezazuket, baina ez nago beharturik zure galderak erantzutera.

–Ni hona bake asmotan nator.

Andrea besaulkian eroso jarri zen eta Silanpak, begirada jaitsiz, soinekoaren azpian biluzik zegoela ikusi zuen.

–Nire lanean zu bezalako emakume asko aurkitzen ditut. Emakume dotoreak, gizonak mendean hartzera ohituak.

–Victor, ni ez naiz zu limurtzera etorri. Erostera, agian bai, argi esateko, zure tarifak ezagutzen baititut eta badakit zuk baduzula salneurri bat.

–Eta zer erosi nahi duzu?

–Paraiso Terrenalek ez du inolako zerikusirik hesolez gurutziltzatuaren istorioarekin, baina zoazen bidetik min eman diezagukezu. Milioi bat peso eskaintzen dizut lasai utz gaitzazun; zuk jarraitu bainu turkiarrera etortzen baina ez sartu axola ez zaizun tokian.

–Andrea, nahiago izango nuen limurtzera etorri izan bazina. Niretzat milioi bat peso iraina da.

–Jar ezazu zuk kopurua.

Poltsatik txeketegia atera eta begietara begiratu zion.

–Baina lehenago... beste trago bat aterako al didazu?

Silanpa altxatu eta sukaldera itzuli zen. Handik hitz egin zion.

–Andrea, gorde ezazu zure txeke-taloitegia. Ez dago salneurririk.

–Orduan, limurtu egin beharko zaitut –esan zion.

–Hori gehiago gustatzen zait, hara.

Egongelara itzultzean, emakumea panpinari jakin-minez begira ari zen.

–Bitxia da, aurpegiera tristea dauka.

–Argiarekin aldatu egiten da.

–Figura bizigabeak gustatzen zaizkizula ikusten dut, agian horregatik interesatuko zaizu hainbeste hesolez gurutziltzatua... Polita da, zorionak.

Trago bat dotoreziaz hartu eta bere ondoan eseri zen sofan.

–Tira, jar zaitez hemen, nire ondoan, ea zenbat jasaten duzun. Aldez aurretik esango dizut limurtu egingo zaitudala eta oso zuzena izango naizela.

Eskua hartu zion, hatz mamiak laztandu zizkion eta gero, izterrak bata bestearengandik bereiziz, gonapetik sartu zion.

–Ohar zaitez, gizonei argudioak bukatzen zaizkie emakume bat ukitu bezain laster. Esaten dizudan bezala, nik badakit denok dugula salneurri bat.

–Salneurria eta ordutegia. Nik, adibidez, oraintxe bertan lanera joan behar dut.

–Joaten bazara eta ni bakarrik utzi zure gizontasuna zalantzan jarriko dut.

–Hemen nire gizontasunak axola du gutxien. Nola esan duzu zure izena?

–Susan.

–Utz iezadazu atera laguntzen.

–Ni ukitu nauen gizon bat ez da horrela joango, besterik gabe.

–Zuk behartu nauzu.

–Gauza bera da –poltsa hartu eta pistola bat atera zuen. Bular aldera zuzendu zion. Silanpa zurbildu egin zen.

–Kontu izan... –ahotsak dardara egin zion–. Horrek tiro egin dezake.

–Zuk ez dakizu emakumea zeinen arriskutsua den horrela muzin egiten diotenean. Probatu nahi al duzu?

–Ez, gorde ezazu pistola hori.

Emakumeak arma burura zuzendu zion, sofaren beste aldean eseri eta gona altxatu zuen berriro.

–Tira, kendu bata eta hurbil zaitez.

Silanpak, beldurrez dardaraka, obeditu egin zion. Armaren kanoiak sortzen zion beldurrak erekzioa galarazi zion.

–Ikus dezagun, super zakiltxo, orain zer egiteko gai zara?

Zenbait ahalegin egin zituen, baina armak kontzentrazioa eragotzi zion.

Emakumeak oinarekin bultzatu zion.

–Ja, super zakiltxo. Ikusi dut ez duzula etsaminarik behar.

Altxatu zen, poltsa hartu eta atera joan zen.

–Gizontxoago sentitzen zarenean, bainu turkiarrera etor zaitez ni ikustera. Ordura arte panpinarekin jolasten segi ezazu eta bakean utz gaitzazu.

Ateari danbateko bat emanez atera zen, bertan ke ahokada mugiezin bat utzirik.

16

–Tiflis horri usain txarra hartzen diot, Marco Tulio –zain zeuden bitartean, Barragan kafesne bat hartzen ari zen–. Klase txarrekoa da. Zergatik tratatu behar dugu berarekin?

–Emilito, aliatu ona da, lurrak aurkitzen lagunduko digu. Eta utz itzazu ergelkeriak alde batera, mundu guztia baita ona eta gaiztoa, egoeraren arabera.

–Ba bai, baina nik nahiago nuke...

Une horretan, Heliodoro Tiflis sartu zen Hotel Bacatako kafetegian, bi bizkartzainek jarraiturik. Emiliok begiratu zion eta orkatiletan hotz glaziarra sentitu zuen. Esquilacheri begiratuz bilatu zituen indarrak, baina hura ere urduri zegoela sumatu zuen.

–Egun on, ene zinegotzi maitea... –esku potoloa luzatu zuen eta Emiliok zilarrezko eskumuturreko batekin hornitutako beso bilotsua ikusi zuen.

–Tiflis doktorea, hau Barragan abokatua da, esan nizuna...

–Atsegin handiz...

–Zein gogo du jaunak? –ostalari bat hurbildu zen trapu zuria besoan.

–Ba... eguzkitxo honekin *guarilaco* bat hartzeko gogoa ematen du, ezta? Ekar iezadazu Cristal bat limoiarekin, eta han bazterreko nire lagunei eraman iezazkiezu bi.

Barragani saguek mihia irentsi zioten. Kanporantz begiratu, eta Nancyrengan pentsatu zuen, baita hark utzi zion perfume lurrinaz ere, eta bere Peugeotaren leiho irekiez ere, etxera itzuli ahal izateko usainak kanpoan behar baitzituen, Catalinak perfumea suma ez zezan. Bat-batean, damu bolada indartsua etorri zitzaion, eta kafetegi ikaragarri hartatik ateratzea desiratu zuen, Frantses Lizeotik pasatu eta bere bi seme-alabak biltzea, Cataren bila joan eta denak toki ederren batera eramatea.

–Bogotan horrelako egunarekin, lagunekin egoteko gogoa ematen du, ezta hala? –esan zuen Tiflisek, Esquilacheri sorbaldan kolpetxo bat emanez.

–Bai noski...

–Eta zeri zor diot gonbidapen honen ohorea?

–Nire bazkidea, Barragan abokatua, eta ni Sisga inguruko lurtxo batzuen eskriturak bilatzen ari gara. Tiflis jauna, agian, zuk badakizu, Pereira Antunez zenaren lur sailtxo bat.

–Gizajoa... Zenbat denbora darama jada lurra jaten? Hilabete baino gehiago –pattarra jarri zioten eta Tiflisek, kopa ezpainetik zintzilikatuz, kolpe batean edan zuen–. Gizon handi horrengatik topa egiten dut, eta dagoen tokian dagoela ere entzun nazala.

–Ba bai, esaten nizun bezala... Lur horien eskrituren bila gabiltza, hemen abokatua Pereira Antunezen herentziaz arduratzen baita, eta ni, tira, zinegotzi bezala, auziaren kargu nago. Zuk dakizun bezala, Tiflis jauna, oinordekorik ez dagoenez Barrutira doa guztia.

–Bai, ejem... –Tiflisek eztarria leundu zuen–. Bai, noski.

–Tira, eta gertatzen dena da inondik ere ez ditugula dokumentu horiek aurkitzen, zer iruditzen zaizu? Hala eta guztiz ere, ez dago arazorik lurrak hor daudelako eta ez dira galduko, baina gauzak ongi egin nahiko genituzke eta kasua artxibatu, jabetzako agiri berri bat egin beharra saihesteko eta gainerako eragozpenak ere bai.

–Kontxo, kontxo... –Tiflisek limoi xerrari hozka egin zion eta bere bizkartzainengana itzuli zen–. Doktore, itxaron ezazu apur bat, beste tragorik nahi al duzue, mutilak?

Ostalariari keinu bat egin zion erronda atera zezan eta adi jarri zen berriro.

–Doktore, mila aldiz barkatu, segi kontuarekin, ikus dezagun...

–Ba hori besterik ez da, ea zuk, horrenbeste auzitan zaildua eta dituzun kontaktuekin, badakizun zer gertatu den papertxo horiekin.

–Eta lur sailak non...?

–Sisgan, lakuaren ertzean.

–Ui, eremu horretan dirutza balioko du, ezta?

–Bai, ziurrenik bai, on Heliodoro.

–Bada, zer esango dizut ba? Utzidazu handik eta hemendik aztertzen, bai, zinegotzi jauna? Eta behin gauzak argi ditudanean –Tiflisek bigarren pattarra kolpe batez hartu zuen eta Barraganek zintzurrean ostiko bat sentitu zuen–, ongi argi dagoenean, berriz ere hitz egingo dugu.

–Begira, arazoa da Barrutiko Lurren Zatiketakoak paper berriak egiten hasi nahi dutela eta zain ditudala... Zuk ba al dakizu zenbat kostatzen zaion hori Estatuari? Lan guztia alferrik, originalak lortu baldin badaitezke.

–Izan ere, hori da kontua, zinegotzi jauna, zeren eta... Zuk pentsatu al duzu Pereira Antunezek oraindik bizi den norbaiti utzi dizkiola lurrak? Lehenik hori jakin behar da, eta batez ere, zer egin daitekeen horrelako kasu batean.

–Bada, Tiflis doktorea, aukera hori benetan zail dago, izan ere, guk dakigula, Pereira Antunezek ez zuen nori eman.

–Zinegotzi jauna, ba al dakizu zerk ematen didan amorru gehien?

Esquilachek eta Barraganek oinak bildu zituzten.

–Ez, Tiflis doktorea.

–Amorrua ematen dit Pereira Antunez bezalako pertsona bat hiltzea eta horrenbeste gaizkile, abokatu jaunaren barkamenarekin, bizirik gelditzea. Bai?

–Bai, Tiflis doktorea.

–Begiratuko dut hor barrena zer dagoen eta deituko dizut, zinegotzi jauna –Tiflisek buelta eman zuen, gizonetako bati kontua ordaintzeko keinua egin eta, handitasunez, kalera irten zen.

Barragan eta Esquilache isilik gelditu ziren, Tiflisek aretoan utzitako espazioari begira: anis usaina, hozkatutako lau limoi xerra eta aulki bateko kuxin hanpatua.

–Emilio, ken ezazu sonanbulu aurpegi hori –esan zuen bat-batean Esquilachek, jaikitzen ari zela–. Hau da salbatuko gaituen tipoa.

–Bai, baina... Zein preziotan?

–Ordaindu beharreko prezioan, laguntxo.

17

Eta hemen, entzuleria agurgarria, sotoskriptoaren bizitzaren momentu garrantzitsuenera heldu gara.

Eta utzidazue digresio labur bat egiten, izan ere nobizio batentzat bere bizitzako egunik gorena ordenazioa eta botoak diren bezalaxe, hitz egiten ari den honentzat, ni nerabezaro urrun eta lanbrotsu hartan izan nintzenarentzat, armetarako eta hiritarraren zerbitzurako bokazioak markatua, nire egun zentrala, gailurra edo, Barrancako apaiz baten arabera, "arimaren nire gau iluna", banderaren zina egitea izan zen. Gazte grinatsua izaki, gure aberri maitea sostengatzen eta alegeratzen duten orok bezala, heziketa eskolan guztia eman nuen, familiako eztabaida latz eta samur baten ondoren, nire amonak eta izebak ez baitzuten beren umea, etxeko gizona, kuartel bateko pareten atzean galdurik ikusi nahi. Jariatze glandularrarekin eta gizentasun hasiberriarekin nuen arazoa, eta hemen gure gaiari lotuko natzaio, aldi berean oztopo fisiko eta pizgarri moral izan zen. Nire baitan esan nuen: "Aristofanes, gorputzeko zorigaitzak gainditzeko zuk behar duzun konfiantza eta kontzentrazioa Polizia eskolako heziketa zorrotzean aurkituko duzu, eta bide batez aberria zerbitzatuko duzu", eta hori, uzten badidazue, dugun gauzarik handiena da. Eta hara joan nintzen, patua erdizka ikusten duen gizonaren ziurtasunaz.

Eta nire heziketa hasi zen, entzuleria agurgarria, eta era berean nire ni-a ezkutatzen eta itotzen zuen haragi bloke horren aurkako borroka pertsonala. Emagalduen loditxoa izatetik, eta ez dut berriro esango, andreak, hitzematen dizuet, Moya Zerria izatera pasatu nintzen, heziketako nire kideek sotoskriptoari goitizen epel hori jarri zioten eta, toki haietan ohikoa den zorroztasunarekin. Urte zoriontsuak izan zirela ez dut esango, egia ez esatea izango bailitzateke... Haragiaren oztopoak zirela eta, uzten badidazue, zenbait tenientek eta kabo batek baino gehiagok begitan hartu ninduten, nik neure burua baino gogorrago hartu ninduten haiek, eta flexio gehiago eginarazten zizkidaten, futbol kantxari buelta gehiago emanarazten, zaku karrera eta kokoriko lasterketa gehiago, eta zenbat eta gehiago eginarazi, orduan eta gogorrago heltzen ninduen jario umiliagarriak, eta bazirudien ez zela irtengo sekula.

Eskolan, denborarekin, Zerria pertsona borondatetsuenetako eta diziplinatuenetakoa bilakatu zen, baina hori, eta hau ez dut nik esaten, sotoskriptoaren bizi-jarrera izan da. Muinora joan eta bandera bat iltzatzeko norbait behar zela... Hor zegoen Zerria. Jangelako mahaiak mugitzeko norbait behar... Zerria. Garbiketakoekin zaborra erretzera norbaitek joan behar zuela... Zerria. Eskolako nagusientzat jada ez nintzen hasieran ikusi uste zuten hura, hau da, haragi eroriko loditxo bat, eta esaten nizuen bezala, beti jenio txarra aterarazten saiatzen zen kaboa ere lagun ona izatera heldu zen, zentzudun eta zuzena, eta heziketaren lehen urtean Zerria deitzetik Lehoia deitzera pasatu ziren, eta animalia hau oihaneko erregea izanik, eta hau handinahikeria arrastorik gabe diot, zabalxka eta handia da, baina ez du horregatik ikara gutxiago ematen, alderantziz baizik.

Banderaren Zina egiteko egunean, bada, nire izeba eta amona lehenengo ilaran jarririk, poesian esaten den bezala, "negar malkozko itsaso eginik", sotoskriptoak behingoz eta betiko berretsi zuen bere abertzale patua, hiritarraren zerbitzura emandako gizonarena. Nire izebak esan zuenez, ongi baino hobeki gelditzen zitzaidan uniformea, eta esan diezazueket, nire etxekoek, biak emakumeak, eginiko bizkotxo busti handiari men egiteak nire barruan halako zorigaitz moduko bat utzi bazuen ere, horixe izan zela nire bizitzako egun zoriontsuenetako bat.

18

Erredakzioan ez zen inor, telexaren hotsa eta bulegoetako pantailen shhhh-a besterik ez. Silanpak Colprensaren hariari begiratu zion eta ez zuen ezer aurkitu. Odoluzkiek min ematen zioten. Emakumearen pistola ikustearen beldurrak eta zakila sartzeko egin zituen ahaleginek odoletan jarri zuten. Zeharka eserita zegoen, eta kremaz beteriko galtzontziloak sentitzen zituen eta bere zoria madarikatzen. Guzmanengan pentsatu zuen eta dardarizo arin batek zeharkatu zion bizkarra. Hori izango al zen bere patua? Amaitu gabeko egitasmoa, ia urratu gabeko bizitza. Baina zaila zen zenbait gauzari ihes egitea, esan zuen bere baitan, are zailagoa oraindik zein gauza diren ez badakizu, ez nondik datozen ez zergatik. Zerk behartzen zuen hesolez gurutziltzatuaren istorioarekin jarraitzera? Duintasun pixka bat behintzat edukitzen saiatzeak, pentsatu zuen. Ezer gutxi, edonola ere.

Nekez altxatu zen, bainugelara pixa egitera joan zen, eta itzultzean probintzietako atalean sartu zen buru-belarri. Erredakzioaren mahai gainean, kazetariek trapu berde bat hedaturik zuten, eta alkandora mahuketan, dadoetan jokatzen ari ziren. Ke artean begiratu zien eta plastikozko edalontzi txikiak, botila bat ron eta kakahuetez beteriko zapiak ikusi zituen.

–E, Silanpa... jokalditxo bat? –Bayo hanka-okerrak dadoak hurbildu zizkion.

–Ez, eskerrik asko, begiratzea gustatzen zait.

–Gauza bat jakin nahi nuke –esan zion Figuerasek–. Zu Huilako Silanpa al zara, oihalen biltegietakoa?

–Ez, Finlandiako Silanpa naiz. Nire aitona-osaba Nobel sariduna izan zen. Jakin dezazuen.

Mahaira itzuli zen, IBMa piztu eta artxiboko kodea sartu zuen. Pantailak "*enter name*"-a eskatu zionean zera idatzi zuen: "Hijos del Sol". IBMak pixka batean pentsatu zuen, trabatu egin zen eta azkenean erantzun zuen: "*Not found*". Nagikeriaz, egiten ari zenari ozta-ozta arreta jarriz, Baqueticak eman zion beste izenetako bat sartu zuen ordenagailuan: "Heliodoro Tiflis", erregistroaren arabera berak jaso baitzuen bainu turkiarreko lur sailen dohaintza aurreko jabearengandik, Casiodoro Pereira Antunezengandik. Oraingoan erantzun zuen:

"Heliodoro Tiflis. Futbol jokalaria. Santa Fe. 1960-1961. *Deportivo Quindio*. 1961. Dilistak esportatzen ditu Ekuadorrera, Dilista doktorea ezizenez ezagutua. 1963. Edana gidatzeagatik atxilotzea. 72 ordu. 24-12-1965. *El Faisan Feliz* jatetxearen jabea, Bucaramangan. 1965. *La Vita Facile* jatetxe italiarraren jabea, Manizales. 1966. *Singapur* jatetxe txinatarra, Armenia. 1966. *La Perla de Oriente* tabernaren jabea, Santa Marta. 1967. *Amarillo Imperial* 2 izarretako hotelaren jabea, Santa Marta. 1967. *La Estrella de Oceania* tabernaren jabea, Armenia, 1967. *El Condor* 3 izarretako hotelaren jabea, Tunja. 1968. *El Condor Pasa* tabernaren jabea, Tunja. 1968. *El Rey de los Andes* night-clubaren jabea, Tunja. 1969. *Condorito* whiskeriaren jabea, Tunja. 1969. *Los Andes* whiskeriaren jabea, Armenian. 1969. *El Ratico Rico* motelaren jabea, Tunja. 1970. *El Negro Cosmopolita* whiskeriaren jabea, Armenia. 1970. *La Felicidad Ja-Ja* motelaren jabea, Armenia. 1970. *Constelaciones del Placer* night-clubaren jabea, Bogota. 1973. *Las Murallas de Jerico* motelaren jabea, Bogota. 1973. Esmeralda hotelaren jabea, Bogota. 1989. *Lolita* tabernaren jabea, Bogota. 1990..."

Silanpak zigarreta mahai gainean erortzen utzi zuen. *Lolita*ren jabea? Mahaiari kolpe bat eman eta atzealdean min hartu zuen; jauzi batean jaiki zen. Artxibora joan eta hil berriak bilatzen hasi zen: Pu, Po,

Pe, Pereira. Hor zegoen. "Casiodoro Pereira Antunez doktorea 62 urte zituela hila. Miokardio infartua". 30 egun lehenago hil zen, eta bi aste zeramatzan lurpean, Hilerri Nagusian. Hiletaren argazkiak ikusi zituen eta Susan Caviedes ezagutu zuen.

Bayo hanka-okerra balantzaka etorri zen beregana.

–Zure autoaren giltzak utz iezazkidazu, rona bukatu zaigu.

–Eta errotatibakoek ez al dute?

–Bukatu egin zaie. Izan ere, gaurko gaua berezia da.

–Orduan, likore dendara al zoaz?

–Bai, Figuerasek dio emetxo batzuk ere ekartzeko. Zer iruditzen zaizu?

–Emetxorik ez, baina ekar iezadazu Tres Esquinas erdi bat.

Silanpak billete bat eta giltzak eman zizkion.

–Non aparkatu duzu?

–Hor bueltan, atzealdeko kale horretan, billarreko klubaren aurrean.

Bayo atera egin zen eta Silanpak pantailari arretaz begiratzen jarraitu zuen. Orain dela hilabete bat hila? Baqueticaren datuekin ohar libreta errepasatu zuen eta sabai aldera begiratuz espiralean marrazki batzuk egiten hasi zen. Izenak idatzi eta gezi batzuk marraztu zituen: orain bi hilabete Pereira Antunezek Tiflisi lur sail batzuk eman zizkion. Orain dela hilabete hil zen. Susan Caviedesek Abuchija kontratatu zuen 200 kiloko karga bat garraiatzeko laku ingurura. Bera da administratzailea (?).

Horretan zegoela, Bayoren oihuak entzun zituen.

–Zerri gaizki jaioa –esan zion giltzak jaurtikiz –. Zure autoa kakaz beterik dago eta gurpilak zulaturik ditu.

–Zer?

Eskailera mailak saltatuz jaitsi zen kalera eta kantoi aldera jo zuen. R6aren gurpilak lurrean ikusi zituen. Gero atea ireki eta garrasi egin zuen: norbaitek kristala tomate saltsaz, janari soberakinez eta garagardo botilez bete zuen. Gidariaren eserlekuan berria zirudien kaka pila zegoen. Bolantearen gainean, ezpain zapi pusketa batean, ohar bat zegoen: "Hemen egon gara. Hemen jan dugu eta hemen egin dugu kaka". Kapotaren zirrikitu batetik kable mordoa ateratzen zela ikusi zuen. Motorra suntsitu zioten.

Silanpa erredakziora korrika igo zen izu-ikarak anestesiaturik: atezainari bultzatu zion, mahai baten kontra behaztopa egin eta kafez beteriko erretilua isurarazi zion eskaileretatik behera jaisten ari zen enplegatu bati. Bere kontra tiroka ari ziren. Ezagutu egin zuten. Telefonoa hartu eta Lolitara deitu zuen.

–Bai?

–Bizkor, jarri Quicarekin, mesedez, premiazkoa da.

–Quica lanean ari da.

–Premiazkoa dela esan dizut bada.

–Eta nik berriz esaten dizut, lanean ari da.

–Komisariatik deika ari naiz, etxekalte halakoa, Tiflis jaunaren lagun bat naiz.

–Oraintxe deituko diot...

Quicaren ahotsa entzun zuen.

–Nor da?

–Quica, Victor naiz. Ez ezazu hitz egin, ez esan ezer. Ez ezazu keinu bat ere egin. Arriskuan zaude. Irten zaitez oraintxe bertan tabernatik eta joan Hamaikagarrena eta Jimenez arteko kale kantoira. Hantxe hartuko zaitut hogeita bost minuturen buruan.

–Baina...

–Quica, gauza ez dago galderak egiten aritzeko moduan. Korri.

Eskegi eta Moya kapitainari deitu zion.

–Bai, kapitaina, norbait nire Renault 6an sartu da. Hemen, egunkariaren atzeko aldean. Pentsa, dena desegin didate. Kakaz bete didate.

–Eta hori nola, nor izan da, e? Senar adardunen bat edo agian egunkariarekin zerikusia duen zerbait?

Moyak telefonoa sorbaldan itsatsirik zuen eta kardamomo haziak ahoan xehatzen ari zen. Idazmahaiaren gainean 4 lineako taula bat zuen eta aurrean, besaulkian, bere albokoa, Montezuma, kokotsari hazka ari zen eta fitxak laztantzen.

–Egunkariarekin, kapitaina. Hori ziur. Hesolez gurutziltzatuaren krimenarekin zerikusia du.

–Hesolez gurutziltzatuarena? –esan zuen barreari eutsi ezinik–. Ez al da gehiago egunkariko zure lankideen txisteren bat izango?

–Ez, kapitaina. Sinets iezadazu.

–Dena dela ere, ikertu beharko da... Silanpa, zoaz lasai-lasai etxera. Ni arduratuko naiz.

Kapitainak eskegi eta, keinu ikaragarri batekin, zirrikitutik fitxa bat erortzen utzi zuen.

–Linea lau! –esan zion Montezumari–. Arraioa, jadanik hiru tamal eta bi libra gazta gazi zor dizkidazu, beste partida bat?

Silanpa korrika eta presaka atera zen erredakziotik, agian bizkorregi zebilela pentsatuz, beharbada Tiflisenak, Lolitak eta autoaren txikizioak ez zutela inolako zerikusirik pentsatuz. Ez jakiteak larritzen zuen, baina ezin zen arriskatu. Zazpigarrenaren kantoian taxi bat gelditu zen, eta Hamargarrena eta Jimenez artera eramateko eskatu zion.

–Hil edo bizikoa, jauna. Mugi.

–Ez kezkatu.

Taxia autoen artetik sigi-sagak eginez hasi zen, kontrako bidean sartu zen, espaloira igo eta autobus bati bidea itxiz Jimenezen balaztatu zuen.

–Eskerrik asko, nagusi. Hemen duzu, eskupeko eta guzti –Billete bat eman zion.

Quica segidan iritsi zen, betiko ibilera distraituarekin.

–Zer gertatzen da horrenbesteko misterioarekin? Goizaldeko ordu biak dira...

–Goazen zure etxera, Quica, toki seguru bakarra da.

–Nire etxera?

–Bai. Lolitan zure helbidea ba al dute?

–Ez, falta zena.

–Orduan, goazen.

–Ez al didazu azaldu behar?

–Taxian azalduko dizut.

Quicak begiak zabalduz entzun zion. Bat-batean emakume-pindarrak itzaliz joan ziren eta hamazazpi urteko neskatila ikarati eta babesgabea agertu zen.

–Victor, zuk sartu nauzu istilu honetan. Ordaindu beharko didazu. Gainera, ez pentsatu Lolitara itzuliko ez naizenik; zer egingo nuke orduan? Non lan egin behar dut?

–Ez dizut esango ez itzultzeko, esaten dizudana da gaur gauean etxean gera zaitezela dena ongi jakin arte.

–Istilu hau ez da nirea, zuk ordaindu beharko didazu.

–Nahi duzuna, Quica, baina orain goazen.

Iristean, Estupiñanen zenbakia bilatu eta telefono publikora joan zen.

–Bai? –Estupiñanen ahotsak oso berandu zela oroitarazi zion.

–Silanpa naiz. Elkar ikusi behar dugu.

Egoera azaldu zion.

–Kakazkoa? Gorotz pila bat esan nahi al duzu? –Estupiñanek ezin zion barreari eutsi–. A ze nazka, nagusi, bada gauza bakarra aholkatzen dizut, ez begiratu eta urari eman.

–Mesedez, Estupiñan...

–Barka, ikertzaile. Zuk badakizu denari umorea jartzen diodala. Eta orain bai, esadazu, zer egin dezaket?

–Elkar ikusi behar dugu, nire etxera joan behar duzu eta. Eraikineko enplegatu moduan sar zaitezke, norbait tokia zaintzen dagoen ikusi eta behar ditudan gauza batzuk atera.

–Baita zera ere, amarru moduan jarri nahi al nauzu?

–Arazoa nirekin dute, zu ez zaituzte ezagutzen.

–Ikertzaile, baldintza bat jarri behar dizut...

–Zein, Estupiñan.

–Hitz emadazu hau ez dela narkoen afera bat. Narkoekin zerikusirik ez badu, belauniko joango naiz Tamalamequeko tigreari kanpaia jotzera. Baina narkoak badira, honaino iritsi naiz.

–Hitzematen dizut, Estupiñan.

–Orduan, banoa. Eta esadazu beste gauza bat, kalterik egin zaio bainu turkiarreko atsoari?

–Gero bukatuko dut istorioa kontatzen. Ordu erdi barru San Remon?

–O.K. Entzuna eta aio.

Eskegi eta itzuli egin zen.

–Quica, zure etxera igo zaitez eta ez zaitez atera ni itzuli arte. Agian, zure bila ari dira eta hobe da ez arriskatzea.

Kalean ez zebilen arimarik. Non aurkitu erdialdera eramango zuen taxia? Putzu handi bat saihestu nahi zuen eta ahaleginean espaloiko ertzarekin behaztopa egin zuen. Muturrez aurrera erori zen eta belauna odoletan hasi zitzaion, hainbeste ezen galtza ere busti baitzuen. Arnasestuka ari zen, baina jarraitu beharra zuen.

Hogeita zazpi minutu geroago, San Remora iritsi zen. Areto erdia beterik zegoen. Hondoan, zenbait mahaitan, gazte erdi biluziak bezero mozkorrak laztantzen ari ziren. Pistan bi emakume lanbada dantzatzen ari ziren bikinian, keinu lizunak eginez.

Momentu bat geroago agertu zen Estupiñan: mahoizko jantzi urdin iluna, kautxuzko botak eta kasko hori bat zeraman jantzirik. Kapote beltz batek hotzetik babestu zuen.

–Sorpresa! Gustatzen al zaizu nire mozorroa?

–Bai, baina... zerena da?

–Herri Lanetako Ministerioko enplegatuarena. Bi emetxo gonbidatzeko aurrekonturik ba al dugu? Hemen oso eskaintza zabala dago.

–Orain lanean ari gara –erantsi zion–. Gero, dena argitzen dugunean.

Tabernako telefono publikora joan ziren eta eraikineko atezaintzara deitu zuen. Ricardok erantzun zuen, guardian baitzegoen, eta

HLMko enplegatu bat goizean goiz bere etxeko kanalak ikuskatzera joango zela azaldu zion, pasatzen utz ziezaion.

–Ez ahaztu, goizeko bederatzietan Abuchija garraiolariarekin hitzordua dugula Tunjara joateko esan zion Estupiñanek, dantzarietako baten kuleroei begira.

–Ez zait ahaztu, baina zein autotan?

–Ikusi beharko da, baina goazen oraingora. Errepikatzen dut: etxera joan; eraikinaren inguruan susmagarririk badagoen zaindu; dena ondo dagoen ikusi; telefono azpian dagoen kaxatxo bateko play-a sakatuz mezuak entzun; bainugelako kaxaren azpian, komunaren azpi aldean dagoen karpeta horia ekarri, baita bainugelako bigarren apalean dagoen tubotxo gorria ere. Ongi al dago?

–Bikain.

–Eta Lotario Abuchija gelditzen den tokian elkartuko gara berriz, bederatzietan.

–Bai. Badaezpada ni hemen geldituko naiz. Premiazko zerbait baldin badago, deitu.

Euri finak asfaltoa bustitzen zuen.

Estupiñan taxi batean joan zen eta Silanpa, goizeko lehen argi printzak ikusiz, San Remora igo zen berriro.

Eraikina ilun zegoen. Estupiñan eskaileratik joan zen laugarren solairuraino eta Silanpak eman zion giltzarekin ireki zuen atea. Beldur zen, baina berdin-berdin sartu zen. Argia piztu eta aho zabalik gelditu zen... Altzariak hankaz gora, apalak lurrean eta kuxinak irekirik. Silanpak eskatutako ibilbidea egin zuen: lehenik erantzungailua, erantzungailu hautsia, eta gero bainugela. Komunaren atzean karpeta aurkitu zuen, eta gero logelaraino joan zen. Han zegoela, zarata bat entzun zuen: norbait sartzen ari zen apartamenduan. Argia itzali eta ezkutatu egin zen.

–Jadanik putaseme hau ez da etorriko... –esan zuen ahots batek.

–Edozein kasutan ere itxaron beharra dago –erantzun zuen besteak–, hori esan du nagusiak. Ikus dezagun, piztu ezazu irratia.

–Ni logale naiz, anaia, uste dut banoala gelara lo egitera. Pizza hori gehiegi izan dut.

–Tira, txandatuko gara.

Estupiñanek orkatiletan dardarizoa sentitu zuen eta ingurura begira hasi zen. Nondik atera? Urratsak hurbiltzen ari zirela sentitzean etsiak hartu zuen, leihoa ireki eta atera egin zen, karpeta galtzetan sartuta.

Hotz egiten zuen, euri langarra ari zuen eta Estupiñanen eskua, teilatu hegalari ozta-ozta eutsirik, irrist egiten hasi zen. "Jesus, Maria eta Jose", pentsatu zuen, "zein kakatan sartu ote naiz?" Eskua hutserantz irrist egiten ari zen eta ez zen ausartzen behera begiratzera, auto gutxi batzuen motorrak soilik entzuten ziren.

Gizona Silanparen ohean etzan zen, eta Estupiñani zenbait gauza bururatu zitzaizkion.

"Sartu eta hlm-ko langile bat naizela esango dut, ur bidea ikuskatzen ari naizela, barkamena eskatu eta atera egingo naiz".

"Sartu eta istorio honetan zerikusirik ez dudala esango diet, lorik egin ezin duen bizilagun bat naizela, eta batzuetan leihoak ikuskatzeko gogoa ematen didala".

"Sartu eta aurre egingo diet: esna dagoenari ostiko bat potroetan eman eta bestea burukiarekin itoko dut".

Baina aukera bat ere ez zitzaion iruditzen egingarri...

Hatzak erretzen ari zitzaizkion. Euri langarrak gauzak okertzen zituen eta orkatilek dardaraka jarraitzen zuten, hutsean zintzilik. Gihar guztietan min zuen eta bizkarra granitozko pareta bat bezala sentitzen zuen, amore emateko zorian.

"Honaino iritsi ote naiz?", pentsatu zuen. "Nork esan dit niri ikertzaileetara jolasteko?".

Estupiñanek ez zuen onartu nahi egoera etsigarria zela, erori egingo zela, hurrengo egunean bere gorpua kalean aurkituko zutela eta inork ez zuela azalpenik eman ahal izango. Begiak itxi eta azken pentsamendua Corarentzat izan zen. Osteguna zela eta ostegunez hiltzea jada seinale txarra zela pentsatuz bere burua erortzen utzi zuen. Gizajoa, larunbatera iristea gustatu izango zitzaiokeen lodiarekin azkenekoz txortan egiteko. Airean egindako bideak arnasa moztu zion. Urdaila amigdaletaraino igo zitzaion, eta paretaren kontra zenbait aldiz jo zuen. Bigarren solairutik pasatzean puntu argitsu batzuk ikusi zituen, katu baten begiak, agian. Asfaltora hurbiltzen ari zela sentitu zuen, kolpe bat, urratzen den zerbait eta beste kolpe bat. Begiak ireki eta kalean zegoela ikusi zuen, oihal loretsu batean bildurik. Bere aurrean zera irakurri zuen: "Pyongangeko urretxindorra, espezialitate korearrak". Arnasa sakon hartu zuen: lokaleko toldoak salbatu zuen. "Arraioa, gora Ho Chi Min!", oihikatu zuen bere baitan, altxatu baino lehen, eta kantoira laster egin zuen.

19

–Doktore, niri ez whiskirik ezta ginebrarik ere –esan zion Tiflisek Vargas Vicuñari–. Ingeles hermafrodita eta gringo maritxu horien gauza horiek... niri bertako *guarilacoa* nahikoa zait, ahal baldin bada bikoitza eta limoiarekin.

–Nahi duzun bezala, On Heliodoro. Herriarentzat horren zailak diren garai hauetan tradiziora hain atxikirik dagoen norbait ikusteak lasaitu egiten du.

–Vargas doktorea, sekretu bat kontatu behar dizut... Goizero, gosaldu aurretik, lorategira irten eta eskukada bat lur hartzen dut. Muin eman eta gero hatz artetik irristatzen uzten dut. Horixe da irauteko terapia.

–Horrenbeste bonba, ustelkeria, gaizkile... gero eta jende on gutxiago dago.

–Noren errua da? Niri iruditzen zait, eta hau beste konfidentzia bat da, gobernua infiltraturik dagoela. Liberal horiek ez dira mozorrotutako handizale batzuk besterik.

–Jokoaren arauak dira, hemen hautestontziek agintzen dute.

–Baina, ene doktore maitea, zuk badakizu jada hautestontzien patua haustea dela.

Maiordomoa Cristal botila batekin eta edalontziekin iritsi zenean, Tiflisek keinu egin zion mahai gainean utz zitzala.

–Baina goazen harira, On Heliodoro. Pentsa dezakezun moduan ez zaitut nire etxera ekarrarazi nire kexak entzutera.

–Zuk esango duzu, ene doktore maitea... zerbitzatuko al dizut?

–Poliki, On Heliodoro... Gauza bat da aberriarekiko maitasuna eta bestea gibela. Nik jada ezin ditut onartu horrelako luxuak.

–Hauxe bai bizitza, ezta? Ona den guztiak hil egiten du.

–Txarrak ere hiltzen du, eta orduan, nork erabaki?

–Adi-adi naukazu, doktore.

–Isilpeko auzi bati buruzkoa da, Sisga inguruko lur batzuei buruzkoa. Lur sail bikain batzuk, lakutik gertu, Pereira Antunez zenarenak.

–Ezagutzen dut kasua, doktore.

–Zu bezalako pertsona bati ezin diot ezer ezkutatu –altxatu, leihora joan eta errezela ireki zuen. Urrunean, argi nanoz tapizaturiko hiriaren orban iluna ikusten zen–. Astialdirako gune bat eraikitzeko interesatzen zaizkit lur horiek. Zuk badakizu, asteburuetarako landetxe multzo bat, baliabideak dituzten pertsonentzat, golfean jokatzera, eskiatzera eta mendiko aire garbia arnastera etor daitekeenarentzat. Ideia ona da, negozio biribila.

–Noski, han klima oso ona da, eta euria egiten badu, tximinia piztearekin eta tragotxo bat hartzearekin, bizitza bolero bilakatzen da.

–Bai, ezta?

–Bai, doktore, negozio handia da. Baina utzidazu zera galdetzen... Zein zerikusi dut nik horren egitasmo onekin?

–Goazen bada mamira. Pereira Antunezen oso hurbilekoa zen pertsona zara eta pentsatu dut, agian, zuk jakingo duzula lur horien eskriturekin zer gertatu den, zeren eta galdurik baitabiltza, eta inork ez daki non dauden.

–A bai? A ze agure izorratua On Casiodoro... utzidazu sekretu bat kontatzen. Pereira Antunez jauna azeri bat zen negozioetarako. Herri honetan miraria dirudien gauza zuen: etorkizun sena. Lur horiek erosi zituenean, utzidazu kontatzen, huskeria bat balio zuten. Nork imajinatu behar zuen hamabost urte geroago horrenbeste kostatuko zirenik? Baina zuk jakingo duzu ero kolpeak ere bazituela, eta larrugorrian ibiltzea gustatzen zaien sekta horretako kide zela... Nola deitzen zaie?

–Naturistak.

–Hori, naturistak. Horregatik eman zien lurrak erabiltzeko aukera gaixo horiei. Zuk uler al dezakezu afera hori? Horren gizon serioa, horren garrantzitsua, lumatutako oilo bat bezala ibili zalea izatea... hamaika ikusteko gaude.

–Baina, naturista horiek lurra erabiltzen segitzen al dute?

–Bai, norbait jabetza paperekin iritsi eta kanporatzen dituen arte, bai behintzat.

–Eta zuk ba al dakizu zerbait eskritura horiei buruz?

–Doktore, nik badakit hor badela negozio eder bat, baina jakin behar genuke interesatuak zenbat ordaintzeko prest egongo liratekeen.

–Interesatuak? Asko al daude?

–Azkenaldian entzun ahal izan dudanagatik, doktore, zu ez zara bakarra.

Vargas Vicuña doktoreak bere kopa goraino bete zuen Cristalez, altxatu, trago batez edan eta zurbil geratu zen. Marranta hots gogorra egin zuen, begiak asko zabaldu zituen eta berriro ere Tiflisi begiratu zion.

–Kontuz ibili, doktore. Ohiturarik ez denean, polikixeago edan behar da. Tragoa emakumea bezalakoa da: erne ez bazabiltza, kolpea ematen dizu.

–Paper horiek ekarriko dizkidan lagunari txeketxo bat emateko prest nago zenbait zerorekin, On Heliodoro. Argi ari al naiz hitz egiten?

–Doktore, galdera bat egiten utziko al zenidake?

–Bai noski, On Heliodoro.

–Zuk goi mailako ikasketak dituzu, ala?

–Bai, Stanforden doktoretza eta Londresen eta Parisen gradu-ondoko zenbait ikastarotxo.

–Orduan, esadazu gauzatxo bat, eta barka nazazu: jakintza toki horietan ez al zizuten irakatsi horrelako kontuetan sosa eskaintzea errespetu falta dela?

Vargas Vicuña berriro ere zurbildu egin zen.

–Ez nuen uste...

Tiflis, bere buruaz harro, berarengana zuzendu zen.

–Nik badakit zuk, pertsona kultua izanik, zerbait gehiago duzula eskaintzeko. Horrelako pagotxa edukita... ez al duzu gogorik lagunak gonbidatzeko?

–Nik elkarte bat daukat, nirekin dagoen jendea, On Heliodoro... Ni ez nago bakarrik.

–Doktore, horixe du ona bakardadeak. Batzuetan, norbera bakarrik ez dagoenez, ezin du egin berak nahi duena.

–Hitz egin nezake...

–Hitz egitea beti da ona –Tiflisek kolpe batean edan zuen zazpigarren pattarra, erlojuari begiratu eta altxatu egin zen–. Ui, oso berandu da.

–On Heliodoro, zer eskain diezazukedan ikusi behar dut. Nire bazkideekin hitz egingo dut eta deituko dizut, ongi al deritzozu?

–Bai noski, niretzat beti da ohorea jende zintzoarekin aritzea.

Vargas Vicuñak ateraino lagundu eta han eskua eman zion. Tiflisen bizkartzainek, ateratzen ikusi zituztenean, karta sorta espainiar bat ezkutatu zuten.

Tiflis Trooperrera igo eta argiak piztuta lorategira begiratu zuen. Berak ere iparraldeko etxe horietako bat eduki zezakeela esan zuen bere baitan, baina bere bizitza beste alde batetik zihoan. Pozik zegoen: zaharrari lezio bat eman zion.

Bere bulegoa, Esmeralda hoteleko azken solairuan, gela laukizuzen bat zen, Monserrate, Torres del Parque eta Zezen-plaza aldera ematen zuten leiho batzuekin. Besaulkitik, bira ematearekin soilik, Aviancako eraikina ikus zezakeen, baita Hilton Hotel bukatu gabearen puntatzarrak ere. Gelako paretak zezenei buruzko afixez eta abeslarien argazkiez estalirik zeuden, eta idazmahaiaren aurrean, barraren azpian, martxan zegoen disko-jogailuan Pedro Infanteren biolinak entzuten ziren.

Komunean eserita eta galtzen belarriari begiratuz, Tiflis eguneko elkarrizketei buruz hausnartzen ari zen. "Hemendik badago zer atera", esan zuen bere baitan. "Vargas Vicuña gogotsu dago eta Esquilache polka bat dantzatzeko prest...". Urari eman, galtzak tripa azpian lotu eta idazmahaira joan zen esertzera. Tiradera bat ireki eta karpeta gris markatu bat atera zuen "Sisga Lurrak Eskritura", eta irribarre egin zuen; limoi xerra bat hozkatu eta barnekotik deitu zuen.

–Tira, Runchito, mesede bat eskatu behar dizut.

–Oraintxe bertan, nagusi.

Enplegatua baimena eskatuz sartu zen bulegora.

–Orain bai, hitz egin iezadazu kazetari horri buruz. Nola esan zenuen izena? Silamba?

–Silanpa, doktore.

–Hori, konta iezadazu bada, motel.

–Potoloarena jarraitzen ari da, nagusi, eta niri ez zait gustatzen, zuk ere badakizu-eta zer gertatzen den prentsak horrelako kontuetan muturra sartzen duenean.

–Bai, *El Observador*-en ateratako artikulua irakurri nuen. Ez da beste munduko ezer.

–Baina horrelako gauzek jendea erne jartzen dute, nagusi, eta nik babesa behar dut.

–Zer aholkatzen didazu, Runchito?

–Abisu bat ematea.

–Ikaratu ala traperoari bidali?

–Ez, nagusi, ikaratu soilik. Zertarako gauza gehiagotan sartu. Potoloa nork demontre lapurtu eta iltzaturik utzi zigun ikertzearekin jadanik nahikoa dugu.

–Zuk ikusi, Runchito. Baina begira, ikusi. Zuk badakizu niri bi txori tiro batez hiltzea gustatzen zaidala beti. Zerbait egin beharra dago Esquilacheri, Vargas Vicuñari, denei beldurra sartzeko.

–Zer bururatzen zaizu, nagusi?

–Runchito, nik ideiak besterik ez ditut ematen, zu zara ekintza gizona. Hori bai, ez egin zarata gehiegirik, hori bakarrik. Eta araka iezaiozue etxea kazetari horri, ea baduen guk ez dakigun zerbait interesgarririk!

–Ados, ulertu dizut.

Runcho atera egin zen, baina itxi aurretik burua sartu zuen berriro ere.

–Bisita duzu, nagusi.

–Etor dadila, Runchito, eta esaiezu guztiei joan daitezkeela.

Pall Mall bat piztuz Susan Caviedes bulegoan sartu zen. Tiflisengana hurbildu eta kopetan musu eman zion. Tiflisek disko-jogailuaren urrutiko kontrolari eragin zion eta Pedro Infanteren biolinek berriro jo zuten. Altxatu gabe emakumeari belaunak laztandu zizkion eta gero, hatz erakusleaz, gona igotzen hasi zen.

–Ai, potxola, kulerorik gabe ibiltzeko zure mania hori.

Samurtasun handirik gabe, Susanek brageta ireki zion, galtzak belaunetaraino jaitsi eta gainean eseri zen. Besaulkia kulunkan ari zen, Tiflis arnasoska, eta ahalegina egin zuen beiraren islan bere burua ikusteko, baina auzoko eraikinetako argiak bakarrik ikusten zituen.

Bukatzean, Susanek altxatu eta whiski bat eskatu zion.

–Hor dago zure botila, diskoaren atzealdean. Niri *guarito* bat zerbitza iezadazu, potxola, hango ontzitxo hartan dago limoia.

–Heliodoro, egunetik egunera gizon hobea zara –gezurra esan zuen–. Barnean zeundenean uste nuen zarata horiek ez zetozela Bogotatik, Manhattandik baizik, eta Torres del Parqueko argiak Plazakoak zirela, eta hango orban iluna Central Park.

–Izarrak ikusarazten al dizkizut, potxola?

–Ez da horrenbesterainokoa, baina ez den hori ikustarazten didazu.

–Hitzematen dizut hurrengo hilabetean, kaka hau guztia konpontzen denean, New Yorkera joango garela. Nik hura ez dut ezagutzen, txikitxo, baina zuk gogoa piztu didazu... zuk ezagutzen nauzu, nik ez nuke Boyaca munduko ezerengatik ere aldatuko, baina horrenbeste gauza baldin badaude ikusteko, gutxienez ongi lagundurik izan dadila.

–Heliodoro, New York erakutsiko dizut, John Lennon hil zuten etxera eramango zaitut eta Brighton Bridgeko lurrunezko bainu errusiarretara.

–Zurekin Kontxintxinaraino, potxola.

–Zergatik ez zatoz egunen batean Paraiso Terrenalera?

–Zuk badakizu, galtzontzilo artean dudana ateratzen badut, zu bezalako norbaiti emateko dela. Gainontzekoa ez zait interesatzen.

–On egingo lizuke.

–Hobe egiten dit besteak, potxola... Eta etor zaitez hona, hankartean duzun gauza polit hori begiratzen utziko al didazu berriro ere?

20

Goizeko 09:00etan Estupiñan 60 eta 13 arteko koxkan zegoen eserita. Silanpak urrutitik ikusi zuen eta ia-ia ez zuen ezagutu: eskuek dardara egiten zioten, dardara batean zegoen.

–Ni irtetera nindoanean bi morroi sartu ziren apartamenduan –esan zion–. Leihotik behera zintzilikatu behar izan nuen, nagusi, eta zin dagizut zera... ikus dezagun, berriro ere zin egidazu honek narkoekin ez duela inolako zerikusirik. Baina begietara begiratuz zin egidazu.

–Zin dagizut, baina hobe izango duzu oraintxe bertan zure etxera joatea. Ez dut nahi nire erruz zu arriskatzerik.

Estupiñan, oraindik ere zurbil, metro batzuk urrundu zen pentsatzera. Zigarreta bat piztu zuen, tu egin, mandarina azal bati ostiko eman eta hormara itzuli zen.

–Ikertzaile, nire ardurapean geldituko naiz. Baina hori bai, albiste txar bat ematen utzidazu: zure etxea hankaz gora dago, elefante bat askatu izan balute bezala hostore bat bilatzeko. Erantzungailuak kableak erauzirik zituen, tiraderak irekirik eta dena lurrean sakabanaturik zegoen. Baina hemen dago eskatu zenidana –harro altxatu zuen Carulla poltsa–. Badirudi gaizkileek ez zutela bainugela ikuskatzeko denborarik izan.

Silanpa zurbildu egin zen.

–Eta ez al zenuen panpinarik ikusi?

–Panpina?

–Emakumezko maniki bat kapela eta tunika beltzarekin. Sofaren ondoan zegoen.

–Egia esateko ez nintzen ohartu, baina baldin bazegoen ez nuen ikusi.

Silanpak listua irentsi zuen, eskua burutik pasatu eta isilpean madarikatu zuen, hormaren kontra Pepsi lata bat ostikatuz.

–Lasai zaitez, nagusi, gutxienez mandatua egin dut. Begira.

Karpeta horia atera zuen eta, barrezka, plastikozko txanodun kaxatxo gorria.

–Eta hau zer da, gaitz perutarraren kontrakoa ala barnean mikrofilm bat dauka gorderik?

Karpeta ikuskatu eta bere ohar guztiak zeudela ikusi zuen. Akats bat izan zen Estupiñan horren gauza txikiagatik arriskuan jartzea.

–Egin duzuna eskertzen dizut eta hurrengo batean inolako arriskurik ez hartzea eskatuko nizuke.

–Ikertzaile, horrelako gauza bat bizitzan behin bakarrik egiten da. Baina egin behar da, gutxienez probatzeko.

–Tira, goazen, uste dut gutxienez etsaia aurrean jarri zaigula.

Bat-batean Silanpa zurbildu egin zen. "Monica", hortz artean esan zuen.

Telefono batera joan zen korrika eta laneko telefonoa markatu zuen. Dei bat, bi, hiru, lau, bost... Airea falta zitzaiola sentitu zuen, eta zazpigarrenean, ahotsa entzun zuen.

–Bai?

–Monica, Victor naiz.

–Victor! Non arraio sartu...?

–Ezin dut gehiegi hitz egin. Ikerketa bategatik arriskuan nago, eta zu ere bai. Autoa suntsitu didate, etxea birrindu... Zoaz seguru zauden toki batera. Aio.

–Baina Vic...!

Eskegi egin zuen, arima azazkalen azpitik agertzen zitzaiola. Estupiñanek ezin izan zion malkorik ikusi.

–Orain garraioarena konponduko dugu –esan zuen.

Estupiñan kamioien ilarara aurreratu eta Abuchijarekin mintzatu zen. Hamabost minutu geroago Silanpa zegoen tokira itzuli zen, zeina, esku tristez, zapi busti bat ezkutatzen ari zen.

–Dena konponduta dago, nagusi. Abuchijak bere kamioitxoa Puerco Espin ezizeneko hango bazkideari utzi dio –gidari bat seinalatu zuen– eta gu harenean joango gara. Hori guztia, noski, hiru lagunek autobusean joan-etorria egiteagatik ordaindu behar dutena baino merkeago.

Konpondu zuten. 72ra modernizatutako 67 Dodge iraul-kamioitxo bat zen. Abiadura kaxan kolore anitzeko *cucarron* bat zuen eta kapotaren gainean zilarrezko zaldi bat. Biraderaren goialdean bi kalkomania zeuden: batak zera zioen "Tarzanen lehen oihua", eta besteak "2kain 2zi naiz".

Sabaian, iltzeekin lotuta, gurutziltzaturik, Motorola transistore bat zegoen, albisteak bota eta bota. Abuchijak bolantea hartu eta bidean abiatu ziren.

Estupiñan giroa alaitzen saiatu zen...

–Zuei ez al zaizue errepidean kantatzea gustatzen? Ikus dezagun, denok dakigun zerbait!

Proposamenak ez zuen jarraitzailerik izan. Silanpak, hipnotizaturik, errepideko marrei begiratzen zien, buruan hazka eginez, eta Abuchija Cafam zorro batetik ateratzen zituen mandarina xerrak jaten ari zen.

Arratsaldeko ordu bietan iritsi ziren Tunjara. Hotz zegoen, uneka euri langarra ari zuen.

–Apaizen hiria, diote –esan zuen Estupiñanek iratzarrita–. Gorputzaren tarteak bete beharko ditugu, ezta?

Enpanadak eta artaburu erreak jan zituzten autobus geltokiaren hurbileko plaza batean. Gero, garajeraino joan ziren oinez.

–Horko hori da. Orain oroitzen naiz.

Hurbildu egin ziren; atea itxirik zegoen. Eraikinaren ate handian ez zuten inor aurkitu, beraz, sartu egin ziren.

–Zer da hau? –korridorean bertan zegoen taulari begiratu bat eman zion Silanpak jakin-minez.

–Kolegioa dirudi. Begira, hemen gutxienez noten zerrenda bat dago.

Patio bateraino joan ziren eta ate bat aurkitu zuten, itxia hori ere; garajera eramateko itxura zuen.

–Hemen banatu egin beharko dugu –agindu zuen Silanpak–. Estupiñan eta biok atea bortxatuko dugu. Lotario, zu kaleko sarreran egon zaitez eta zerbait arraroa ikusten baduzu, txistua jo. Estupiñan, gera zaitez hemen ni jaitsi artean. Ulertzen? Hamar minuturen buruan ez banaiz atera edo zaratarik entzuten baduzu, jaits zaitezke, eta gauza oso larria bada, Poliziari deitu.

–Ulertua, nagusi... –esan zuen Abuchijak beldurrez.

–Lasai, nagusia eta biok profesionalak gara.

Ateko egurra usteldurik zegoen, eta Silanpak eta Estupiñanek sarraila bortxatu zuten. Beherako eskailera bat ikusi zuten aurrean.

–Tira, hor noa –esan zuen Silanpak.

–Momentu bat –Estupiñanek ukabila begien mailara goratu eta ahots urduriarekin esan zuen–: erlojuak sinkroniza ditzagun.

Silanpa pizgailu bat eskuetan zuela jaitsi zen eskaileretatik. Kaxapila baten artetik isil-gordean ibili zen oihal iragazgaitz batez estaliriko itzelezko fardel batekin topo egin arte. Altxatu eta txalupa baten gila aurkitu zuen.

Bere libretan *Poseidon* izena idatzi eta matrikularen eta markaren zenbakia kopiatu zituen. Haratago, betiere oihalaren azpitik, eskaileratxo bat ikusi zuen. Aginte kabinara igo eta han behealdera ematen zuen bi ate aurkitu zituen. Sabaitik zintzilik zegoen farola piztu eta ohatzeak zituen egongelatxo nano bat aurkitu zuen. Erremintak, galoiak, neurgailuak eta tamaina guztietako sokak aurkitu zituen. Txoko batean, *Boyaca Okindegia* jartzen zuen kaxa batean, usain sarkorra zuten plastiko beltz batzuk ikusi zituen. Eskua sartu, hondoan hondar xehea aurkitu eta sakelan eskukada bat gorde zuen, Bogotara itzultzean Piedrahitari eramango ziola pentsatuz.

Hain zegoen bereari emana, ez zuen entzun Estupiñanen txisturik eta, bat-batean, ahotsak eta garajeko atea irekitzen zela entzun zuen. Beste ganberarantz joan eta argia itzali zuen. Gero, erreminta gelara itzuli eta kaxa-pila baten atzean ezkutatu zen. Orduan, norbaitek tira egin zuela sentitu zuen eta txalupa mugitu egiten zela ohartu zen. Auto bati lotu eta bazeramaten. Silanpak zer egin pentsatu zuen: jauzi egin ala haiei segitu? Gelditzea arriskutsua zen baina arriskutsuagoa zen jauzi egitea, zeren eta atoian eraman arren abiadura handian baitzihoazen.

Txalupako ganberara itzuli eta han, sabaileihotik burua atera zuen. Eraikinak ikusi zituen, kale zabal bat. Tunjako irteera ezagutu zuen. Pixka bat tenteago jarri eta errepidea ikustea lortu zuen. Autobus baten atzean, Puerco Espinen Chevroleta ezagutu zuen, haiek harrapatu nahian.

Estupiñanek eta Abuchijak atzetik segitu zioten.

Ordu pare bat geroago, bihurguneak areagotu ziren eta errepidea zuloz bete zen. Bainu turkiarrerantz zihoazela zin egin zezakeen, eta berak zuen kezka zen nola demontre atera behar zuen handik, nola ihes egin jauzirik egin gabe. Bat-batean itsasontzia gelditu egin zen. Erreminta gelara joan eta isilik itxaron zuen, bihotza taupaka.

Baina ez zen ezer gertatu. Inor ez zen txalupara igo. Pixka bat gehiago itxaron, hogei minutu inguru, eta jadanik irten zitekeela pentsatu zuen.

Burua agertzean, Mitsubishi urdina ikusi zuen. Ingurura begiratu eta bihitegia ezagutu zuen, Estupiñanekin etorri zenean ikusi zuten hura. La Union bihitegia? Bai. Han zegoen. Lurrera jauzi egin eta lasterka joan zen irin fardel batzuen atzealdean ezkutatzera. Handik pertsona talde bat ikusi zuen bulegoan.

–Dena dela, prest dago guztia –Susanen ahotsa zen.

–Mesedez, Susan, ez zaitez horren gogorra izan. Batzuetan beldurtu egiten nauzu –gizonezko ahots batek.

–Ez dago beldurtzeko arrazoirik, ziur egon behar dugu, besterik ez.

–Tira, egin ezazu nahi duzuna.

–Hala egiten ari gara, ezta?

Atera egin ziren. Silanpa fardelen atzean isilik gelditu zen, gero aterantz joan eta errepidera atera zen. Bi bihurgune haratago, kamioia ikusi zuen, zuhaitz baten azpian, aparkaturik.

–Kazetari, a ze ikara, zerbait aurkitu al duzu?

–Bai, gorpua garraiatu zuten kaxa. Plastiko zati bat eta harea pixka bat bildu dut.

–Baina horrek oraindik ez digu erantzunik ematen: zein da ipurdi artean makila zuen potoloa? Zergatik hil zuten? –Estupiñanek kokotsa laztandu zuen.

–Bagoaz pixkanaka.

21

Jaun-andreak, nik hogeita bat urte nituen, edo hor zehar esaten duten bezala, hogeita bat apiril, eta bat-batean, bati bizitzak patua eraikitzeko aukera ematen diola jabeturik, hau da, adreilu bat bestearen gainean jarriz joan eta pareta lehenengo haize boladarekin ez erortzeko aukera, konturatu nintzen plaza zabalean hezitako gaztea, eztia eta ezti-egoskiz osatua, momentu horretan heldu hasiberri bat zela. Nire amona eta izeba, nahiz eta hasieran ez zuten nahi ni legearen eskuetan egotea, onen alderdian izanda ere, kaleetan lapurrak harrapatzen ikusteaz harro sentitu ziren, eta postretxo bidez eta elikagaizko mandatuen bidez jakinarazten zidaten, bi atsoek sentimenduak adierazteko modu bakarra baitzen, eta Jainkoak barka ditzala. Lehenik, eta istorioarekin jarraitzeko, Barrancako ordena publikoko zaindaria izan nintzen, baina oso laster hiriburura aldatzea egokitu zitzaidan, eta orduan umetatik gordeak nituen irudiak, Santa Martako trena edo errepideko ibilgailuak pasatzen ikusiz geratu zitzaizkidan irudi haiek, nire patuaren adierazle izaki, egia bihurtu ziren, izan ere egun batean neroni ere trenera igo nintzen, egun euritsu eta gris batean –axola duten despedida guztietan hala izaten da–, eta pikabuztabari heldu behar izan nion malko artean agur egingo banien ni hazi ninduten bi emakumeei. Zein gauza tristea maite duzunari agur esatea, jaun-andreak, eta zuek badakizue, eta hain izan zen tristea, bidaiaren lehen bi orduetan, lau gol eta bat gehiago sartu dioten atezain baten apetituarekin, janari ontzi osoa jan nuen, andre maitagarriek hiriburuko bakardadeari zenbait egunetan aurre egiteko jarri zidaten guztia.

Bogotara iristea banderaren zina egitea bezain gauza garrantzitsua izan zen. Probintziako pertsona batentzat oinarrizko gertakizun bat da nazioko lehen hirira iristea, eta are gehiago ni bezalako norbaitentzat, sinbolo aberkoiekiko oso sentikorra naiz eta. Miresmena eta harrotasuna sorrarazten zidan guztiak, eta aldi berean, Brigadako ordutegiak eta arauak diziplinaz betetzen nituen, denbora librea hirian paseatuz igarotzen nuen, gure hiriburuaren handitasunak eta modernotasunak harrapa nintzan. Lehenengo kolpe mortala Barrancan ez zen elikagai bat ezagutzean jaso nuen, eta niretzat bekatuaren tentazioa bezala izan zena: saltxitxa beroak. Nik inoiz ez nuen horrelako gauzarik ezagutu, eta berritasunagatik eta zaporeagatik, laster bizio bilakatu zitzaidan. Eta saltxitxetatik hanburgesetara urrats bat zegoen soilik, eta orduan gauza zail jarri zen. Nik esaten nuen: "Zer ote dute gringo etxekalte hauek horrelako janari bat asmatzeko, bati guardia jaitsarazteko gai izateko". Ez dakit zuek pentsatu ote duzuen, baina, begira, eta barka baldin badakizue, janari hori haurrei gehien gustatzen zaiena da, gure arroztxoa, haragia, patata eta entsalada nazionalak baino gehiago. Jakina da haurrei ez zaiela jatea gustatzen. Baina saltxitxa beroa, hanburgesa edo *browniea* mokadu batez jaten dute. Eta hemen berriro ere nire istorioaren harira nator, esateko, umiltasun osoz, ni, probintziatik etortzean, ume bat bezalakoa nintzela hiriburu nazional bete-betean. Elikagai horien aurrean babes gutxi gutxi nuen eta orduan tira eta tira saltxitxa beroak, lehenik arrunta mostazarekin eta gero hawaiiarra, eta ez zegoen depresiorik, ikararik ezta pozik ere Lourdes parkeko postuetan bukatzen ez zenik, hatzak milikatuz eta saltzaileari esanez: "Ea bada, beste bat tipula askorekin".

22

Silanpak telefonoz hitz egin zuen Piedrahitarekin eta polizia laborategiraino eraman zezan eskatu zion Abuchijari.

–Badakit berandu dela, baina larria da –esan zion Silanpak.

–Badakit, esaldi hori kapitainarena da –Piedrahita bataren botoiak lotzen ari zen–. Ea bada, zer ekarri didazu?

Plastikozko zatiari arretaz begiratu zion, hondar xehea aztertu zuen.

–Bart autoa birrindu zizutela jakin dut. Mafiaren aurka idatzi al duzu?

–Ez, Piedrahita. Hori beste toki batetik etorri zen.

–Eta kapitainak ez al dizu babesa jarri behar?

–Berak galdetzen du ez ote den senar adardunen bat izango.

Biek behatu zuten Silanpak ekarritako materiala.

–Lehenengo begiradan –hondar xehea aztertu zuen– badirudi hau Sisgako lodikoteari buztanetik irteten zitzaion gauza bera dela. Baina utzidazu denbora ongi analizatzeko.

Hamahiru kalean taxi bat gelditu zen eta Quicaren etxera joan zen. Bat-batean, beti bizi izan zen hiria etsaitasunezko toki bihurtzen ari zitzaion. Kantoi bakoitzak arriskuren bat eduki zezakeen. Kennedy auzora iristean benetan gaizki sentitzen zen; pobreziaren ikuskizuna jasan zezakeen, baina ez haren usainak, zabor pilaketak eta herdoilak karrakatutako hormak. Zigarreta bat piztu eta neska aurkituko ez zuen beldurrez eskailerak igo zituen. Bere konpainiaren irrikaz zegoen. Atera iritsi eta bi kolpe jo zituen.

Ezer ez.

Berriro ere jo zuen eta, erantzunik jaso ez zuenez, labana suitzarraz xafla ireki zuen. Ez zegoen argirik. Bi urrats aurrerantz egin zituen buruan kolpe bat sentitu arte eta urrutiko ahots batek oihu egin zuen: "Tori, putasemea!". Trapuzko figura baten moduan erori zen.

Hotz zegoen, lekuren batetik haize bolada izoztua sartzen zen. Silanpak begiak poliki zabaldu eta Quicaren gela ezagutu zuen. Buru orratzez itsatsitako argazkiak, Uniroyaleko afixak. Txinpantze talde bat jauzika ari zen bere begien gainean. Besoa goratu eta aurpegiko zati handi bat lokartu zion izotz poltsa bat ukitu zuen.

–Azkenean esnatu zara, galankote! –Quicaren ahotsa entzun zuen.

–Zer gertatu da?

–Ikaratu egin nintzen eta zartaginarekin buruan eman nizun. Zu zinela esatea aski zenuen. A ze arazoa, mendi bat dirudien koskor bat duzu. Eta berdea da.

–Zer ordu da?

–Goizeko hirurak.

Bat-batean estutasun eremuan barneratzen ari zela sentitu zuen. Oinek huts egiten ziotela. Ahots bat iritsi zitzaion belarrira eta esan zion: Monica.

–Ronik ba al duzu?

–Noski, galankote... Mina joan dadin?

–Bai, joan dadin...

Kopa bat zerbitzatu zion eta bere aurrean eseri zen.

–Triste zaude, ezta hala? Itxaron eta ikusiko duzu.

Armairua zabaldu eta zinta kaxa bat bilatu zuen. Bat aukeratu eta grabagailuan jarri zuen. Lehenengo soinuekin Quica ohearen aurrean ezarri zen, esku bat gerrialdean jarri eta kantatzen hasi zen: "Nire begietatik negaaarra jalkitzen daaaa, nire adinean maiteminduuurik". Mexana talko flasko bat erabiltzen zuen mikrofonotzat.

–Zer da? –galdetu zuen.

–Ez al duzu ezagutzen? Begira, bera da –hatza afixetako baterantz altxatu zuen eta begiek dirdira egiten ziotela ohartu zen–: Chavela Vargas.

Quicak zinta aurreratu eta beste bat kantatu zuen, eta gero beste bi. Azkenean ron bat hartu eta bere ondoan eseri zen.

–Nire idoloa da –esan zuen–. Nik kantari izan nahi dut. Lolitan lan egiten badut, pixka bat aurrezteko da eta gero musikan aritzeko. Behin batean ahots ona nuela esan zidaten.

–Ongi esan zizuten.

–Benetan?

–Bai.

–Baina zuk triste jarraitzen duzu. Beste bat kantatzea nahi al duzu? Denak maitasunari buruzkoak dira.

–Tira. Ea bada, nahiko polita den bat.

Neskaren loari begira igaro zuen gau osoa, horrenbeste jakiteko eta horren babesgabe egoteko gazteegia zela pentsatuz. Estutasuna gora eta gora zihoan. Zer egin? Quica han zegoen, baina haren ukituak eta hitzak beldurraren axalera bakarrik iristen ziren.

Tristura minaren eta nekearen erdian desegin zenean, lo gelditu zen. Begiak itxi aurretik horrelako gau batean aurrera segitzeko zerbait bilatzea zaila zela pentsatu zuen. Monicarengan ez pentsatzen saiatu zen, harekin askotan zoriontsu izan zela kontuan ez hartzen. Ahaztu egin behar zuen, bizitza hura atzean utzi.

Hurrengo egunean telefonora joan eta Estupiñani deitu zion.

–Errespetu guztiarekin, nagusi... Nire etxean geldi zaitezen eska ahal diezazuket? Badakit ez duzula nora joanik.

–Emir, hori jadanik konpondurik dago. Nik behar dudana arropa garbia da.

Bogotan bizi zenetik lehen aldiz ez zekien nora joan. Americas etorbideraino pixka bat ibili eta gero autobusean igo zen erdialdera joateko. Zein izango ote zen hurrengo urratsa? Jimenezeko kafetegi batean eseri zen, pentsatzeko asmoz; bere buruari leihoko islan begiratu zion eta jadanik beste gizon bat zela ikusi zuen. Bular aldean zerbait sentitu eta txanpon bat bilatu zuen. Telefono batera joan zen eta Monicaren telefonoa markatu zuen... Ezer ez.

Caracaseraino joan zen eta Chia-ra zihoan autobusera igo zen.

Atseden etxearen aurrera iristean, sartu behar ote zuen galdetu zion bere buruari, larriturik. Baina han zegoen eta atea zeharkatu zuen. Guzman bera ikusteko irrikaz zegoen eta Silanpak autoaren txikizioei buruz hitz egin zion. Guzmanek gauza guztien inguruan oharrak hartu zituen eta gero esan zuen:

–Zenbait ideia ditut. Grafiko batzuk egiten aritu naiz.

Paper multzo bat atera zuen eta erakutsi egin zion. Silanpak gurutze bat, zenbait marra eta inguruan idatziriko izen asko ikusi zituen.

–Victor, begien bistakoa da lakuaren lurren inguruan dabilela auzia. Zeini interesatzen zaio lurra herri honetan? Eraikitzaileei, hirigileei, ez dakit. Hori da mende honetako negozioa, anaia. Eta Bogotatik hurbil, Sisgatik gertu, auzia berez-berez dator.

–Naturistek lurrak aire librean larrugorrian egoteko eta larre guritan ibiltzeko nahi dituzte –Silanpak zeharka begiratu zion eta Guzmanen masailezurra dardaraka ari zela ikusi zuen–. Baina horregatik ez naiz ari basakeria hori ontzat jotzen.

–Victor, pilota leku okerrera botatzen ari zara... Eta potoloa ez bazuten naturistek gurutziltzatu? Zer iruditzen potoloa batez ere euren aurkako mehatxu bat izatea?

–Baina... norena? Potoloa beldurra sartzeko modu bat bazen, nor izan zitekeen?

–Hori oraingoz ahaztu ezazu, zeren eta gurutziltzatu zuena arrastorik ez uzten saiatuko baita. Hortik tira egiten baduzu, ez zara inoiz iritsiko, buelta eman behar zaio eta arazoak atzetik harrapatu.

–Badakit, Fernando, baina ez diot ikusten ez hankarik eta ez bururik...

–Potoloa gorpu bat da soilik. Norbaitek ikusi beharreko irudi ikaragarri bat.

–Lurrak Tiflisenak dira eta naturistek erabiltzen dituzte. Hori argi dago.

–Eta Tiflis naturista al da?

–Ez dakit.

–Iker ezazu. Tiflis nor den jakin behar da, zergatik dituen lurrak, eta garaia heltzean, horiekin zer egin asmo duen. Naturistak edo Tiflis ikaratzeko interesa nork eduki dezakeen jakin behar da. Hor dago koska. Hemen dio Bogotan hotel bat duela, Esmeralda, zoaz hara hura bilatzera. Zain ezazu.

Zigarreta bana piztu eta leihora joan ziren. Momentu batez isilik egon ziren harik eta Guzman galdetzera ausartu zen arte.

–Eta Monica?

–Berdin. Babes zedin esateko deitu nion. Gauzak bere onetik atera nituela uste dut eta orain barregarri sentitzen naiz.

–Barregarriena da hark deitzen duenean zuk ez erantzutea. Pentsa ezazu. Min ematen segitzen al dizu?

–Asko.

–Ai ene, anaia, denborarekin ikusiko duzu hori ona dela. Denoi gertatzen zaigu Jesukristori bezala, azkenean zauriengatik ezagutzen gaituzte.

–Bera galtzeak min ematen dit. Emakume maitekorra, atsegina, jantzia...

–Jantzia? Victor, barka esatea, baina nik ezagutu dudanez, Ana Franken egunkaria osorik irakurtzeko gai izan ez den lehenengo pertsona da. Bisitan etorri zineten egun batean esan zidan.

–Badakit, nik oparitu nion.

Atseden etxetik atera eta Cotako errepideko bidegurutzera joan zen autobusaren zain egotera. Bi zigarretaren ondoren, autobusa etortzen ikusi zuen. Keinu egin zion eta barruan zela, atzeko eserlekuetan eseri zen, ordu horretan autobidean zebiltzan auto urriei gogo gabe begira.

127an jaitsi zen eta pentsatu gabe Nizarako autobusa hartu zuen. Bazekien absurdua zela, baina Guzmanen hitzek eta pilatutako tristurak Monicaren apartamendurantz bulkatu zuten. "Ez badut egiten min gehiago emango dit", esan zuen bere baitan. "Guzmanek arrazoi du". Giltzak sakelan zituen eta lau solairuak igo zituen.

Sartu egin zen.

Apartamendua hutsik zegoen. Hutsik benetan. Ez zegoen altzaririk, arroparik, ezta han egun batean norbait bizi izanaren arrastorik ere. Orduan, bere buruak, aiztoaren gisan, zenbait hipotesi bidali zizkion: "Oscarrekin bizi da, paperak moldatu eta ezkondu arte elkarrekin daude". Odola masailetaraino iritsi zitzaion, ahultzen ari zela sentitu zuen eta, etxeko bazter batean erortzen ari zela, atetik sartzen ikusi zuen.

–Banekien etorriko zinela, Victor –esan zion Monicak–. Baina neure buruari galdetzen nion zenbat denbora pasatuko ote zen. Jada ez naiz hemen bizi. Kontadorea ixtera soilik etorri naiz.

Harritu egin zen, itxaropenezko arnasa batek bere onera ekarri zuen.

–Monica...

–Zuk esan zenidan toki seguruago batera joan beharko nuela. Hara bada, kasu egin dizut.

–Arriskuan zeundela uste nuen, baina txorakeria izan zen.

–Zu bezalako norbait maitatzerakoan nengoen arriskuan. Orain konturatzen naiz.

–Monica, zuk badakizu ongi zertaz ari naizen...

–Zuk esaten duzun ezer ez zait piperrik ere inporta. Nik zer esaten dudan badakit, eta gauza guztiak hartu eta banoala esaten dizut. Hemendik desagertu egingo naiz, ulertzen? Toki honek zuretzat eta niretzat esan nahi duen guztiarengatik desagertuko naiz. Zure bizitzatik desagertuko naiz, ulertzen?

Silanparen begiak bustitzen hasi ziren eta lotsa ezkutatu behar zuela pentsatu zuen.

–Barka, hobe izango dut joatea –bizkarra emanez aterantz joan zen, ustez begi bustiekin geldiaraziko zuela, eta elkar musukatuko zutela eta maitasuna alfonbra gainean egin, eta inoiz gehiago ez zela bakarrik egongo eta munduak, totelka hitz egite horren ondoren, bira ematen jarraituko zuela. Baina oker zegoen. Atera iritsi eta irten egin zen, igogailuraino joan eta oraindik, horrenbeste aldiz laztandu zuen Monicaren eskua ez zen bere sorbaldara iritsi. Atea ireki eta sartu egin zen, eta gero, bizitza amaitzen ari zela sentituz, lehen solairuko botoia sakatu zuen.

Atarira iritsi, atera eta, tristuraz, haren leihorantz begiratu zuen. Argia pizturik zegoen, baina argi horrek jada ez zuen maitasuna esan nahi. Gorputzean min zuen eta keinu etsiz eraztun-hatza hozkatu zuen odola dastatu arte. Benetako mina nahi zuen, negar egitera bultzatzen zuen nerbio makur hura lokartzeko zerbait. Bat-batean, bere bizitza Monicaren ondoan ikusi zuen, eta negar kontrolaezina igo zitzaion urdailetik masailak ildo hezez bete arte. Suba etorbideraino joan zen. Autobusak kalearen erdian geldirik ikusi zituen eta mundu hura etsaitasunezko tokia zela pentsatu zuen, bere desamodioaren agertokia baitzen, gehien maite zuena, edukitako gauza bakarra galdu zuen kalea, eta goitika egiteko gogoa sentitu zuen, kaleko lokatzarekin nahasteko gogoa, gauean galdutako gizon hura gehiago ez izateko gogoa, emakume batengatik negar eginez, bere bizitza ematea ere merezi lukeen emakume batengatik, zitaltzea, edozer onartzea merezi lukeen emakume batengatik. Sufrimenduak mozkorturik, taxi bat gelditu zuen, eta duintasunera itzultzeko ahalegin batean, ahots gora esan zuen: "Nire bizitza gehiago da", eta une horretan gainbehera etorri zen, bai baitzekien gezurra esaten ari zela, hitz bakar batek ere ezingo zuela Monica ezabatu, eta berriro ere erortzera zihoala ikusi zuen, estaltzen zuen sufrimendu batean galtzera, eta jakin zuen noizbait zoriontsu izan bazen, horrelako gau baten truke izan zela, bizitza amaitzen zen gau baten truke, ezin baitzuen imajinatu apartamendu txiki hartara itzultzea ez zen beste gauzarik, haren aurrean belaunikatzea eta bera ez uzteko erregutzea ez zen zerbait... Baina seguru zegoen horrek hondoratu baino ez zuela egingo, eta inor edo ia inor itzultzen ez den ahanzturara eramango zuela betiko.

23

Emilio Barraganek ezin zuen lorik hartu. Lorategiko argien dirdira logelako gortinen artetik sartzen zen, eta isiltasun trinko batek bere pentsamenduei burrunba eginarazten zien. Ondoan, maindireen artean, Catalinaren arnasa hotsa sentitzen zuen. Bere ondoan ikusteak lasaitu egiten zuen. Indarra ematen zion, bai baitzekien hark zergatik egin zezakeen lo, berarekin fidatzen zelako. Bera ere babesturik sentitzen zen Catalina han egonik, eta berarengan hain konfiantza itsua zuela jakinik. Zeukan guztia eta ere gehiago emango zukeen hura ez galtzearren, beti horrela egoteagatik, bere ondoan, bere hatsaren berotasuna sentituz, lo zegoela noizean behin ihes egiten zioten marmar horiek entzunez.

Baina orduan... Zergatik engainatzen zuen? Zergatik joaten zen lasterka beste emakumeen atzetik? Galdera mila eta bat aldiz egiten zion bere buruari eta mila aldiz damuak kontzientzia urratzen zion. Bera baino indartsuagoa zen. Emakumeak, gaur bat bihar beste bat, frogatzeko erabiltzen zituen, bere buruaz zuen ustea, nerabe ukituko ustea, baieztatzeko: irratia eman ahalean jarri, eta Renault 12 batean Hamabost kalea zeharkatzen zuen playboy-a zelako ustea, gizon erakargarri eta garaile, heroi malenkoniatsu eta isil, emakumeen desira iturri. Baina gainerakoa, Catalinak soilik ematen zion, etxera iritsi eta haren begiradak, besoan egindako laztan batek ia eguneko bere zorigaitz guztiak garbituko zituen ziurtasuna. Hurbil zuenean, ezer ez zen ez ezinezko ez zail.

Catalinaren arnasak adorea ematen zion egun hobeak etorriko zirela pentsatzeko. Zorrek kezkatzen zuten, Exekutiboen Klubeko apustu absurduetan egunero galtzen zuen sosak. Nerabezarora lotzen zuen beste kate bat: apustulariaren irudia, zoriari beldurrik ez dionarena. Horregatik zegoen orain Esquilacheren eskuetan. Hark bakarrik zekien bere finantza kontuen berri, etengabeko porrot egoeraren berri. Eta ez guztiz, ezen hari ere ezkutatu egiten baitzion okerrena. Bulegoko irabaziak, bera lortzeko gai zenak, ez zion ematen zeraman bizimoduari eusteko adina, baina mugatu beharrak, errealitatera jaiste horrek, beldurra ematen zion eta estutasuna sorrarazten. Ez litzateke gai izango, adibidez, Catalinari bere egoera ekonomikoa aitortzeko. Beldurra ematen zion, hark konfiantza gal zezakeela sentitzen zuelako. Eta gainera... zer gertatuko zen Cata eta Juantxitorekin? Urdaila nahasten zitzaion seme-alabak arriskuan jar zitzakeela pentsatze hutsarekin. Beti onena izan zezaten saiatzen zen bera, igandero klubera joan zitezen familia onenekin harremanetan egoteko, hizkuntzak eta musika ikas zitzaten, bidaia zezaten. Catalina ere horretxek harrotzen zuen, seme-alaben etorkizunarengatik nola kezkatzen zen ikusteak, baina berak bakarrik zekien, lorik gabeko damu gau haietan, errealitatea bestelakoa zela, dena kartaz egindako gaztelua bezala eror zitekeela Esquilachek babesa kenduko balio.

Bere salbazio taula Sisgako lurren afera zen eta, susmatzen zuenez, Esquilacherena ere bai. Ez zekien haren egoera ekonomikoa nolakoa zen, baina pentsatzen zuen hura ere estu samar ibiliko zela. Tiflis bezalako benetako mafioso, gizon hezigabe eta arrunt batekin tratuan hasteko, estu ibili behar zuen. Baina berak bai, berak diru hori behar zuen, eta Esquilache eta haren kontakturik gabe ezinezkoa izango litzaioke. Gaizki sentitzen zen haren menpe egon behar zuelako, baina azken batean beti izan zen horrela. Bulegoa ireki zuenetik hark ematen zion lana beti, hark lortzen zizkion komisio zoragarriak. Hasieran independente izateko aukera eduki zuen, eta zorioneko egoera hark betiko iraungo zuela sinetsi bazuen ere, nahasi egin zen. Lehenengo kontratuak lortu orduko, inbertsio ergelak egiten hasi zen, eta pesorik gabe geratu zen; eta gainera, jende aberatsarekin tratua edukitzeak ate gehiago zabalduko zizkiolakoan, gastu handiak egiten hasi zen eta patrika kea baino lehorrago geratu zitzaion: arrakastadun exekutiboei jarraitzea zaila zen; haiei ez zitzaien axola klubeko erruletan bost milioi peso galtzea, hurrengo egunean hogei irabazten baitzituzten, baina berak ez.

Erabakia harturik zegoen. Azken lan hori egingo zuen Esquilacherekin eta gero bere independentzia erosiko zuen. Hitzeman zion dirua zorretatik ateratzeko nahikoa zen, baita familia bi urterako gutxienez Europara eramateko ere, denbora horretan gauzak ahaztu, indarberritu, eta gero, itzultzean, oraindik ere kapital sendo batekin, abokatu lanekin segitu ahal izateko, agian ez norberaren bulegoan, baina bai enpresaren batentzat lanean. Irtenbide bakarra zen.

Arazoa zen ez zuela planik. Ez Marco Tuliorekin fidatzen ez zelako, kontua ez zen hori. Catalinarekin zuen ahaidetasunak segurtasuna ematen zion. Arazoa zen ez zela bera gidari, eta Esquilache ez zela berarekin fio. Bestalde, Vargas Vicuña ere hor zegoen, eskaintzak eginez, bera estutzen. Izatez, jadanik emanak zizkion bi txeke on lurren kudeaketa haren esku utz zezan, eta dardara egiten zuen, Esquilacheri esatera ausartu ez zelako, egia esan ez ziolako. Esquilachek jada GranCapitali aginduak bazizkion, gauza oso gaizki bukatuko zen, Vargas Vicuñari erantzun egin beharko baitzion eta, bide batez, kontratu on hura galdu. Berak ez zekien zenbat zor zion Esquilachek GranCapitali, eta berak Vargas Vicuñaren alde eginez gero, seguraski Esquilachek hondoa joko luke, eta orduan berak ere arazo handiak edukiko lituzke. Nola egin? Une batez pentsatu zuen, Catalinaren arnasari arreta jarri zion, isilik, bere buruan ordena bat marrazten saiatu nahian.

Zein zaila, esan zuen bere baitan. Jaikitzeko keinua egin zuen, baina Catalinaren eskuak heltzen ziola sentitu zuen, lotan. Ez zen mugitu. Agian, onena izango zen jakiten hastea Esquilachek zer-nolako negozioak zituen GranCapitalekin, eta zenbat gehiago irabaz zezakeen Vargas Vicuñarekin. Bai, hori egingo zuen. Catalinaren eskua estutu zuen, begiak itxi eta azkenean lo egin ahal izan zuen.

BIGARREN ZATIA

1

Esmeralda hotela zazpi solairutako eraikin zahar bat zen, egun hobeak izandakoa, baina oraindik ere fatxadan eta sarrerako toldoetan urrutiko noblezia ageri zuen, oraindik ere Bogota erdialdeko zenbait eraikinek duten nobleziaren eta garai galdu baten urrutiko testigantza. Momentu batez norbaitek isiltasunean behatuko balio, bere barnean oraindik ezohiko gauzak gertatzen direla imajinatu ahal izango luke.

Silanpa eraikinaren aurrean gelditu zen, eta Heliodoro Tiflisen bulegoko leihoa zein ote zen asmatu nahian, gorantz begiratu zuen. Berriro ere Guzmanek arrazoi zuen: lurrek sortu zuten arazoa, eta Tiflisen izenean baldin bazeuden, hortik hasi behar zuen. Gauzak ez zituela ongi egiten pentsatu zuen, etsita, baina bere burua lasaitu zuen esanez autoa birrindu bazioten eta etxea zaintzen ari bazitzaizkion, agian zerbait zuzen egiten ari zelako izango zela. Hesolez gurutziltzatuaren erruz izango ote zen benetan? Horrek guztiak batez ere bere ikerketa pribatu lotsagarriekin zerikusia zuela pentsatzeak nahigabetu egin zuen.

Hotelean sartu eta harrera-tokira pasatu zen *El tiempo*-ren ale batekin aurpegia estaliz. Bazterrak behatu, igogailuraino joan eta azken solairura igo zen. Korridoretik ateratzean zenbait ate ikusi zituen eta ez zuen jakin zer egin haietako bat ireki zen arte eta, harriturik, Susan Caviedesen silueta dotorea agertzen ikusi zuen. Hark ikusi baino lehen igogailura itzuli eta seigarreneko botoia sakatu zuen. Zer egiten zuen hark han? Bere irudiz, Susan eta Tiflis kontrako alderdietan zeuden, eta orain jada ez zuen ezer ulertzen. Zer egin? Agian, onena hari segitzea izango zen, nahiz eta arriskutsua izan. Azkenean erabaki eta berriro ere jaitsi egin zen.

Susanek harrera-tokia igaro zuen harreragileari begiratu gabe eta urrats irmoz kaleraino joan zen, lehenengo kantoian itzuli eta aparkaleku batean sartu zen. Silanpak zenbait metrora itxaron zion Mitsubishi urdin bat irteten ikusi zuen arte eta bihotza bular aldean dantzan hasi zitzaion. Taxi bat gelditu eta esan zion: "Handik, jeepa doan tokitik". Taxilariak atzerako ispilutik maltzur begiratu zion, eta Silanpak albo batera egin zuen, minez.

Itzulingurutik 92raino joan ziren. Zintzurrak min ematen zion, sukar pixka bat zuen eta Zazpigarrenetik jaistean eztul gogor bat izan zuen eta pentsatu zuen horixe bakarrik falta zitzaiola. Goizean erositako laringerako espraia atera zuenean, balaztada bat sentitu zuen. Begiak altxatzean taxilaria errebolber batekin apuntatzen ari zitzaiola ikusi zuen sudurretik bi arra betera.

–Putaseme handia, aska ezazu hori, askatu edo balaz josiko zaitut! –Eskuak dardara egiten zion. Atzetik zetozen autoak klaxona jotzen hasiak ziren.

–Ez dakit zertaz ari zaren, jauna –ahotsak kale egin zion–, hau ez da...

–Aska ezazu, putaseme handia, lapur-kaka halakoa, bota lurrera edo sudurra balaz josiko dizut!

–Baina, begira, hau zintzurrarentzat da! –poto erdia ahoan bota zuen–. Begira, begira!

Taxilariaren aurpegia lasaitzen hasi zen. Bere begiak jada ez zeuden sutan. Haserreak itxuraldatutako bisaiaren ordez, harridurazko keinu lausoa agertu zen.

–Nola? Ez al da ni geldiarazteko gasa?

–Nola izango da bada gasa, gizona, ez al duzu ikusten irentsi berri dudala?

Autoen klaxonen zaratak areagotu egin ziren eta taxilariak arma jaitsi zuen, nahasturik.

–Barka, jauna, lapurreta bat zela uste nuen. Aitortzen dizut, igo zarenetik bertatik, eta itxura horrekin…

Susanen Mitsubishia ez zen inondik ageri.

–Martxan jar ezazu, atzekoek irenduko gaituzte-eta –esan zuen Silanpak, oraindik ere dardaraka–. Eta geldi zaitez lehenengo dendan, garagardo batera gonbidatuko zaitut.

–Goazen, jauna. Horrela izua pasatuko zaigu.

Garagardoa hartu eta gidariaren lapurreta istorioarekin barrezka bukatu zuten. Azkenean galdetu zion:

–Barka gauza bat esatea, zu jeepari jarraika ari al zinen?

–Bai.

–Ez da ezergatik, baina hori ere nahiko arraroa da. Gaur egun ezin da jakin eta… Zin egiten dizut zerbait arraroa zegoela konturatu naiz, eta horregatik saiatu naiz Mitsubishia eta gidatzen ari zen emakumea begiratzen. Eta pentsatu dut: maitale adardun bat ote da? Senarrarentzat espiatzen arituko ote da? –taxilariak hatzarekin zirkuluak egiten zituen airean–. Jarraitzen al didazu?

–Kazetaria naiz –kazetari txartela atera zion–. Ikerketa bat egiten ari naiz.

–Berriro ere barkamena eskatzen dizut. Baina zuk badakizu, itxura horrekin nork pentsatu behar zuen. Batek pentsatzen du kazetari batek gutxienez bizar xaflak erosteko hainbat irabaziko duela.

Silanpak masailetatik eskua pasatu zuen. Ez zekien zer egin eta bururatu zitzaion gauza bakarra Esmeralda hotelera itzultzea izan zen.

Bidean, berdin zuela pentsatu zuen, Susani jarraitzeak ez ziola gauza handirik ekarriko eta beste behin ere tontakeriak egiten ari zela. Hark Tiflisekin zein harreman ote zuen jakitea zen garrantzitsuena.

–Itxarotea nahi al duzu, kazetari? Kafetegian egongo naiz kafetxo bat hartzen eta berandutzen bazara ez dio axola, jada bazkalordua da eta han janari ona dute.

–Ez zaitez nigatik arduratu. Zer zor dizut?

–Utzi horrela. Eman dizudan ikara ordaindu nahi dizut.

Silanpa berriro ere hotelean sartu zen. Igogailuan, gorputz osoko ispilu ikaragarri bat profitatuz, zakua eskuekin lisatzen saiatu zen, alkandora ertza listuarekin garbitzen eta ilea pixka bat moldatzen. Itxura tamalgarria zuen.

Zazpigarren solairura iritsi eta, berehala, hondoko atea bilatu zuen, Susan ateratzen ikusi zuen atea. Zaratarik ez, argirik ez. Sartzea erabaki zuen. Moteletako gakordea atera eta bi birarekin sarrailak amore eman zuen. Ingurura begiratu, urrats bat aurrera egin eta atea oso bizkor itxiz gelako iluntasunean sartu zen. Inor ez zegoela egiaztatu zuen, zakua kendu, atearen behealdeko zirrikitua estaltzeko jarri eta argia piztu zuen.

Disko-jogailua, zezenketen afixak eta minibarra agertu ziren. Idazmahairaino joan zen, baina tiraderak giltzaz itxirik zeuden. Kopa batek, izotz puska deseginak zituen edalontzi batek eta koloretez zikindutako Pall Mall zigarrokin filtrodunak Tiflis eta Susan elkarrekin egon zirela salatzen zuten. Apaletan begiratu zuen, baina ez zuen ezer interesgarririk ikusi, beraz idazmahaiko tiraderak irekitzea erabaki zuen. Han zeuden dokumentuek hasieran ez zioten ezer esaten, baina orriak pasatu ahala, huraxe bilatzen zela ulertu zuen: "Sisgako lurren eskriturak". Bigarren tiraderan Tiflisen eta Pereira Antunezen eskutitzak eta argazkiak zituen karpeta aurkitu zuen. Dena poltsa batean gorde eta gerrialdean ezkutatu zuen. Billete sortatxo batean laurehun mila peso ere bazeuden, baina ez zebilen diru bila. Gehiago pentsatu gabe, bulegotik atera zen.

Taxilaria kafetegian zegoen eta Silanpa, babarrun eta haragi platera ikusirik, goizetik ezer jan gabe zegoela oroitu zen.

–Momentutxo bat itxarongo al didazu? Emadazu denbora mokadutxo hau bukatzeko.

–Eska iezadazu plater bat, gosez akabatzen nago eta.

Taxilariak ostalariari keinu egin zion eta Silanpa telefono kabinara joan zen.

–Hemen Estupiñan...

–Silanpa naiz, erakutsi nahi dizkizudan gauza garrantzitsu batzuk aurkitu berri ditut. Bihar Abuchija beharko dut.

–Oraintxe bertan jarriko naiz harremanetan, nagusi. Non zaude?

–Esmeralda hoteletik gertuko kafetegi batean.

–Non da hitzordua?

–Ordubete barru El Faisan de Chapineron elkartuko gara, ezagutzen al duzu?

–Bai, nagusi. Txanda eta kito.

–Gero arte...

Babarrunak eta guaiaba zukuak konfiantza eman zioten berriro. Jaten ari ziren bitartean, taxilariak istorioak kontatzen jarraitu zuen.

–Baina hori ez da ezer –esan zion–. Behin batean bi emetxo egokitu zitzaizkidan, oso apainak, gainka egiteko prest eta guzti. Irrati-telefonotik Wilberri deitu nion, atsotan kaka baino txarragoa zen zentraleko lankide bati, eta aireportutik gertu elkartuko ginela esan nion. Emetxoak erotzeko modukoak ziren, zin dagizut, baina motelera gonbidatzerakoan ordaindu egin behar zela esan zuten, billeterik gabe ezer ez, imajinatzen al duzu tamala? Hala eta guztiz ere eraman egin genituen eta azkenean Wilberrek gezurreko txeke bat sartu zien.

Barrez hasi eta kontrako eztarritik joan zitzaion janaria. Silanpak ia ez zuen entzuten.

–Azken batean, hartu adina eman genien...

El Faisanen, Estupiñan sarrerako mahai batean zegoen zain. Hotz zegoen. Gaueko hamarrak ziren.

–Uste dut karpeta honek azaltzen duela zein den hildakoa eta zergatik hil zuten.

Estupiñanek karpeta irakurri zuen.

–Nagusi, eta hau ez al da jada oso arriskutsua? Esan nahi dut, mafioso baten bulegoan sartzea... Zeren eta tipoak hotel horretan bulegoa baldin badu, horrek esan nahi du *esmeraldero* bat dela.

–Badakit, baina ez zegoen arriskurik. Nik banekien ez zegoela inor.

–*Esmeralderoak* ere mafia dira, nagusi, gaur egun jada inor oroitzen ez den arren. Hasieratik esan nizun nik ez nuela arazorik nahi.

–Argi samar zegoen horrelako zerbait izango zela, lakuaren ertzean hesolez gurutziltzaturiko batek, lehenago edo geroago, gauza aski itsusi batera eramango gintuela. Nik zegoena kontatu nahi nizun, baina zuk ikerketa uztea nahiago baduzu, ez dago arazorik. Zu jada nahiko arriskatu zara niri laguntzeko.

Estupiñan pentsakor gelditu zen. Autobus bat kafetegiaren aurrean gelditu zen eta martxan jartzean espaloia ke beltzez bete zuen, eztula eginarazi zien.

–Barka iezadazu, kazetari. Izan ere, lehengo egunean asko ikaratu nintzen. Igo egin zitzaizkidan, zertarako ukatu.

–Emir, hobe izango duzu lasai etxera joatea, zure anaiaz zerbait baldin badakit abisatuko dizut.

–Baita zera ere! Gauzak neurriz kanpo ateratzea ere ez da komeni, eta gainera ez ezazu ahaztu Catastron huts egiteko baimen berezi bat dudala. Azalduko al didazu berriro ere zertarako behar dugun Lotario Abuchija?

–Begira, bainu turkiarreko emakumea izan zen harekin hitz egin zuen lehenengo pertsona, kontratatu zuena, hori argi dago. Baina Esmeralda hoteletik irteten ikusi ondoren, gauzak konplikatzen ari direla ohartu naiz, eta horregatik, Abuchijak Tiflis ezagutzen duen jakin nahi dut.

–Eta buztanean makilak dituen potolotxoa?

–Uste dut badakidala nor den.

–Eta... jakin al dezaket?

–Honako hau –argazki bat erakutsi zion–. Aurkeztuko dizut: Casiodoro Pereira Antunez.

–Ba, badirudi antza baduela. Gorpuarena, diot.

–Gauza bakarrak huts egiten du, alegia Pereira Antunez hilabete lehenago hil zela, begira eskela honetan, eta gainera lurperatu egin zuten. Elizkizuna ere egin zuten Hilerri Nagusian.

Kafea bukatu, hurrengo eguna arte agurtu eta Silanpa lo egitera joan zen erdialdeko hotel batera, Bolivar plazatik gertu.

Baina desioa indartsuagoa izan zen...

Lolitan sartu zen, oharkabean pasatzen saiatuz, eta han zegoen, bi lankiderekin hizketan. Quicak ikusi zuen eta hurbildu nahi izan zuen, baina berak urrun egoteko keinua egin zion. Gero kalera jaisteko eskatu zion, hartzen zituzten neurri horiek guztiek zentzurik ba ote zuten jakin gabe. Hark eskua hartu zion eta txistua jotzen hasi zen.

–Zergatik ez didazu besoa sorbaldaren gainetik pasatzen? Zuk ordaindu arren, nik emakume izaten jarraituko dut...

Indarrez besarkatu zuen, berak emakumearengan ikusi uste xalotasun horretatik gertu egon nahirik. Hoteleko ohe mehar batean lo egin zuten eta goizean arrautza nahasiak gosaldu zituzten. Elkarri agur esan zioten eta bera egunkarira deitzera animatu zen.

–Esquivel? Hemen Silanpa...

–Victor, anaia, non sartu zara? Zuzendariak denbora guztian zutaz galdetzen du. Gertatu zitzaizuna jakin zuen eta oso kezkaturik dago, egunkariaren kontrako mehatxua dela uste du.

–Esaiozu ezkutaturik nagoela, baina ikertzen jarraitzen dudala.

–Erabateko askatasuna eman dizu eta altxortegian agindu du igorpen berezi bat egin diezazuten. Kezkaturik dago, zuretzako onena herrialdetik ateratzea dela esaten du.

–Hemen ongi nago, Esquivel. Zerbait behar baldin badut nik deituko dizuet. Eskerrak eman iezazkiozu sosagatik.

Estupiñanek goizeko hamaiketan baieztatu zion Abuchijarekin hitzordua jarri zuela, eta Esmeralda hoteletik itzulitxo bat emateko denbora bazuela pentsatu zuen. Aurrean eseri zen, zukuak ematen zituzten kafetegi batean, eta sarrera zaindu zuen argazkiko gizonaren irudi potoloa ezagutzen saiatuz. 09:30 pasatxoan bi jeep Trooper atearen aurrean gelditu ziren eta Tiflis autotik jaitsi eta hotelean sartu zen jabearen urrats seguruaz. Silanpak bere baitan azken solairurainoko ibilbidea irudikatu zuen eta iritsia behar zuela iruditu zitzaionean begirada altxatu zuen: argia piztu zen.

Beste ardo beltz bat eskatu zuen eta, *El Observador* irakurtzen zuen bitartean, zaintzen jarraitu zuen, izan ere egunak zeramatzan prentsa aztertu gabe. Baina handik gutxira Tiflis gizon batzuekin itzuli zen. Dokumentuak lapurtu zizkiotela ohartu ote zen? Gizonak jeepera igo ziren eta, leihatilatik, Tiflisek argibideak ematen zizkiela iruditu zitzaion.

Une luze batez itxaron zuen, beste bi ardo beltz hartzeko eta zigarreta erretzeko adina denbora. 10:30etan ordaintzea erabaki zuen eta hankak pixka bat luzatzea, baina zutitzean gizonak itzuli egin ziren. Trooperreko ateak ireki eta Susan jaisten ikusi zuen bi bizkartzain atzean zituela. "Dena aurreikusi bezala", esan zuen bere baitan. Jada joan zitekeen, Estupiñan eta Abuchija zain zituen.

–Emir ikertzaileak premiazkoa zela esan zidan.

–Bai, tira, goazen esertzera.

Argazkiak erakutsi zizkion, baina Lotariok ez zuen gizona ezagutu.

–Ez zait ezagun egiten, jaun honek errosko egile baten itxura dauka. Kontratatu nindutenekin ez du inolako zerikusirik.

–Arazoa argiago dago… –esan zuen Silanpak–. Eskerrik asko, Abuchija. Estupiñan?

–Ez dut galderarik.

–Orduan goazen.

Hamahiru kaleraino joan ziren.

–Eta orain?

–Goazen berriro ere Esmeralda hotelera, han gauzak bero egongo dira.

2

Tiflisen bulegoa kez beterik zegoen. Runcho eta Camaleon Nazionalak erretzen eta Cristal pattarra hartzen ari ziren, On Heliodorok, bitartean, habano bat piztu eta itzaltzen zuen, trago bakoitzean limoi xerrak hozkatuz eta hustuketa bakoitzaren ondoren berriro ere bete ziezaioten kopa altxatuz. Besaulki batean eserita, Susanek mespretxuz begiratzen zien.

–Azkeneko aldiz galdetuko dizut, txiki, eta ohar zaitez atsegina izaten ari naizela: nora joan dira papertxo horiek?

–Heliodoro, tontakeria horrekin nekatu naiz jada. Hitz egin nahi baduzu, esaiezu animalia hauei joateko.

–Nire semeak bezala dira, liraina –esan zuen haiei begiratuz–. Nik esaten dudana, eta pentsatzen dudana, arazorik gabe entzun dezakete.

–Zuk bai, baina nik ez.

–Ea bada, liraina, ergelkeria honekin nazkatzen ari naiz eta –amorruz itzali zuen habanoa–. Lurren eskriturak galdu egin dira. Eta nork zekien nik nituela? Zu zinen bakarra, txikitxo, ikusiko bazenu ze iskanbila...?

–Heliodoro, ez dakit zer arraiori buruz ari zaren. Hobeki esanda, badakit eskriturena, baina... Zer zerikusi dut nik orain ez badituzu aurkitzen?

–Ai, liraina, ai... A ze xalotasuna. Runchito, ekar iezadazu ispilu bat ikusteko ea ergel aurpegia dudan eta ni ez naizen konturatu.

–Heliodoro, istorio honetan elkarrekin gaude. Ni hemendik zuzenean etxera joan nintzen, sinisten ez badidazu nire enplegatuari deitu.

–Bere txarrean ere, badu gauza bat ona, orain oso elkarrekin egongo garela, txiki.

–Zergatik?

–Erraza, paperak agertzen ez diren bitartean, nirekin gelditu beharko duzu.

–Ez duzu eskubiderik... Hori bahiketa izango litzateke.

Susan altxatu eta ateraino joan zen, baina Tiflisek keinu bat egin eta Runchok besotik heldu zion.

–Aska nazazu, ergela.

–Kasu egin iezaiozu, txiki. Ez itzazu gauzak zaildu. Behean gela on bat prestatu dizugu, telebista eta guzti.

–Eskriturak lapurtu badizkizute, pentsa ezazu zeintzuk dauden horretan interesatuak. Ez al zenidan kontatu Esquilache eta Barragan horien bila dabiltzala? Eta Vargas Vicuña? Eta, gainera, kasuaren atzetik dabilen kazetaria.

–Ikusiko dugu zein izan den putasemea, baina agertu arte, hemendik ez da inor joango. Runchito, mesedez, lagunduko al diozu andreari bere gelara?

–Ez duzu eskubiderik...! –irten aurretik horiek izan ziren Susanen azken hitzak, Runchok bultzatzen zuela.

Tiflis bainugelan sartu eta komunean eseri zen: "kaka aldi on eta osasungarri bat bota bitartean konpontzen ez den ezer ez dago", filosofatu zuen begiak galtzontziloetan finkaturik zituela.

Susanek bakarrik zekien eskriturak berak zituela, baina Vargas Vicuñak edo Esquilachek ere susma zezaketen. Horregatik deitzen zioten, horregatik hitz egiten zuten berarekin eta proposamenak egiten zizkioten.

Pereira Antunezek hiru hilabete lehenago eman zizkion lurrak, eta ez zen gauza erraza izan.

Eszena gogoratu zuen, bulego horretan bertan:

"–Doktore, nik nahi dudan gauza bakarra lurtxo horiek dira. Zuri ez dizute axola. Zerbaitegatik uzten dizkiezu zorotxo horiei, baina niri amets eginarazten didate.

"–Heliodoro, talde hori nitaz fidatzen da. Eta Jainkoarren, ez iezaiezu zorotxoak deitu, oroit zaitez ni ere naturista naizela.

"–Barka, doktore. Badakizu nire hitz egiteko modua dela.

"–Heliodoro, ezagutzen zaitut.

"–Doktore, gauzak diren bezala esan ditzagun –Tiflisek ahotsa txirularen antzeko hots bihurtu zuen–. Nik zugatik hamar urtetan aurpegia eman dut, zure erruz zazpi hilabeteko kartzela zigorra irentsi nuen, edo jada ez al zara oroitzen?

"–Ai, Heliodoro, zertarako oroitu horren gauza tristeez?

"–Ni oroitzen naiz, kartzelan egunero esaten nion-eta neure buruari: kementsua izan behar da, doktorea oroituko baita nitaz. Ez esan nire sakrifizio guztiak ahaztu zaizkizula, hondoratu egingo nauzu eta.

"–Ez da ahaztu zaizkidala, gertatzen dena da bizitza hain gauza luzea, alferreko hitzez eta aurpegiz hain betea, batek batzuetan ez daki zein den zein ere.

"–Niri, aldiz, ez zait ahazten. Doktore, zazpi hilabete espetxean, zer ez ote nuen egin behar izan dutxetan atzealdea salbu edukitzeko; hobe ez kontatzea.

"–Eta pentsatzea ere horretarako ordaintzen duen jendea badagoela... Mundu hau ez da justua.

"–Zuk gaztetandik ezagutzen nauzu eta badakizu ez zaidala gustatzen ez disimulatzea ez alferreko hitzik egitea.

"–Hori egia da bai, Heliodoro.

"–Oso zuzena izango naiz. Lurtxo horiek nahi ditut, zeren eta bestela hain geratuko naiz triste, jende guztiari nik pasatutako penak kontatu behar izango dizkiot.

"–Mehatxua al da?

"–Eez... doktore. Zu nire aitatxo bezala zara. Iradokizun bat besterik ez da.

"–Eta horren argi ari garenez, zer gertatuko da lur horiek ematen ez badizkizut?

"–Arazoak, doktore. Hori gertatuko da. Arazoak zuretzat eta niretzat.

"–Eta zer-nolako arazoak?

"–Begira, doktore, begira zer dudan hemen –paper bat atera eta irakurri zuen–: Yndamino Juarez Sanjuanen zinpeko aitorpena. "Nik, Yndamino Juarez Sanjuanek, Uticako semeak, 1943ko irailaren 15ean sortuak, aitortzen dut 1973ko uztailaren 28an Casiodoro Pereira Antunez doktoreak, *El Rey de Los Andes* tabernan berarentzat lan egiten baitut, zera agindu zidala: Osvaldo Trias Dueñas *La Nariz de Pinocho* tabernako jabearen bila joan nendila eta gauerdiaren ondoren muinora eraman, buruan bi tiro eman eta ohar hau utz nezala: 'oligarka bat gutxiago. Gora Marx', eta hori egin ezean ni neu akabatzeko mehatxua egin zidan. Nire eskuz idatzia, Yndamino Juarez Sanjuan".

"–Ea bada, zein da tratua?

"–Erraza, doktore. Eskriturak nire izenean, aitortza honen truk.

"–Ez nuen zugandik halakorik espero.

"–Zuk esan duzu bizitza alferrikako aurpegiz beterik dagoela. Ni horregatik oroitzen naiz hitzekin.

"–Paretaren kontra jarri nauzu.

"–Nik ez nuke horrela esango, doktore, nik nahiago nuke zuk esango bazenu egin ditudan sakrifizioak eskertu nahi dizkidazula.

"–Gauza bera da.

Gero, Tiflis oroitu zen nola joan ziren Erregistro Bulegora, eta nola On Casiodorok, pipa piztu zuen pospolo berarekin erre zuen Yndaminoren aitorpena. Baina arazoa bat zegoen, eskriturak ez baitzituen On Casiodorok deklaratu, eta horrek afera gehiago zailtzen zuen zeren eta azken batean lurrak ezin izan baitzituen erabat lege barruan eskuz aldatu. Horregatik originalak behar zituen lehenik, formazko akatsa argudiatzeko eta gero jabetza eskatzeko. Esquilache zinegotzia ote zegoen traba horren atzean? Agian ikaratu beharko zuen berarekin hitz egin baino lehen.

Urari eman, bainugelatik atera eta Runchori deitu zion.

–Zure aginduetara, nagusi.

–Esquilache zinegotziari bisitatxo bat egin behar diozue. Ez iezaiozue ezer apurtu, baina bigun iezadazue, berarekin solasaldi garrantzitsu bat izango baitut.

3

Bogotara iritsi bezain laster, geltokian hartu gintuen eta bi ateetan poliziaren armarria zuen iraul-kamioitik jaitsi berritan, muinotik gertu zegoen kuartel batean sartu gintuzten, Parke Nazionalaren ondo-ondoan. Niretzat, lur bero batetik etorria bainitzen eta oilarrak kantari entzutera ohitua, ez zen erraza izan. Goizetan, haize epelaren ordez aire korronte fina etortzen zen muinotik, ebaki egiten duen horietakoa, eta hezurrak urratzen zizkigula zirudien. Ur izoztua genuen bainua hartzeko, eta gero, lehenbizikoz tronpetak jotzean, patio batera korrika atera behar izaten genuen, non, egun batean bai eta hurrengoan ere bai, euri langar mehe batek mela-mela uzten gintuen; orain, berriz, bizitzaren paradoxak nola diren, gure hiriburu ederrean maitagarria ere gertatzen dela esango nuke. Baina iritsi berritan, hoztasun hura oso tristea zen.

Ordu horretan gorputzean sartzen genuen gauza bakarra ogi bigun zati bat izaten zen, ardo beltz pixka batekin batekin, jaun-andreok, hori bakarrik, eta urdailean hori genuela jasotzen genituen Bogotako ordena publikoaren inguruko lehenbiziko argibideak, auzo arriskutsuak, mafia eta droga eremuak, Nazionaleko harrikatzaileak, finean, delituguneak zein ziren azaltzen ziguten, harmonia publikoa zaintzeko ardura duen orok jakin beharrekoa inork ezustean harrapatzerik nahi ez badu. Argibide horiek lehen graduko sarjentu batek ematen zizkigun, arbelean grafikoak marraztuz, Monserrate aldera ematen zuen areto batean. Etxe zaharrek izaten duten gela horietako bat zen, sabai altukoa, leiho puskatuekin, eta haizea eta euri hotsa sartu ohi ziren handik. Sinets iezadazue horrelako egoeran, zerako zerak ere hozten zizkigun burdinazko eta zurezko jarleku batean eserita, eta andreek barka nazatela, irakaskuntza oso nekeza egiten zen. Nik ahalegina egiten nuen sarjentuak, Chumpitaz abizeneko landatar batek, esaten zigunari arreta jartzeko, baina burua joan egiten zitzaidan eta, gaizkile taldeen eta auzoen ordez, txokolatetxo bero-beroa etortzen zitzaidan gogora, *almojabana* eta kruxpetekin, han inguruko kafetegi batean zerbitzatzen zuten gosari kreolloa.

Eta, esan beharrik ere ez da, Chumpitaz sarjentuaren mintzaldia bukaturik, sotoskriptoa dendatxora joaten zen, amildegian behera doan harria bezala, eta aitaren egin eta Ahalguztidunari jasotako mesede guztiengatik eskerrak eman ondoren, lehoiak ohi duen bezala ekiten nion jada deskribatu dudan txokolatetxoari, eta azkenean, handik ateratzen nintzenean, nire mahaitik bi eta are hiru katilu erretiratu behar izaten zituen jabearen alabak, hark egiten baitzizkion lan horiek, eta horrela, sabela berotu eta berdindu ondotik, bazirudien burua argitzen zitzaidala, eta irakaskuntza aldia gizatiarragoa egiten zitzaidan, eta Chumpitazen hitzak bere horretan entzuten nituen buru barnean, eta hantxe geratzen ziren, burdin goriak behi larruan uzten duen marka bezala.

4

Nancyk giharrak uzkurtu zituen, burukia hozkatu zuen oihu bat isiltzeko eta gorputz osoak dardara egin zion. Gero bere onera itzuli zen, begiak zabaldu eta Barraganen aurpegi izerditsua ikusi zuen.

–Emilio, maite zaitut. Hori esatea lelokeria irudituko zaizu, baina egia da.

Gelak argiztapen ahula zuen. Ezkerraldeko horma ispiluz estalirik zegoen, eta parean, oholtza baten gainean, Phillips telebista zahar bat.

–Nik ere bai, Nancy, baina kasu hauetan hobe da maitasunik ez sentitzea. Hori arriskutsua izan daiteke biontzat.

Musu pare bat eman zioten elkarri eta Nancy jaiki egin zen. bainugelara zihoalarik, Barraganek begiratu egin zion eta pentsatu zuen ikusten ari zen aldakak kontzientzian hozkada bat merezi zuela. Erlojuari begiratu zion: arratsaldeko ordu biak ziren.

Moteletik atera eta oso arin itzuli ziren bulegora. Nancy etxadi batzuk lehenago jaitsi zen autotik eta pixka bat itxaron zuen, Peugeota garajearen atearen atzetik galdu zen arte.

Barraganek, sartzerakoan, Esquilacherekin jartzeko eskatu zuen, Obsessionez berriki perfumaturiko eskuekin lepoan zapladatxoak ematen zituen denbora berean. Zinegotziaren ahotsa entzun aurretik zenbait segundo itxaron zuen.

–Arratsaldeon, laguntxo. Ba al duzu albiste onik bazkalondoan niri emateko?

–Ez, Marco Tulio. Oraindik ez. Egia esan, lurren aferei buruzko zehaztasun batzuk eskatzeko deitu dizut. Informazio gehiago eman diezadazun nahi dut. Dena jakin behar dut.

–Eta zer jakin nahi duzu?

–GranCapitalekin zein tratu egin zenuen. Ez badidazu kontatzen, nik ezingo dut jakin zein arazo konpondu behar dudan, ezta nola ere.

–Gauza erraza da. Eskritura horiek behar ditut gero haiei enkante prezioan emateko, ulertzen al didazu? Horretarako egin beharreko gauza bakarra da salmenta publikora agiri bat bidaltzea deialdi data aldatuarekin. Horrela mesedea itzultzen diet eta, bide batez, jada aurreratu zidaten diru zati bat ere bai.

–Eta argi izateko, zenbat irabaztea pentsatzen duzu?

–Laguntxo, milioi asko, zuretzat zati bat eragozpenengatik, logikoa den bezala. Baina... ez al zara ari muturra gehitxo sartzen horrenbeste galderarekin?

–Marco Tulio, nik konfiantza osoa dut, baina ziur egon behar dut gauza benetan handia dela, Vargas Vicuñarekin liskarra edukitzeko modukoa.

–Lasai egon zaitez, gauza Vargas Vicuñaren gorputz osoa hamar aldiz emateko bezala dago.

–Eta beste gauza bat. Oraindik ere hesolez gurutziltzatuarekin pentsatzen ari naiz, eta zin dagizut, gau batzuetan takikardiak jota iratzartzen naiz, lo egiten uzten ez didan estutasunarekin.

–Baina, zerk kezkatzen zaitu horrenbeste?

–Tiflis tipo txarra iruditzen zait eta... ez dakit zergatik, baina ikusi nuenetik pentsatu dut zerikusirik duela.

–Ez itzazu susmo horiek izan. Gorpua zeinena den ere ez dakite eta.

–Utz ditzagun lelokeriak alde batera. Zuk badakizu ongi Pereira Antunez dela; lehenbiziko argazkitik ezagutu nuen nik.

–Berriro ere koldarkeria horiekin zabiltza... utzi Poliziari bere lana egiten, bai? Zu zeurera, eta lorik ezin baduzu egin, belarrez egindako ura har ezazu, eta hala ere ezin baduzu, kanpaia jo ezazu. Loezinarentzat onena da.

Eskegi eta Emiliok aulkian bira eman zuen. Orain Vargas Vicuñarekin hitz egin behar zuen. Oso urduri zegoen, bihotza mila biratan taupaka zebilkion. Minibarretik edalontzi bat atera eta whiskia izotzarekin zerbitzatu zuen, trago laburrak hartuz besaulkira itzuli eta harekin jar zezala eskatu zion Nachari.

–Vargas Vicuña doktorea? Arratsaldeon.

–Emilio, a ze ezustekoa. Eta a ze atsegina.

–Atsegina neurea da, dena ongi zure bulegoan?

–Tira, ni hemen betiko arazoekin. Albisterik Sisgaren kontuaren inguruan?

–Begira, doktore, horregatik beragatik deitu dizut justuki.

–Ea, konta iezadazu.

–Gauza bat jakin behar dut eta zuzena izango naiz. Lan honek bere arriskuak ditu eta bidean sakrifizio handiak egin behar dira. Zera galdetu nahi nizun, eta barka nazazu, baina afera honekin zenbat irabaz nezake?

–Bada, begira, Emilio, eta ez ezazu barkamenik eskatu, normala baita. Gure egitasmoa joan-etorri handiko kontua da. Dena konpontzen denean, kontua ehun eta berrogeita hamar milioi ingurura igo daiteke. Ongi al deritzozu?

Buruan kalkuluak egin zituen Emiliok eta gogoa ikaragarri berotu zitzaion. Emozioak hatzetan eta lokian zizta egin zion eta bat-batean, bere aurrean, alkandoraz eta gorbataz beteriko Harrodseko erakusleihoak ikusi zituen. Bere burua Parisko bistro batean ikusi zuen egunkaria harro irakurtzen, erbestean dagoen industria gizonaren moduan, eta Cata eta Juantxito urruntxeago ikusi zituen, Luxenburgo parkean lasterka.

–Bai, doktore. Hori jakinik lasai gelditzen naiz.

–Baina esan behar dizut ezin dugula kontraturik egin, ulertzen al didazu? Hau hitzez konpondu beharko dugu.

–Ez zaitez kezkatu. Nik zuregan erabateko konfiantza daukat.

–Hori da garrantzitsuena. Eta utzidazu galdera bat egiten: noizko eduki dezakegu hau konpondurik?

–Zenbait egun beharko ditut, agian aste pare bat.

–Ez dizut esan beharrik denbora aurrera doala. Hemen badakizu egunero igotzen direla eraikuntza-materialak, eta zenbat eta lehenago hasi, orduan eta hobeto.

–Utzi ezazu nire eskuetan. Eta joan zaitez prestatzen.

–Hori entzun nahi nuen.

–Gauza bat gehiago: zuk badakizu eginbide hauek dirua balio dutela, doktore, eta horretarako aurrerapen txiki bat beharko nuke.

–Zenbat behar duzu?

–Txikikeria bat, ehuneko hamarra ongi legoke.

–Emilio, hori diru asko da.

–Ezer gutxi irabaziko dugunarekin konparatuta.

–Tira, arratsalde honetan txeketxo bat bidaliko dizut eta albisteen esperoan geldituko naiz.

–Ez kezkatu.

Eskegi eta Barraganek arnasa hartu zuen, pozik. Orain eskriturak aurkitu behar zituen berriro ere negoziatu aurretik. Lehenik: Erregistro Bulegora joan eta lurren arrastoa segitu.

5

Mazda grisa Bogotako Udalbatzako garajeetatik atera eta muinoetarantz abiatu zen 26tik, eta gero saihesbidea hartu zuen iparralderantz. Barnean Esquilache zihoan, etxerako bidean, Emilio Barraganen seme-alabei erosi zien Rafael Pomboren liburu bati begirada bat emanez. Marrazkiei behatu zien, izenburuak eta olerkien lehenbiziko esaldiak emozioz irakurri zituen, eta tentazioak eraginda, gidariari buruz errezitatu zizkion, eta horrela bere haurtzarotik zein urrun zegoen ikusi zuen.

Beste automobila, kalkomaniaz estaliriko Trooper zuria, Parke Nazionalaren bidegurutzean agertu zen, eta distantzia batera segika hasi zitzaion. 67an, Mazda baino bi auto atzerago zegoen Trooperra, baina Ospitale Militarra pasatzean, hurbiltzen hasi zen. Muinora igotzen zen kale mehar batean, Nueva Granadako kolegioaren parean, Trooperra hurbildu eta larrialdiko maniobra batez desbiderarazi egin zuen Mazda. Esquilachek oihu egin zuen eta eserlekuaren estalkiaren gainera bota zuen zigarreta piztua.

–Putasem…! –esatea lortu zuen, Trooperraren ate guztiak ireki eta Runchoren aurpegi irribarretsu eta bizargabea ikusi baino lehen.

–Nitaz oroitzen al zara? –esan zion Runchok.

–Zu zara… Baina ze lotsagabekeria da hau?

Gizon lodi bat, eguzkitako betaurrekoekin eta tripari itsatsitako Valdiri alkandora batekin, Esquilacheren gidariaren aurrean jarri zen tente.

–Ez zaitez kezkatu, gaur bake asmotan gatoz eta –jarraitu zuen Runchok–. Zuk dakizunaren mandatutxo bat ekartzera natorkizu hona.

–Eta... zer da bada?

–Arazo aski arrunta. Begira, beti bezala, zuk eta nik ongi ezagutzen ditugun lurtxo horien inguruko kontua da. Nire nagusiari paper garrantzitsu batzuk galdu zaizkio eta zurekin hitz egin nahi du.

–Paperak? Zein paper?

–Paper garrantzitsu batzuk –Runchok hatz erakuslea poliki-poliki mugitu zuen–. Nik lasai zedin esan nion, nagusi, Esquilache jauna lege oneko pertsona da eta. Orduan esan zuen, tira, oraingoagatik azalpen bat ematen utziko diot.

–Gazte, zin dagizut nik...

Bat-batean, Valdiri alkandoradun lodia gidariaren leihora hurbildu zen eta keinu maltzur batekin hitz egin zion.

–Zer begiratzen duzu horrenbeste, ez al zaizu nire alkandora gustatzen ala?

–Ez, ez –esan zuen gidariak–, alderantziz, oso polita iruditzen zait.

–Zeren eta gustatzen ez bazaizu, esadazu, maritxu halakoa.

Ateari ostiko bat eman, gero borra bat atera eta ispilua hautsi zion.

–Polita baino politagoa dela esaten ari natzaizu eta...

–Gizon porta zaitez, ergel alaena. Gustatzen ez bazaizu esan ezazu –oihukatu zuen gorri-gorri eginda, eta esku zartako batez ezkerreko argia hautsi zuen.

–Zoragarri, ongi baino hobeki gelditzen zaizu, non erosi...?

–Arraioa, gaizki jaiotako hau adarra jotzen ari zait, geldi nazazue...

Eta beroaldi batean, borrarekin eskuineko faroa, direkziokoak, kapota eta azkenik aurrealdeko kristala kolpatzen hasi zen. Beste bi gizonek geldiarazi zuten.

–Morsita, lasai. Gaizkiulertu bat da.

–Gazteak non erosi zenuen soilik jakin nahi zuen, Morsita –esan zuen Runchok–, ez da horrenbesterako.

–Izan ere, begira ari zitzaidan, esanez bezala, otso hau... Eta horrek sutzen nau.

Esquilachek, izerditan, larri, eta ez zekien zer egin. Azkenean, hitz egitera ausartu zen.

–Ea bada, Vladimir, barkamena eska iezaiozu jaunari, arraioa!

–Barkatu, jauna. Nik ez nuen nahi...

–Hori da lagun artean egotearen gauzarik onena –esan zuen Runchok–, azkenean dena konpontzen da.

Gizonei keinu egin zien eta Mazdara itzuli zen.

–Esaten nizun bezala, Esquilache jauna. Nagusiari dei bat egin iezaiozu. Hura aldarte txarrez dago, baina, hitz egiten baduzue, lasaituko da, seguru.

Trooperrera igo eta joan egin ziren. Esquilachek kopeta idortu zuen eta bere autoari begiratu zion: aurrealdetik birrindurik zegoen eta haizetakoak armiarma sarea zirudien. Vladimirrek autoa martxan jarri zuenean jada arratsaldeko seiak pasaturik ziren.

–Arraioa, etxera bizkor.

Saihesbidera itzuli ziren. Zirkulazioa argizko suge mantso bat zen, zailtasunez zihoan aurrera, azeleratuz eta balaztatuz. La Calerarako igoera iristean, Zazpigarren kalean klaxonen zarata entzun zuten, autoak ez aurrera ez atzera baitzeuden. Ezer ez zen mugitzen. Automobilek asfalto gainean marrazturik zeudela ziruditen. Auzoko eraikinetako jendea argiak pizten ari zen, eta lorategi atari batean zerbitzuetako enplegatu bat plastikozko aulkiak biltzen ari zen, busti ez zitezen.

Esmeralda hotelean, Tiflis irrikaz itxaroten ari zen.

–Arraioa, zer gertatu ote zaie horiei oraindik ez iritsi izateko.

–Lasai, nagusi. Zirkulazio honekin edozein berandutzen da –erantzun zuen.

–Emetxoa ekar iezadazue. Uste dut bestek egina ordaintzen ari dela, baina horrelakoa da bizitza.

Bost minutu geroago, Susan Tiflisen bulegoan sartu zen. Wilberri bultzada bat eman eta Heliodorori gorrotoz begiratu zion.

–Berriro ere kankailu hauetako bat bidaltzen badidazu, ito egingo zaitut. Joateko esan iezaiezu.

Tiflisek, bat-batean samurturik, joateko keinua egin zion idazkariari. Wilberrek Cristal botila idazmahaira hurbildu zuen, berriro ere Binomio de Oro-ren LPa jarri eta baimena eskatuz erretiratu zen.

–Ea bada, liraina. Honek sentimenduekin inola ere zerikusirik ez duela ulerrarazi nahi dizut, argi ari al naiz? Negozio arazo bat da, eta negozioak eta brageta ezin dira nahasi. Bihotza, hobeki esanda... A, ni ez naiz argi mintzatzen. Zuk ulertzen didazu.

–Heliodoro, nola pentsa dezakezu ni zure aurka nagoela. Jadanik ahaztu al zaizu Pereira Antunez hil aurretik egin nuen guztia? Honetan biok elkarrekin gaude.

–Printzipioz, ni mundu guztiarekin naiz fidakaitza, liraina. Aitaren ikaskizun bat da. Eta horri jarraitzen diot.

–Horrekin gauza bakarra lortzen duzu, zurekin dagoen jendea zure aurka jartzea.

–Demagun pentsatzen aritu naizela –esan zuen Tiflisek bat-batean–, eta ondorioztatzen dudala, agian, zuk papertxoen lapurretarekin ez duzula inolako zerikusirik. Ni hausnarketa gelan egon naiz –esan zuen komuna seinalatuz– eta bat-batean gauzak argitu egin dira. Horregatik, nor izan zitekeen pentsatzen laguntzen didazun neurrian, zurekin fidatuko naiz, potxola.

Susanek keinu gogorra ezabatu zuen, LParen hasieran jarri zuen disko-jogailuaren orratza eta whiski bat hartu zuen.

–Uste dut elkar ulertzen hasi garela.

–Zu bezalako emakume batekin, erraza.

Susan ondoan eseri zitzaion, idazmahaiaren gainean zangoak gurutzatuz; egoera konpontzen hasia zen. Ez al zegoen jende mordoa lurrekin interesatua? Nork zekien berak zituela paperak? Esquilachek, adibidez.

–Lasai, liraina –esan zion Tiflisek–, jada horretan ari naiz. Hark deitzeko zain nago justuki.

Bestea ere tartean zegoela esanez jarraitu zuen, maritxua, nola du izena? Barragan, esan zuen Tiflisek, kopa bat Cristal trago batez jaitsiz.

–Hori, Barragan –Susanek izotz zati bat hozkatu zuen–. Gizajo bat da, baina kostako sakristau batek baino zor gehiago ditu, eta hori Vargas Vicuña kontuan hartu gabe. Ez al zuen zure laguntzaileren bat erosi izango?

–Ezinezkoa da hori, haiek nire semeak bezalakoak dira. Zuk ezagutzen dituzu.

–Eta hoteleko norbait? Azken batean, lapurreta hemen gertatu da, ezta? Bulego honetan berean.

–Bai, arazoa da ez dutela ezer gehiago lapurtu. Paperekin batera, karpetaren gainean billete sorta bat zegoen eta ez zuten ukitu ere egin, ikusten? Etorri zenak bazekien zeren bila ari zen.

Susanek harridura keinu bat egin zuen eta gero algaraka hasi zen.

–Benetan?

–Bai, baina ixo...

Hurbildu zitzaion, ezpainak Tiflisen belarriaren kontra jarri eta esan zuen:

–Eta hesolez gurutziltzatuarena?

Tiflisek Cristal botila altxatu zuen, kopa bat zerbitzatu eta trago batean edan zuen. Gero Nacional paketea eskuratu, supizteko bat galtzen sakelan bilatu eta hainbat aldiz zupatu zuen piztu bitartean.

–Potolotxoa lapurtu egin ziguten. Hori da oraindik jakin ez dugun beste gauza bat. Norbaitek lapurtu zigun, zin dagizut, eta bat-batean han agertu zen, lakuaren ertzean iltzaturik.

–Heliodoro, aitortzen dizut: zu izan zinela pentsatu dut denbora honetan guztian.

–Guk ongi gordeta genuen upeltegi batean, hemen Bogotan. Baina egun batean, ireki eta jada ez zegoen. Norbaitek eramana zuen.

Susanek irribarrez begiratu zion.

–Eta nork egin zezakeen horrelako gauza bat?

–Ideiarik ez, Burro jarri dut ikertzen, baina ezer ez. Esan dizut, azkenaldian oso gauza arraroak gertatzen ari dira.

Berriro ere pattarra zerbitzatu zuen.

–Baina oraingoz utz dezagun potolotxoa eta gurean jarrai dezagun. Ea bada, konta iezadazu ongi nola joan zen gauza han, bainu turkiarrean. Baina, liraina, hasieratik eta ezer ere ahaztu gabe.

–Alberto, Cassiani, badakizu?, zuzendaria, hura konturatu zenean Pereira Antunez hilez gero guri utzi zizkigun lurrak barrutiaren eskuetara zihoazela, orudan hasi zen izua, ez baitzegoen oinordekorik. Jakin genuenean, Esquilachek zail zegoela esan zigun, lur horiek muga berri baten barruan zeudela eta ez zela erraza izango haiekin gelditzea. Orduan bururatu zitzaion Albertori zera, Pereira Antunezi iradokitzea lur horiek uzteko prest ote zegoen. Ez berarentzat, klubarentzat baizik.

–Ulertzen ez dudana zera da, Esquilache zergatik zegoen jakinaren gainean.

–Jakinaren gainean baino gehiago: Albertok bazekien Esquilachek lurrak norbaiti eskaini zizkiola, konpainia eraikitzaileren bati. Ez dakit Vargas Vicuñari agindu ez ote zizkion.

–Bai, izan daiteke –esan zuen Tiflisek ahapeka–, Vargas Vicuña ere lur horien atzetik dabil egitasmo itzel batekin.

–Horregatik, orduan Albertok borrokatzea erabaki zuen eta Pereira Antunezi lurren kontzesio paper bat sinarazi zion.

–Horraino badakit.

–Gero gauza nahasi egin zen, Albertok uste baitzuen horrekin jada dena konpondurik zegoela, eta zuzenean Esquilacherengana joan zen. Hark ikaratu egin zuen, ez zela legezkoa esan zion, Pereira Antunezek kontzesioa buru-ahalmen guztiz sinatu zuela frogatu behar zuela esan zion, zaharrak zituen gaixotasunekin jada inongo epailek ez ziola sinetsiko. Eta, azkenerako, Alberto urduri jarri zen.

–Urduri?

Telefonoak jo zuen bat-batean. Susan leihorantz joan zen eta Tiflisek aparatua altxatu zuen.

–Bai? Esan? Ene zinegotzi maitea, nola doakizu?... Bai? Gutxi gorabehera?... aja, eta konta iezadazu nola zergatik... Runchorekin? Bai, eta... Nire mezutxoa eman al dizute? A, zeinen ongi, doktore, orduan horregatik deitzen didazu... Bada, eskertzen dizut.

Entzungailua estali zuen. Keinu batez bolumena jaisteko eskatu zion Susani, eta kopa bat pattar zerbitza ziezaiola.

–Doktore, izan ere, begira, pentsa, gaur goizean bulegora iritsi eta dokumentu garrantzitsu batzuk falta zaizkidala konturatu naiz, ba al dakizu zertaz ari naizen? Orduan, neure buruari esan diot besteez fidatu besterik ez naizela egiten, muturrekoak hartu eta hartu ari naizela eta denek huts egiten didatela, zeren eta zenbat eta gehiago fidatu, orduan eta kaka gehiago egiten baitidate, ulertzen? Badakit gizakiengan ohikoa dela huts egitea, baina kokoteraino nago besteak, une oro, gizakiak direla frogatzen ibiltzea, eta ergelkeria horiek amaitu behar dira. Nik badakit zu pertsona jantzia zarela eta horregatik zuri zuzenean hitz egitea nahiago dut... Gaur asteartea al da? Bai, asteartea. Bada begira, zinegotzi, larunbat eguerdian hemen hotelean itxarongo dizut bazkaltzeko, eta hori bai, eskatzen dizut behar ditudan paper horiek ekartzeko, eta hau esaten dizut zeren bestela Runchitok erasoko baitizu eta nork daki zer gerta dakizukeen zuri edo zeureei, ongi ulertzen al didazu esaten dizudana? Agendan ongi apunta ezazu: larunbatean ordu batean hemen hotelean.

Hitz horiek esan, eskegi, eta irribarrea atera zitzaion.

–Badirudi hau kakazten ari dela. Tira, txiki, musikari eman eta dantzatzera atera nazazu.

–Baldintza batekin –aurrez aurre jarri zitzaion, aldi berean krudel eta limurtzaile.

–Zein?

–Irteten utzi behar didazu.

–Oraingoz ezta pentsatu ere, liraina –txistu batez Wilber sarrarazi zuen, eta bien artean eskuak lotu zizkioten–. Zuk badakizu esaera: maite zaitudalako jotzen zaitut...

6

Kafetegitik, Silanpak iristen ikusi zituen. Trooperra espaloira igo zen eta hiru gizon barrezka jaitsi ziren. Horrenbesteko euforiak zerbait gertatzeko zorian zegoela pentsarazi zion.

–Begira, horiek –esan zion Estupiñani.

–*Esmeraldero* hutsak, nagusi. Gauza izorraturik dago.

Estupiñan kafetegian zelatatzen utzi zuen eta egunkarira joateko taxi bat hartu zuen. Agian, Tiflisen ondoan zegoen emakumeak zer egiten zuen azalduko zuen zerbait aurkitu ahal izango zuen artxiboetan.

Bidean korapilo bat sentitu zuen urdailean, betiko utzi zuela uste zuen toki batera itzultzen ari balitz bezala. Egunkarira iritsi zen, eta bere buruari gogor eginez, atea pasatu eta erredakziorako eskailera hartu zuen.

–Hilerria ireki dute –esan zuen bera ikustean Esquivelek–. Zer moduz doa arazoa, anaia?

–Ongi, ongi. Informazio baten bila etorri naiz.

Judizialetako erredaktoreak eta ondoko atalekoak bere inguruan bildu ziren. Nola sentitzen zen galdetu zioten, laguntzarik behar ote zuen, beragatik zer egin zezaketen, lanera al zetorren? Gogo betez agurtu zuten, begi atseginez begiratu zioten, baita miresmen apur batez ere, baina Silanpak urruti zeudela sentitzen zen, pareta trinko baten atzean.

Artxiboan “Pereira Antunez” bilatzen hasi zen. Ikusia zuen hileta eskela aurkitu zuen, eta eguneko aleen bila joan zen. Egunkari sorta bat atera eta gelaren hondoko mahai batean eseri zen, aparkalekuetara ematen zuen leihotik hurbil.

Casiodoro Pereira Antunezen aurpegia ikusi zuen, itxura oneko gizon bat, burusoila eta gorbataren korapiloa zapaltzen zion kokospe itzelekoa. Hilerri Nagusiko hilobiratzearen argazkiak ikusi zituen, aurpegi asko ezagutzen uzten ez zuten zuri-beltzezko argazkiak.

“Industria gizonaren lagunek eta hurbilekoek azken agurra egiten diote”, esaten zuen argazki oinak. Bibotedun jaun baten ondoan Susan ikusi zuen. Bainu turkiarreko gizona ere ezagutu zuen. Argazkien artxibora joan eta kopia originala bilatu zuen, askoz ere handiagoa. Heliodoro Tiflis ikusi zuen, eszenari atzetik begira, lau pertsonak lagunduta. Jende ezagun gehiago zegoen eta gizarte atalera pasatu zen.

–Victor, a ze ezustekoa, ez nekien egunkarira etorri ohi zinenik –Angela Sanabriak kikara bat ardo beltz zuen teklatuaren ondoan–. Zein atsegina zu ikustea.

–Begira, mesede bat eskatu nahi dizut. Artxiboetan argazki hau eskatu dut. Pereira Antunezen hilobiratzeari buruzko zure artikulu bat da. Pertsona hauek zeintzuk diren jakin nahi nuke –zenbait aurpegi erakutsi zizkion–. Ezagutzen al dituzu?

–Ea, ikus dezagun, itxaron. Bai, honako hau zinegotzi kontserbadore bat da, Marco Tulio Esquilache du izena. Honako hau beste zinegotzi bat, Carlos Villarin; eta hemengo hauek, ideiarik ez. Emakume hau Susan Caviedes da, kabaret aktore ohia, eta urrutiko hau Angel Vargas Vicuña, eraikitzailea. Honako hauek Pereira Antunezen enpresako zuzendari exekutiboak dira eta hauek Hollymoon Inc.-eko ordezkariak, berarekin negozioak egiten zituen enpresa gringo batekoak. Gainontzekoak ez ditut ezagutzen.

–Eta aktorea ezaguna al zen?

–Ez askorik. Noizean behin errebista-musikalak eta kafe kontzertuak egiten zituen Los Andes kabaretean. Fanny Mikey-rekin lan egiten zuen, eta horregatik oroitzen naiz harekin, baina orain dela mila urte zen hori. Jadanik erretiratu dela uste dut.

–Mila esker, Angela.

–Gaizki ikusten zaitut, aurpegi tristea duzu.

–Izan ere, ez dut lo askorik egiten, nekea da.

–Egun batean deitu eta kafetxo bat hartuko dugu –begira gelditu zitzaion–. Victor, zuzendaritzako norbait topatu baino lehen, aholku inozo bat emango dizut: jaka kendu eta besoan eraman ezazu. Begira, mahuka urraturik duzu, ez al zara konturatu?

–Ez, eskerrik asko esateagatik. Deituko dizut. Aio.

Artxibo gelara tolestutako zakuarekin itzuli eta IBMa piztu zuen. Seguru zegoen Tiflisen jabetzen artean Los Andes kabaretaren izena ikusi zuela. Bai, han zegoen. Orain dena argiago zegoen. Gero judizialetako idazmahaira joan zen esertzera, bere libretan gutxi gorabehera *zirriborraturik* zekarren artikulua garbira pasatzeko.

DIRU KONTUENGATIK HESOLEZ GURUTZILTZATUA?

Erredakzioa, Bogota.– Hesolez gurutziltzatuaren krimenaren gaineko ikerketa, joan den urriaren 16an Sisgaren ertzean Poliziak aurkitu zuen gorpu anonimoaren krimena, Poliziak oraindik ere haria aurkitu ez duen korapilo nahasi bat suertatu da. Gauza bat da segurua, Aristofanes Moya kapitainak, Poliziaren 40 Brigadako nagusiak, erreportari honi esan zionaren arabera: "Orain arte bildutako elementuekin, berrikuntza bat ondoriozta daiteke, hiriburuan eta nazioan krimenak egiten dituztenekin harreman hurbilik gabea dela, itxuran, hala nola, narkotrafikoarekin, paramilitarrekin edo gerrillarekin". Autoritate gorenaren adierazpenak entzunda, ez da baztertzen gizarte zibileko bi agente nabarmen misterioan nahasturik egotea eta, Aristofanes Moyaren hitzetan, "ez bereziki behe edo erdi mailakoak, zeintzuetan, denok ezagutzen ditugun arrazoi tragikoengatik, delinkuentzia esperientziekin hurbiltasun handiagoa baitute". Baliteke, aurreko adierazpenak iradokitzen duen bezala, "diru egitea helburu duen delitua" izatea, nahiz eta, gorago esan den bezala, gerta litekeen ikerketa bideetan norabide berriak azaltzea. Edozein kasutan ere, Poliziak jadanik baditu zenbait izen, aurkitutako gorpua identifikatzeko zenbait izengai, baina horiek, oraindik ere, nola segur-

tasun arrazoiengatik hala maite zuten pertsona eta hurbilekoen errespetuarengatik, sekretupean egon behar dute.

Folioa prest utzi zuen pantailan, Esquivelentzako ohar batekin: "Etziko". Gero, inor agurtu gabe erredakziotik atera eta Poliziaren mediku laborategira joan zen ziztu bizian.

–Bai –esan zuen Piedrahitak–. Ekarri zenidan hondar xehea potoloak hesteetan zuen berbera da. Ez du inongo misteriorik, itsasoko harea da.

–Nongoa jakin al daiteke?

–Petrolio eta gasolina orbanak ditu. Barranquillakoa, Santa Martakoa, hor nonbaitekoa izan daiteke. Ez da erraza jakiten.

Gero komisariara joan zen, Moya kapitaina ikustera. Oso animaturik ikusi zuen, uniformearen mahukak bildurik eta plastikozko pieza pila idazmahaian barreiaturik zituela. Kontu handiz, zati bakoitza telefonoaren kontra etzanda zegoen plano baten arabera itsasten zihoan kapitaina. Eskalan eginiko Ravellen modelo bat zen, Alemaniako bandera mastan zeraman korazatu bat.

–Ene kazetari maitea –esan zion kapitainak–, badira egun batzuk agertu ez zarela, ezta? Aitortzen dizut: hazitarako bildu ote zintuzten ere pentsatu nuen, ulertzen al didazu?

–Ez, hementxe naukazu. Bigarren Gerrateko itsasontzi bat al da?

–*Graff Spee,* Alemaniako Armadaren loria! –esan zuen, begiak zabalduz–. Montevideon hondoratu zen, bere buruari bota zizkion torpedoak, ur azalean zain zeuzkan ingelesek hondora ez zezaten.

–Arrano-pola, kapitaina, ez nuen uste historia militarra gustatzen zitzaizunik.

–Bilduma egilea naiz. Aliatuenak jadanik denak egin ditut, orain hauek falta zaizkit borrokak berriro ere antzezteko.

Silanpak une batez korazatuaren piezak ikusi zituen, eta Moyak ebaki eta *colbonez* itsatsi zituen banderatxoei eta intsigniei behatu zien, galdetzera animatu zen arte:

–Hesolez gurutziltzatuarena nola doan jakin nahi nuen.

Kapitainak Juice Fruit txikle bat atera zuen, ahoan sartu, paperezko bilgarriarekin bolatxo bat egin eta paperontzian sartu zuen.

–Gauzak mantso doaz, baina badoaz... –bat-batean isilik gelditu zen, maleziaz begiratu eta begi bat keinu egin zion–. Grabatzen ari al gara?

–Ez. Oraingoz nire kontura nabil kasuan; autoarenaren ondoren, egunkariak norabait oporretara joateko baimena eman zidan, baina nik nahiago izan dut jarraitu.

–Arraioa, gazte kementsua, nahiago nuke denak zu bezalakoak balira.

–Eskerrik asko, kapitaina. Zer esaten ari...?

–Bai, gauzak mantso doazela. Hiru pertsona ditut ikertzen, baina ezer ez. Informatikaren arazoak pixka bat atzeraturik gauzka eta oraindik ez dugu herrialdeko gainerako desagertuen dosierrik jaso.

–Hori bai arazoa.

–Eta zuk, ene Silanpa maitea, zerbait aurkitu al duzu?

–Ezer gutxi nik ere –listua irentsiz eta eztarria leunduz, gezurra esan zuen–. Egia esan, hasi besterik ez naiz egin. Eta nire autoarena?

–Tira, horretan bai, horretan aurreratu dugu. Ene laguna, esan diezazuket hatz markak eta gidariaren eserlekuan utzi zuten produktua ikertzen ari garela. A ze zerrikeria.

–Eta zerbait jakiteko modurik ba al dago?

–Tira, nik ondorioztatu nuen elikagai solido bat irentsi gabe ezin dela sortu horrelako zikinkeria bat, eta horregatik, laborategian iker zezaten agindu nuen. Zin dagizut bizitza guztian ez didatela barkatuko.

–Eta zein emaitza dago?

–Zaila da, baina ukaezina da plater tipiko batzuk jan izango zituela. Itxaron, txostena hemen daukat.

Tiradera bat ireki, karpeta bat atera eta betaurrekoak ongi jarri zituen.

–Zuzenean irakurriko dizut zerrenda –esan zuen Moyak–. Garagar legamia, artoa, patata, haragia, tomatea... Tira, laburbildu egingo dizut eta hipotesietara joango naiz: gari zopa zerri bizkarrezurrarekin, dilistak, entsalada mistoa eta bizpahiru Bavaria. Zer iruditzen zaizu?

–Ezinezkoa jakitea.

–Orain hamabost urteko kasuen antza du, orduko mafiarena. Gaur egun bonbak jartzen dituzte eta garondoan tiro egin. A ze garaiak.

–Lehen horrela al zen?

–Bai, inor ez zen ausartzen beste inor hiltzera, zerbait larria ez bazen behintzat. Gaur egun bizitzak ez du inolako baliorik.

–Hortaz, baliteke hau garai haietako norbaitek egin izana.

–Ez dut baieztatzen –eztarria leundu zuen–. Baina baztertu ere ez dut egiten...

Kapitainak beste txikle bat atera eta keinu urduriz irentsi zuen.

–Txerrikeria hauek hozkatzen ari naiz, ez jateko. Ba al dakizu? Oso serioski pentsatzen ari naiz elkarte dietetiko ebanjelista horrekin. Pragako Jesus Haurra gurtzen dutela jakin dut, ezagutzen al duzu? Dirudienez oso talde serioa da, izpiritualtasun dentsitate handikoa. Neure buruari esan nion: horrelako gauza batean sartzen banaiz, gutxienez maila guztietan balio diezadala, ez al duzu uste?

–Arrazoi duzu.

–Oraindik ez dut izena eman, baina badaezpada ere probak egiten aritu naiz, sarrera hitzaldirako zirriborroak idatziz. Zerbait originala egitea gustatuko litzaidake.

–Kideen aurreko aurkezpena?

–Hala da. Nire emaztea, gaixoa, horrenbeste tematu zait, azkenean konbentzitzen ari nau.

–Balioko dizula uste dut. Horrelako gauzetan jende asko sarturik dagoela esan nizun.

–Hala eta guztiz ere, erabakitzen dudan bitartean, dieta berri bat egiten ari naiz. Sumatzen al zait?

–Bai, kapitaina. Argalago ikusten zaitut.

–Mundu guztiak berdina dio. Oraingoan funtzionatuko duela uste dut.

–Eta, kapitaina, beste gauza bat galdetu nahi nizun... Egia al da hortik esaten dutena, erretiratzea pentsatzen duzula?

–Hori esaten dute.

–Tira, kapitaina. Zurrumurruak...

–Hiritarraren zerbitzuan bi hamarkada baino gehiago daramatzat. Nondik ateratzen dira inozokeria horiek?

Kapitaina berriro ere zangoa gurutzatzen saiatu zen. Baina ezer ez. Silanpari begiratu eta begi keinu bat egin zion.

–Gauza bakarra da segurua, esperientzia sakon baterako prestatzen ari naizela. Nire horoskopoan dator.

Gero hatz lodiaz gorantz keinu bat egin zuen, tiraderatik beste karpeta bat atera eta betaurrekoak jarri zituen, elkarrizketa bukatu zela adieraziz.

Kalean, Silanpak bere libreta atera eta zera idatzi zuen: "Autoarena Tiflisen gauza izan zen". Gero taxi bat gelditu eta Estupiñanekin elkartzera joan zen.

7

Chumpitaz sarjentuaren ahotsean eta grafikoetan delinkuentziaren korapilo teorikoa ezagutu ondotik, azkenean sotoskriptoa kalera atera zen, Montezuma abizeneko agente ergela patruilako lagun hartuta, espagetia bezain argala bera eta, bistakoa zenez, lankideei bide eman zien, *ipso facto*, Lodia eta Argala dei ziezaguten. Montezumak, lotsatia eta isila zen arren, bihotz ona zuen, baina zerbitzu publikoan zebilenean arazo larri bat zuen, izan ere presio momentuetan hitz-totelka hasten zen. Nik ez nuen inoiz ulertu, eta barka iezadazue bigarren mailako pertsonaia batekin luzatzen banaiz, nolatan ezkutatu ahal izan zuen akats itsusi hori heziketa garaian, borroka pertsonal handiak egin beharreko garaia baitzen.

Baina istorioak aurrera jarraitzen du, eta egun batean, eta berriro ere hariari helduko diot, kruxpetatxo batzuk Popular eta Jimenez arteko etorbidean behera gindoazela jan berri genituenean, oihu batzuk entzun genituen. Ni, nire gizenean ere bizi, berehala iskanbilarantz lasterka joan nintzen, Montezuma atzetik nuela. Eta hor etorri zen onena, lehenengo istilua, zeren eta iristear nintzela, zarata bat entzun nuen, eta ffft egiten zuen haizetxo bizkor bat albotik pasatzen. Makurtu egin nintzen, jomuga erraza ez izateko, eta jada pistola eskuetan, iraul-kamioi baten atzean babestu nuen neure burua. Atzera begiratu eta Montezuma ikusi zuen, atari baten kontra kikildurik, hitz egin nahian: "Zzzz...zen...zenbat didira?", eta nik, barnetik izerditan, ez nekiela esan nion oihuka, hurbiltzen saia gintezkeela. Baina hori esan eta tiro sail bat erori zitzaidan gainera, eta iraul-kamioiaren kristalak birrindu zituen, eta atzean nuen autoaren xasisean sartu zen, eta gero beste bat, eta lurretik ikusi zuen zenbait pertsona Banco Popularreko sukurtsal batetik korrika ateratzen ari zirela. Montezumak zerbait esan nahian segitzen zuen, baina ez zen iritsi ezer esatera, beraz aurrealdean nuen taxi baterantz ausartu nintzen eta multzoaren kontra zenbait tiro egin nituen. Ez nuen ezer ikusi, eta berriro ere kargatzen ari nintzela Montezuma nire ondora etorri zen, eta esan zidan: "Eeee... eman... dididi... diozu au... autoaren bebebe... beiran". Eta halaxe zen, erasotzaileak beira hautsiak zituen Alpine batean ihes egin nahian ari ziren, eta nik eskua alde batetik atera eta berriro ere gurpil gaineko delituzaleei tiro egin nien pistola hustu arte, Montezumari kalea zeharkatu eta handik harrapa zitzala esaten nion aldi berean. Berak esan zidan: "Tttti...tira" eta joan egin zen, eta berak alde batetik eta nik bestetik tiro eginez geldiarazi genituen, laguntza iritsi eta harrapatu genituen arte.

Arriskua pasaturik, gorputz adarrak izozturik sentitu nituen, jakatik behera izerdia hozten ari zitzaidala eta gorputzean hutsune bat, giharrak beirazkoak banitu bezala. Polizia etxera itzultzean Chumpitaz sarjentuak zoriondu egin gintuen, eta berriro ere kalera atera ginenean sumatu nuen kristal hautsiak zainetan uzten duen sentipen horrek bere horretan segitzen zuela. Orduan erabaki nuen, eta ezer gertatuko ez balitz bezala, Montezuma El Campin estadioaren kanpoalderantz eraman nuen, eta aitzakia bat erabili eta gelditu egin behar genuela esan nuen, ikararen ondoren atsegin bat hartu behar genuela, izpirituarentzat opariren bat. Eta a ze ezustekoa. Proposamena erdi lotsatuta egin banion ere, azkenean neronek esan behar izan nion aski da, adiskide, urdaila lehertuko zaigu, zeren eta Montezumak, argala izanik ere, hondorik gabea baitzirudien, nire aurrean denetik sartu zuen, txintik ere esan gabe, lau zati papa kreole, 6 pusketa odolki eta bi plater txerriki.

8

Nancy, hauts kaxa eskuetan, oso apain iritsi zen Erregistro Bulegora, eta Baqueticari eskaera orri bat eman zion. Paperaren barnean, Barraganek emandako hamar mila pesoko billete bat zegoen, kudeaketa martxan jartzeko, eta Baquetica zoriontsu sentitu zen harekin egin zezakeen guztia imajinatuz, ez buruaren beharrei erantzuteko, eta are gutxiago intelektoarenei, gorputzaren behealdearekin zerikusi gehiago zutenei baizik. Emakumeari begiratu zion eta bere erbi-ezpainak ezkutatu zituen, eta aldaka haiek eta biribil eta gogor itxurako atzealde hura arroparik gabe nolakoak izango ote ziren asmatzen saiatu zen. A ze eme puska, esan zuen bere baitan, nortzuek jango ote dituzte *atso* hauek? Eskuko kakoarekin billetea zimurtu eta esan zion, noski, bai noski, segundotxo bat, eser zaitez, mesedez.

Nancyk paper sorta pilatuei begiratu zien, eta gizon harekiko errukia sentitu zuen, eta aldi berean, Emiliori gauza garrantzitsuren batean laguntzeaz harro, irribarre egin zuen. Agian, horren ongi jarraituz gero, konplituko zuen berekin ere. Horretan pentsatzeak lotsa ematen zion, gorri jartzen zen. Hura ezkondurik zegoen, baina jadanik kasuak ikusi izan dira, eta egia esan, egunak pasatu ahala hobeki zeuden. Bien bitartean, Baqueticak bazekien zer bilatzen zuen, eta dokumentuak ateratzean bere buruari galdetu zion zein interes ote zuten paper horiek aste batean baino gutxiagoan bi pertsona kopiak eskatzera etortzeko. Berak ezin zuen eman horrelako informaziorik, arauak debekatzen zuen, baina bere bizitza hain zen baketsua eta grisa, bere lana hain sosegatua, ezen mugimendu pixka bat ere ez baitzetorkion gaizki. Eta, gainera, peso batzuk irabazten bazituen askoz ere hobeki, azken batean inor ez zitzaion etorri egiten ari zena ikuskatzera, eta paper sortak hezetasunarekin usteltzen ari ziren, saguek eta termitek marruskaturik.

–Hemen duzu, andereño, kopia garbi-garbi bat. Normalean gauza hauek ez dira egiten, baina zu bezalako norbait izanik...

–Eskerrik asko, gazte –oso serioski esan zion, papera hartu, karpeta batean sartu eta urrats erabakigarriz, baldosaren gainean takoiekin hotsa eginez kalera atera zen.

Bulegoan, Emiliok irrikaz itxaroten zion.

–Tiflis zen, beraz –esan zuen gorbata laxatuz, eskua Nancyren gonapean–. Arraioa, hau handia da, hasieratik pentsatu behar nuen.

Inozoa esanez, Nancy harengandik banandu zen, horrela jarraitzen baduzu kanpokoak konturatuko dira. Bulegoan apainketa mahai bat jarri beharko zuen sartzen zen bakoitzean orrazkera desegiten eta makillajea nahasten bazion.

Orain gauza errazagoa izango zen. Gauza zen norbait Tiflisi bisitatxo bat egitera bidaltzea, jabetza paperak atera eta Vargas Vicuñari ematea. Originala desagertzen baldin bazen, Tiflisek ezin izango zuen berreskuratu. Zakua jantzi, gorbata ongi jarri eta kalera atera zen. Zazpigarreneko kantoiko telefono publiko batetik, Elmerri deitu zion, aitaren auto gidaria izandako polizia ohi eta gaizkileen munduan kontaktuak zituen bati. Barraganek egoera azaldu zion, Tiflis nor zen eta zein dokumentu lortu behar ziren esan zion. Elmerrek lana onartu eta eskegi egin zuten.

Gogobeterik itzuli zen bulegora. Idazmahaian Nancy Erregistroko idazpuruak zituzten paper batzuk ikuskatzen ari zen. Beso batetik altxatu zuen, galtzerdiak jaitsi zizkion eta sofaraino eraman zuen.

–Erotu egiten nauzu.

–Emilio, ez ezazu lelokeriarik esan –eta berriro ere lotsaz gorritu zen, zoriontsu, eta beharbada baietz pentsatu zuen, zergatik ez.

Bulegoko irratiak albisteak ematen zituen. Gero musika eta publizitatea. Bolumena igo zuten oihukatu ahal izateko, eta horregatik hasieran ez zuten entzun telefonoaren hotsa. Hiru aldiz jo zuen, lau aldiz, Emiliok eskua luzatu zuen arte, zarata kendu eta aparatua altxatu zuen.

–Ene laguna, gauza oso izorratua jarri da –Esquilacheren ahotsak dardara egiten zuen–. Apote-nahaspila batean sarturik gaude. Zortzietan klubean itxarongo dizut.

–Horren garrantzitsua al da?

–Hondoa jo dezakegula esaten dizut, ergel halakoa, ez al duzu espainiera ulertzen? Hutsik gabe itxarongo dizut.

Esquilachek koleraturik eskegi zuen, eta pentsatzen gelditu zen: zein paper ziren horiek? Tiflis hitz gutxiko gizona zen. Norbait arriskutsua. Orain kontuz ibili beharko zuen. Ezpain gainean izerdi tanta batzuk agertu zitzaizkion eta erlojuari begiratu zion, antsiaz. Ordu bat falta zen, bizarra kentzeko denbora bazuen, nerbioak lasaitzearren.

–Marco Tulio, azal iezadazu ongi zertaz doan gauza –esan zuen Barraganek, Old Parr whiski bat eskuetan–. Ez dut piperrik ere ulertzen.

–Tiflisek bere kankailuak bidali zizkidan jakinarazpen bat emateko, eta autoa txikiturik utzi zidaten. Paper batzuk ebatsi dizkiotela esaten du eta nik datorren larunbatean itzuli behar dizkiot. Ez dakit zer paper diren, baina horrenbesteko beldurra nuen, ez nintzen ausartu ere egin ezer galdetzera. Ez genuen inoiz tipo horrekin sartu behar.

Barraganek eztarria leundu zuen, urduri. Esquilacheri zekiena esan behar ote zion? Norbait aurreratu zitzaiola pentsatu zuen. Azkenean erabaki zuen.

–Begira, Marco Tulio, ikerketa batzuk egiten aritu naiz eta Pereira Antunezek lurrak Tiflisi eman zizkiola aurkitu dut.

–A bai?

–Aipatzen dituen paper horiek eskrituren originalak izango dira.

–A, arraioa. A ze nahaspila. Eta orain nola aurkitu behar ditugu?

–Bada, nork ebatsi dizkion ikertu beharko da.

–Ideiarik ba al duzu?

–Bururatzen zaidan lehenengoa Vargas Vicuña da –esan zuen Barraganek–, edo bainu turkiarrekoak. Nor gehiago egon liteke interesaturik?

Barraganen lasaitasuna ikusi eta mindurik sentitu zen Esquilache. Nola eta zergatik egin ote zituen Emiliok ikerketak? Berari kontsultatu gabe? "Antropomorfiko inozoa", esan zuen bere baitan.

–Denbora gutxi dugu, mugitu beharra dago. Eta larunbatean nirekin etorri beharko duzu Esmeralda hotelera: honetan biok elkarrekin gaude.

–Tira, Marco Tulio, ni lankide gisa aritzen naiz zurekin, baina oroit zaitez hasieratik ez zitzaidala ongi iruditu mafioso horrekin tratuan aritzea.

–Zer esan nahi didazu, ergel halakoa?

–Ez, ez, Marco Tulio, uler nazazu, gertatzen dena da...

–Emilio, kontuz egiten duzunarekin, ni hondoratzen banaiz, biok goaz zulora.

–Tira, lasai zaitez, bihar paper horien bila arituko gara eta larunbatean Tiflisi eramango dizkiogu, OK?

Elkarri amorruz begiratu eta batak bestea agurtu zuen. Barragan bere Peugeotera igo zen eta martxan jarri zuen, atzera begiratu gabe. Esquilachek mesfidantzaz begiratu zion eta pentsatu zuen: "Mutil honek zerbait du eskuartean". Liburutegira itzuli eta telefonora joan zen. Onena dadoak taularen erdira botatzea eta denak tartean sartzea, pentsatu zuen, horrela gauzak bere indarrez eroriko ziren.

–Vargas Vicuña doktorea? Gabon, barka berandu deitzeagatik, eragozten al dizu?

–Ez, ez noski. Zer duzu?

–Gauzatxo bat galdetu nahi dizut, Sisgako lurrekin zerikusia duen kontu bat burutik ezin kendurik nabil.

–Esadazu.

–Ez al duzu horri buruzko albisterik izan?

–Ba egia esan, ez; zuk esatea espero nuen.

Esquilachek zapi bat atera eta izerdia lehortu zuen. Zuhur jokatu behar zuen, etsai batekin hitz egiten ari zela gogoratu.

–Izan ere, ez dakit, badirudi azkenaldian gauza oso arraroak gertatzen ari direla. Nik Barragan abokatuarekin elkarrizketa bat eduki berri dut, eta iruditzen zait nik ez dakidan zerbait badakiela.

–Esquilache, ez dizut ulertzen, ez al duzue elkarrekin lan egiten?

–Tira, gutxi gorabehera. Lankide gisa ari gara gauza batzuetan.

–Eta orduan?

–Sentsazioa daukat Pereira Antunezen dokumentuen artean agertzen ez ziren lurren eskriturak badituela. Berak jada aurkitu dituela uste dut, baina ez dut ulertzen zer egin behar duen haiekin.

Vargas Vicuña doktoreak jauzi bat eman zuen, baina zuhur izaten saiatu zen.

–Esaten duzunaz ziur al zaude?

–Bihozkada bat besterik ez da, baina berak zerbait ezkutatzen didala iruditzen zait.

–Zer esan dizu zehazki?

–Pentsa, hil aurretik Pereira Antunezek lurrak Heliodoro Tiflisi eman zizkiola erakusten duten erregistroa dagoela jakin du. Dohaintza bat.

–Tiflisi?!

–Bai, pentsa. Nola jakin zuen ez dakit, dohaintzen erregistro horiek isilpekoak dira.

–Eta berak zer egin dezake horrekin?

–Erregistroa lagunartean norbaiti egiten zaion dohaintza bat da, baina eskrituren originalik gabe Tiflisek ezin du ezer egin, ez daudelako bere izenean. Kasu hauetan beti da horrela.

–Hortaz, eskriturak dituenak nahi duena egin al dezake?

–Gutxi gorabehera, doktore; gauzak errazagoak direla esan dezakegu.

–Eta ez al ditu Tiflisek izango? Dohaintza berari egin badiote, normalena berak edukitzea da.

–Ez dut uste, Tiflis oso urduri dabil.

Esquilachek nahiago zuen mehatxuez ez hitz egin, ez baitzekien zehazki zein harreman zegoen doktorearen eta Tiflisen artean.

–Gizona, orduan Barragan zaindu beharko da. Ez al da norbaitekin tratuan ibiliko?

–Horixe ez dakit ba. Horregatik deitzen nizun, azkenaldian ez al dizu berak honetaz hitz egin?

Vargas Vicuñak bibotea lisatu zuen.

–Ez, jakizu ezetz.

–Orduan zuhur jokatu beharko da. Nik bihar ikusiko dut.

Eskegi egin zuten, eta Vargas Vicuñak bere buruari ispiluan begiratu zion garaipen irribarre arin batekin. Barragan ez zen uste zuen bezain inozoa. Agian, eskriturak bazituen eta berari emateko prest zeuzkan. Deitu behar ote zion? Bilatzen zuena lortzetik oso hurbil zegoen eta ez zuen lasterka ibiltzeagatik dena hondatu nahi. Agian, onena Barraganen bulegoa ikuskatzea izango zen.

Bere gidariari eta bizkartzainari deitu zien.

–Gazteak, gaur gauean lan berezi bat egin behar didazue.

Bulegoko helbidea, atzealdetik sartzeko argibideak eta miatu beharreko lekuen plano bat eman zien.

–Doktore, oraintxe bertan joatea nahi al duzu?

–Ez, ez dago presarik. Partidaren ondotik.

Hiri osoak zuen sudurra telebistan itsatsirik, Amerikako Libertadores Kopako partida bati adi-adi.

Baina Esquilache ezin zen lasaitu, eta hirugarren Old Parrarekin Vargas Vicuñaren ideia bera izan zuen: Barraganen bulegoa arakatzea. Bederatziak pasaturik, gidariari deitu zion.

–Vladimir, goazen momentu batez kanpora.

–Doktore, Nacionalek berdinketa lortu du, oso premiazkoa al da?

–Bai, oso.

–Doktore, penaltietara jokatuko da.

–Autoan entzungo ditugu, irratian.

Barraganen bulegora iristean, Esquilachek Vladimirri argiak itzalita itxaron ziezaiola esan zion.

Eraikinean sartu eta zaratarik egin gabe igo zituen eskailerak, argirik piztu gabe. Giltza jiratu eta bulegoko atea ireki zuen. Dena lasai zegoen. Barraganen idazmahaira iristean, tiraderak irekitzen eta sakelako linterna batekin izenburuak aztertzen hasi zen. Lehenengo tiraderan ez zegoen intereseko ezer, Calvin Kleinen Obsession flaskoa, *Newsweek* aldizkari batzuk eta kondoi kaxa izan ezik.

Bigarrenean, zenbait dokumentu zeuden, "lehen seihilekoa" izenez sailkatuak: prozesuak, auziak, herentziak. Intereseko ezer ez. Idazkariaren artxibora ikustera joan zen eta han ere ez zuen ezer aurkitu. Etxean edukiko al zituen? Paretako apaletan begira jarraitu zuen, paper sortak zeuden tokian "Sisga Lurrak" jartzen zuen karpeta bat ikusi zuen arte. Hura atera eta Tiflisek jasotako lurren erregistroaren fotokopia aurkitu zuen. Hori al zen guztia? Bai. Ez zegoen ezer gehiago. Beste karpeta batean, eskuz idatziriko "Ordaindu beharreko kontuak" izenburupean klubeko idazpuruarekin zenbait faktura aurkitu zituen: $6.023.675 datorren hilabetearen 15a baino lehen ordaindu beharrekoa, $3.674.980 egun berean. Denak kasinokoak ziren.

Horretan ari zela, apurtu zen kristal baten zarata entzun zuen. Leihoaren atzealdean itzal bat ikusi zuen, kanpoaldetik eskutokia irekitzeko ahaleginean ari zen esku bat, eskularru eta guzti. Sakelako linterna lurrera erori eta itzali egin zen. Beldurra sentitu zuen. Ikusi ote zuten? Nor izango ote zen? Bulegoko ateraino poliki irristatu eta beste aldean ezkutatu zen, idazkarien gelan. Bi gizon ziren. Ahapeka mintzatzen entzun zituen, plano bat zabaltzen.

–Zuk han bila ezazu, begira, hori doktoreak esan duen artxiboa izango da.

Doktorea?, pentsatu zuen Esquilachek. Agian, Vargas Vicuña? Bai, hark bakarrik zekien. Eta Tiflis? Haren gizonek hari ez diote "doktore" deitzen. Kalera pentsakor jaitsi zen. Vargas Vicuñak norbait bidali baldin bazuen, horrek esan nahi zuen Barraganekin ez zela fidatzen, eta ez zebiltzala elkar hartuta. Arnasa hartu zuen, Emilio doktorearekin tratuan aritzeak kezkatzen baitzuen gehien. Arraioa, zein gauza konplikatua, nork esan ote zion horrelako nahaspilan sartzeko?

9

Estupiñan betiko mahai berean eserita zegoen, leihoaren ondoan. Silanpa iritsi zenean, zenbait kafe kikara huts eta Chocorramoak biltzeko hiru paper zimurtu zeuden. Gaua izanik zirkulazioa pixka bat gutxitua zegoen.

–Orain nahiko lan zaila egin behar dugu –esan zion Silanpak–. Arazo konplikatu bat.

–Zeri buruzkoa, nagusi?

–Hilerri Nagusian lurperatu zuten gorpua Pereira Antunezena ez dela frogatu behar dugu.

–Hilerrian sartu... esan nahi duzu?

–Gaur gauean bertan, goazen.

Estupiñanek sumatu zuen galdera bat bere izpirituan bultzaka ari zela ateratzeko nahian, baina ezin izan zuen hitz egokirik aurkitu. Isilik gelditu zen, eta ia ez zion erreparatu 26 etorbideko iluntasunari, bere buru gainetik pasatzen ari ziren zubiei, eta hilerriko harresi luzea ikustean dardara egin zuen. Hain toki arraroan jaitsi nahi zutela ikustean, taxilariak jakin-minez begiratu zien, baina beraiek ezer ez balitz bezala egin zuten eta etorbidea jauzika gurutzatu zuten.

Haizeak jotzen zuen, eta biek zakuen papar hegalak goratu zituzten.

–Silanpa, nola sartu behar dugu?

–Zoaz erakusten dizudan tokitik eta har ezazu arnasa, gauza gogorra izango da eta.

Atea ireki zuten eta Estupiñanek ezusteko bat hartu zuen: lurperatzaileen kantina zen. Harresiak inskripzioz eta hileta eskelaz estalirik zeuden, zeruaren eta infernuaren ateak irudikatzen zituzten marrazkiz estalirik. Disko-jogailu batetik *La cama de piedra*-ren konpasak ateratzen ziren. Mostradorearen atzean establezimenduari izena ematen zion ohar bat: Bar-Cafeteria el Mas Aca.

Aulkietan eserita, kapa beltzezko zenbait gizon, euli eta ke artean, garagardoa hartzen ari ziren. Garbiketa produktuaren eta koipe hotzaren usain gogorrak urdaila irauli zion. Silanpak Estupiñan esertzera gonbidatu zuen, eta mostradorera joan zen, etxekoandrearekin une batez mintzatu eta bi Bavaria eskuetan itzuli zen.

–Berak lagunduko digu.

Estupiñanek, berriro ere, mintzamena galdu zuen. Bezeroek kuriositatez begiratzen zieten eta bera ez zen mugitzera ausartzen. Zurrumurruak entzuten zituen, barre txikiak.

Une bat pasatu zen, eta azkenean, andreak deitu zien. Garagardoak bere horretan utziz altxatu ziren, eta atzealdeko atetik hilarri hautsiak zeuden patiora atera ziren; gaizki argituriko lekua zen, hari elektriko batetik zintzilik zegoen bonbilla batekin. Hor Estupiñanek ia oihu bat egin zuen: legenarrak desitxuratutako gizon batek, zeinak sudurraren ordez haragi punta bat baitzuen, eskua luzatzen zien. Orkatiletaraino iristen zen kautxuzko pontxoa zeraman eta buru gainean krakaz beltzutako lotarako txanoa.

–Ez zaitez ikaratu, jauna –esan zion figurak Estupiñani–, eskua eman diezadakezu, legenarra ez da kutsatzen. Gainera, jadanik tratamenduan nago Federico Lleras Institutuan, eta jakizu niri ere nazka ematen didala neure buruari begiratzeak, baina zer egingo diogu bada.

Silanpak eskuetan besondoak estutzen sentitu eta listua irentsi zuen. Estupiñan arroz hostoa bezain zurbil zegoen.

–Berak eramango zaituzte, hamar mila peso dira –esan zuen andreak.

Silanpak eskua sakelan sartu eta dirua atera zuen. Gizonak haga eta pala bat hartu eta eurei ezer esan gabe kalea zeharkatu zuen. Hilerriko harresi baten ondotik ibili ziren zurezko etxola bateraino, eta han, legenduna gelditu eta giltza sorta baten bila hasi zen. Ireki eta sartu egin ziren. Gizonak linterna piztu, eta harresiko zulo estu bat estaltzen zuen zenbait kartoi kendu zituen. Zein hilobi bilatzen zuten galdetu zuen eta gero hatz erakuslea ahora eraman zuen isiltasuna adierazteko. Zulotik sartu ziren eta gizontxoa galdera gehiago egin gabe ibiltzen hasi zen.

–Hau bekatua da, nagusi –esan zuen Estupiñanek hortzak dantzan zituela eta ahots hautsiarekin–. Gauez kanposantu batean sartzea heresia eta delitua da. Harrapatzen bagaituzte, barrura eramango gaituzte.

–Estupiñan, eutsi goiari, momentu bat besterik ez da.

Urratsek ikaratuta, uso bat hegaka joan zen eta Estupiñanek jauzi bat egin zuen.

–Nagusi, urdaila iraultzen ari zait, ez da hobe izango zuri kanpoan itxarotea?

–Tira, baina bakarrik itzuli beharko duzu.

–Honela nahiago... –Estupiñan uzkurtu egin zen–. Haizez beterik nago.

–Beldurra da, eusten saia zaitez.

Gizona gelditu eta "Casiodoro Pereira Antunez" irakurtzen zen luxuzko hilarri baten bazterretan haga sartzen hasi zen. Altxatu zuen eta lur hezearen usain batek sudur hobiak bete zizkion. Haga alde batean utzi eta palari eskuekin heldu zion zuloa egiteko.

–Nagusi, ni ez naiz gai izango.

Kolpe lehor batek hilkutxa aurkitu zutela iragarri zuen.

–Gorputxoa ateratzea nahi ala nahiago duzu lehenik begiratu?

–Begiratu soilik, eskerrik asko.

–Nik ezta hori ere –esan zuen Estupiñanek–, dena laxatzen ari zait.

Altzairuzko kako batekin iltzeak bortxatu zituen eta estalkia altxatu zuen. Estupiñanek oihu bat bota zuen, gurutzearen seinalea eta aitaren egin, eta hatza luzatu zuen.

–Baina... Osler da eta!

Haien aurrean bisaia berdetsu bat agertu zen, linternaren argiak argiztaturik. Ile luzea zuen eta azazkal luzatuak. Silanpak, Estupiñanen minezko aurpegia ikustean, ez zuen jakin zer egin.

–Nire anaia da! –esan zuen negar egiteko zorian–. Eez... honek izorratu nau.

Masailezurra dardaraka zuela, atzera egin zuen eta mausoleo baten harresitxoaren gainera erortzen utzi zuen bere burua.

Silanpa isilik gelditu zen, Estupiñanen samina errespetatuz. Minutu batzuk pasaturik, hurbildu egin zitzaion.

–Emir, zure penarekin bat egiten dut. Gogorra da horren modu zakarrean jabetu izana.

–Nagusi, nik nuen senide bakarra zen. Eskerrik asko doluminengatik.

–Hala eta guztiz ere, elkar gutxi ikusten zenutela esan zenidan.

–Anaiekin, ez da elkar ikusi beharrik izaten. Ni, bera hortik zehar zebilen bitartean, ez nintzen bakarrik sentitzen.

Estupiñanek eskuekin aurpegiari heldu eta begiak ezkutatu zituen. Silanpak bere sorbaldan negar egiten utzi zion eta legendunaren begirada hotzetik babestu zen.

–Barka, nagusi –Estupiñanen ahotsa aieneekin nahasten zen–. Ez nuke negarrik egin behar, badakit, baina errudun sentitzen naiz, bera gehiagotan ikusi ez nuelako.

–Emir, kementsua izan behar duzu. Bizitzan horrelako gauzak egunero gertatzen dira eta batzuetan norberari egokitzen zaio. Barrua hustu ezazu, negar egin. Maite den norbait hiltzen denean, negar egiteko obligazioa du batek.

Une batez bi gizonak besarkaturik egon ziren iluntasunean. Estupiñanek noizean behin malkoak xukatzen zituen, harik eta ohartu zen arte ez zela ari negarrez, bere aurpegia zeharkatzen zuten tantak euriarenak zirela.

–Nagusi, utzidazu gauza bat galdetzen: zu katoliko praktikantea al zara?

–Ez, inoiz ezin izan dut.

–Orduan zure baimenarekin...

Hilobiaren aurrean belauniko erori zen, eskuak elkartu eta burua jaitsi zuen otoitz egiteko. Silanpa atzean gelditu zen, isilik, eta legen-duna, hasieran ezer ulertu gabe begira bazegoen ere, pala utzi eta Estu-piñanen alboan belaunikatu zen.

Silanpak bi figurei begiratu zien. Lotsatu egin zen minezko mo-mentu hartan laguntzerik ez zuelako, eta bere buruari galdetu zion ea oraindik norbaitek izango ote zuen bere beharra. Atsegina izango zen hori sinistea, oraindik ere bizitzaren bat argitzeko gai zela imajinatzea. Monica joan egin zen, beraz bere panpinarengan pentsatu zuen, esal-diz betetako paperetan... Eraman egin ote zuten? Hark ez zuela sufri-tuko pentsatzeak lasaitzen zuen.

Gizonak jaiki egin ziren.

–Itxi dezakezu –esan zion Silanpak legendunari.

–Ez al duzue zerbait eraman nahi oroigarri moduan? –galdetu zuen irribarre batez, bere ahoko barrunbe desitxuratuan apenas suma zitekeen irribarrez–. Ez nekien ahaidea zenik.

–Ez, eskerrik asko.

Orduan Silanpak besoa Estupiñanen sorbaldan jarri eta hilobia seinalatu zuen.

–Orain zure anaia lurperatzen ari gara. Lurrez beteriko palakada horiek eta hondoratzen ari den kutxa hori bereak dira.

–Bai... –negar zotinka hasi zen berriro.

–Eta zuk lagun egiten diozu...

–Bai, bai.

Estupiñan eskuarekin lurra biltzera makurtu eta hilkutxaren gai-nera bota zuen. Gero, marmolaren gainean honako hitz hauek marra-tu zituen: "Hemen datza Osler Estupiñan". Ondoko hilobietako loreak bildu zituen, behean jarri eta berriro marratu zuen: "Bere anaiak".

Harresiko zulotik atera eta ilunetan ibili ziren, gau bakartian. Estupiñanek arnasa berritu zuen.

Bide erdian legendunaren ahotsa entzun zuten.

–Barka gauza bat esatea, momentutxo bat mesedez... –esan zuen pauso motelarekin haiek harrapatuz–. Ni naizena izango naiz, baina izen bat daukat. Zuek galdetzen ez badidazue ere, nik esango dizuet: Jaime Bengala. Oroit zaitezte ongi, Jaime Bengala.

–Barka iezaguzu, Bengala jauna –esan zuen Silanpak–. Horrenbesteko emozioarekin bati gauzarik garrantzitsuenak ahaztu egiten zaizkio.

–Beti berdina gertatzen zait, baina zuekin ez nuen pasatzen utzi nahi. Ez zaitezte barkamen eske aritu.

–Bengala jauna, eskertzen dizut nirekin otoitz egin izana –esan zuen Estupiñanek lotsaturik–. Benetan eskertzen dizut. Hildakoa nire anaia zen eta nik asko maite nuen. Zure laguntasunak on egin dit.

–Oroitu Jaime Bengalarekin egon zaretela. Dendako andreak inoiz ez nau aurkezten, aretoan sartzen ere ez dit uzten, bezeroak uxa ez ditzadan. Gogoratu, Jaime Bengala.

–Horrela izango da.

Legenduna berriro ere begiak jaitsi, buelta erdia eman eta kalearen bukaeraraino ibili zen.

Estupiñanek eta Silanpak elkarri begiratu zioten. Gero hitzik esan gabe ibiltzen hasi ziren etorbidera iritsi arte.

–Hortaz, Pereira Antunezen ordez nire anaia lurperatu zuten –esan zuen azkenean Estupiñanek–. Orain ulertzen dut zergatik ez zen agertzen.

–Eta lakuko gorpua Pereirarena dela frogatu dugu, ikusten?

–Nagusi, zu tigre bat zara.

–Baina zailena jakitea falta zaigu: hau guztia nork antolatu zuen.

–A, noski... Hori zailagoa da. Eta aurrez esaten dizut: hau niretzat auzi pertsonal bihurtu da, orain nik nire anaia hil zuena harrapatu behar dut, ezta hala? Horretan bizitza emango badut ere.

–Noski, Estupiñan. Zuk harrapatuko duzu eta justizia egin. Hori izango da zure pizgarria.

–A ze kontraesana hau, uzten badidazu. Horrelako tragedia, eta bat-batean bide bat aurkitu dut.

Beste pixka bat ibili ziren isilik. Bat-batean Estupiñanek hatzekin klaska egin eta gelditu egin zen.

–Nagusi, absolutuak kezkatzen al zaitu?

–Ez dakit zeri buruz ari zaren.

–Nik ere ongi ez dakit –esan zuen Estupiñanek aurrera eginez–. Izan ere, meditazioa egiten duen bizilagun txinatar bat daukat, Lung Mo doktorea. Lehengo batean harekin eskaileretan gurutzatu nintzen eta zera galdetu zidan: "Zuli absolutuak kezkalik soltzen al dizu, Estupiñan jauna?". Nik ez nekien zer erantzun, absolutua zer den ez bainekien. Zuk, agian, jakingo zenuela pentsatu nuen.

–Nahiko gauza konplikatua izan behar du. Goazen Zazpigarreneraino, ziurrenik han taxi bat aurkituko dugu.

–Absolutua, absolutua... –jarraitu zuen Estupiñanek.

Bien itzalak gero eta luzeago bihurtuz joan ziren, erdialderako norabidean galdu arte. Auto gutxi pasatzen ziren. Txulo multzo bat zabor pila baten artean mokoka ari zen.

10

Gauerdia pasaturik, Esquilache Condal tabernara joan zen, eta barran whiski sour bat eskatu zuen. Lokiak hezeak zituen, masailezurrak dardara egiten zion eta bihotza, gomazko pilota bat bezala, saltoka zuen. Sabaira begiratzen zuen eta itzalen artean zerbaitek iseka egiten ziola iruditzen zitzaion. Traizioa sentitzen zuen. Ia-ia usain zezakeen. Bazekien hori zer zen, baina, orain, bera jarri zuten inork egon nahi ez duen toki horretan. Bere automobila mafioso baten ezjakinak birrindu zuen, bere karrera politikoa arriskuan zegoen, baita bere bizitza ere… nork jakin. Bai, traizioa hor zegoen. Bere inguruan hegan zebilen laino itsaskor bat zen.

"Zein ote da ergel horren jokoa?", pentsatu zuen, kopen dirdiran Barraganen katu begirada ikusten zuela sinetsiz. "Ni izorratzearren, gai izango ote da gauzak bere kontura konpontzen saiatzeko? Ez, Emilitok ez du ausardiarik horretarako. Hobeki esan, ausardia bai, baina potrorik ez, kaiku horrek. Beti izan da haur mainatua. Nik mainatua. Baina orain gauzak desberdinak dira... Larunbatean Tiflisi paper horiek eraman behar dizkiot, eta non arraiotik atera behar ditut?". Beste whiski sour bat eskatu zuen, Jack Danielsekin egin zezala esan zion zerbitzariari. "Agian, Emilitori ikara on bat ematea izango da onena, adibidez berari esatea Tiflisek uste duela dokumentuak hark dituela. Horrela, beldurrez kaka eginda, laguntza eskatuko dit, eta negarrez, dakien guztia kontatuko dit eta ez duela gehiago egingo esango dit". Hondoan, agertoki txiki batean, jazz talde bat Charlie Parkerren melodiak jotzen ari zen. "Emiliok zer arraio egiten duen jakin behar dut nik, norekin dabilen eta zein tratutan. Ni izorratu nahi banau, erreta bukatuko du".

Esquilachek bigarren whiski soura poliki edan zuen, tarteka Marlboroari mantso tira eginez. Barraganen zorrek hunkitu egin zuten. Erabateko porrotean zegoen. Horregatik desesperazioak eta tontakeriak. Horregatik, agian, traizioa. Ikusi beharko zen. Bere egoera kontuz ibiltzekoa zela pentsatu zuen: GranCapitali lurrak ematea lortzen ez bazuen mesede politikoekin itzuli beharko zien, eta horrek beldur gehiago ematen zion, orain mundu guztia ikertzen ari baitziren. Berak bazekien nor zegoen GranCapitalen atzean eta hobe zen jende horrekin ez jolastea. Tiflisen aurkako amorrua sentitu zuen, orain zekiena aurretik ez jakitearen amorrua: hark lurrak esku-eskura zituela. Emilio etxekalte horrek hasieratik egia esan izan balio, konpondu ahal izango zuen. Akordio batera iritsi. Orain izorraturik zegoen.

Hurrengo egunean haren idazkariari dei ziezaiola eskatu zion.

–Marco Tulio, zer ordu dira hauek deitzeko? Ez nekien horren goiz joaten zarenik bulegora –Barragan bere etxeko bainugelan bizarra kentzen ari zen. Dutxako baporeak ispilua lurrunez bete zuen.

–Entzun iezadazu ongi, alproja handia. Tiflisek deitu berri dit esateko paperak zuk lapurtu dizkiozula, beraz etor zaitez hona eta dena kontatuko didazu.

–Zer?!

–Entzuten ari zarena, eta badakizu Tiflisekin jolas gutxi izaten dela. Sekulako istiluan sarturik zaude, beraz potroak bere lekuan dituzula jarraitu nahi baduzu, bizarra mozteko makina utzi eta etor zaitez hona berehala, ordu erdi batez itxarongo dizut.

Esquilachek eskegi egin zuen, eta Barragan beldur zen: jabetzaren paperak? Gezurra zen, berak ezertarako balio ez zioten kopia batzuk zituen soilik, nola jakin ote zuen Tiflisek Erregistro Bulegoko lantxoaren berri? Berak eta Nancyk soilik zekiten, eta Nancyk ez zekien ezer kasuari buruz. Esquilacheren gezur bat izan behar zuen, baina hori esaten zuen aldi berean gorputzean beldurra sartzen ari zitzaion, aizto xafla baten moduan.

Catalina, urdin eta berde koloreko bata batekin, bainugelan sartu zen.

–Gosaria prest dago, maitea, haurrak euren motxilak prestatzen ari dira eraman ditzazun.

Biluzi egin zen, berak aurpegia garbitzen zuen bitartean. Ispiluak aurpegi zurbil baten irudia itzuli zion.

–Ezin izango ditut eraman, maitea. Marco Tuliorekin hitz egin berri dut eta bere bulegora joan behar dut berehala.

–Zuek lan gehiegi egiten duzue, zertarako horren goizik? –esan zuen ur zurrutaren azpian sartuz–. Ez dio axola, laztana, eramango ditut. Baina zuk azaldu iezaiezu, badakizu zurekin joatea gustatzen zaiela.

Barragan bainugelatik atera, ziztu bizian jantzi eta haurrekin hitz egitera joan zen.

–Larunbatean Ranchora joango gara eta poniak alokatuko ditugu, ados?

Hegaka atera zen eta, goizeko zirkulazioa saihesteko ahalegina eginez, Esquilacheren bulegora bederatziak baino lehen iristea erdietsi zuen.

–Goizean goiz jaikitzen denari Jainkoak laguntzen dio, gazte.

–Azal iezadazu zer arraio den eskriturak nik ditudalako kontu hori.

–Horrela esan zidan gure *esmeraldero* maite horrek. Oso argi esan zuen: "Ene zinegotzi maitea, gauza erraza izango zaizu, niri falta zaidana zure babestuak baitauka". Horiek izan ziren bere hitzak.

Barragan leihoraino joan zen.

–Ez da posible. Gezurra da. Non arraiotik eduki behar ditut nik paper horiek? Edukiko banitu esan izango nizuke.

–Horretaz hitz egin nahi dut zurekin. Lehengo egunean garbi joka nezan eskatu zenidan eta hala egin nuen. Orain zure txanda da. Ea bada, zein da jolasa?

–Ez dago inolako jolasik. Ni bakarrik Erregistro Bulegora joan nintzen lurrak noren izenean zeuden ikustera. Ezer gehiagorik ez.

–Hori ez da legezkoa, nola lortu zenuen?

–Marco Tulio, nik nire metodoak ditut, mundu guztiak bezala.

–Tira, ez eman buelta gehiagorik. Segi.

Esquilachek triparen gainera igo zituen galtzak.

–Nik hori bakarrik egiaztatu nahi nuen, lehenik eta behin hori egin behar zela. Lurrak Pereira Antunezen izenean erregistraturik egongo zirela uste nuen, eta hark aldaketaren bat egin baldin bazuen, han egongo zen islaturik. Horregatik joan nintzen. Hori jakinik gainerakoa errazagoa izango zen, ezta?

–Ba gauzak konplikatu egin dira, ene laguntxoa... Zer esango diozu orain Tiflisi? Oroitarazi nahi dizut hura ez dela batere fina. Autoa nola utzi zidan begiratzera atera zaitez.

–Ba, egia esan beharko diot. Nik ez ditut eskritura originalak, nahi baldin badu nire etxea eta bulegoa miatzera etor daiteke. Ez dut ezer ezkutatzeko.

–Ez nintzateke harrituko dagoeneko egiten ariko balitz.

Emiliok haurrengan, Catarengan pentsatu zuen. Haiek arriskuan jartzen ari ote zen?

–Marco Tulio, ez ezazu hori esan. Larunbatean gauzak ongi azalduko dizkiogu eta bere alde jarriko gara.

–"Gu" diozunean zu eta ni al gara?

–Zuk zeuk esan zenuen honetan biok elkarrekin geundela.

–Izan ere... honaino iritsi nahi nuen. Zu zure kontura gauzak konpontzen bazabiltza, orduan jada ez gaude elkarrekin, ulertzen, txoriburu alaena? Nirekin zikin jokatzen baduzu, ez duzu pentsatuko ni atean geldirik geratuko naizela. Eeeez, laguntxoa.

–Zikin jokatzen? Ez dakit zertaz ari zaren.

Emiliok burua harraskatu zuen: Esquilachek plazer puntu batez begiratzen zion, ehiztariak harrapari harrapatuari begiratzen dion moduan.

–Hemen gauza bakarra dago argi, laguntxo, izorraturik zaudela. Ongi izorraturik. Nekazarien esaldi batekin esango dizut: ilean ere kaka duzu. Belarrietatik ateratzen zaizula ere esan daiteke.

–Marco Tulio, paper horiek nork lapurtu dituen ikertu behar da. Eta bizkor.

–Eta zer proposatzen didazu? Tiflisen ustez, gauzak argi daude.

–Tiflisi sinisten al diozu? Benetan sinisten al duzu traizio egiten ari natzaizula?

–Ene laguntxoa, filosofo greziarrek zioten traizioa arimaren atributu bat dela, maitasuna edo adiskidetasuna bezala. Horretarako ez dago ikasi beharrik... Begira Judasi, traizioa edozein alprojaren esku dago. Leialtasuna zailagoa da. Eta ba al dakizu zer gehiago zioten filosofoek?

–Marco Tulio, mesedez...

–Erantzun iezadazu, ergel alaena!

–Ez, ez dakit.

–Hurbilekoari bakarrik egiten zaiola traizio. Jatera ematen dion eskuari kosk egiten dion zakurraren istorioa da, jarraitzen al didazu?

–Ez dakit nora iritsi nahi duzun.

–Maok, ergel handi hark, egia handiak esaten zituen, eta behin esan zuen enperadoreari erasotzen zionak ez liokeela beldurrik izan behar zatikatuta hiltzeari.

–Eta zer zerikusi du Maok Tiflisekin?

–Bien arabera, zu izorraturik zaudela. Horretan dute zerikusia.

–Hasieratik has gaitezen. Erregistro Bulegora joan behar dugu, eta auziagatik nor gehiago interesatu den galdetu, ezta? Hori, lehenik. Bigarrenik, sinets iezadazu, zein arrazoi izango nuke nik hau nire kasa konpontzeko?

–Hor zehar gauzatxoak jakin ditut... Adibidez, klubean hasperena ere zor duzula.

Emiliok lepotik igotzen zitzaion odol korrontea sentitu zuen.

–Marco Tulio, horiek arazo pertsonalak dira, ni zelatatzen aritu al zara?

–Beti da ona jakitea lagunak zein zauritatik odolusten diren, ez duzu hala uste?

–Elkarrizketa honek ez du zentzurik –esan zuen Emiliok zakua jantziz–, goazen Erregistro Bulegora eta has gaitezen ikertzen. Horrek balioko digu eta.

–Tira, atsegin dut horrenbeste orrazten duzun fraide buru hori funtzionatzen hasi dela ikustea.

Atera egin ziren. Pasatzen ari ziren hiru neska unibertsitario Emiliori begira gelditu ziren, irribarre egin zioten, eta berak begirada itzuli zien keinu limurtzaile batez.

–Horrek izorratzen zaitu –esan zion Esquilachek–, pipi-arekin gehiegi pentsatzen duzu.

Sartzen ikusi zituenean, Baquetica gurutzegrama amaitzen ari zen. Jaiki eta leihatilaraino joan zen, hiru letrako ibai alemaniarra? Esquilachek Udalbatzako txartela atera eta aurrean jarri zion.

–Gazte, zu pribatuei informazio konfidentziala ematen ari zarela jakin dugu.

Baquetica zurbildu egin zen. Nork salatu ote zuen?

–Ez, jauna –esan zuen–, hori gezurra da.

Erbi-ezpaina ezkutatzen zion bibotea laztandu, eta Esquilacheren begirada saihestu zuen.

–Begira iezadazu begietara, arazoa serioa baita!

–Doktore, zuri begira nago.

–Ba begira iezadazu gehiago, eta esadazu egia, bihar sailkatuen orria irakurtzera pasatu nahi ez baduzu.

–Galdetu, doktore.

–Azken egun hauetan nori eman diozu jabetzen erregistroei buruzko informazioa?

Baqueticak, hitz-totelka, bere burua kalean ikusi zuen. Izorraturik zegoen. Agerian utzi zuten.

–Eta izan zaitez zintzoa, arraioa! Zintzoa baldin bazara, arazo hau ahazteko aukera izango duzu.

–Bada, doktore, bai...

–Bai zer! –Esquilachek garrasi egin zuen.

–Bai, bada, esan beharra dut azkena izan zela andere... andereño bat.

–Eta nor da andereño hori?

–Ba egia esan, doktore...

Barraganek Esquilacheren belarrira hurbildu eta esan zion: "Nire idazkaria, horrek ez dio axola".

–Tira, eta nor gehiago?

Baqueticak berriro ere eskuko kakoarekin bibotea harraskatu zuen. Sabaiko armiarma sarerantz begiratu eta poliki hitz egin zuen.

–Ba... Orain dela egun batzuk gazte bat etorri zen. Kazetari bat.

–Nor? Nongo kazetaria?

–Abizen arraroa zuen gazte bat. *El Observador*-en ari da kazetari.

–Kontxo, eta zehazki zer eskatu zizun?

–Andereñoak bezala, Sisgako lur batzuen dohaintzen erregistroaren kopia.

–Nola du izena?

–Doktore, ez naiz oroitzen, baina ikusiko banu ezagutuko nuke.

–Izenaz oroitzeko hiru segundo dituzu, alproja halakoa, bestela maletatxoa atera eta gurekin irten zaitez!

–Itxaron, doktore, oroitu naizela uste dut... Silamba du izena.

–Silamba?

–Bai, doktore.

–Ea bada, paper honetan idatz iezadazu.

Irten egin ziren. Baqueticak arnasa hartu zuen, bere zori onagatik, eta bainu gelara joan zen bere buruari ura botatzera. Jaun horiek dokumentuaren kopia eskatu gabe joan ziren, aitorpena sinatu gabe, deklarazio serio bat ere ez zuten egin, hitzemanez ez zuela gehiago egingo horrelako delituriк... Prebarikazioa deitzen ote zen? Iruzurra? Estuproa ez, seguru. Sobornatzea edo funtzionario eroskeria izango ote zen? Dena dela, jada ez zen oroitzen jurisprudentzia kontuen inguruan irakurri zuenaz, eta bere garun zimurtua estutzen zuen bitartean, beste hitz bat etorri zitzaion burura: Rin. Hiru letrako ibai alemaniarra. Aurpegia idortu eta lasterka joan zen gurutzegraman idaztera.

11

Egun batzuetan, hain gaude goibel, hain... eta barka iezadazue fintasuna, kide agurgarriak, baina orain kontatu behar dizuedanak badu lirikarekin zerikusia. Polizia etxean nengoelarik, jada kabo mailara igotzea lortuta, eta Montezuma ergelarekin ohiko patruilak egiten segituz, hiri honetako errealitatea barru-barrutik ezagutzen joan nintzen, kalezulo ilun eta higuingarrienetatik. Baina goazen harira: nire kide Montezuma eta biok 30 kaletik gindoazen, estadioaren kanpoaldeetan erositako guanabanazko makilatxo bat milikatuz hura eta artaburu errearekin borrokan ni, eta oihu batzuk entzun genituen. Kartutxo uhalean eskua jarri eta zalapartarantz korrika joan nintzen, nire kidea atzetik nuela, eta iristean, Chevrolet Sprint bat etorbidearen erdian gelditurik ikusi genuen eta lepoko bat kendu zioten andre bat oihuka. Andrea garrasika ari zen, hatzarekin, beste aldeko nasara iristen ari zen nazkagarri bat seinalatuz. Montezumari keinu egin nion eta atzetik korrika joan ginen, hura alde batetik eta ni bestetik, eta 57ko zubirainoko lasterraldia egin genuen. Han, alproja, oinutsik zihoan handikote zarpaila porlanezko zutabe baten atzean ezkutatzen saiatu zen, baina nik artilezko pontxoaren ertz bat ikusi eta irten zedila oihu egin nion. Errebolberra atera eta apuntatu egin nion, beldurtzeko, zeren eta zoro horiekin inoiz ez baita jakiten. Montezumak, errepidea gurutzatuta baitzetorren, zubiaren beste aldetik bidea itxi zion, eta hura ezkutatzen saiatu zen, baina behealdetik ile zati bat ikusten genion, eta arnasa hartzen ere sumatzen genuen, lasterraldiak hauspoa berotu zion eta. Berriro ere irten zedin oihukatu nion eta hurbiltzen hasi ginen, baina urrats batera geundenean jauzi bat egin zuen, Montezumari bultza eta etorbiderantz korrika atera zen. Nik bizkor eman nuen bira eta autobus baten balazta hotsa sentitu nuen, eta gurpilen azpian sartu ziren trapu batzuk ere bereizi nituen. Ez dizuet xehetasunekin deskribatuko, oso gauza itsusia izan baitzen, baina utzidazue esaten odol putzua kale guztian zabaldu zela eta estolda batetik joan zela. Autobus gidaria zurbil jaitsi zen esanez balaztatzeko denborarik ez zuela izan, hura nazkagarri bat zela eta berak zein erru ote zuen, eta Montezumarekin xasisaren azpialdera makurtzea egokitu zitzaidan, lapur zatiak, barka baina hala da, atera ahal izateko. Eta ez zen askorik, zertarako ukatu. Gurpilak burua eta beso bat ziplatu zizkion. Ateratzeko ahaleginean ari ginela beste eskua agertu zen eta hatzen artean andrearen lepokoa zegoen. Perlazko lepokotxo bat. Polita zela ere esan daiteke. Montezumak eskuetatik erauzi eta jabeari itzuli zion, gu geunden lekura heldu baitzen, ahoa eskuarekin estaltzen zuela, gertatu zenarengatik ikaraturik. Lapurra, eta azkeneko aldiz aipatuko dut, hogei urte inguruko gaztea zen. Lurrera eroritako arrautza bezala, burua txikiturik gelditu zitzaion, eta nik nazka ikaragarria sentitu nuen. Gorpua jasotzera etorri ziren, eta Montezuma, zurbil-zurbil eginda, hitz eta pitz hasi zen. Gizajoa ez zen isiltzen, bata bestearen atzetik, nik ulertu gabe, gauzak esaten zizkidan. *Arekipe* erroskoak saltzen zituen okin batetik, Tulcan inguruan berak izandako landako andregai batera pasatzen zen, eta gero aitonaren zakurrera, eta horrela... Aitortzen dizuet patruilan gindoazelarik esan ere egin nuela: eta hau ez al zen bada hitz-totela? Baina inpresioarekin zerbait gertatu zitzaion, han barruan kableren batek kontaktua egin izango zion. Ni ere gaizki sentitzen nintzen, ahoan nazka sentsazio egonkorra nuen, eta polizia etxera iritsi ginenean, eta *almojabana* txokolatetxo bat jatera dendara jaitsi nintzenean, ezin nuela ikusi nuen, kikara altxatu eta aurrean gazte deseginaren irudia agertzen zitzaidan, odol jarioan eta burua zanpaturik. Haur nintzenekoaz oroitu nintzen eta nire baitan esan nuen: "Berriro ere urdaila ataskatu egin zait, ze arraroa".

12

Estupiñanen etxera iritsi eta Silanpa eraikinaren eskaileran gelditu zen.

–Segi, nagusi. Utzidazu. Apala, baina duina da.

Silanpak buruarekin ezetz esan zion. Kalean elkarrekin zebiltzan, baina ate horren atzean Estupiñanen bizitza zegoen, eta han bereizi behar zuten.

–Eskerrik asko, Emir, baina ezin dut.

–Harrotasunak alde batera utz itzazu, non lo egin behar duzu?

–Ez zaitez horregatik kezkatu, gabon.

Kantoiraino joan zen, taxi bat gelditu eta, agendan helbide bat bilatzen zuen bitartean, gidariari iparralderantz joateko esan zion: Oscar Quintas. Monicaren letraz idatzia zegoen.

–Hemeretzi eta Ehun eta Sei artera, mesedez.

–Egina, nagusitxo.

Ikusi nahi zuen, urrundik bazen ere. Bizitzen segitzen zuela egiaztatu behar zuen, buruan zuen irudiak, sufriarazten zion irudi horrek, bazuela beste bizitza bere malenkoniaren gainetik. Hurbiltzen ari zirela ikusi eta beldurra sentitu zuen, eta pentsatu zuen, agian, zorte pixka batekin, esaldi zintzo pare bat esan ahal izango ziola. Azken batean hitzak hor zeuden berari laguntzeko.

Kantoian jaitsi eta pareko nasatik ibili zen. Argiak eta aparkatutako zenbait auto ikusi zituen. Lorategi txiki batek lehen solairuko leihoak estaltzen zituen, eta hortaz, egongelara ematen zuen leiho bateraino hurbildu zen.

Orduan ikusi zuen. Sorbalda biluzirik uzten zion soineko beltza zeraman eta lepoko oso eder bat. Ondoan Oscarrek tximiniako txingarrak kitzikatzen zituen, eta haratago tipo bat eskuak astinduz zerbait kontatzen ari zen, segur aski txiste zoragarri bat. Besteek barre egiten zuten.

Euri langar arin bat loratégia bustitzen hasi zen, baina Silanpa ez zen mugitu. Blai egina zegoen, eta aurpegia beiran itsatsia; jaikitzen eta sukaldera joaten ikusi zuen Monica eta, minutu bat geroago, zizkamizkaz betetako erretilu batekin eta beste botila bat ardorekin agertu zen. Harekin biziko ote zen?

Berandu zen. Jaka mela-mela eginik zuen eta zangoak lokartzen ari zitzaizkion. Euriak lurra bigundu zuen eta zapatak lokatzetan hondoratzen zitzaizkion. Txirrina jo behar ote zuen eta berarekin hitz egin? Burua biraka zuen. Bat-batean, beharbada ez zuela pikutara bidaliko bururatu zitzaion, agian, bera ikustean begiek lehen bezala dirdira egingo ziotela, eta orduan dena posible izango zen. Baina ardoa edaten zuten figura haiengandik oso urruti sentitzen zen. Zinemako iluntasunean hurkoaren zoriona ikusten den bezala ikusi zituen. Oinak herrestatuz, ateraino joan zen eta, gogorik gabe, besoa altxatu zuen. Txirrinaren zaratak tinpanoa zulatu zion. Segundo bat geroago, bere aurrean itzal bat agertu zen.

Oscarren aurpegia keinu batekin okertu zen eta Silanpak ia ez zuen indarrik begiratzeko. Ezin izan zuen ezer esan. Begiak lotsaturik jaitsi zituen eta, altxatzean, Oscar jada ez zegoela ikusi zuen. Musika entzuten zen eta bihotza saltarazi zion takoi hots bat. Bera zen.

–Victor, zer gertatzen da?

Begietara begiratu zion, baina ezin izan zuen hitzik egin.

–Blai eginik zaude eta lokatzez beterik, nondik atera duzu arropa hori? Eskalea dirudizu.

Isilik segitzen zuen eta, jada lur jota, gabardinaren mahukarekin idortu zituen malkoak.

–Hitz egin, esadazu zerbait... zer gertatzen zaizu?

Burua blai eginda zuen, tantak alkandoraren lepotik sartzen zitzaizkion, eta utzikeria sentsazio izoztu bat sortzen zion. Hitz egiteko zeukan indar guztia bildu zuen.

–Barka iezadazu. Ez dakit zergatik nagoen hemen.

Buelta eman eta kalerantz joan zen, baina oraingoan Monicaren eskua bere sorbaldara iritsi zen.

–Zuri zerbait gertatzen zaizu... Zatoz, bustitzen ari zara.

–Ikusi egin nahi zintudan, besterik ez; orain banoa.

–Hemendik ez zoaz zer gertatzen zaizun esan arte.

–Ez, utz ezazu. Ez dago ongi horrela agertzea.

–Victor, elkarrekin egon ginen, ez ezazu txatxukeriarik esan. Itxaron iezadazu segundo bat, autoaren giltzak hartu eta goazen beste toki batera solas egitera.

Korridorean galtzen ikusi zuenean, bulkada indartsu bat sentitu zuen, urruti egoteko gogo geldiezina, etxe arraro hartatik ihes egiteko gogoa non Monicak bere lagunak errezibitzen zituen, lo egiten eta ikasten zuen, eta agian, han bizi ere bai. Hiru urrats atzera egin zituen burdin hesira iritsi arte, eta bere burua nasan ikusi zuenean, ziztu bizian atera zen korrika. 19ra iristean arnasa hartu eta taxi baten bila hasi zen. Bogotako beste aldera itzultzeko ordua zen, gauzak mikatzak eta errealak ziren beste bizitza horretara itzultzeko garaia. Zigarreta bat bilatu eta paketea busti zela ikusi zuen. Bat atera eta hura pizten saiatu zen. Ez zegoen taxirik, ia gauerdia zen. Zer egin? Quicaren bila joatea pentsatu zuen, erdialdeko hotelen batean harekin lo egin eta gero ikerketara itzultzea, Esmeralda hotelaren aurreko bere zaindari postura eta Estupiñanekin zituen solasaldietara. Orain harekin egotea gustatu izango zitzaiokeen, haren anaiaren heriotzagatik kontsolatzea eta horrela, isilean, bere kontsolamendua bilatzea.

Bat-batean, Renault 12 batek bere ondoan balaztatu zuen. Itzal bat korrika jaitsi eta haren besoetara jauzi egin zuen. Monica zen.

–Ni ez nauzu giltzak eskuetan gehiago utziko. Ez zaitez izan horren maritxua.

Haren sorbaldan luze negar egin zuen. Begiratzean, hura ere negarrez zegoela ohartu zen.

–Goazen nire apartamendura –esan zion auto barrura bultzatuz–. Izango dut zurea den zerbait, trasteak lekualdatzean bota ez nuen gauzaren bat. Itxura horrekin pena ematen duzu. Gainera, hiltzeko arriskuan zaudelako kontu hori azaldu behar didazu.

–Urrunegi joan nintzela uste dut.

–Ea bada, goazen. Gero kontatuko didazu.

Iristerakoan, Monica zuzenean bainugelara joan eta bainuontziko txorrotak ireki zituen.

–Bainu bero bat har ezazu, bestela bustialdiarekin hoztu egingo zara. Bien bitartean panela ura prestatuko dizut.

Fruitu azalaren usainak, argiak eta ordenak bere egoera penagarria agerikoagoa egiten zuten. Ur irakinean sartu zen eta berriro ere jaiotzen ari zela pentsatu zuen.

Bat-batean, Monica sartzen ikusi zuen eta senaren aginduz estali egin zen.

–Victor, ez izan inozoa. Zuk baino hobeki ezagutzen dut zure gorputza, beraz ez ezazu estali.

–Milesker guztiagatik.

–Mesedez, ez ezazu maritxuarena egin. Ezagutu berriak bagina bezala hitz egiten ari zara.

Galtza batzuk eta alkandora garbiak utzi zizkion. Monica aldatu egin zen eta orain belaunetarainoko kamiseta zeraman.

–Ateratzen zarenean, erabil ezazu xukadera hau. Nahi duzun denbora guztia gera zaitez uretan, badakit gustatzen zaizula eta. Saiatu atseden hartzen, nork daki zertan ibili zaren sarturik.

–Beste munduko ezer ez.

–Imajinatzen dut. Eta aurretik esaten dizut: emakume kontutan ibili bazara, nahiago dut ez kontatzea. Kanpoan itxarongo dizut, dei bat egin behar dut.

Egun askotan lehen aldiz, bazirudien errealitatea alde zeukala, baina egia jakiteko eta, berriro ere, bakarrik gelditzeko beldurrez, nahiago izan zuen galderarik ez egin.

Bainua bukatu, jantzi eta egongelara atera zen. Monicak artilezko pontxo bat eman zion.

–Panela ura emango dizut.

Monica ere urduri zegoen. Baina babesturik sentitu zen, zalantzazko eta minezko momentu ikaragarri horietatik urrun.

Monica katiluarekin iritsi eta ondoan eseri zen.

–Zergatik egiten duzu hau? –esan zuen Silanpak, ikarati.

–Baina ez al duzu zeure burua ispiluan ikusi? Begira, hezurretan zaude. Zerbait jan nahi al duzu?

–Ez, eskerrik asko.

–Noiz jan duzu azkeneko aldiz?

–Zure bila joan aurretik –gezurra esan zuen.

–Orduan... lan asko egiten al duzu?

–Ohikoa, baina ez didazu erantzun zergatik egiten duzun hau.

–Niregatik egiten dut, eta utzi galdera inozoak egiteari. Bihar hitz egingo dugu.

Hori entzutean, Silanpak elkarrekin lo egingo zutela pentsatu zuen. Baina zegoen lekuan gelditu zen, hari begiratzera ausartu gabe.

–Ilea oso luzea duzu, egunkarian ez al dizute ezer esaten?

–Egunak dira erredakziora joan ez naizela. Kanpoan egiten dut lan.

–Ez iezadazu orain kontatu. Orain oheratu nahi al duzu?

–Tira.

–Orduan goazen.

Bata bestearen aldamenean oheratu ziren eta Monicak argia itzali zuen.

–Ez iezadazu ezer galdetu –esan zuen hark–, baina zure hutsunea sumatu dut.

–Nik zurea ere bai.

–Bihar goiz irtengo naiz, zu nahi duzun ordu arte gera zaitezke.

–Goizean baditut egin beharreko gauza batzuk.

–Bazkaltzera etorriko al zara?

–Ez dakit.

–Etortzeko asmoa baduzu, giltza bat emango dizut, ni ez bainaiz arratsalde arte etorriko.

–Nahi al duzu etortzea?

–Bai noski, inozo hori. Edo hitz egin beharrik ez dugula uste al duzu?

Silanpa estu egon zen haren ondoan, hura ukitzeko beldurrez, mugitzera ausartu gabe.

–Bihar arte –esan zioten elkarri.

13

Susan dutxatik atera, ile lehorgailua konektatu eta ispiluaren aurrean ilea orrazten hasi zen. Lurrunak Runchoren irudia ezkutatu zion, atetik begira zeukan, izter biluzietan begiak finkaturik. Runcho brageta irekiz hurbildu zitzaion, poliki, eta bat-batean esku bat ahoan eta bestea hankartea bortxatuz sentitu zuen. Oihu egin zuen eta hatz indartsu haiei hozka egin eta lerdez bete zituen, gauza hotz bat bere barrura sartzen saiatu zen arte. Askatzen saiatu zen, eta hark belarrira xuxurlatu zion: "Eragin hankei, potxola", baina une horretan Susanek botila bat ur kolonia hartu eta buruan hautsi zion.

–Tori, putasemea!

Runchoren betazalak bi sareta metalikoren moduan itxi ziren eta gorputz bizigabea baldosaren gainean erori zen. Susanek, bainugelatik atera, ziztu bizian jantzi eta ihes egin zuen.

Kalera atera zenean, euria ari zuen goian-behean. Taxi bat gelditu eta bere etxeko helbidea eman zion, baina gero damutu eta zera galdetu zion taxilariari:

–Zu Bogotatik kanpora mugitzen al zara?

–Bai, betiere taximetroak markatzen duena halako bi ordaintzen badidazu, eta komisiotxo bat, hiriko perimetrotik ateratzeagatik, eta plus bat, maite diren pertsonengandik urruntzeagatik, eta bidaiarako janaria. Horri kopuru txiki bat gehitzen zaio, gaixotasun edo ezbehar aseguru bategatik, eta arrisku kuota bat, gerrillaren edo paramilitarren eremua baldin bada.

–Sisga ingurua da.

–Segundo batean begiratuko dut. Han denge izurrite bat dagoela uste dut eta... gainera, ez al dago FARCen fronte bat?

–Nahi duzuna ordainduko dizut, baina goazen bizkor.

–Andrea, urruntze kuota ordaindu beharko duzula esan behar dizut. Sisga hurbil dago, baina nire familiari oso atxikirik nagoela jakinarazi behar dizut.

–Esan dizut, nahi duzuna ordainduko dizut.

Susanek 15 kaleko eraikin okertuak igarotzen ikusi zituen eta gero urbanizazioak eta zaldiak autobidearen alde banatan.

–Musika pixka bat jartzea axola al litzaizuke?

–Ez noski, zerbitzu hori ordainsariaren barnean dagoela informatzea da nire lana. Irratiren bat gustuko al duzu?

–Ez, jarri edozein.

Haien atzean, beste taxi batean, Silanpa gidariarekin eztabaidan ari zen.

–Ez dakit nora doazen, kide, baina bistatik ez galtzea garrantzitsua da.

–Pasio auzi bat al da?

–Bai, eta pertsonala. Zu atzetik joan eta ez itzazu bistatik gal.

Susanek zigarreta bat bestearen atzetik errez egin zuen ibilbidea, eserlekuan etzanda. Iristean gidariari argibideak eman zizkion eta Paraiso Terrenalen sarreran jaitsi zen.

–Zure zerbitzuetara, andrea, ordainagiriren bat nahi al duzu?

–Ez, horrela ongi dago.

Burdin hesia gurutzatu eta eraikuntza tapatzen zuten zuhaixken artean galdu zen. Minutu bat geroago, Silanparen taxia toki berera iritsi zen.

–Hementxe, nagusi, zer zor dizut?

Taxilariak, kopuru bat esan aurretik, paper batean gehitu eta kendu egin zuen.

–Eta ez dizut kobratu asfaltatu gabeko errepidean eginiko bidea.

–Estimatua dago.

Silanpak klubeko bere behin-behineko bazkide txartela bilatu eta burdin hesia bulkatu zuen. Eguerdi ingurua zen, eta bi auto bakarrik zeuden etxe aurrean aparkaturik. Aldageletara sartu eta *locker*-aren zenbakiarekin giltza bat jaso zuen. Eranzten hasi zen, Susanekin topo egiterakoan zer egingo zuen galdeginez bere buruari, eta gero aretoetako batera pasatu zen. Eukalipto usaineko lurrunezko hodei beltzek begietan azkura ematen zioten eta denbora pixka bat itxaron behar izan zuen begiak ireki ahal izateko. Susan aurrerago zegoen, xukadera baten gainean etzanda.

–Oraindik ere bizi al zara? A ze gauza harrigarria –esan zion, begiratu gabe–, hori gogoa, hori, bizitzari eusteko.

–Gelditzen zaidan gauza bakarretakoa da –haren ondoan eseri zen–. Nik katuaren zazpi bizitzak ditut, horregatik errespetatzen naute etsaiek.

–Ez duzu pentsatuko zerikusiren bat dudala zera horrekin...

–Nire autoarenarekin? Bai, hala pentsatzen dut, baina ez naiz horri buruz hitz egitera etorri.

–Ba oker zaude, egunkarian albistea irakurri nuen eta muturra gauza arriskutsuetan sartuko zenuela pentsatu nuen. Bizitza konplikatzea gustatzen zaizula ikusten da –Susanek aurpegia eskuetan pausatu zuen–. Zuk gutaz ez dakizu ezer, naturista faltsua zarelako. Gure filosofia ezagutuko bazenu, indarkeriak eta azpikeriak gure egitasmoan lekurik ez dutela jakingo zenuke.

–Ikusi zintudan azkeneko aldian eskuetan errebolber bat zenuen nire bularraldera begira. Hori ez al da indarkeria?

–Egoera berezia zen, horrenbeste nekeren truke izan dugun intimitatea babestea zen helburu. Zuk badakizu batzuetan erbiak pantera bilakatu behar duela erbi izaten jarraitzeko.

–Baina letaginak odoleztaturik dituen erbia jada ez da erbi, betiko bihurtu baita pantera –begietara begiratu zion–. Niri ere gustatzen zaizkit metaforak.

–Pistolak ikaratzeko balio izan zidan, inoiz ez nuen tiro egin izango.

–Umiliatzeko, batez ere, ez al zara jada oroitzen?

–Barkamena eskatzen dizut.

–Autoa birrindu zidatenek ere barkamena eskatzea nahiko nuke. Eta, a ze kasualitatea: zu mehatxu egitera etorri zinen gau berean gertatu zen.

–Gu ez ginen izan. Ez dut frogarik, baina sinets iezadazu. Sinets iezadazu nik esaten dizudalako. Guk ez genuen zerikusirik izan.

–Sinisten dizut –esan zuen Silanpak–, baina Heliodoro Tiflisek zerbait kontatu izango zizula pentsatu nuen.

Susanek jauzi bat eman zuen. Begiak ireki eta aurre egin zion, hasieran begirada oldarkorrez eta gero, batez ere, erregu espresio batekin.

–Ez zara benetan ariko...

–Ez dizut ulertzen, Susan.

–Tipo horrekin erlazionatzen al nauzu?

Silanpak isilune bat egin zuen.

–Bai.

–Eta zertan oinarritzen zara?

–Zuk badakizu zertaz ari naizen. Kazetaria naiz, nire metodoak ditut.

–Ongi da. Baina zure autoari buruz ezer ez dakidala esaten dizut.

–Egia esan, horrek jada ez dio axola. Nik aurrera jarraitu nahi dut.

–Hesolez gurutziltzatua?

–Bai. Eta Pereira Antunezen lurrak.

Susanek itxaron zezala adierazi zion keinu batekin. Lurrunezko aretotik atera, dutxa bat hartzera joan eta itzuli egin zen.

–Lehenik esadazu zuk zer dakizun –esan zion Susanek.

–Gutxi dakit.

–Esazu bada.

Silanpak xukadera pasatu zuen aurpegi izerditsutik.

–Zu eta Tiflis maitaleak zaretela badakit. Zuek gaur egun erabiltzen dituzuen Pereira Antunezen lurrak Tiflisek jaso zituela badakit.

–Eta orduan, zer geratzen zaizu jakiteko?

–Nork hil zuen Pereira Antunez. Nork hil zuen Osler Estupiñan gero haren gorpua erabiltzeko eta gaur egun nork baliatuko dituen lur hauek.

–Hau guztia egunkarian artikuluak idazteagatik egiten al duzu?

–Apenas ari naizen ikertzen.

–Ospea bilatzen al duzu, mirespena?

–Nire lana egiten ari naiz. Horrek lasaitasuna ematen dit.

–Eta zerk esaten dizu kasu hau argitzean lasai geratuko zarela?

–Gauza soil batek: hasi nintzenetik ezin izan dut lorik hartu. Horrek amorratzen nau.

–Beti erakarri izan naute besteen kontuak ulertu nahi izaten dituztenek –esan zuen Susanek–. Silanpa jauna, badira min handia ematen duten egiak.

–Nire Renault 6aren motorrak trapuzko panpina baten urdaila ematen zuen, nire etxea txikitu egin dute eta ezin naiz hara hurbildu... Nirekin zerikusirik ez duen kontua dela uste al duzu?

–Inork ez zizun eskatu sartzeko.

–Gauza txarrek imana dute; belakiak bezalakoak dira. Onek, aldiz, beti ihes egiten dute.

–Filosofatzera etorri al zara hona? Lurrunezko bainuek on egin dizutela ikusten dut.

–Arriskuan zaudela badakit, eta horregatik etorri naiz zurekin hitz egitera. Hobe izango da dakizuna kontatzea. Nik lagun diezazuket.

Atseden aretora atera ziren eta Susan isilik egon zen. Xukadera gerrian loturik leiho aldera hurbildu zen eta errepiderantz begiratu zuen. Atertu zuen eta laino artean argiune bat ageri zen. Derrepentean kolpe batez burdin hesia irekitzen ikusi zuen. Bi jeep Trooper sartzen ari ziren, ziztu bizian.

–Goazen –esan zion Silanpari ahots urduriz–, joan egin behar dugu.

Garajera jaisten ziren eskaileratataraino lasterka joan ziren. Silanpak korridore txikia eta bulegoko atea ezagutu zituen. Susan irrist eginez sartu zen, tiradera bat ireki eta giltza batzuk eta errebolbera atera zituen.

Goian oihu batzuk entzuten ziren. Susanek Runchoren ahotsa ezagutu zuen eta atezainaren ahotsa ere bai, protestan. Orduan Silanpari eman zion arma.

–Tori, zuk jakingo duzu erabiltzen.

Mitsubishira igo eta jantzi egin ziren, xukadera batzuk bakarrik baitzeramatzaten. Autoa martxan jarri eta gurpilek lurra harrotzen zutela abiatu ziren.

–Atzealdeko bidetik joango gara.

Susanek muinora igoz azeleratu egin zuen, Silanpak atzealdea zaintzen zuela. Dena ongi zihoan, bazka larreetan eta zuhaixken beste aldean, atzerago, Trooperren siluetak agertu ziren arte. Jarraika zituzten.

–Ikusi egin gaituzte –ohartarazi zuen Silanpak.

–Eutsi gogor. Nik mendi hauek ongi ezagutzen ditut. Ez gaituzte harrapatuko.

–Hurbiltzen badira, zer egingo dut?

–Zerbaitetarako eman dizut pistola.

Silanpak ez zuen inoiz arma bat erabili eta bere eskuetan zuenari begiratu zion, ezin sinetsita, intsektu arraro bat izango balitz bezala.

–Bizkorrago, Susan.

Bat-batean atzeko beira armiarma sarea bihurtu zen. Beste bi kolpe lehor entzun ziren xasisean.

–Egin iezaiezu tiro, muinora iritsi arte ezin dut azeleratu.

Silanpak errebolberra eskuekin hartu, alboko leihotik burua atera eta kolpekaria mugitu zuen jeepetako bati apuntatuz. Leherketak itsutu egin zuen, baina begiak zabaltzean ezer ez zela gertatu ikusi zuen. Trooperrek han jarraitzen zuten, berrogei metrora. Berriro sakatu zuen kolpekaria.

–Tirokatu motorrari, gurpilari. Egin ezazu zerbait muinora iritsi arte.

–Eta muinoan zer gertatuko da?

–Alde honetatik ikusten ez den trokarte bat dago. Horiek ez dute balaztatzeko denborarik edukiko.

Silanpa ahul sentitu zen. Estali behar zuen xukadera lurrean zegoen.

–Presta zaitez, iristear gaude.

Trooperrak hurbildu eta Silanpak kolpekaria berriro sakatu zuen. Jeepetako baten haizetakoa mila zatitan hautsi zuen.

–Orain! Eutsi gogor!

Susanek bolanteari kolpe bat eman zion eskuinera, eta Mitsubishia bi gurpilen gainean goratu zen. Izuikarak gogorturik, leihotik bi zentrimetrora trokarte baten ertza ikusi ahal izan zuen, eta gero, arnasa galdu zuen salto bat egin eta berriro ere erortzen ari zirela sentitu zuenean, bazka meta bat jota. Segidan burrunba bat entzun eta atzera begiratzera ausartu zen: aurrean zihoan jeepa balaztatzen saiatu zen, baina besteak atzetik jo eta biak erori ziren.

Susanek buelta erdia eman eta muinoaren kaskotik azeleratu zuen. Lakua inguratu zuten eta bide mehar batetik errepidera igo ziren, ihitza albo banatan zutela.

–Justu-justuan salbatu gara –esan zuen Silanpak ahots dardaratiz–. Eta orain?

–Goazen Bogotara. Ezkutatzeko lekuren bat bilatu behar dugu. Eta arropa. Ez ezazu ahaztu horrela ibiltzea delitua dela.

–Xukaderak baditugu. Hitz egiteko gogoz al zaude?

–Lehenik konpon dezagun hau. Gero ikusiko dugu.

Bogotatik gertu, telefono kabina batean gelditu ziren. Silanpak Monicari deitzea pentsatu zuen, baina azkenean Estupiñanen zenbakia markatu zuen.

–Zuretzako eta emakume batentzako arropa? Atsegin handiz, baina... zergatik ez nauzu inoiz plan horietara eramaten? Nagusi, zu bai zu; onena beti zuretzat.

–Ordu erdi barru, Estupiñan. Zure menpe gaude.

–Eta nor da atsoa?

–Ikusiko duzu, ezusteko baterako presta zaitez.

Autora itzuli eta Susan lur jota ikusi zuen. Lehen aldiz beldurra sumatu zuen haren aurpegian, zer egin ez zekienaren estutasuna.

–Nire bazkidea Granahorrar zentroko aparkalekuan egongo da zain biontzako arroparekin. Lasai zaitez. Jada konpondu da dena.

–Egin dizudan galderari ez diozu erantzun –esan zion Susanek.

–Zein galdera?

–Zergatik egin duzun hau.

–Dakidanean esango dizut. Orain goazen.

14

Arrautza zuringo bilakatutako gazte nazkagarri haren irudiak jota utzi ninduen. Nire narrazioagatik jadanik ohartu izango zarete gizon sentikorra naizela, errealitatera lehenik bihotzarekin hurbiltzen den horietakoa, horrek makal kutsu pixka bat baduen arren; izan ere jakizue: gaizkileekin harremanetan egoteagatik edo arma eramateagatik batek ez du ahazten bizitzaren beste alderdi hori, filosofoen arabera horren garrantzitsua den alderdi hori, eta barka luzatzen banaiz. Baina gaitik ateratzen ari naiz. Ari ginen esaten, nik, pertsona sentikor eta, apaltasun osoz, arima jantziko honek, urdaila berriro ere barrutik ixten sentitu nuela. Esku sardea altxatzen nuen bakoitzean, izan papita kreolearekin izan txerrikumearekin, *arekipeari* hatza luzatzen nion bakoitzean, antisozial apalen izu ikarazko espresioa agertzen zitzaidan. Hasieran nire dramatxoa ezkutatu nuen, ez bainaiz lehenengoan negarrez hasten den gizona, baina lau egun pasatu zirelarik kontuak larritu egin ninduen. Eta ez ni bakarrik, Montezuma ere, harrizkoa ere ez baitzen, bat-batean hiztun handi bihurtu zen eta egun haietan behin ere ez nuen entzun hitz-totelka. Orduan, Chumpitaz sarjentuarekin pribatuan hitz egin nuen eta gertatzen zena kontatu nion, eta hark polizia etxeko mediku bat ikustera joateko esan zidan. Laburbilduz: astebete geroago gauzak lehengoan jarraitzen zuen, eta horregatik ospitalean sartu behar izan ninduten, besaurrean zizta egiten zidan gazur kableak jarri eta egunero hitzorduak egin Carmencita izeneko andre batekin, psikologoa bera, bai jaunak, entzuten duzuen bezala: psikologoa. Carmencitak gertatu zena kontatzeko esan zidan, nahiz eta, zintzoak izaten hasita, sotoskriptoari oso umea iruditu zitzaion nire neurri eta esperientziako gizon batekin jardun ahal izateko. Eta nire uste apalean, tapoia zerk eragin zuen kontatu nion, eta hark baietz esan zidan, shock bat pairatu nuela. Nik, zertarako ukatu, lotsa sentitzen nuen eta zintzo arraio bisitan etortzen zitzaizkidan lankideei gertatzen zena ezkutatzen nien. Intoxikaturik nengoela esaten nien, baina egia esan denbora aurrera zihoan eta ni lehengoan. Ospitalean ematen zizkidaten nako platertxoak eta barazki saldak muturren aurrean hozten zitzaizkidan, eta egun batean hunkitu ninduen esaldia entzun nion medikuari: "Nola esnatu da nire anorexiko maitea?". Eta nik, nor? Baina jan ezin dutenei horrela deitzen dietela azaldu zidan, eta nik une horretan bizitza gauza arraro bat besterik ez dela pentsatu nuen. Baina egia jakiteak ez zuen ezer aldatu, hor jarraitzen bainuen, nire gelan bakarrik, polizia etxeko ordenagailuek baino kable gehiagorekin eta komunera joateko indarrik gabe, eta barka xehetasunak.

Hiru aste iraun zuen orduko korapilotxoak, zer iruditzen? Ni aurreko aldiaz oroitzen nintzen, eta saiatzen nintzen imajinatzen nola aska nezakeen Carmencitak –lagun minak egin ginen– ematen zizkidan pilula haiek guztiak irentsi beharrik izan gabe, eta aurreko aldian bezala, jaun-andreok, irtenbidea ezin humanoagoa izan zen. Gazurari eta pilulei esker noizean behin jaiki ahal izaten nintzen, eta irteera horietako batean, ospitaleko korridoretik paseatzen ari nintzela, ikuskizun gogor eta erabateko horietako bat ikusi nuen, nazioaren zorigaitzerako, gero eta maizago errepikatzen diren horietako bat: emakume gazte bat, hogeita hamar urte pasatuxekoa, itxarongelako besaulki batean negarrez ari zen, atsekabeturik. Arratseko zortziak inguru ziren eta ni harritu egin nintzen, ordu horretan jada ez baitzen izaten bisitarik. Zer gertatzen zen imajinatu eta hurbildu egin nintzaion, eta noski, tabernako borroka batean tiro bat jaso zuen mekanikariaren emaztea zen. Gauza itsusia, pentsatu nuen, zeren eta emakume gazteari gizona handik ateratzea egokitu zitzaion, artean bizirik, eta hilzorian ospitaleraino eraman eta gero hantxe gelditzea, medikuak ebakuntza gelditu zutela iragarri zion arte, mekanikariak ahotik odola botatzen zuela eta. Berak hura ikusi arte ez zuen joan nahi izan, eta nik topatu nuenean, zain zegoen, hura kirofanotik noiz aterako zuten zain. Sotoskriptoa, armen eta ordena publikoaren diziplinagatik, horrelako drametarako egina zegoen, eta bat-batean emakumearen ondoan ikusi zuen bere burua. Orduan bere ondoan eseri nintzen eta nor nintzen esan nion, eta arrisku handiko istorio asko kontatu nizkion, eta saiatu nintzen azaltzen batzuetan Montezumarekin hitz egindako gauza bat, hari ere gustatzen baitzaio gogoeta egitea, alegia bizitza arraro honetan gauza itsusiak gertatu behar dutela bestelakoak ere izateko, onak, eta, negarrez are gazteagoa zirudien gaztetxoari esan nion, xehetasun hori onartzen badidazue, bada saiatu nintzen azaltzen ez dagoela erantzunik gabeko kolperik, eta egun horretan zorigaitza egokitu bazitzaion ere beste egun batean gauzak buelta emango zuela eta orduan zergatia ulertuko zuela, zeren han goian dagoenak estutu estutzen du, baina ito ez, eta guztiak zerbait esan nahi du, eta hain gauza tragikoak gertatzen badira, gero beste hobe bat etorriko delako da, hori hala da eta hala da. Eta bera, ni entzunez, eta apaltasun osoz diot, lasaituz joan zen, mina joan zitzaiola zirudien eta negar egiteari utzi zion, eta izena galdetu zidan, eta nik hizketan jarraitu eta azaldu nion bizitzako arazoak denak ordenaturik zeudela eta jatetxe bat bezalakoa zela, batek janaria ordaintzen badu ekartzen diote, eta gehiago ordaintzen badu bada gehiago ematen diote, eta hemen berdin, eta gau hartan sufritu izateagatik goikoa zorretan zegoela eta berak beti ordaintzen du, emakumea lasaitu zen arte, eta medikua joan zaitezke esatera etorri zenean, zure minarekin bat egiten dut, emakumea altxatu eta lasai joan zen, niri, sotoskriptoari, espiritua betetzeko bezain duin. Eta ni ere joan nintzen, eta gelara iristean erretilutxoa ikusi nuen eta hasperen batean *nakitoa* eta zopa barrura sartu nituen, eta aitaren batean ohearen txirrina astintzen ari nintzen gehiago eskatuz.

15

Barraganek sartzen ikusi zuen eta keinu batekin atea ongi itxi zezan esan zion. Nancy hurbildu egin zitzaion, masailak lizunkeriaz gainezka, begiak desiraz dirdira eginez.

–Azkenean konturatu egingo dira –esan zion Barragan musukatuz.

–Ez dio axola, horretarako ordaintzen diet.

–Nachak eta Trinik gero eta gehiago hitz egiten dute ahapeka, eta aurreko egun batean nagusi lanetan noiz hasiko nintzen galdetu zidaten.

–Ez iezaiezu kasurik egin.

Gona poliki goratu zion, horrenbeste irrikatzen zuena ateratzen ikusi zuen arte: haren atzealde eder eta harmoniatsua, nylonezko galtzerdietan sarturiko izter gogorrak. Sofan etzanarazi zuen, galtza elastikoak jaitsi zizkion eta haren gainean etzan zen.

–Hotel batean egitea gehiago gustatzen zait –esan zuen Nancyk arnasa berotuta–, han oihu egin dezaket.

–Belarrira egin iezadazu oihu.

Nancyk oihu egin zuen, zarata atera zuen, belarria lerdez bete zion eta ur koloniaren arrastoak irentsi arteraino hozkatu zion lepoa.

Bukatu zutenean, Barraganek galtzak ongi jarri zituen, eta bere idazmahaira itzuli zen.

–Nancy, mesede bat eskatu nahi dizut –paper bat atera zuen Erregistro Bulegoan eman zioten izenarekin–. Bila iezadazu pertsona hau, *El Observador*-en lan egiten duen kazetari bat da. Helbidea, telefonoa, dena behar dut. Eta ahal izanez gero, harekin hitz egin. Lortzen baduzu, pasa iezadazu.

–Oraintxe bertan.

Nancy arnasa hartuz eta erlojuari begiratuz atera zen. Hamabost minutu egin zituen barruan.

Orduan, Barraganek Esquilacherekin izaniko solasaldia gogoratu zuen, eta berriro ere dardaraka hasi zen. Ezin zen izan, ezin zuen egia izan. Tiflisek ez zuen bera ezagutzen, nondik bururatu ote zitzaion bera errudun jotzea? Vargas Vicuñarekin zeukan tratua arriskuan zegoela pentsatu zuen, eta ez zekien zer egin. Azkenean hari hitz egitea erabaki zuen.

–Vargas Vicuña doktorearekin jar nazazu –esan zion Nachari barnekotik.

Minutu bat geroago doktorearen ahots pausatua iritsi zitzaion.

–Emilio, a ze poza zu entzutea, berri onak?

–Oraindik erabatekorik ez, doktore, eta oso zintzoa izango natzaizu. Lurren aferan Heliodoro Tiflis sarturik dago, agian zuk ezagutuko duzu. Pereira Antunezekin lan egiten zuen pertsona bat. Begira, ni eskrituren bila nabilela jakin du eta orain mehatxuka ari zait.

–Mehatxuka? Baina zein tontakeria da hori...

–Entzuten duzun bezala, doktore. Horregatik deitzen dizut. Zure babesa dudala ziurtatu nahiko nuke.

–Emilio, hori bistakoa da, zu nire abokatua zara, nirekin lan egiten duzu. Baina esadazu, zerbait aurreratu al duzu?

–Arrasto baten atzetik nabil, doktore, baina zenbat eta gehiago sartu, egoera orduan eta arriskutsuago jartzen ari da; horixe da arazoa.

–Nire sostengua duzu, eta ez fisikoa bakarrik, baita ekonomikoa ere. Jada eman dizut dirua, babesa nahi al duzu?

–Momentuz niretzat ez, baina nire seme-alaba eta emaztea babestea nahiko nuke. Gauza zuhur bat, haiek kontura ez daitezen.

–Oraintxe bertan bidaliko dut norbait, ez kezkatu. Zu kontzentra zaitez eskritura horiek lortzeko, gainerakoaz ni arduratuko naiz, ulertua?

–Ulertua, doktore, eta eskerrik asko.

Elkar agurtzera zihoazela, Emiliok berriro hitz egin zuen.

–Eta azken gauza bat...

–Adi naukazu.

–Esquilacheri ez iezaiozu ezer ere esan. Hurbiletik jarraitu diot, eta, ez dakit, ez naiz guztiz fio.

–Emilio, Esquilacheri ez nioke inoiz ezer kontatuko. Lasai geldi zaitez, nik ere ezagutzen baitut.

Barraganek eskegi egin zuen, Obsessionen flaskotxoa atera eta lokiak busti zituen. Segundo bat geroago telefonoak berriro jo zuen.

–Doktore, jadanik baditut zuk eskatutako datuak –Nancyren ahotsa zen–, baina egunkarian esan didate kanpoan dabilela baimen berezi batekin.

–Etor al zaitezke momentu batean bulegora?

Nancy berriro sartu zen eta irribarrez begiratu zion.

–Ez da horretarako... kazetari horrekin hitz egitera joateko eskatu behar dizut, hitzordu bat eska iezaiozu, berekin gauza garrantzitsu batez hitz egin nahi dudala esaiozu. Bere etxeko helbidea baduzu?

–Bai.

Nancyk bere zakua hartu eta taxi bati deitu zion.

–Berriro ere kalera? –galdetu zuen Nachak Triniri zeharka begiratuz.

–Bai, eginbehar bat dut. Deitzen badidate, bostak inguruan itzuliko naizela.

–Atsegin handiz, zerbait gehiago?

Taxilariari helbidea eman zion, eta zoriontsu sentitu zen: Emiliok gero eta konfiantza gehiago ematen zion. Gero eta gehiagotan eskatzen zion laguntza. Beharbada, jadanik maitemindurik zegoen, beharbada egia zen Angela bere lagunak esaten ziona: "Zure sarean harrapatu nahi baduzu, lehenik eman, eta gero moztu, kendu erotzeko zorian jartzeraino, eta orduan, ez eman pittin bat ere harik eta ezkontzeko eskatzen dizuna arte". Barre egin zuen, gorritu eta lelokeriatan ez pentsatzea erabaki zuen.

Taxitik eraikinaren aurrean jaitsi zen eta, harreragunera sartzean, atezaina ez zegoela ikusi zuen. Igogailuraino joan eta laugarren solairuraino igo zen: 405 apartamendua. Atera iritsi eta txirrina jo zuen. Hasieran ez zuen zaratarik entzun, baina azkenean atea ireki zen eta gizon txiki baten aurpegia ikusi zuen.

–Victor Silanpa?

–Segi, mesedez.

Sartu zen eta telebistaren aurrean eserita beste bi gizon ikusi zituen. Kuxinek barrenak kanpoan zituzten. Dena lurrean sakabanaturik zegoen.

–Hutsegite bat izan behar du... –esan zuen, pixka bat ikaraturik, atea itxi zutela ikusita.

–Hutsegiterik ez dago, liraina –esan zuen Tiflisen gizonetako batek–. Hau Victor Silanparen etxea da eta gu ere haren zain gaude.

–Tira, ez baldin badago hobe izango dut joatea –ateraino joan zen, baina gizonak bidea itxi zion.

–Eta zein da kontua? Elkarrekin itxaron diezaiogun, horrela atseginagoa baita, ez al da egia?

Gizonak ahoa estali zion eta gainerakoek barre egin zuten. Berak kontra egin zuen, alferrik baina.

–Orain, liraina, lasaitzen zarenean, nor zaren eta hona zer egitera etorri zaren kontatuko diguzu, bai?

Azkenean gizonak eskua ahotik kendu zion eta Nancyk hitz egin ahal izan zuen.

–Nortzuk zarete zuek?

–Lagunak gara, ez urduri jarri.

Bat-batean, izu ikararen erdian burua argitu zitzaion.

–Zuek errusiarrak al zarete? Hala bazarete, honetan zerikusirik batere ez dudala esan behar dizuet, ni idazkari bat besterik ez naiz.

–Ea bada, txikitxo. Eser zaitez hemen eta istorio hori kontatuko diguzu.

Bere bulegoan, Esquilache zinegotzia leihotik muinoetarantz begira zegoen. Monserrate, Guadalupe. Gora eta behera zebilen teleferikoaren kaxatxo gorria. GranCapitaleko abokatuetako batekin hitz egin zuen eta oso urduri zegoen. Betiko gauza bera galdetu zioten, ea Sisgako lurretan noiz eraiki ahal izango zuten. Eta berak aitzakiekin erantzun behar izan zuen, gauza zail zegoela esan behar izan zien.

–Laster hasten ez bagara, zailagoa egongo da, Esquilache jauna –esan zuen abokatuak serio–. Nire bezeroei ez zaie gustatzen inork adarra jotzerik, eta gutxiago zugan horrenbeste jarri dutenean.

Bazekien jende horrekin hobe zela ez jolastea, eta horregatik, idazkariak Heliodoro Tiflis jauna telefonoan zela esan zionean, ia lasaiturik arnasa hartu zuen.

–Arratsalde on, On Heliodoro.

–Ene zinegotzi maitea, zure berriak jakiteko deitzen nuen. Ez zitzaizun ahaztuko larunbatean hitzordua dugula, ezta?

–Ez, baina esan nahi dizut oker zabiltzala ni susmopean jarrita. Ni ahalegina egiten ari naiz galdu zaizkizun paper horiek berreskuratzeko, baina jakizu ez dela erraza.

–Pentsa kasualitateak zer diren. Zugan pentsatzen ari nintzen, zer gertatu den ulertu nahian, eta bat-batean nire gizonetako batek deitu dit esanez zure bazkidearen idazkariarekin topo egin dutela, ba al dakizu zeini buruz ari naizen?

–Barragan abokatuari buruz?

–Horixe bera, ez al zaizu kasualitatea iruditzen?

–Eta non aurkitu dute?

–Kazetariaren etxean, pentsa. Neska gaztea beldurrez akabatua zegoen eta nire mutilei ea errusiarrak diren galdetu die, zuk ba al dakizu zerbait?

Errusiarrak? Esquilache berriro ere salduta sentitu zen: zer arraio egiten ari zen Emilio? Orduan hartu zuen erabakia.

–Ideiarik ez, Tiflis jauna, baina ongi datorkit zuk horretaz hitz egitea, gauzak dauden bezala, sekretu bat kontatu behar dizut eta.

–Ea bada. Sekretuek liluratu egiten naute.

–Bada Barragan eta biok jada ez garela bazkideak, eta hau kontatzen dizut denbora batetik hona gauzak bere kabuz egiten ari delako. Uste dut, ziur ez banago ere, zuk bilatzen dituzun paperak berak dituela.

–A bai?

Esquilachek listu garratza irentsi zuen, baina jadanik egina zegoen. Orain aurrera jarraitu behar zuen.

–Ba bai, eta horregatik iskanbila.

–Orduan, ene Esquilache maitea, idazkariarenak badu azalpena. Orain, dena konpondu bitartean emetxo hori gordetzea dagokit. A ze iskanbila, ezta?

–Hori bai, On Heliodoro, gauzak zuhurtziaz zuzen ditzazun eskatuko nizuke. Lehenik utzidazu niri jokatzen ea hau onez konpontzerik badudan.

–Nahiago nuke bai, kontu honen erruz buruko min asko izan ditut jadanik.

Esquilachek eskegi egin zuen eta bere gidariari deitu zion.

–Atera ezazu autoa garajetik.

–Nora goaz?

–Barraganen bulegora –erlojuari begiratu eta ia bostak zirela ikusi zuen.

Esmeralda hotelean, Tiflis pattar kopatxoak edaten ari zen, Runchok azalpenak ematen zizkion bitartean.

–Emakume hori oso zakarra da, nagusi, eta barka. Zuk agindu bezala, zerbait behar ote zuen ikustera sartu nintzen, eta gutxien espero nuenean flasko batekin kolpe bat eman zidan eta korrika atera zen.

Begira nola utzi didan bekaina –odoleztatutako benda erakutsi zion–. Pixka bat gehiago eta puntuak jarri behar izango zizkidaten.

–Bai, emakume hori arrisku bat da. Baina niri horrelakoak gustatzen zaizkit. Eta orain konta iezadazu bainu turkiarreko...

–Emakumearen bila joan ginen eta jeep batean ihes egin zigun –azaldu zuen Runchok–. Denbora pixka batean mendian jarraitu genion, baina amarru bat egin zigun eta trokartean bukatu genuen. Mutilak han daude autoak atera nahian.

Tiflis idazmahaitik jaiki zen, irribarrez, Runchorengana hurbildu eta esan zion:

–Kopatxo batekin lagundu nahi al didazu?

–Tira, nagusi, urduritasun hauekin.

Tiflisek botila altxatu eta eman egin zion. Runchok, dardaraka, trago batez hartu zuen. Bat-batean Tiflisek buelta eman zuen, ukabila itxi eta bere indar guztiz sudurrean jo zuen Runcho. Gizona atzerantz erori zen eta diskoen apalen kontra jo zuen buruarekin. Odolezko bi hari agertu ziren sudur hobietatik.

–Barka, Runchito –esan zion Tiflisek, altxatzeko laguntza ematen ziola–, barka hau egitea, baina zuk badakizu gauza horiek amorru handia ematen didatela.

–Ez kezkatu, nagusi. Nik gauza bera egingo nuke. Merezia dut, ergela izateagatik.

–A ze arazoa, lurrekin horrenbesteko iskanbila izango zela jakin izan banu, Pereira Antunezi beste gauza bat eskatuko nion –kexatu zen Tiflis–. Eta zuk ez dakizu azkena... Badirudi honetan komunistak ere sarturik daudela.

–Komunistak?

–Pentsa, errusiar batzuk. Nik beti esan izan dut, ezta? Herrialde hau infiltraturik dago.

16

Mitsubishia Granahorrar Zentroko aparkalekuetara jaitsi zenean, iluntzen hasia zen. Susanek zenbait itzuli eman zituen eta autoen ilarak poliki pasatu zituen, oihartzunak antzaldatutako ahots bat entzun zuen arte: "Hemendik, nagusi!" Estupiñan zen. Gelditu egin ziren eta bera bere gordelekutik atera zen. Eskuetan Cafamen poltsa bat zeraman, eta keinuka ari zitzaien, hurbil zitezen.

–Konfiantzazkoa al da? –galdetu zuen Susanek.

–Bai.

Estupiñan leihora etorri zen eta harriturik begiratu zien.

–Nagusi, zu bai ona, zu, ezta? Ongi baino hobeki dagoela esaten badizut.

–Ea bada, utzidazu arropa.

Poltsa ireki eta galtza bakero batzuk, kamiseta bat eta tenis zapatila batzuk atera zituen. Gainerako gauzak Susanentzako ziren.

Bizkor jantzi ziren, autoa aparkalekuan utzi eta eskailera elektrikoetatik merkataritza zentrora igo ziren: galtzak motz gelditzen zitzaizkion eta tenisak estu zituen. Susanek koloreetako soineko itsusi bat zuen.

Azken solairuko biltegietan arropa erosi eta iluntzen ari zela atera ziren berriro. Silanpak erlojuari begiratu eta Monicarengan pentsatu zuen. Arratsaldeko seiak ziren. Deitu behar zion, baina ez zuen haren zenbaki berria. Nora joan?

–Ezinezkoa etxera joatea –esan zion Susanek–, segur aski Tiflisen gizonak ariko dira zaintzen.

–Orduan, irtenbide bakarra hotel batera joatea izango da.

Residencial NuevaYorkera joan ziren, Lourdes plazatik gertu, eta Estupiñanen datuak eman zituzten. Gela handi bat eman zieten, hiru ohe eta egongela txiki batekin. Iritsi bezain laster Susan dutxan sartu zen.

–Eta zer, nagusi, min eman al dizu? –ezpaina hozkatuz hitz egin zuen Estupiñanek–. Soinekotxo loredunarekin dena ikusten zitzaion. Punttu-punttuan jarri naizela aitortzen dizut. Bulegoan esaten dugun bezala: jolasleku bat egiteko moduko ipurdia du, kulunkarekin, ur eremu batekin...

–Bainu turkiarreko emakumea da. Orain berekin hitz egin behar dut ea dakiena kontatzen didan. Hobe izango duzu joatea.

Estupiñan atera iritsi eta itzuli egin zen.

–Bera zaintzea beharrezkoa bada, abisatuko didazu, ezta? Ez izan gaiztoa, gero.

Une bat geroago, Susan atera eta ohean eseri zen.

–Orain bai, orain hitz egin behar dugu.

–Begira, Victor, ez zaitut engainatu nahi, baina hesolez gurutziltzatuari buruz esan diezazukedan gauza bakarra, nik dakidan gauza bakarra, Tiflisek berak kontatu didana da. Hesolez gurutziltzatua Pereira Antunez zen, hori denok dakigu; baina inork ez daki nola iritsi zen lakuaren ertzera. Tiflisek Bogotan ezkutaturik zuen, biltegi batean. Baina norbaitek lapurtu egin zion, edo ihes egin zuen, eta gero ez da ezer gehiago jakin.

–Bahiturik al zuten?

–Bai, lurren aferarengatik. Pereira Antunezek utzi egin zizkion, baina Tiflis beldur zen iritzia aldatuko ote zuen, eta horregatik gorde zuen. Tiflis horrelakoa da, pixka bat ikaratu nahi zuen, ez besterik.

–Eta nork atera zezakeen?

–Vargas Vicuña izan zitekeen, eraikitzailea. Edo Marco Tulio Esquilache, barrutiko lurrekin eta ondasun potoloekin negozioak egiten dituen zinegotzi usteldua. Zuk badakizu, Victor, hemen eraikuntzaren negozioa urrezko meategia da.

–Eta Tiflisek zer egin asmo du lurrekin?

–Saldu. Baina nori zehazki ez dakit.

–Eta zuek, Hijos del Solekoak?

–Guk guretzat nahi genituen. Hijos del Soleko zuzendaria Pereira Antunez konbentzitzen saiatu zen, baina tratuan ari zirela desagertu zen.

–Eta zu, Susan, noren alde zaude?

–Orain ez dakit... beldur naiz.

–Zu Tiflisekin tratuan ari zinen. Esmeralda hotelean ikusi zintudan.

–Mehatxatu egin gintuen eta nik gauzak konpondu nahi nituen. Baina bera pertsona zaila da. Ezin jakin zer egingo duen.

–Ziur nago. Zergatik txikitu zidaten autoa?

–Zure artikuluak *El Observador*-en ikusi eta ikaratu egin zen, beldurtu egin nahi zintuen. Ez zizun minik eman nahi, soilik ohartarazi.

–Susan, nik ez dut gogorra izan nahi, baina arazo hau aski larria da. Kolaboratzen baduzu, zurekin barkaberak izan daitezen egin dezaket. Tartean hildako bat eta negozio nahiko zikina dago. Polizia arrastoaren gainean dago eta edozein momentutan dena aurkituko dute. Horregatik, hobe duzu onekin egotea.

–Eta nortzuk dira onak?

–Oraindik ez dakit, baina seguru Tiflis ez dela, ezta aipatu duzun zinegotzi hori ere.

–Gauza bat galde diezazuket? –Susan zigarreta bat pizteko altxatu zen.

–Noski.

–Zuk lapurtu al zenituen eskriturak?

–*Lapurtu* ez da hitza, orain Poliziak ditu –gezurra esan zuen eta une horretan Quicaren etxean ezkutatu zituela gogoratu zuen, eta horien bila joan behar zuela Monica zegoen tokira eramateko. Toki seguruago batera.

–Ba Poliziari eman badizkiozu, hutsegite bat egin duzu. Horiekin asko irabazi ahal izango zenukeen.

–Susan, nik ez ditut horrelako negozioak egiten, kazetaria naiz.

–Alproja galanta, horixe zara zu. Alproja bat. Inork ezin du horrelako zerbait baztertu, zuk ba al dakizu jende askok zenbat ordainduko lukeen?

–Imajinatzen dut.

Silanpa leihoraino joan zen, eta kalera begiratu zuen. Ez zegoen autorik, zuhaitz mehar bat soilik, espaloiko zaborretik aterako balitz bezala. Urrunean, teilatu batzuen atzean, Lourdesko elizaren puntak ikusten ziren. Monicarekin oroitu zen, norberarena den zerbaitekin oroitzen denean bezala. Orain fedea izan behar zuen.

–Konta iezadazu Tiflisekin gertatu zena –jarraitu zuen–, zergatik joan ziren bainu turkiarrera zure bila.

Susan bere onera etorri zen. Erabat lasai zegoen.

–Berak uste du nik lapurtu dizkiodala eskriturak. Bere hotelean giltzapetu ninduen, baina gaur goizean ihes egin ahal izan dut.

–Zergatik joan zinen bainu turkiarrera?

–Ez nekien nora joan. Oso bizkor erabaki behar izan nuen eta han seguru egongo nintzela pentsatu nuen. Ez nuen asmatu.

–Zinegotziaren datuak errepikatuko zenizkidake?

–Marco Tulio Esquilache.

Silanpak libretan idatzi zuen, eta pentsatu zuen hurrengo egunean Estupiñani eskatuko ziola atzetik jarrai ziezaiola. Gero jertsea jantzi eta ateraino joan zen.

–Ez iezaiozu inori ireki ni etorri arte. Bihar jasoko zaitut.

–Ba al zoaz? Ni zaintzen geldituko zinela uste nuen.

–Ezin dut.

–Nahiago nuke zu hemen gelditzea.

Silanpak begiratu eta ezin zuela pentsatu zuen. Monica zain zuen.

–Bihar ikusiko dugu elkar –esan eta atera egin zen.

Monicaren etxera iristean kementsu sentitu zen; arropa berriak konfiantza ematen zion eta egunaren bukaeran nora joana edukitzea ona zela pentsatu zuen. Une horretan askoren bizitza aspergarri eta zorigaitzeko egiten duen gauza bat edukitzeaz poztu zen.

Bera ikustean, Monicak irribarre egin zuen.

–Goizago etorriko zinela pentsatu dut.

–Ikerketa konplikatu bat da, egunero berriro zerotik hasten naizela sentitzen dut.

–Zatoz, hitz egin behar dugu.

Begietara begiratu zion eta haren beldurra ikusi zuen.

–Victor, ezin dugu jokatu ezer gertatu ez balitz bezala.

–Esan behar didazunak ikaratzen nau, Oscarrekin al zaude?

–Hori ez da lehen gauza.

–Jakin nahi dut.

Monicak zigarreta bat piztu zuen. Kea indarrez bota eta begiratu egin zion.

–Bai.

Isiltasunak Silanparen nazka sentsazio sakona nabarmendu besterik ez zuen egin. Ulertu nahi izan zuen.

–Atzo zergatik etorri zinen nire bila, zergatik atera zinen festatik eta ni hona ekarri?

–Gauzak irekirik uztea ez da ona –erretzen ari zen, eta hitz egin ahala, hatz artean paper bat birrintzen–. Harremanak beste bukaera bat izan behar zuela uste nuen. Ez al zaizu iruditzen? Helduak gara biok, elkarrekin denbora pasatu dugu...

Mina berekoia da. Sufritzen duena bakan sentitzen da, eta munduak zerbait zor diola pentsatzen du. Orain bakarrik eta urrun egon nahi zuen, berak asmatu zuenarekin bakarrik.

–Elkarrekin itzuliko ginela uste nuen. Huts egin dut.

–Ez duzu huts egin. Maite zaitut, baina jada ikusi dugu ezin dela...

–Ez ezazu gehiago hitz egin.

Silanpa altxatu egin zen, poliki ateraino joan eta oraingoan bai, behin betiko zela pentsatu zuen.

–Victor, ez zaitez joan. Ez zaitez horrela joan. Zurekin ahalik eta denbora gehien egoteko asmoa dut gauzak konpontzeko.

–Esan nahi duzu lagun bezala bereizi behar dugula.

–Bai.

–Hori ezinezkoa da.

Monicaren begiak busti egin ziren. Victorrek zigarreta bat piztu zuen, eta isilik leihoraino joan zen. Azkenean hitz egin zuen:

–Zer esan zenion Oscarri?

–Zurekin hitz egin behar nuela.

–Ba al daki elkarrekin lo egiten dugula?

–Ez.

–Orduan hobe izango dut joatea. Nire erruz ez zara berarekin gezurretan ibiliko.

–Utz itzazu maritxukeriak eta eser zaitez. Orain Oscarrek ez dio axola, badakizu oso ongi.

–Axola dio. Beragatik utzi ninduzun.

–Gure artean ezerk ez duelako funtzionatu utzi zintudan. Berak ez du inolako zerikusirik.

–Elkarrekin ikusi zintuztedan azkeneko aldian zerikusia bazuela iruditu zitzaidan.

Monica gorritu egin zen. Berak nahiago izan zuen ez begiratu.

–Ez zenuen ikusi behar, gero ni sentitu nintzen horren...

–Ni okerrago sentitu nintzen.

Monicak besarkatu egin zuen, negarrez, eta harengandik eta bizi izan zutenetik oso urruti zegoela pentsatu zuen berak.

–Barka iezadazu. Putakume bat izan naiz.

–Lasai zaitez –Silanpa kementsu sentitu zen–. Utzidazu ulertzen: hemen hitz egiteko gaude, dena argi uzteko eta zu kontzientzia lasaiarekin joan zaitezen, bai?

–Ez zaitez zinikoa izan. Zurekin banago, zerbaitegatik izango da, ezta?

–Zer da zerbait hori?

–Ez dakit.

–Ba saia zaitez jakiten.

–Nahasturik nago...

–Bart gauean behar izan ninduzula esan zenidan.

–Hiru urte ez dira horren erraz ezabatzen.

–Niretzat ere ez. Ni ere han nengoen.

Monica utzi eta berriro jaiki zen. Orain ausardia eduki behar zuen.

–Mesedez, ez zaitez joan.

–Zu jada ez zara nik maite dudan Monica. Jolasean ari zara, eta niri bai, niri min ematen dit.

–Zatoz, geldi zaitez nirekin.

Elkarri begiratu eta Silanpak musuka zezakeela pentsatu zuen. Ez zuen egin.

–Egun hartako irudia hemen sarturik daukat... Zu ohean biluzik, Oscar bainugelatik ateratzen.

Monicaren begiak berriro ere malkoz bete ziren.

–Isil zaitez, ahaztu ezazu hori, ez ezazu berriro ere gogoratu.

–Zu ikusi eta ezin dut ahaztu.

–Eta zu? Egun hauetan ez al zara ibili beste emakumeekin?

Silanpak begietara begiratu zion.

–Desberdina da. Zu hasi zinen.

Monicaren masailak gorri bizi sakon batez tindatu ziren. Altxatu eta leihoraino joan zen. Berak jarraitu egin zion, sorbaldan esku bat jarri zion, baina hark keinu zakarrez baztertu zuen.

–Sufrimendu ederra Victor apostolu santuarena, e? Ea bada, zenbatekin egon zara, jakin badaiteke?

Lasaitzen saiatu zen, baina ezinezkoa izan zen. Monica egongelaren erdira joan zen, zapata bat altxatu eta aurpegira bota zion.

–Nola ausartu zara? Ni kezkaz beterik eta zu... irten zaitez hemendik oraintxe bertan, arraioa!

Korridoretik zihoala, beste zapatak pareta jo zuen, bere burutik zentimetro batera. Oihukatzen entzun zuen: "Hau gogotik ordainduko didazu!", baina igogailura iritsi baino lehen harengana korri egin eta indarrez besarkatu zuen. Esku batek uretatik atera zuela sentitu zuen Silanpak, denbora bateko gauzak berriz bere zentzua hartzen ari zirela.

17

Urdaileko ikara gaindituri eta arima nahiz apetitua sendaturik, lehoi baten moduan nireari heldu nion: kaleari eta bere arriskuei, eta kontuz, lapurrak!, esaten nuen nire baitan, ikaratu zaitezte, hemen naiz eta! Eta ikaratu ziren. Egun batean Montezuma eta biok San Andresito inguruan geunden, eta nik, urdaila indarberrituta, telebistak ikustera joatea proposatu nion, hari esan ez banion ere bai bainekien hi-fi saltokiaren aurrean, kaleko nasan, txerrikumea saltzen zutela, nire zoriona. Eta bizitza seinalez beterik ez dagoela esatera etorriko dira batzu, baina erabakia hartu bezain laster pentsa ezazue dei bat entzun genuela patruilan, eta zentralarekin komunikatzerakoan San Andresiton bahiketa bat gertatu zela esan ziguten, matxino talde batek biltegi oso bat bahitu zuela eta gauza bero-bero zegoela. Montezumarekin joan eta, iristean, pareko kalean hamabost polizia auto inguru topatu genituen. Eremua inguraturik zegoen eta kapitain bat bozgorailutik hitz egiten ari zen. Lapur zikin haiek, barka nazazue, berrogeita hamar milioi peso eskatzen zituzten eta herrialdetik ateratzeko hegazkin bat, eta eman ezean eremu osoa leherraraziko zutela esan zuten, berrehun bat pertsona barnean zeudela. Montezuma eta biok kapitainaren aginduetara jarri ginen, eta alboetako sarreretako bat zaintzera joateko esan zigun. Nik inoiz ez nuen operazio handi batean parte hartu eta pozik nengoen nire heziketari begira ikasiko nuenagatik, baina, logikoa denez, hiritarraren interesak lehenetsi behar nituen eta ez pedagogia. Lastima txerrikumetxoagatik, pentsatu nuen, baina zaindari publikoaren bizitza hori da: sakrifizio erabatekoa eta ezustea. Bien bitartean, lapurrek Poliziarekin hizketan jarraitzen zuten. Diru gehiago nahi zuten, hirurogei milioi peso inguru, eta Montezumak, mendikate gailurretik begiratzen ohitutako hegoaldetarraren zolitasunarekin, esan zidan: "Hauek ez dira ohiko lapurrak, hauek gerrillakoak dira". Talde berezietakoak iritsi ziren eta burua estalita teilatuetara igotzen ikusi genituen, beren prezisiozko errifle eta uniforme ilunekin, eta nik arretaz hartu nituen oharrak, ikasteko egarriz. Eta nire baitan esan nuen: "Hemen iskanbila ona egongo da", eta horrela izan zen, izan ere hori pentsatu orduko, lehen tiroa entzun bezain laster biltegian sartzeko agindua iritsi zitzaidan irrati-telefonoz. Kontsigna Montezumari pasatu nion, eta hura ere, lehengo lepotik burua, hitz-totelka hasi zen berriro. Agur egin genion elkarri, badaezpada, eta aitaren bat egin nuen, horrelakoetan hobe baita Jaunaren baimenarekin abiatzea. Eta egoera lehertu egin zen. Tiroak entzun ziren, baita metrailleta-tiro segidak eta leherketa txikiak ere, eta ni nire eraso esaldiarekin oroitu nintzen: "Aurrera, Aristofanes, batek legea babesten duenean, lapurraren balak azukre kotoi bihurtzen dira eta!", eta ateetako baterantz korrika abiatu nintzen, Montezuma atzetik nuela. Sartzerakoan, lurrean botatako jende multzoa aurkitu genuen, ke artean, eta orduan beruna partitzen hasi nintzen. Egoera hark ordu erdi inguru iraun izango zuen, bat-batean isiltasun ikaragarria etorri zen arte. Esan behar dizuet, kide agurgarriak, momentu horiek hausnarketa sakonerako uneak izaten direla arma gizonarentzat: kanoiak gelditzen direnean pentsamendua dator, eta norberari estutasuna sartzen zaio, une horretan batek ez baitaki zer gertatzen ari den, Jainkoak hatza altxatu eta ezpainen erdian jarriko balu bezala. Eta zer gertatzen zen? Lapurrak errenditzen ari ziren. Horietako bat lurrean eroria zegoen, odola zeriola. Beste bi zauriturik zeuden eta gainerakoak armak jaitsi egin zituzten eta besoak altxaturik ateratzen ari ziren. Ni jendartean ibili nintzen, biltegiaren atzealdeko salmenta postuen artetik, eta lurrin denda batetik pasatzen ari nintzenean aiene bat entzun nuen. Barnean begiratzeko makurtu nintzen eta bere onera etortzen ari zen neska gazte zorabiatu bat ikusi nuen. Sartu eta nola zegoen galdetu nion, eta berak begiak zabaldu zituen, eta begiratu ninduen, hasieran harriturik eta gero konfiantzaz, eta esan zidan: "Zer gertatu da?". Nik dena kontrolpean zegoela azaldu nion, baita lapurrak errenditu zirela ere, eta jaikitzen lagundu nion. Kalera ateratzean, nire besoak laguntzen ziola, egun argiz ikusi nuen: azal zuria, ikatza bezalako begiak, ile kizkurra... Eta barka xehetasunak, baina bere izena galdetu nionean keinu koket batekin esan zidan: "Matilde dut izena, zure esanetara".

18

Nancy ikaraturik zegoen. Arratseko zortziak ziren eta gizonek ez zioten ateratzen uzten. Ordu arte errespetatu zuten, baina momentu bat lehenago haietako batek pattar botila bat atera zuen, eta edaten eta txiste kontari hasi ziren. Urduritasuna ere sentitu zuen gizon bat telefonoz berari buruz hitz egiten ari zela entzutean, eskegi ondoren inork ez baitzion esan zer gertatuko zen, ezta zenbat denbora gelditu behar ote zuen ere.

–Liraina, alkohol pixka bat edango al duzu gurekin? –Camaleonek begiak ñirñirka zituen.

–Ez, eskerrik asko, ez dut pattarrik edaten.

–Ui, fina atera zaigu... –esan zuen beste batek–, xanpaina edo whiskia gustatzen zaizu?

–Ba ez, ezta ere.

–Hori da emakumeengandik inoiz ulertu ez dudana –gazteenak hitz egin zuen–, baina tragoak bizitzari halako kolore liluragarri bat jartzen dio eta. Musika pixka bat? Ea bada, Camaleon, jar ezazu zerbait eta anderearekin dantzatu.

Barragan bulegoan zegoen, kezkaturik, erlojuari begira. Zergatik ez ote zetorren Nancy? Arazoren bat eduki ote zuen? Etxera deitzea erabaki zuen eta Catalinarekin hitz egitea, baina hark lasaitu egin zuen haurrekin *scrabble*-an jolasten ari zela esanez.

–Oso berandu etorriko al zara, maitea?

–Beharbada bai, ez dakit. New Yorkeko dei baten zain nago, datu garrantzitsu batzuk jasotzeko.

–Nahi al duzu janaria labean uztea?

–Ez, Cata, eskerrik asko. Zerbait jango dut hemen inguruan.

Juantxitorekin hitz egin zuen eta gero neskatilarekin, eta eskegitzerakoan, arazoa arinegi zihoala pentsatu zuen. Tiflisek uste baldin bazuen berak zituela eskriturak, ezin zuen gutxietsi. Agian, Vargas Vicuñaren babesa onartu behar zuen. Nancyren telefono zenbakia markatu eta adineko emakume batek erantzun zuen.

–Bai?

–Nancyrekin hitz egin nahi nuke, mesedez.

–Ez da iritsi oraindik. Bulegotik ari al zara?

–Bai, andrea... Ez da garrantzizko ezer.

–Geroxeago dei iezaiozu.

Kazetariaren datuak idazkariaren agendan bilatzera joan zen, eta, urduri, telefono zenbakia markatu zuen. Pixka batean utzi zuen jotzen, baina ez zegoen erantzunik, eta orduan, helbidea eskuetan, zer gertatu zen jakitera joatea erabaki zuen.

Eraikinera iritsi eta gorantz begiratu zuen, zuhaitz adarren artetik laugarren solairua bilatuz. Gero, neurriak hartu behar zituela pentsatuz sartu zen. Silanparen atean musika entzun zuen.

–Ea, liraina, altxatu ezazu gona pixka bat, bai? Ez zaitez gaiztoa izan –Camaleon gorriturik zegoen, pattarrak eta dantzak gorriturik. Besarkatu egin zuen eta neska ihes egiten saiatu zen.

Nancyren oihuak entzun zituen eta beldur zen. Eskailerako mailak binaka saltatuz laster egin zuen behera, baina autora iristean, armatutako bi gizonek bidea itxi zioten.

–Emilio Barragan? –Runchoren ahotsak tinpanoak urratu zizkion.

Ihes egiten saiatu zen, baina esku batek geldiarazi zuen eta norbaitek arma erakutsi zion.

–Kontuz, olioztatu berri dago eta gutxi behar du tiro egiteko –entzun zuen–. Euri langar honetatik babesteko hobe izango dugu solas egitera gora igotzea.

Taldea eraikinean sartzera zihoala, bi Chevrolet kamionetak supituan balaztatu zuten eta zenbait gizon armatu atera ziren jauzi eginez, kanoiak gora zituztela. Gero tiro hots bat entzun zen eta Barraganek, izuak harrapaturik, heltzen zion eskua laxatzen ari zela sentitu zuen eta askatu egin zuela. Runchok pistola erortzen utzi eta besoak altxatu zituen.

–Lasai, Barragan jauna, Vargas Vicuña doktoreak bidaltzen gaitu. Hemen zuri laguntzeko gaude.

Barraganek arnasa bota zuen eta laugarren solairura igo zitezen esan zien. Ezkerraldeko atea.

–Kontuz ibili –jakinarazi zien–, barruan nire idazkaria dago. Bahiturik dute.

Gizon bik Morsitaren gorpua manta batean bildu zuten eta kamionetaren atzealdean utzi zuten. Gero Runcho igoarazi zuten, eskuak bizkarraldean loturik.

Barragan bere automobilean itxaroten gelditu zen, gelditu gabe erretzen eta gau hartatik aurrera bere bizitza betiko aldatuko zela esanez. Zenbait tiro hots entzun zituen eta motorra piztu zuen. Gero Vargas Vicuñaren bizkartzainak eraikinetik presaka ateratzen ikusi zituen. Haiekin, beldurrez dardaraka, Nancy zegoen.

–Zera egin... –negarrez hasi zen–. Bortxatu egin behar ninduten, Emilio. Polizia iritsi denean jadanik...

Besarkatu egin zuen. Gizon bat hurbildu zitzaion.

–Hobe izango da joatea, doktore. Jarrai gaitzazu.

Bi kamioneten atzetik gidatu zuen Unicentro inguruko etxe bateraino.

–Nancy, jende hau ez da Polizia. Lagunak dira, gu babesteko daude hemen.

Etxean sartu ziren. Nancyk egongelan itxaron zuen, eta Barragan eta gizon bat sotora jaitsi ziren. Baldosen gainean erorita, ahoa eta sudurra leherturik, Runcho zegoen.

–Honi galderatxo batzuk egitea gustatuko zitzaizula pentsatu dugu –esan zioten Barragani.

–Ba bai –erantzun zuen–. Ea bada, lagun, nork sartu dio Tiflisi buruan nik lapurtu dizkiodala eskriturak, e?

Hitz egin beharrean, Runchok tu egin zuen, eta gizonetako bati papar hegala busti zion. Kankailuak ukabila altxatu eta sudurra txikitu zion. Besteak ostikoak ematen hasi zitzaizkion eta haietako batek bizkarrean aulki bat hautsi zion.

–Bota ezazu odola, putasemea.

Egoerak nahigabea eragin zion Barragani.

–Nik ez dut nahi jo dezazuen –esan zuen zigarreta bat piztuz–. Baina esan behar dit nola bururatu zaion bere nagusiari eskriturak nik ditudala, e?

Runchok burua altxatu zuen, eta Barraganek kolpez betetako aurpegia ikusi zuen. Bekainak hazten hasiak zituen.

–Esquilache izan zen. Berak deitu zion atzo nagusiari eta zuk dituzula esan, lapurtu egin dituzula eta atzerrian negoziatzeko asmoa duzula. Errusiar batzuekin harremanetan zaudela. Horregatik bidali gintuen zu jarraitzera.

–Errusiarrak? Hori ez da posible.

Belaunarekin kolpe bat eman zioten tripan eta Runcho zerraldo erori zen.

–Esazu egia, putaseme tzarra, gaur gauean begiak zabalik lo egin nahi ez baduzu.

–Zinegotzia izan zela, esaten dizuet. Hark berak eman zigun zure helbidea. Begira, hemen dago papertxoa.

Emilio amorruz dardaraka baztertu zen eskaileretaraino eta bere bulegoko eta etxeko helbideak idatzirik ikusi zituen. Igo eta sumindurraz horditurik telefonora joan zen. Klubean bilatuko zuen. Atera baino lehen Nancyrekin hitz egitera joan zen.

–Nancy, ez zaitez ezertaz kezkatu. Gaur gauean gertatu denak orain dela aste batzuk kontatu nizunarekin du zerikusia, oroitzen? Baina dena kontrolpean dago jada.

–Eskerrik asko, Emilio, zuk salbatu nauzu.

–Bihar ez zaitez bulegora etorri. Goiz deitu eta esaiozu Nachari gaixo zaudela. Har itzazu opor batzuk neure kontura, eta atseden hartu nik iskanbila hau konpontzen dudan bitartean.

–Emilio, nik zure ondoan egon nahi dut soilik. Horrek seguru sentiarazten nau.

–Nancy, orain ezin da, hobe izango duzu joatea eta atseden hartzea. Merezi duzu. Nahi duzunean joan zaitez etxera, jaun hauetako batek eramango zaitu. Eman dizkiet argibideak.

Irteerarantz zihoala, egongelako mahaiaren gainean errebolber bat ikusi zuen Emiliok. Keinu bizkor batekin sakelan gorde eta kalera atera zen.

Euria ari zuen. Kaleak oso ilun zeuden, eta putzurik putzu, Zazpigarren kalera iritsi arte azeleratu zuen. Une bat geroago, klubeko argiak ikusi zituen. Autoa aurrealdeko etxadian utzi eta sartu egin zen.

Esquilache whiski sour bat hartzen ari zen barran. Ikustean begiak zabaldu zituen.

–Ene Emilio maitea, espero dut ez zarela kasinoan zure aurrezkiak xahutzera etorri izango.

–Marco Tulio, zurekin hitz egin behar dut, oso premiazkoa da.

–Ez esan, premiazkoa?

–Bai.

–Orduan, Tiflisen eskriturekin du zerikusia, agertu al dira?

–Goazen zure bulegora. Zuk zerbait ikustea nahi dut.

Tiflisekin egin zuen azpijokoak funtzionatu zuela pentsatu zuen Esquilachek. Dokumentuak sakelan izango al ditu? Ikusiko zen.

–Goazen nire autoan –esan zion Emiliok–. Hor bueltan dago.

–Zergatik horrenbesteko misterioa? Ezin al didazu hemen kontatu, lasai, billarreko aretoan?

–Ez, eta azalduko dizut arrazoia.

Hitz egin gabe bulegorantz joan ziren. Barraganek musika jarri zuen eta oso bizkor gidatu zuen. Izerditan zegoen.

–Urduri zaude, gauzak nahiko larria izan behar du.

–Larria da, bai.

Eraikina ilunpetan zegoen. Sartzerakoan, Esquilachek argia piztu zuen eta whiski botila atera zuen.

–Trago bat? –esan zion–. Behar duzula ikusten da.

–Bai, bikoitza.

–Ea bada, konta iezadazu zer gertatu den.

Esquilachek tragoak zerbitzatu zituenean, eta itzuli zenean, errebolberra Barraganen eskuan ikusi zuen.

–Arraioa, zer da hau? Aska ezazu hori!

–Errepikatuko al didazu lehengo egunean traizioari buruz esan zenuena?

–Jaitsi ezazu pistola hori, ergel halakoa! Tiro egin diezazuke...

–Maoren aipua batez ere. Hori gustatu zitzaidan.

–Ez dakit zer arraio ari zaren esaten.

–Ez ezazu ergelarena egin. Azaldu behar didazu Tiflisi zergatik esan zenion eskriturak nik lapurtu ditudala; hamar minutu dituzu azalpenak emateko –arma goratu eta buruaren parean jarri zion.

Esquilachek beste whiski bat atera zuen, eseri eta begietara begiratu zion.

–Egia jakin nahi al duzu? Bada hor doa –trago luze bat hartu zuen, izotz zatiak hortzekin txikitu eta segitu zuen–: GranCapitalekoekin potroetaraino hipotekaturik nago. Udalbatzan nire postua zor diet eta orain ordainetan lurrak eskatzen ari zazkit. Nik ez dakit badakizun nortzuk dauden GranCapitalen atzean, baina haien ondoan Tiflis Lulu txikia bezalakoa da, OK? Gogor presio egiten didate eta nik jada ez nekien zer egin. Pereira Antunezek lurrak Tiflisi eman zizkiola esan zenidanean, hurbiltzea erraza izango zela pentsatu nuen, gurekin elkarlanean ari zedin proposatzea eta gero lege amarruren batekin kentzea.

Esquilachek berriro ere bere edalontzia bete zuen, zigarreta bat piztu eta hizketan jarraitu zuen.

–Vargas Vicuña ere hor dago. Bera jende arriskutsuak babesten du. Eskrupulurik gabeko tipoa da, gizatxar bat. Hasieratik, lurren atzetik zebilela jakin nuenean, hura geldiarazten saiatu nintzen, Pereira Antunezen heriotzaren errudun eginez, baina ezinezkoa izan zen...

–Orduan, hesolez gurutziltzatua Pereira zen.

–Bai, motel, baina nik ezin nizun esan. Zure adinean, gauza bat jakin beharko zenuke: mahai gainean mundu guztiak irribarre egiten du, baina mantela altxatzen baduzu denak elkarri ostikoka ari dira. Vargas Vicuñari ez zaio beste erremediorik gelditzen ni aintzat hartzea baino, bere egitasmoak nik onetsi behar baititut Barrutian, baina bere atzean daudenak eta GranCapitalen atzean daudenak etsaiak dira, jarraitzen al didazu?

Barraganek interes pittin batekin eta amorruz begiratzen zion.

–Eta hor nahasten dira gauzak. Eskriturak desagertu dira eta inork ez daki ezer. Zuk arraro jokatzen duzula sumatzen dut, gauzei aurre hartzen diezula, ematen ez didazun informazioa duzula. Eta pentsatu nuen, esadazu oker banabil, Vargas Vicuñak bere alde jarri zintuela eta nire interesen aurka jokatzen ari zinela. Tiflisi paperak zuk zenituela esan nion, bai, benetan hala uste nuelako.

–Nire bizitza arriskuan jarri duzu, ziniko alaena. Nirea eta Catalinarena, haurrak aipatu gabe.

–Ez gauzak nahasi. Tiflisi lasaitasunez hartzeko esan nion.

–Nire idazkarietako bat bahitu eta ia bortxatu egin dute, horri deitzen al diozu zuk gauzak lasai hartzea?

–Ez zaitez hasi gaztelaniazko lezioekin, ergel halakoa. Nigatik izango ez balitz, ergel gizajo bat besterik ez zinateke izango. Nik hatza altxatzen badut zu erori egingo zara. Zure zorren berri ez dakidala uste al duzu? Klubeko kasinoak, nahi izango balu, barrabilak ere bahituko lizkizuke, aurkitzen badituzte; ze uste duzu, ez dakidala ala? Zuk ni gabe ez duzu ezertarako balio, nire menpean zaude. Eta zein eskubiderekin hitz egiten duzu Catalina gajoaz? Ez al dizkiozu adarrak jartzen aurrean tokatzen den edozeinekin? Berak ba al daki nora doan irabazten duzun diru guztia? Kontu handiz ibili nirekin, gazte, zure bizitza gehiegi ezagutzen dut orain nirekin ergelkeriatan jarduteko...

Denborak elikatutako gorroto trinkoz begiratzen zion Emiliok Esquilacheri: umezurtz batek bere gurasoen hiltzaileari begiratzen dion bezala.

–Kontuz egiten duzunarekin, txoriburu alaena. Emadazu pistola hori.

Tiro bat entzun zen. Lasaitasun eske alferrikakoa egin nahian altxatu zen esku bateko bi hatz puskatu zituen balak, eta zinegotziaren kopetan barneratu zen ondoren. Esquilachek airean zilipurdi bat eman zuen, oraindik ere begiak zabalik zituela, beira puskatu eta leihoko hutsunetik desagertu zen.

–Jada ez dizut ezer zor –esan zuen Barraganek.

Esquilacheren gorpua, hezur eta haragizko masa, bigarren solairutik behera erori eta Toyota zahar baten gainaldean sartu zen.

19

Esnatu zenean, Monica ez zegoen jada. Gosaria prest utzi zion, baita katilua bete kafe ere, ohar batekin: "Gaur gauean zain izangi nauzu. Hitz egin beharra dago, gustatu ala ez". Eta beherago: "Ps... Bart gauean goxo etorrarazi ninduzun".

Bizkor jantzi zen, kalera jaitsi eta taxi bat hartu zuen. Quicaren eraikina goizeko ordu horretan askoz ere zaharragoa eta zartatuagoa iruditu zitzaion, orbanez betetako eta lizundutako porlan grisezko egitura bat. Lehen solairuko fatxada klarionezko marraz betea zegoen eta hautsitako beiren ordez plastikoa zegoen jarria. Gas usain sarkorra sumatuz igo zen eskaileretatik eta atea zenbait aldiz jo zuen: handik momentu batera, ahots ahul bat entzun zuen.

–Quica, ni naiz, ireki iezadazu.

Kamiseta labur bat zeraman eta begiak logalez kargaturik. "Aurrera" esan zion eta ohean sartu zen berriro.

–Zer ordu da? –galdetu zuen aharrausika.

–Ia zortziak.

–Utzidazu lo egiten.

–Zer moduz doaz gauzak Lolitan?

–Berdin.

Silanpak gortina zabaldu zuen. Argi izpi batek gela bete eta Quicak tapakien azpian sartu zuen burua.

–Itxi ezazu hori!

–Momentu bat besterik ez da.

Sukaldeko tiraderan dokumentuekin zegoen poltsa bilatu zuen, baina ez zuen aurkitu.

–Quica, nik hemen pakete bat utzi nuen...

–Zurea al da? Ez nekien zer zen eta armairuko tiraderan jarri nuen. Bota ez nuelako eskerrak eman itzazu.

Poltsa arropa zikinaren artean aurkitu eta arnasa hartu zuen.

–A ze ikara eman didazun. Orain joan beharra dut.

–Ez zaitez horren bizkor joan –esan zion–. Beste abesti batzuk entseatzen ari naiz, benetan lagunduko al didazu?

–Bai, gaur bertan ikuskizunekoekin hitz egingo dut.

Quicaren aurpegia argitu egin zen. Begiek dirdira egin zioten eta masailean musu eman zion. Gero arropategiko atea ireki zuen.

–Baina ez dut jendaurrean ateratzeko polita den ezer. Begira, horrelako zerbait nahiko nuke.

Aldizkari zati bat erakutsi zion: sorbaldan tiranteak zituen soineko laranja bat.

–Zuria hobe izango litzateke –esan zuen Silanpak–. Zuria ongi doakizu.

Neska gaztea ispiluaren aurrean dantzan hasi zen, baina bat-batean kristalera hurbildu zen, begi zuloak ikusi eta oihu egin zuen.

–Ui! Orain ez begiratu, oso itsusi nago eta.

Begiak itxi, eskuekin aurpegia estali eta negarrez hasi zen. Oraindik neskato bat izaten jarraitzen zuela pentsatu zuen Silanpak.

–Quica, hori lo gaizki egiteagatik da, orain esnatzen zarenean kenduko zaizkizu.

Hura besarkatzen saiatu zen, baina utz zezala eskatu zion.

–Ez da hori... izan ere gauza ikaragarri bat amestu dut. Behin baino gehiagotan amesten dudan gauza.

Berez atera ziren hitzak haren ezpainetatik. Begietara begiratu zion, esan izanagatik damutuko balitz bezala, baina hitz egiten jarraitu zuen.

–Ikaragarria da... Lolitan nago eta norbait dator gizon batekin lo egitera joan nadin kontratatzera. Bogotatik urruti etxe oso ilun batera eramaten naute eta logelaraino pasarazi baino lehen arropa kentzeko eta bainu bat hartzeko esaten dute, ongi perfumaturik eta makillaturik egon behar dudalako. Dutxatik atera eta ispiluan atontzen ari naizenean, ahots berberak esaten dit belarrira: "Neskato, egin ezazu zoriontsu, hil egin behar dugu eta". Orduan korridore ilun batera sarrarazten naute eta han urrunean bizkarrez dagoen gizon bat ikusten dut. Itzultzen denean, nire anaia dela ohartzen naiz...

Quica lepotik zintzilikatu zitzaion, eta indarrez negar egin zuen berriro.

–Baina... zergatik amesten dituzu horren gauza itsusiak?

–Hil egin zuten. Jada kontatu nizun.

–Nork hil zuen?

–Mafiosoek. Talde etsai batek. Ez dakit.

Lasaitzen saiatu zen, kafea prestatu eta ohera eraman zion. Gero ilea laztandu eta gorputza estali zion lokartu zen arte.

–Ez nazazu utzi –esan zuen hark, jada begiak itxita.

Atera eta Quicaren hitzetan pentsatuz kabinara joan zen. Norbaitengatik errukia sentitzea ona zen oraindik ere bere ariman besteen minarentzat lekua bazegoela jakiteko. Telefonoa altxatu eta Estupiñanen zenbakia markatu zuen.

–Egun on, nagusi, txanda eta kito, zer moduz esnatu zara?

–Ongi, Estupiñan. Mesede bat eskatu nahi dizut.

–Lehenik esadazu nola joan zitzaizun bart pinpirinarekin. Gruiere gazta baten moduan utziko zizun, ezta?

–Ez nuen berarekin lo egin.

–Ja ja! Zu bai, zu!

–Benetan. Batez ere gauza berezi bat egiteko deitu dizut. Ba al duzu idaztekorik?

Marco Tulio Esquilache zinegotziaren datuak eman zizkion eta hura zaintzera joateko esan zion.

–Zure esanetara, nagusi, zerbait gehiago?

–Ezer ez gehiago. Arratsaldeko hiruretan La Pasarela kafetegira deituko dizut, hortik gertu baitago.

–Prest.

Erlojuari begiratu eta denbora zuela ikusi zuen. Egunak zeramatzan Guzman ikusteko gogoz. Gauza berriak zeuden eta haren iritzia jakin nahi zuen.

Gela hutsik zegoen eta moja batek gune komunaletan bila zezala esan zion. Egongela nagusia igaro zuen eta edadetu talde bat aldizkariak irakurtzen, xakean eta dama txinatarretan jolasten ikusi zuen. Beste batzuk zirrararik gabe Telefunken telebista zahar batek botatzen zituen imajinei begira zeuden. Moja bat hotza zirudien nako platerra irentsarazten saiatzen ari zen bati. Bazter batean gizon bat aieneka ari zen burua paretaren kontra jarrita, eta beste bi gaixo aohuka ari zitzaizkion, isiltzeko esanez.

Silanpa harrigarriro normal sentitu zen.

–Victor zaharra! Ahaztu ninduzula uste nuen.

Guzman lorategiko mahai batean eserita zegoen. Bainu bata zeraman eta txankleta itsusi batzuk. Guzman jada ez zen gizon arrunta, gauetan zinemara joaten diren, futbol partidak ikusten dituzten pertsona horietako bat, penak eta pozak sentitu eta noizean behin kontsolamendua behar dutenetakoa; aspaldi utzi zion horrelakoa izateari.

–Pozten naiz etorri zarelako. Gauzak argi ditudala uste dut.

–Ea ba...

–Nortzuek nahi dituzte lurrak? Askok. Baina talde batentzat, negozioa baino gehiago, bizitzeko modua da, bainu turkiarrekoentzat alegia. Haiek bakarrik egin zezaketen horrelako zerbait, doako krudelkeriaz, bihozgabekeriaz. Krimen horrek badu erritu ukitua. Pentsa ezazu: gorpu bat hesola batzuetan iltzaturik uzteak badu oinarrian errukizko zerbait. Mojatxoen liburutegian irakurtzen aritu naiz eta Asdrubalen tormentua aurkitu dut, gero zuhaitz bilakatu zen harena. Jesukristorenaren oso antzekoa da. Eta zer da hori sakonean? Oihu bat. Errugabe baten heriotza, sorkuntzak, azken batean Naturak berak, sortzen jarrai dezan. Oroitu fededun direnak sinboloen artean mugitzen direla.

–Baina bainu turkiarrekoek jada lurrak badituzte.

–Gaizkilearen buruan sartu behar da. Hark bezala pentsatu behar da, haren ideiak lapurtu, haren motibazioak eta sinesmenak. Gure logikak dilistak prestatzeko balio du, baina ez gaizkileak aurkitzeko. Modu horretan bakarrik suntsi daiteke etsaia, salbazioa jokoan dagoenean.

–Baina Pereira Antunez ez zen haren etsaia.

–Etsai zituen beste batzuen eskuetan zegoen. Bera sinbolo bihurtu zen, eta hala eta guztiz ere, berak erabaki behar zuen lurrekin zer gertatuko zen.

–Ziur al zaude?

–Oso ziur ere. Heriotza hori ezkutu bat zen. Gurutze bat osatzen duten hatzak dira, izurritearen kontrako antzinako babesa. Izan daitekeen azalpen bakarra da... Apustu egin nahi al duzu?

–Apustu egin dezagun.

–Hemendik ateratzen naizenerako festa bat, hasi eta buka.

–Bikain.

Silanparen ahotsak kolore opakua zuen eta Guzmanek susmoa hartu zion.

–Zerbait arraroa sumatzen dut. Uste dut istorioak jada ez dizula odola berotzen.

–Hari mutur aske gehiegi ditut –Silanpak eztarria leundu zuen–. Birak ematen ditudala sentitzen dut, ikusten ez dudan zerbaiten inguruan bueltaka ari naizela.

–Aholkuek ez dute balio egia jakiteko grina ez badago, eta hori da benetako erdigunea –esan zuen Guzmanek–. Orain, zu ikusi eta iruditzen zait jadanik ez zaizula hainbeste interesatzen nork gurutziltzatu zuen. Zu egun osoan zuhaitz baterantz hegan egin eta ukitu bezain laster itzultzen diren txori horietako bat bezalakoa zara.

Silanpak ez zuen ezer esan. Guzmanek interesez eta maleziaz begiratu zion.

–Zuk bilatu nahi duzuna krimena bera baino haratago dago, eta zure bizitzarekin zerikusia du. Zertan da beste kontu hori?

–Hobeki –erantzun zuen Silanpak–. Aukera bat dagoela uste dut. Monica zalantzaz beterik dago, baina badakit oraindik maite nauela.

Elkarrekin egon zirenekoa kontatu zion. Elkarrekin pasatu zuten gaua, haren hitzak eta haren jarrera babeslea. Ergel sentitu zen.

–Kontuz ibili ilusioekin, anaia –bota zuen Guzmanek–. Bat joaten bada, jadanik joan delako da... Ez naiz oroitzen nork esan zuen.

–Orain behintzat lasaitasun pixka bat badaukat. Batek egun osoan emakume bakarrarengan pentsatzen duenean, gauetan ez luke harekin amets egin behar. Hori gertatzen zitzaidan.

–Zer gertatuko da berriro ere joaten bazaizu?

–Odoluzkietatik operatu egingo naiz, egunkaria utzi eta Ekuadorrera joango naiz bizitzera.

–Horrek itxura ona du, baina zure lagunaz oroit zaitez –esan zuen Guzmanek–. Nire familiak oraindik ez du lotsa gainditu. Zu zara ni ikustera etortzen den bakarra.

–Ez kezkatu. Nik ez zaitut bakarrik utziko.

–Kontuz ibili Monicarekin. Itxura txarra du eta ez zaitut zauden baino okerrago ikusi nahi.

–Txanpona oraindik airean dago. Eta zu? Nola doa egunkarien irakurketa?

–Irakurtzeari utzi diot –esan zuen tonu etsian–. Aspertzen ari nintzen inori axola ez zaizkion gauzak jakin beharraz. Hori bai, tira komikoak irakurtzen segitzen dut, eta batez ere *Aitatxo hezten*.

Silanpak agur esan zuen eta, hesolez gurutziltzatuari zegokionez Guzmanek huts egiten zuela konbentziturik, autobidera atera zen. Horrek min gehiago ematen zion bere porrotak baino.

Bogotara eraman zuen autobusean begiak itxi eta ez pentsatzen ahalegindu zen. Irratiko musikak beregana zezala utzi zuen, baina alferrik. Monicarekin izandako gaua zuen odolean. Haren usainaren gomuta heldu zitzaion eta bat-batean, ia lotan, berrindartu egin behar zuela pentsatu zuen, kontsolamendua bilatu bere burua galtzera utz zezakeen lekuren batean. Erdigunera iristean, Zazpigarrenetik ibili zen Centro Internacionaleraino eta, bere bizitzan lehenbiziko aldiz, San Diegoko elizarantz joan zen. Arratsaldeko seiak ziren eta bat-batean ezkilak joka hasi ziren, usoak uxatuz, hezetasunaz eta ke lainoaz kargaturiko zeru trinkorantz. Eskale eta loteria saltzaile multzo bat liskarrean ari zen sarrerako eskailera mailengatik, eta burdin hesia igarotzean emakume talde bat kartoizko kaxa batekin gainera etorri zitzaion.

–Aita Almansaren jarraitzaileak gara, gazte –esan zion emakume batek erlijiozko estanpaz estaliriko gorputzarekin–. Kaperan horma hilobi bat egiteko dirua biltzen ari gara, lagunduko al diguzu?

Silanpak billete bat atera zuen eta kaxan sartu. Gero beste emakume batek esku orri bat eman zion.

–Izena eta sinadura, mesedez. Kanonizazioa hirugarren aldiz eskatzen ari gara. Ba al dakizu joan den astean erretratuak berriro ere malkoak isuri zituela? Oraingoan entzun beharko gaituzte.

Kaperan sartu, Landako Ama Birjinaren horma hilobiaren irudiari begiratu eta eserlekuetako batean esertzera joan zen, jendartean. Ez zuen otoitza entzun, baina behintzat bere barne mundua jada ez zela berea ikusi zuen toki hartan.

New York hotelean Susanek zigarreta bat bestearen atzetik errez itxaroten zion, buruan ideia bati bueltak ematen zizkion bitartean. Leihotik zenbait aldiz begiratu zuen, eskaileretan zarata entzuten zuen bakoitzean atera hurbildu zen eta azkenean erabakia hartu zuen. Telefono aparatua altxatu eta zenbakia markatu zuen.

–Heliodoro Tiflisekin, mesedez.

–Txikitxo? A ze nolako endredoan zauden, ezta? Niri horrela ihes egitea ere.

–Heliodoro, ez zenidan beste aukerarik eman.

–Non zaude?

–Toki seguru batean. Zure kankailuak ez dira zuk diozun bezain konfiantzakoak. Runchok bortxatu egin nahi izan ninduen. Horregatik joan nintzen.

–Runchito gizajoa, ulertu behar zaio. Andregaiak utzi du eta hor zehar erokeriak egiten dabil. Haur bat bezalakoa da.

–Ez al zaizu axola ni bortxatu nahi izatea?

–Liraina, ez zaitez kezkatu, bere zigorra eman diot jada.

–Zurekin hitz egin nahi dut... Badakit zeinek dituen zure paper ospetsuak.

–Nik ere badakit, txiki. Esadazu ez dakidan zerbait.

–Berriro ere bazkideak izan gaitezen nahi dut.

–Txiki, baina nik ere hori nahi dut eta. Ea bada, konta iezadazu dakizuna.

–Silanpa kazetaria. Berak ditu. Baina arazo bat dago: Poliziari eman dizkiola esaten du.

–Ez esan. Eta non harrapa dezaket kazetaria?

–Geroago hitzordu bat daukat berarekin, zer egin behar duen jakiten dudanean, deituko dizut, OK?

–Ados, liraina. Eta nahi baduzu txeketxoa prestatuko dizut.

–Horretaz gero hitz egingo dugu.

Susanek urratsak entzun zituen korridorean.

–Orain eskegi egin behar dut, aio.

Atean bi kolpe entzun ziren eta irekitzera joan zen.

–Egun on –esan zuen Silanpak.

–Victor, eskerrak iritsi zaren –besotik hartu eta barrurantz bulkatu zuen–. A ze beldurra, arraioa. Korridorean urratsak entzuten nituen bakoitzean Tiflisen gizonak zirela pentsatu izan dut.

–Hemen seguru zaude, Susan. Ez zaitez ikaratu.

–Zenbat denbora gelditu behar dut hotel honetan?

–Oraindik ez dakit, baina dena konpondu bitartean hobe izango duzu gelditzea. Arratsaldean Poliziarekin hitz egitera noa.

–Hori okerragoa izan daiteke.

–Gauzak dauden bezala, haiei egokitzen zaie hau konpontzea, ni kazetaria naiz soilik.

–Baina azken batean lurrak Tiflisenak dira, zergatik kendu? Arazoa hortik hasten da.

–Ez ezazu ahaztu bidean bi hildako daudela.

–Victor, edonon daude hildakoak. Edonora begiratuta ere gorpuak agertzen dira.

–Baina batek aukera dezake noren alde egon nahi duen.

–Ni bizien aldean nago. Horregatik ez zait gustatzen Tiflis bezalako bati aurre egitea.

–Zure borroka eta nirea desberdinak dira –esan zuen Silanpak zigarreta bat piztuz.

–Badakit, baina nirean irabaz daiteke.

–Beti irabaztea ez da zuzena.

–Bizirik jarraitzeko bada, bai.

–Denok gaude bizirik, ez zaitez horretaz kezkatu.

–Eta zenbat denboraz?

–Hori inork ere ez daki.

Susan hurbildu egin zitzaion.

–Victor, tratu bat proposatzen dizut. Zuk dokumentuak dituzu eta nik zuretzat baliagarri izango den informazioa. Zuri lurrak ez zaizkizu interesatzen, zuk jakin nahi duzuna da nork hil zuen Pereira Antunez, lakuaren ertzean nork gurutziltzatu zuen eta zergatik. Oker al nabil?

–Segi, zein da tratua?

–Eman iezazkidazu paperak eta nik kasua argitzen lagunduko dizut. Tiflisi dokumentuak eramaten badizkiot, niregan konfiantza izango du, eta orduan nik hilketari buruzko informazioa lor nezake. Zuk zure ikerketa egunkarian argitaratu, ospea lortu eta ni berriz ere aske izango naiz, zer iruditzen zaizu?

–Ez naiz ospe bila ari.

–Ez etorri orain txatxukeriekin, Victor. Horrelako istorio batean mundu guztiak bilatzen du zerbait.

Silanpak zigarreta bat piztu zuen.

–Oraindik eman ez didazun informazioa interesatzen zait. Pereira Antunezi buruz hitz egin iezadazu.

–Tratu bat proposatuko dizut.

–Ez dut onartzen.

–Eta dakidana esatea nahi duzu?

–Bai, bestela Poliziari deitu beharko diot eta bere galdeketak nireak baino deserosoagoak dira.

Susanek Pall Mall bat piztu zuen eta keinu nekatuz ondoan eseri zitzaion.

–Pereira Antunez gizon ona zen. Zoritxarrez zaborrez inguraturik egoteko dohaina zuen arima noblea. Diru asko zuen, askotariko negozioak, baina sakonean gutako bat zen, armarik gabe naturara hurbiltzen zen pertsona, engainurik gabea. Horregatik erabili egiten zuten.

–Tiflisek bahitu al zuen hiltzeko eta gero lurrekin gelditzeko?

–Jada esan dizut berak ez zuela hiltzeko bahitu. Nik dakidanez, narkotizaturik zuten. Norbaitek lapurtu egin zuen eta hil.

–Nork?

–Beharbada, Esquilachek, edo Vargas Vicuñak. Beti izen berberetara itzultzen gara. Hori da oraingoz esan dezakedan guztia.

Silanpa jaka hartu eta atera joan zen. Irten baino lehen sakeletako batean zeraman gutun-azala erakutsi zion.

–Hemen ditut horrenbeste desio dituzuen dokumentuak. Xehetasun gehiagotan pentsa ezazu eta agian arratsaldean traturen bat egingo dugu.

Atea itxi eta atera egin zen.

Lourdesko plazara iristean San Fermin kafetegian sartu zen, haragizko enpanada eskatu eta telefonora joan zen.

–Arratsaldeon, Estupiñan abizeneko bezero batekin hitz egin nahi nuke –esan zuen telefono aparatutik–. Jaun loditxo bat da, altuera ertainekoa...

–Momentu bat, galdetuko dut...

–Nagusi, a ze konplimendua.

–Zer aurkitu duzun konta iezadazu.

–Eserita al zaude?

–Ez, baina paretaren kontra nago.

–Orduan eutsi gogor.

–Zer gertatu da?

–Marco Tulio Esquilache bart hil zuten, bala bat sartu diote kopetan, bere bulegoan bertan.

–Eeez...!

–Esaten dizudan bezala, kontua arriskutsu jartzen ari da.

–Eta nork hil duen?

–Ezer ez. Iritsi naizenean, nahiko goiz, atean polizia patruila bat zegoen. Gorpua eramana zuten, baina oraindik frogak biltzen ari ziren.

–Polizia etxean elkartuko gara. Hamar minuturen buruan.

–Bai, jauna.

Caracasen autobusa hartu zuen. Elbarri batek epaitondoa aurpegian sartu zion txanpon bat eskatuz eta Silanpak, ikaraturik, bostehun pesoko billetea eman zion. "Zenbat behar zaitudan", esan zuen bere baitan, "Zenbat gauza esan ahal izango zenizkidan gaur, nik horrenbeste behar eta". Bere panpinarekin pentsatzen ari zen.

Komisariako atean, armarriaren eta nazioko banderaren azpian, Estupiñan irrikaz zeukan zain.

–Zinegotzia hazitarako utzi dute –esan zion–. Zein gauza galkorra bizitza, ez al duzu uste?

–Ea, ikus dezagun zer esaten diguten hemen.

Moya kapitainak *Juice Fruit* txikleak irensten jarraitzen zuen. Haiek sartzen ikustean idazmahaitik altxatu eta irribarre batez hartu zituen. Idazmahaiaren ondoan, Silanpak harriduraz ikusi zituen Haur Jainkozkoaren imajina bat eta pizturik zeuden bi argizari.

–Silanpita, ez da Haur Jainkozkoa, Pragako Jesus Haurra da. Eta honako hau Aita Almansa da, jakin al duzu? Erretratuak berriro ere negar egin du, erdialde guztian ez da beste konturik esaten –Moya leihoraino joan zen eta bizkarra emanez hitz egin zion–. Baina... zer dio nire letra gizon gogokoenak?

–Harriturik nago, kapitaina –erantzun zuen Silanpak.

–Izan ere argaltzeko tratamenduak emaitzak ematen ditu, ezta? Horrela jarraitzen badut zirku errusiarrean akrobata bukatuko dut.

–Tira, egia esaten badizut, ni batez ere zinegotziaren hilketari buruz ari nintzen.

–A, noski...

–Baina, bai, aurrea hartu didazu: a ze argaltasunak.

–Mundu guztiak horixe esaten dit... –Bon Bon Bum colombina bat atera zuen eta ahora sartu–. Aizu, a ze kontu izorratua Esquilache tipo horrena.

–Kapitaina, ez didazu sinetsiko, baina hesolez gurutziltzatuarekin zerikusia duela uste dut.

–Hesolez gurutziltzatuarekin?

–Bai.

–Ikerketa hori oraindik trabaturik dago, ene kazetari maitea, grabatzen ari al gara?

Silanpak buruarekin ezetz esan zuen.

–Tira, trabaturik dagoela esaten nizun, ezin izan baitugu ezer jakin, gizajo hori nor demontre zen ere ez.

–Ez esan.

–Pentsa.

–Eta zinegotziaz zer dakigu?

–Oraindik ezer berezirik ez. Tipo garbia zela, aurrekaririk gabea. Gehienbat pertsona ohoragarria.

–Susmagarririk ba al duzue?

–Ez, baina bere gidariari galdera batzuk egin dizkiogu.

–Eta zer esan du?

–Ezer interesgarririk ez: nagusia oso gizon lanpetua zela.

–Bere datuak emango al zenizkidake, ea nik zerbait ateratzen diodan?

–Vladimir Osasuna Rivas du izena, begira, kopiatu, hau da bere helbidea.

Silanpak eskerrak eman zizkion eta, jada atean, kapitainaren ahotsa entzun zuen.

–Gauza bat gehiago, eragozpena ez bada: Azken Afariko zerbait aurkitu al duzu?

–Egia esateko, ez –erantzun zuen Silanpak–. Egun hauetan ez naiz egunkarira asko joan.

Moyak keinu konplizez begiratu zion eta Silanpak konfidentzia bat entzun behar zuela ulertu zuen.

–Erabaki dudala uste dut. Orain, argaltzen hasita, haizetxo bat sentitzen dut, aldaketa handiak iragartzen dizkidan zera garondoan.

–Orduan hor zehar esaten dena egia da. Polizia utziko duzu.

–Ez horren bizkor, ni barne aldaketez ari naiz... Elkarteko alderdi moral eta erlijiosoa gustatzen zait, zertarako ukatu. Zu gaztea zara eta ezin duzu ulertu, baina nire adinean lurreko gauzek ez dute garrantzirik.

–Edozein kasutan ere atsedena merezi duzu –esan zuen Silanpak agur eginez.

Estupiñan beheko egongelan itxaroten zion agente bati txiste kontari ari zen. Agentea barrez makurtzen zen eta Estupiñanek, bere istorioaz harro, tripari eusten zion eskuekin. Silanpa ikustean uniformatuari eskua eman eta kalera atera ziren. "Oraintxe kontatuko dizut, nagusi". Silanpak Esquilacheren gidariaren helbidea zuen papera erakutsi zion. Usaquenen zegoen etxe bat zen, muinotik gertu.

–Bai? –emakume ahotsa entzun zen atearen atzean.

–Osasuna jaunarekin hitz egin nahi dugu.

–Nork hitz egin nahi du?

–Poliziak.

–Berak jada galderei erantzun die.

–Ez da ezer larria, andrea, izan ere galderatxo batzuk gelditu ziren eta ez genuen nahi berriro ere komisariara deitu, atea ireki nahi al duzu, mesedez?

–Lehenik identifika zaitezte.

Silanpak txartel bat erakutsi zuen.

–Tira, aurrera –atea ireki zuen emakumeak.

Gidaria agertu zen, aurpegi ikaratuarekin.

–Barka eragozpenengatik, Osasuna jauna, baina argi gelditu ez ziren gauza batzuk daude.

Osasunak sukaldeko mahaian esertzera gonbidatu zituen eta emakumeari joateko keinua egin zion.

–Hil aurreko astean zein pertsonekin egon zen zinegotzia?

–Ba... askorekin, ikertzaile jauna. Pertsona askok behar izaten dute.

–Izenak, helbideak –esan zuen Estupiñanek.

–Ba... Emilio Barragan jauna, adibidez, Esquilache doktorearen ahaidea da.

–Nor gehiago?

Vladimirrek kokotsa laztandu zuen.

–Herri honetan informazioa ezkutatzea delitua dela oroitarazten dizut –esan zuen Silanpak–. Nire lankidea eta biok interesa dugu eta hemen zuri gauzak errazteko gaude, beraz, har ezazu denbora.

–Tira, berak Bogotako udalbatzako zenbait doktore ikusi zituen... gizarte klubeko jendea...

–Kasualitatez Heliodoro Tiflis jauna ikusi al zuen?

Vladimir zurbildu egin zen. Eztulka hasi zen eta jaiki egin behar izan zuen, iturrira joan eta edalontzi bat ur hartu ahal izateko.

–Bai.

–Zein egoeratan?

–Joan den astean harekin elkartu zen. Doktorea Barragan abokatuarekin zegoen. Bacata hoteleko kafetegian elkartu ziren.

–Eta Tiflisekin izandako harreman bakarra al da hori?

–Tira... –Begiratu egin zien eta gero begirada jaitsi zuen–. Esango dudana nonahi zabalduko ez duzula ziurtatzen al didazu?

–Erabat.

–Tiflis jaunak kankailu batzuk bidali zizkion joan den asteartean. Bidea itxi eta autoa hondatu ziguten.

–Eta hori zergatik?

–Sikarioen buruzagiak Tiflisi paper batzuk galdu zitzaizkiola esan zuen. Nik ez nekien zein paperi buruz ari zen, baina doktorea oso urduri zegoen.

Silanpak buruarekin baiezkoa egin eta Estupiñani begiratu zion.

–Eta egun hartatik aurrera zinegotziak ohiturak, ordutegiak aldatu al zituen, babesa bilatu al zuen?

–Gutxi gorabehera. Gau hartan Barragan doktorearen bulegora eramanarazi ninduen. Nahiko berandu zen.

–Noiz izan zen hori?

–Asteartean, oroitzen naiz, Nacionalek Libertadores Kopa jokatzen baitzuen.

–A...

–Eta, gainera, gauero joaten zen klubera. Atzo arratsaldean ere bai. Bera hil aurretik, han uzteko esan zidan.

–Azkeneko aldiz zuk ikusi al zenuen?

–Bai.

–Hori da dena... Estupiñan?

–Bai –besaulkitik altxatu eta gidariaren inguruan ibili zen–. Zuk esan duzu futbol partidaren egunean joan zinetela abokatuaren bulegora. Partida hori penaltietara jokatu zen, lehenago ala gero izan zen?

–Arauzko denbora bukatua zen. Penaltiak irratitik entzun nituen, haren zain nengoen bitartean.

–Orduan, gaueko hamarrak inguruan izan zen.

–Hori da.

–Eta bulegoan norbait zain al zeukan?

–Ez. Eraikinean inor ez zegoela iruditu zitzaidan.

–Xehetasun bat soilik... Nork bota zuen Nacionalen azken penaltia?

–Leonel Alvarezek.

–Hori da guztia, eskerrik asko.

Silanpa eta Estupiñan atera egin ziren. Zazpigarrenera jaitsi eta taxi bat hartu zuten Esquilacheren bulegoraino. Gazte itxurako polizia batek sarrera zaintzen zuen. Ateak inguraturik zeuden.

–Silanpa, prentsa.

–Kazetari jauna, zer moduz? Zu beti toki guztietara garaiz iristen zara, ezta?

Silanpak kuriositatez begiratu zion: tipo txiki bat zen, uniformea estu gelditzen zitzaion eta jakari bi botoi falta zitzaizkion.

–Segur aski jada ez zara oroituko, baina nik erakutsi nizun potolotxoa han urmaelean, ahaztu al zaizu?

–Ongi oroitzen naiz, agente.

–Hemengoari buruz ere idatzi behar al duzu?

–Bat-batean, hau guztia oso arraro dago, ez al duzu hala uste?

–Bai, oso arraroa. Baina aurrera segi dezakezu. Zoaz ea zer aurkitzen duzun.

–Zure baimenarekin, agente, eskerrik asko.

Whiski botila eta bi edalontzi ikusi zituen. Zigarrokinez betetako hautsontzi bat. Leiho aldera hurbildu eta beherantz begiratu zuen. Toyota jada eramana zuten, baina aparkalekuko asfaltoan klarionaz egindako krokisa ikus zitekeen.

Artxiboetan bilatu zuen. Berearen berdin-berdina zen eskrituraren kopia aurkitu zuen, Erregistro Bulegoan egina. Markatutako beste karpeta batzuk aurkitu zituen: "Vargas Vicuña Artxiboak", "Hijos del Sol elkartea Artxiboak", "GranCapital Artxiboak"; eta bere maletatxoan gorde zuen, markoan jarritako Esquilacheren argazkiarekin batera; smokingez jantzirik ageri zen, topa egiten.

–Nik hauxe nuen guztia, agente. Eskerrik asko.

–Hurrengo hildakoa arte, kazetari. Zerbait aurkitu al duzu?

–Lekua ikustearekin bakarrik nahikoa da.

Agur egin zioten elkarri. Estupiñanek behean itxaron zion.

–Zer-nolako harrapaketa, nagusi?

–Ona. Horrenbeste aipatzen diguten Emilio Barragan abokatua zertan ari den ikustera joan zaitez, eta ni hau guztia gordetzera noa eta Tiflisen mugimenduak zaintzera.

–Ados. Non eta zer ordutan da hitzordua?

–Esmeralda hotelaren aurreko kafetegian. Gaueko zortzietan.

–Txanda eta kito, nagusi –Estupiñanek ezkerreko ukabila altxatu zuen–. Erlojuen sinkronizazioa?

–Punttuan.

Silanpa Monicaren etxera joan zen, eta eraikinera hurbiltzean eremu neutralean sartu zela iruditu zitzaion. Oraindik ez zuen sentitzen pareta eta leiho haiekiko hurbiltasunik, argitik hurbil jarritako lorontzi haiekiko, baina leku horretan eta gau bakar batean Monicak itxuratu egin zuen.

Paperak gainbegiratuz, igogailura igo zen, eta apartamenduan sartzean, egongelan ikusi zuen.

–Victor... –ahoan luze musukatu zuen–. Zu ikusteko amorratzen nengoen.

–Ni ere bai –esaten entzun zen–. Dokumentu batzuk uztera etorri naiz.

–Ezer arriskutsua ez izatea espero dut.

–Ezin ditut galdu.

–Hitz egin dezagun nahi dut...

–Adi naukazu.

–Bart arratsekoak ez du berriro gertatu behar.

Eder zegoen: ilea aske, galtza bakero estuak, eta erronbodun jertsea.

–Badakit.

–Horrela ez dugu lortuko banatzerik.

–Damu al zara?

–Ez noski.

–Orduan?

–Oscarrekin nago, ezin dut zurekin oheratu.

–Nirekin zeundenean, berekin oheratzen zinen.

–Desberdina zen, zu eta ni gaizki genbiltzan.

Supertrampen konpaktu bat jarri zuen. Musika horrekin pentsatzea goxoa zela esaten zuen.

–Ezin du gehiago gertatu, hitzematen al didazu?

–Zu hasi zinen.

–Badakit. Hurrengoan ez utzi.

–Ez nahi izatea ez da nahikoa.

–Hori da arazoa.

–Zein?

–Nahi dudala –zigarreta bat piztu eta berehala itzali zuen–. Ez utzi hitz egiten, burua nahasirik daukat.

–Elkarrekin itzultzea nahi al duzu?

–Ez galdetu.

–Oscarrekin maitemindurik al zaude?

–Hala uste dut.

Silanpak berriro ere nazka sentitu zuen, urdailaren ahoan tapoi bat. Begiak zabaldu eta hitzek oraindik han jarraitzen zuten.

–Ulertzen dut. Nire gauzak bildu eta banoa.

–Ez, gera zaitez. Badakizu maite zaitudala.

–Ezin duzu biekin aldi berean egon. Berak ba al daki hau? Hitz egin al diozu?

–Ez.

–Joan beharra dut.

Ateratzen saiatu zen, baina Monica erdian jarri zen. "Uki nazazu. Begira nola jartzen nauzun". Sofaraino bulkatu zuen eta berak, errukiz, eramaten utzi zion, orain urrutikoa iruditzen zitzaion bere beste irudi horrekin: hura betiko galduko zuen gizon bakartiarena.

Arratsaldeko eguzkia errainuka sartzen ari zen. Haizeak gortinak mugitzen zituen, eta oso urruti, zulagailuaren kolpe bat trafikoarekin nahasirik entzuten zen.

–Munstro halakoa, zergatik utzi duzu gerta dadin?

Monica biluzik joan zen bainugelaraino eta begira gelditu zitzaion: maite zuen eta gainera gustatzen zitzaion.

–Azkeneko aldia da, ulertzen?

–Bai.

Itzultzean, Monicak bere erlojua bilatu zuen. Joan beharra zuen.

–Gaur gauean berandu helduko naiz –esan zuen kuleroak jantziz–. Baina zu zure etxean gelditu.

Atean elkar agurtu zuten.

–Maritxukeria hau behin betiko konpondu beharko da –Monicak berriro ere musukatu egin zuen.

–Pentsatu zer egin nahi duzun, eta gaur gauean esango didazu –esan zuen Silanpak.

–Urduri jartzen nauzu... Baina lasai gera zaitez, gaur gauean erantzun bat emango dizut.

20

Baladak esaten du maitasuna horrela, modu horretan, iristen denean, batek ez duela errurik... eta, izan ere, istorioko Matilde ospetsua, jakizue, jada lehenengo hitzordutik bertatik, goi mailako sukaldari apaindurazale moduan agertu zitzaidan. Hamahiru kaleko zinemetan sartu-irten batzuk egin ondoren, eta Polizia klubean beste dantza saio batzuk, Matildek bere bizilekura gonbidatu ninduen, gaur egungo Suba auzo zaratatsura, aurreko garaietan herri independente izan zen hartara, eta iristean, adierazpidea onartzen badidazue, zoriona hormetatik isurtzen zen etxe bat aurkitu nuen. Harekin aita eta ama bizi ziren, baita hiru ahizpa gehiago ere, eta hiriburuan batxilergoa ikastera Chiquinquiratik etorriak ziren lehengusina gazteago bi ere bai. Denak ziren sukaldean ibili zaleak, baina *sankotxoari* Matildek bakarrik ematen zion zer aberkoi hori, enperadoreen eta ministroen janari bihurtzeraino. Eta zer esan gozoez eta zukuez, edo borratxozko postreak eta gelatinak puntuan uzteko iaiotasunaz, platerean dardaraka, egin berriak bezala. Baina bazkalorduan begiradak su moteletik su bizira igarotzen ziren. "Aristofanes, oilasko gehiago? Txupean egindako patatak?", eta niri, andereek barkatzen badidate, mokadu horiek jan eta iruditzen zitzaidan Matilde bera sartzen nuela barrura, zentzu poetikoan betiere, eta horrela, gauza bat eta bestea, aldarerako bidea hartu genuen. Ezkontza Subako elizan izan zen, elizkizun xume batean.

Apaizak bedeinkatu gintuen, nik Montezuma hitz-totela aitabitxi nuela, eta berak bere lehengusina bat, eta handik atera eta amaginarrebaren eta aitaginarrebaren etxeko lorategietan oturuntza egin genuen, nik hogeita hemezortzi urtez izaniko ezkongai bizimodu zoriontsu eta arduragabean inoiz izan ez nuen bezalakoa, paregabea benetan: haragi errea, patata gazitua, arkume txuletak, aguakate entsalada, oilasko bular aldeak saltsa pikantean, biltegian mugitzen zen guztiak eltzean bukatu zuen, eta gero, ospakizunak hala baitira, gonbidatuen sabeletan, eta hori guztia garagardo eta pattarretan bustia eta musika boyacarra, nire ezkon familiaren aberri txikikoa, jotzen zuten hirukote batek lagundua. Matilde, oraindik ere gaztea zen arren, haragiz ongi horniturik zegoen, eta hitz egiten dizuen hau bezala, hura ere ez zen makala zerri izterrak ahora eramateko orduan, eta azkenean Anapoima aldera abiatu ginen, urdailak zoriontsu eta bihotzak elkarrengana bildurik, hiru eguneko eztei bidaia egitera, igerilekua eta errekarako sarbidea zuen hotel batean. Momentu hartatik aurrera, elkarteko kide agurgarriak, sotoskriptoaren bizitza erabat aldatu zen, konpromisoaren seriotasunak eta etxeko familia gogoak eraginda beste pertsona bat bilakatu nintzen. Lankideekin parranda gehiagorik ez zerbitzu amaieran, ezta billar apusturik ere, eta pattarrik ere ez Montezumarekin hausnarketa pizteko eta bizitzari errepasoa egiteko. Agur, aitortu ezineko parrandak, heldu ezkongabeetan hain normalak eta are Elizak toleratuak. Horren ordez, norbere etxeko mantelaren zoriona lortu nuen, gozokizko koilarakadatxo baketsua norbaiten konpainian jatea familia-telebistaren aurrean, eta gustu handiz eginiko kruxpeten maitasuna.

21

Barragan klubeko igerilekuaren ondoan etzanda zegoen kopa bete *planter's punch* eskuetan, luzeak eginez igerian harat-honat zebilen neska gazte baten gorputz lirainari begira. Goiz osoa hantxe egon zen bere lasaitasunak eta odol hotzak harriturik. Kezka atomo bat ere ez zegoen bere buruan. Alderantziz: lasai sentitzen zen, fardel pisutsu batez libratu balitz bezala. Tiroaren ondoren, etxera itzuli eta Catalinaren alboan lo hartu zuen, lo sakon eta zoriontsua.

–Doktore, premiazko deia –ostalariak aparatu eramangarri bat hurbildu zion.

–Barragan doktorea, gauza ikaragarria gertatu da –Nacharen ahotsa ezagutu zuen.

–Zer da?

–Esquilache doktorea hil dute.

–Ez da posible!

–Bai, doktore, bart gauean.

–Oraintxe noa bulegora.

Catalinari deitu eta albistea eman zion.

–Nola izan daiteke? –ahotsean estutasuna sentitu zuen.

–Ez dakit, orain klubean nago. Bulegora noa berehala ea han zer jakiten dudan ikustera. Zerbait jakin bezain laster deituko dizut.

Jantzi eta bulegora joan zen lasterka. Garajean sartzean, gizon txiki eta tripontzi bat ia harrapatu zuen, paretan eserita *El Espacio*ren ale bat lasai irakurtzen ari zena. Emir Estupiñan zen. Zenbait dei egin zituen, zenbait mezuri begiratu zien eta gero, berriro ere, San Ignacio ospitaleko gorputegirantz atera zen. Nasa gurutzatzerakoan, gizon txikia jada ez zegoen, baina hori Barragani ez zitzaion arraroa iruditu.

–Ahaidea? –galdetu zion auzitegiko mediku batek.

–Bai. Nire emaztearen osaba zen.

–Aurrera.

Gorpua erakutsi zioten eta Esquilacheren aurpegi berdatsa iraganeko arazo baten moduan ikusi zuen. Balaren zuloa odolbildu idor bat osatuz belztu zen.

–Ahaidea? –beste gizon bat hurbildu zitzaion.

–Bai, auzitegiko medikuari jada esan diot.

–Utzidazu galdera batzuk egiten... Polizia.

–Atsegin handiz.

–Heriotza nola gertatu den jakin duzu?

–Nire idazkariak zerbait esan dit, bulegoan izan zela bart, ezta?

–Bai.

–Ezin dut hau ulertu...

–Badakizu, gaur egun inor ez dago salbu.

Anfiteatroko mahai batean eseri ziren. Barraganek hotza eta urduritasun pittin bat sentitu zuen.

–Maiz ikusten al zenuen?

–Bai, gauza batzuetan elkarrekin lan egiten genuen, eta gainera igandero gure etxera etortzen zen bazkaltzera.

–Ba al duzue susmorik zeinek hil ote duen?

–Ez, ez zait ezer bururatzen. Baina barka, oso hunkiturik nago.

–Noiz ikusi zenuen azkeneko aldiz?

–Orain dela bi egun.

–Urduri sumatu al zenuen, mehatxuren bat egin ziotela pentsatzeko moduko zerbait esan al zuen?

–Marco Tulio granitozkoa zen. Berak zituen arazoez hitz egiten ez zuenean, ez zitzaion sumatzen.

–Azkenaldian zertan ari zineten lanean?

–Ondorengotzetan, beti bezala.

–Baten batean bereziki?

–Bai, Pablo VI-ko apartamendu eraikin batean. Jabea oinordekorik utzi gabe hil zen eta horregatik iritsi zitzaion kasua beregana. Ni bere aholkularia nintzen.

–Zerbait gehiago?

–Beste gauza batzuk daude. Nahi baduzu nire bulegotik pasa zaitez eta dena xehetasunez erakutsiko dizut.

Txartel bat eman zion, aulkitik altxatu zen.

–Barka, orain nire emaztea hartu behar dut.

–Segi, mesedez.

Arratsaldeko aireak sudur hobiak bete zizkion. Orain bere egitasmoentzat oztopo bat gutxiago zegoen, baina zuhur jokatu behar zuen, gainerako negozioetan bezala, honetan azken fasea baitzen irristakorrena. Zazpigarrenetik bere Peugeotean zihoan Caracol Stereon jarria zuten abestia txistukatuz, *I will survive*, eta bolanteari eskuarekin kolpetxoak emanez. Atzean, *batimobil* itxurako taxi oso zahar batean, Estupiñanek jarraitzen zion.

–Guk beti dena kontra, zer iruditu zutoinera botatako jaurtiketa? –taxilariak ispilutik begiratu zion eta besoak mugitzen zituen–. Nik hori ikusi eta esan nuen, putasemea, gol! Barruan zegoen, bai? Eta berriz kanpora etorri zenean, putasemea, oihukatu nuen...

–Hori betiko arazoa da, ezta? –erantzun zuen Estupiñanek, Peugeota bistatik galdu gabe–. Hau zutoinean jotako jaurtiketaren herria da. Eta begira, nik zera esaten dut, zailagoa dela zutoinean ematea, sartzea baino, ezta hala?

–Ba bai, zertarako ukatu.

–Nagusi, saka iezaiozu, ihes egiten ari zaigu eta.

–Lasai, berrogeita hamazazpiko semaforoan harrapatuko dugu. Ordu honetan jada gainezka egongo da. Galdera bat egiten utziko al didazu?

–Noski, hori bai, erraza izan dadila.

–Zu polizia al zara?

–Ez, ikertzailea naiz.

–Ez esan. Benetan?

–Bai, susmagarri bat zaintzen ari naiz.

–Magarret...

–Zer?

–Magarret, *Hawai 5-0*-koa.

–Berdi-berdin geratzen naiz.

Bat-batean azeleratu zuen gidariak.

–Eta zer, hiltzaile bat al da *man* hori? Harrapa dezagun.

–Ez, ez –Estupiñanek barre egin zuen.

–Orduan zer da? Narkoa? Ez nazazu ikaratu.

–Narkoei taxian jarraitu behar bagenie, orduan bai izorratuak gu.

–Tira, ez dizut galdera gehiagorik egingo, ni eta nireak honetan ez sartzeko.

–Hori, hobe horrela. Eta aurrerantz begiratu, urduri jartzen nauzu eta.

Bere idazmahaiaren gainean, Esmeralda hotelean, Tiflisek *El Bogotano*-ren ale bat zuen, eta Esquilache zinegotziaren buru zulatua ageri zen. Goiburu handi batek zera zioen: "Begiak ixteko denborarik ere ez zuen izan, nori begiratzen ote zioten?".

–Norbaitek gerra egin nahi digu, egin nahi digunez –esan zion Camaleoni–. Lehenik kazetariaren etxean mutiletako bi desegin dizkigute, gero Runcho desagertu da eta orain hau.

–Nik uste dut orain arrautzak zapalduz bezala ibili beharko dugula, eta tiroak nondik atera ziren jakin. Ezta?

–Bai, gauza izorraturik dago, nagusi.

–Hala eta guztiz ere, solasalditxo bat eduki beharko da Barragan jauntxo horrekin, hori ziur, hemen norbait gol bat sartu nahian ari baitzaigu, ergel batzuk bagina bezala...

–Bai, gauza izorraturik dago, nagu...

–Baina zuk ez al dakizu besterik esaten, maritxu handi halakoa?

–Tira, bai... Izan ere gauza izo... Barka...

–Lasai, Camaleoncito, lasai, zuk hitz egiten jakingo bazenu ez zintudan gidari edukiko. Ai, seme, barka iezadazu, izan ere berri txar hauekin jenio zakur hau ateratzen zait.

–Bai...

–Zoaz beste birekin eta ekar iezadazu Barragan gehiago ikaratu baino lehen, bai?

–Zuk agindu bezala, nagusi.

Silanpak Renault 18 batean ateratzen ikusi zituen eta jarraitu egin behar ziela pentsatu zuen. Tiflis izango ote zen hiltzailea? Automobilak Jimenez etorbidean itzulingurua hartu zuen Monserrate muinoaren oinerantz zihoan jendetza sakabanatuz, eta teleferikoen mailara iristean iparralderantz jiratu zuen.

Bera metro batzuk atzerago zihoan, Fiat Mirafiori taxi batean, urduri, gauzak ezusteko kolorea hartzen ari zirela sentitu zuen eta. Orduan Monicarengan pentsatu zuen: zein izango ote zen haren erabakia? Erreskatatu baldin bazuen maite zuelako zela esan zuen bere baitan. Azken batean, gauza horiek ezin dira maitasunik gabe egin.

Renault 18a iparraldeko eraikin baten aurrean aparkatu zuen, eta bera kantoian jaitsi zen taxitik. Urrutitik, egoitza dotoreetako batean sartzen ikusi zituen, eta gero, disimuluan, ateko plakak eta izenak irakurtzera hurbildu zen. Harantz zihoala, zuhaixka baten atzean ezaguna egiten zitzaion figura txiki bat ikusi zuen.

–Estupiñan?

–Nagusi, zer egiten duzu hemen?

Bere bazkidea ikusirik, zer gertatzen zen ulertu zuen.

–Tiflisen gizonei hoteletik jarraika ari nintzen. Hau Barraganen bulegoa al da?

–Bai, eta hemen tiroketa izango da, orain dela momentu bat beste hiru jaun sartu baitira bizkartzain itxurarekin.

Silanpak, Esquilache zenaren bulegotik hartutako dokumentuak atera eta "Pereira Antunez kasua" jartzen zuen karpeta ireki zuen. Gainbegiratu zuen eta eskutitzak ikusi zituen, fakturak, ordutegi taulatxoak eta txekeen kopiak. Faxeko paperean eskuz idatzitako dokumentu batek atentzioa eman zion. Ez zuen sinadurarik ez eta datarik ere: "Kostaldekoa izorratu digu, doktorea jada ez dator. Hiru egun barru Paston egongo da hotel bat inauguratzen, zer egingo dugu *haurrarekin*?". Gauean informazioa aztertu behar zuela pentsatu zuen, Monicaren erantzunaren zain zegoen bitartean.

Bat-batean eraikinean zenbait tiro entzun zituen. Silanpa telefono publiko batera joan zen korrika.

–Moya kapitaina? Silanpa naiz, bidali bizkor patruila bat helbide honetara, kopiatu –diktatu zion–, hemen gauza berotzen ari da.

–Pozten naiz deitu duzulako, ene letra gizon gogokoena, zeren eta jakin ezazu nire agenteek gaur arratsaldean zuloz betetako gorputxo pare bat aurkitu dutela zure etxean.

–Nire etxean?

–Bai, bizilagunek orain dela gutxi alarma eman eta atezaintzara deitu dute. Itsaso Gorriari buruz hitz egiten entzun al duzu?

–Bai.

–Ba badirudi zure apartamenduko lurra Itsaso Gorria bezala dagoela, ulertzen?

–Gero hitz egingo dugu horretaz, kapitaina, bidal ezazu bizkor norbait hemen gauza itsusi jartzen ari da eta. Hesolez gurutziltzatuarekin zerikusia du eta agian zinegotziaren hilketarekin.

–Bidean dira.

Hitz egiten ari ziren bitartean, atzealdeko leiho batetik lorategi aurrera jauzi egiten ari zen gizon baten silueta ikusi zuten. Estupiñanek berehala ezagutu zuen: Barragan zen.

–Jarrai ezazu, Estupiñan, eta ez galdu. Gero ikusiko dugu elkar Polizia etxean, eta utzi ezin baduzu, deitu.

–Prest, nagusi, txanda eta kito.

Une hartan berean Silanpak polizia sirena entzun zuen. Atzealdeko kaletik pasatzen ikusi zituen, eta haiei keinuak egiten saiatu zen, baina muinorantz jarraitu zuten ziztu bizian. Berriro ere jaitsi ziren, eta sirena aurreko eraikinen atzealdean entzun zen, gero bi etxadi hegoalderago eta gero Zazpigarrenera igotzen zen kale batean. "Galdurik daude", pentsatu zuen kantoirantz laster egiten ari zela. Han ikusi zituen: polizia batek zaindariari paper bat erakutsi zion eta honek lekua adierazi zien.

–Silanpa naiz, prentsa, han da.

–Izan ere hemen helbideak oso nahaspilaturik daude –esan zuen agente batek–. Zenbat dira?

–Seiren bat izango dira eta elkarri tiroka ari dira. Zoazte kontuz.

Lau agente eraikinaren aurrealdetik sartu ziren eta beste lauk atzeko aldetik buelta eman zuten. Silanpa aparkatutako autoen atzean makurtu zen. Jendea leihoetatik begiratzera atera zen eta bi gizon kantoira joan ziren zirkulazioa desbideratzeko.

Zenbait tiro segida entzun ziren, oihuak eta kristal hautsiak. Bi polizia patruila gehiago iritsi ziren eta kalea blokeatu zuten. Baina batbatean isiltasuna egin zen, eta une berean agenteak lau gizonekin atera ziren autoetarantz, eskuetan burdinak jarrita. Gainerako gorpuak estalki grisetan bildurik atera zituzten. Silanpa polizia etxera joan zen poliziekin. Arratsaldeko bostak ziren.

–Kapitaina, gizon batzuk Heliodoro Tiflisen eskoltak dira, Esmeralda hoteleko mafiosoa.

–Ez iezadazu esan... –Moya bere aulkian eseri eta, oraindik alferrik, zangoa gurutzatzen saiatu zen.

–Bai, nik handik jarraitu nituen Barraganen bulegoraino.

–Eta nora joan da gure abokatu maitea?

–Nire bazkidea segika ari zaio.

–Eta Tiflisen kankailuek zer egiten zuten Barraganen bulegoan?

–Lur batzuen aferarengatik ari ziren haren bila.

–A... Hau interesgarri jartzen ari da –esan zuen Moyak–. Baina lehenik utzidazu zure etxekoa esaten.

–Gaur arratsaldean aurkitu al dituzte?

–Bai, baina bizilagunen arabera, bart gertatu zen.

–Eta zeintzuk dira hildakoak?

–Oraindik ez dakigu. Eurena zen jeep Trooper bat aurkitu dugu aurrean.

–Trooper? Tiflisenak izango dira horiek ere.

–Eta zer egiten zuten zure etxean, kazetari?

–Gaur Barraganenean bilatu nahi zituzten dokumentu berberen bila zebiltzan.

Moyak eskuetako hatzak bildu zituen, nagiak kendu eta begiratu egin zion.

–Ea bada, zein dokumentu dira horiek.

Silanpak urratsez urrats kontatu zion istorioa: lurrak, Hijos del Sol elkartea, Esquilache, Susan...

–Eta emakumea hotelean al dago zuk deitu arte? –esan zuen kapitainak kopeta zimurtuz.

–Bai, proposatu zidan tratuari erantzun bat emango niola esan diot.

–Orduan, goazen ikustera aingerutxo horrek zer gordetzen duen –telefonoa eskuratu zion–. Dei iezaiozu eta hitzordu bat jarri, esan onartzen duzula. Gauzak zuk diozun bezala badira, hark Tiflisi deituko dio eta zure gainera etorriko zaizkizu, ez al da egia?

–Orain bai, kapitaina, orain ongi ulertu didazu.

–Ba egin ezazu, eta harrapatzen zaituztenean hantxe azalduko naiz ni neureekin eta eraman egingo ditut.

–Hala eta guztiz ere, Tiflis zain ezazu hotelean, susmoren bat hartzen badu ere.

–Egina... Zu tigre bat zara, kazetari.

Silanpak Susani deitu zion eta onartzen zuela esan zion. Ordubete barru San Fermin kafetegian itxaron ziezaiola.

Iluntzen ari zuen. Kalea klaxonez, balazten hotsez eta ihes tutuen kez betetzen ari zen. Barragan begiak atera beharrean iritsi zen etxera.

–Zer gertatzen da, maitea? –Catalinak atea ireki zion eta, hura ikustean, besoetara joan zitzaion.

–Hemendik joan egin behar dugu. Hartu zure jaka, pasaporte guztiak ekarri eta haurrak prestatu.

–Baina... nora joan? Zer gertatzen da? Haurrak ingeles eskolan daude.

–Orduan goazen haien bila. Bitxiak eta baliozko guztia bildu, ene laztana, arriskuan gaude. Gero azalduko dizut.

Catalina negarrez hasi zen eta estuturik begiratu zion.

–Zein endredotan sartu zara? Marco Tulioren heriotzarekin ba al du zerikusirik?

–Cata, orain ez dago denborarik, Jainkoarren...

Gauza batzuk bildu zituen. Atera aurretik Aviancara deitu zuen eta gauerako bertarako Miamirako lau hegaldi txartel erreserbatu zituen.

–Eta Peugeota?

–Bulegoan utzi behar izan dut. Goazen zeurean.

Catalinak Chevrolet Sprinta atera eta hizkuntza irakaslearen etxera joan ziren. Haurrak autora igo ziren eta Aireko Zubira atera ziren berehala. Iristean, Emiliok kolpe bat sentitu zuen lokian: "Nire txartelak!", baina billete zorroa errebisatu eta bazituen: MasterCardOro, Visa Preferred, AmericanExpressGold. Bulegoan utzi zituela uste izan zuen momentu batez.

Itxarongelaren atzealdean, telefono kabina batean, Estupiñan hitz egiten ari zen, inor bistatik galdu gabe.

22

Silanpak eskriturak Monicaren etxetik hartu eta Esquilacheren dokumentuak ongi gordeta utzi zituen. Joan aurretik, arnasa sakon hartu zuen. Atmosfera garbi hura oraindik ere berea zen.

Gero, gozodendarako ibilbidea autobusean egin zuen. Urdaila berriro ere errebelatu egin zitzaion eta nazka sentitu zuen, baina odoluzkiek behintzat ez zioten minik ematen. Azken egunetako asaldurak gorputza anestesiatu zion. Barnetik soilik ematen zion min.

Lourdesko parkean jaitsi zen eta bere buruari Moyaren agenteak non ote ziren galdetu zion. Zer gerta zitekeen ez zitzaion inporta: arriskutsua zela bazekien, baina zerbaitengatik arriskatzeko unea iritsi zela uste zuen. Gozodendarako bidea jendartean egin zuen. Eliza itxirik zegoen, baina harmailadian alprojatxoak lasterka ari ziren, parkearen aldeetan aparkatutako autoak zaintzen zituztelarik.

–Berandu heldu zara, Victor.

Kafesne bat eta oilasko enpanada eskatu zituen. Susan tea hartzen ari zen.

–Orduan? Nor hasiko da? –esan zuen, begietara begiratuz.

–Has zaitez zu, izan zaitez zaldun prestua.

Jaka ireki eta dokumentuak zituen paketea atera zuen.

–Hemen dago... errepasa dezakezu.

Susan orriak pasatzen ari zen. Silanpari iruditu zitzaion orriak zenbatzen ari zela, idazpuru ofizialaren zigiluari gertutik begiratzen ziola, sinadurak egiaztatzen ari zela.

–Galde al diezazuket nola lortu zenituen?

–Kasualitatez.

–Zortea duzu.

–Eta orain? Zure partea gelditzen da bakarrik.

–Bai, eta alderdi konplikatuena da...

Begiak altxatu eta ikusi zituen. Bi ziren, ondoan eseri ziren eta haietako batek objektu hotz bat jarri zion urdailean.

–Lasai gera zaitez eta irribarre egin –esan zuen beste gizon batek beregana hurbilduz–, lagunartean gaudenez gero... ezta?

Heliodoro Tiflisek baimena eskatu zion Susani eta eseri egin zen. Hatsak anis usaina zuen.

–Ezagutu nahi zintudan, kazetari agurgarria.

–Hemen naukazu.

–Baina buka ezazu kafetxoa, hoztu egingo zaizu eta.

Bat-batean Tiflisen gizon batek Silanparen enpanada hartu eta hozkadatxo bat eman zion.

–Arraioa, baina zer-nolako manerak dira horiek? Egin iezadazu mesede eta utz ezazu enpanada lasai. Zer moduzkoa dago? Orain gonbidatu egin beharko dugu. Ea bada, Celestino, zoaz eta ordaindu, mesedez.

Susanek errukiz begiratu zion. Berriro ere urduritasuna sentitu zuen.

–Gau ederra dago –esan zuen Tiflisek–, atera egin beharko genuke.

Altxatu egin ziren eta Silanpak Moyaren agenteengan pentsatu zuen. Kanpoan hotz zegoen. Euri langarra hasi zuen, Poliziak inguratzearekin batera.

Tiflis urduri jarri zen eta tripa ateratzen saiatu zen. Gero alferrekoa zela pentsatu zuen. Silanparen aldamenean zegoen gizonak pistola altxatu zuen eta burura apuntatu zion.

–Lasai, Celestino, lasai –esan zion Tiflisek–, ez dezagun hau konplikatu, bai?

–Ea bada, eskuak gora arin –esan zuen kapitainak.

Moyaren agenteek zenbait patruilatan eraman zituzten gizonak. Silanpak lasai hartu zuen arnasa, kanoiaren presiorik gabe.

Hiriaren beste aldean, aireportuan, Barragan zain jarria zegoen, antsiaz beterik. Bozgorailuetatik ahots batek bere hegaldia iragarri zuen, baina altxatzean ezezagun bat hurbildu zitzaion.

–Emilio Barragan doktorea? Lagun gaitzazu momentu batez.

–Ez al duzu ikusten bidaia batera noala? Adierazpen gehiago nahi badituzue, nire bulegora deitu, nire idazkariak hitzordu bat emango dizue datorren asterako.

–Doktore, izan ere zuri joaten ez uzteko agindua dugu. Barka, baina gurekin etorri beharko duzu.

–Ezinezkoa da, nire familiarekin nago eta bidaia batera noa. Datorren astean itzuliko naiz, eta orduan nahi duzuen guztia.

Agentea larritu egin zen.

–Tira, ergelkeria hau amaitu da... –buelta eman eta taldeari hitz egin zion–. Atxilotu ezazue.

Barraganek indar egin zuen, baina agenteek geldiarazi egin zuten.

–Zer gertatzen ari da, ene maitea?

–Ezer ez, laztana. Ezin izango dut zuekin joan, baina eraman itzazu haurrak. Ni bihar elkartuko naiz zuekin zure izebaren etxean.

–Baina...

–Egin iezadazu kasu, mesedez, nik hau konponduko dut eta zuekin elkartuko naiz bihar... Haurrak ez daitezela konturatu, bai? Izan konfiantza nigan.

Eraman egin zuten. Aireko Zubitik atera baino lehen, Juantxito lasterka iritsi zen eta besarkatu egin zuen.

–Ez al zatoz gurekin, aitatxo?

–Ez, Garfio kapitaina. Arazo bat konpontzera joan behar dut eta gero joango naiz, ez kezkatu.

Goratu eta haren sudurra berearen kontra jarri zuen.

–Zaindu zure ama eta arreba. Haien kargu gelditzen zara ni iritsi bitartean, ados?

–Bai, aitatxo.

Mutikoak beldurrez begiratu zien agenteei eta korrika joan zen ilarara. Estupiñanek, pixka bat atzerago, malko bat xukatu zuen eta taxi baten bila joan zen irteerara. Gizonak Polizia plakak zituzten Toyota bitan igo ziren eta El Dorado etorbidea hartu zuten erdigunerantz. Ordu erdi barru denak polizia etxean zeuden.

–Oso ongi, laguntxo –esan zuen Moyak Silanpari begiratuz–. Gainera, zure bazkide Estupiñan jaunagatik zoriondu behar zaitut. Berari esker Barragan abokatua Kolonbiatik kanpora joan zedin saihestu dugu, eta horrela azaldu ahal izango digu zer izan zen bere bulegoko pistola eta gaizkile kontu hori guztia.

Moyak *colombina* bat atera zuen, ahoan sartu eta hitz egiten jarraitu zuen.

–Zure etxeko tipoei buruz arrazoi zenuen. Jada identifikatu ditugu eta biek Tiflisekin lan egiten zuten. Min ematen dit, baina zure etxea guztiz izorraturik gelditu dela jakinarazten dizut, ene lagun. Hara joan aurretik hobe duzu zure amari eta pare bat izebari deitzea, eta trapero batekin joan daitezela.

–Eta non dago Estupiñan?

–Alboko gelan, deklaratzen.

Silanpa haren bila joan zen eta aulki batean eserita aurkitu zuen, Remington zahar batean tekleatzen ari zen uniformedun agente bati bere istorioa diktatzen.

–Eta orduan, hotza sentitu nuen, baina nire baitan esan nuen hari ihes egiten uzten banion, ikerketaren elementu garrantzitsu bat galduko nuela. Zirkulazioa gero eta arinago zihoan, eta Pepe Sierra etorbidea benetako otso-ahoa zen, amaierarik gabeko tunel bat bezala...

–Zer gabea? –esan zuen idazlariak teklen gainean makurturik. Agenteak esaldia idatzi zuen eta jarraitzeko keinua egin zion.

–Orduan Emilio Barraganen automobila eraikin baten aurrean gelditu eta zain bezala zegoen gizon bat leihora hurbildu zitzaion hitz egitera.

–Gizon hori deskriba zenezake? –jarraitu zuen uniformedunak.

–Berrogeita hamar urte baino pixka bat gehiago zituen, jaka gurutzatua eta gorbata. Bat eta hirurogeita hamabost. Azal zuria, ile urdindua, erdialdean eskas eta alboetan ugari, hiriburuko alopezia tipikoa. Bere keinuetan igartzen zitzaion bazuela egoten jakiteko itxura, gizabide ageriko bat...

Silanpak kuriositatez entzun zituen Estupiñanen hitzak eta Barraganen bazkide bat izan behar zuela pentsatu zuen, herrialdetik ateratzen lagunduko zion norbait.

–Horrekin nahikoa da edo deskribapenarekin jarraituko dut? –galdetu zuen Estupiñanek.

–Horrela ongi dago –esan zuen idazlariak–, tipoa ikusten dudala iruditzen zait... Gracielita, zatoz hona segundo batez!

Bulegoko idazkari bat hurbildu zen.

–Zatoz, horren deskribapen on hau irakur ezazu. Jaunarena da.

Idazkariak orria hartu zuen eta irakurtzen hasi zen. Estupiñan gorritu egin zen, haren begietan onespena edo gaitzespena ikusten saiatu zen, antsiaz haren zapaten puntei begiratu zien, Gracielak begiak orritik altxatu zituen arte.

–A ze gauza ona. "Inor ez dagoen kale batean baino gehiago, klub bateko barran kokatuko genukeen pertsona horietako bat" esaten duenean, asko gustatu zait. Kapitainak irakurri al du esaldi eder hori?

–Ez. Oraintxe bertan erakutsiko diot.

–Bada zorionak, benetan.

Estupiñanek mitxoletak bezalako masail gorriekin irribarre egin zuen.

Polizia etxetik ateratzean, ia bederatziak ziren. Silanpak gau hartan izatekoa zuen elkarrizketan pentsatu zuen eta atzeratu egin nahi izan zuen.

–Zu ongi oroitzen al zara Barragan zein lekutan gelditu zen?

–Bai, bai noski, nagusi, ez al duzu nire deskribapena entzun? Denak liluratu dira.

–Goazen, zatoz nirekin eta non zen begiratuko dugu.

Hamahiruan taxi bat hartu zuten eta solasean joan ziren. Estupiñanek kontatu zion abokatua aireportuan atxilotu zutenean bihotza zatitu zitzaiola.

–Jada eramatear zutenean, haurra etorri zen, nagusi, eta begiak malkotan geratu zitzaizkion...

Pepe Sierra etorbidera iristean, gidariari poliki joan zedin esan zioten.

–Hemen –esan zuen Estupiñanek–. Hori da.

Jaitsi egin ziren. Bulego eraikin bat zen eta argi guztiak itzalirik zeuden. Silanpa ateko plakak irakurtzera joan zen eta atentzioa eman zion bat ikusi zuen: "Vargas Vicuña eta Bazkideak". Bera zen, zalantzarik gabe.

Hamabosteraino poliki joan ziren, eskuak sakeletan. Bat-batean Estupiñanek isiltasuna hautsi zuen.

–Galderatxo bat egin al diezazuket, nagusi? Bada inoiz ulertu ez dudan gauza bat.

–Esadazu.

–Zein da setio egoeraren eta zuzenbide estatuaren arteko aldea?

Silanpak harriturik begiratu zion.

–Barka, kazetari –Estupiñanek barkamena eskatu zuen–. Izan ere hain isilik geunden... Esan nizun niri egunero zerbait ikastea gustatzen zaidala.

Silanpak ahal izan zuen bezala azaldu zion.

–A ze astoa naizen –esan zuen Estupiñanek, burlati–. Nik uste nuen zuzenbide estatua jartzen zuen tokian "ezkongabea" jarri behar zela.

Hamabost kalera iristean agurtu zuten elkar.

–Bihar goiz itxarongo dizut Barraganen bulegoan, ea zerbait ikusten dugun Vargas Vicuñarekiko harremana erakutsiko diguna.

–Ados, nagusi. Hamarretan ikusiko dugu elkar. Txanda eta kito.

Silanpa Unicentroraino oinez joan zen. Euri langarraren ostean gaua freskoagoa zen. Zerbait hartzea pentsatu zuen, agian, Aleman Tabernan garagardo bat. Oso urduri zegoen; urdaila biraka zuen eta Oscarrek jakingo ote zuen galdetu zion bere buruari.

Ibiltzen jarraitu zuen eta, bat-batean, egunkariko giroaren falta sentitu zuen. Horrelako gauetan, zer egin ez zekienean, erredakzioan agertu eta oso berandu arte gelditzen zen, armadoreekin Monopolioan jokatzen edo probintzietakoekin edaten. Joateko gogoa izan zuen, baina ez zuen asko urrundu nahi eta Esquilacheren dokumentuak zain zituela pentsatu zuen. Likore denda batean gelditu zen eta Tres Esquinas botila bat erosi zuen, gero taxi bat hartu eta etxera joan zen Monicari itxarotera.

Iristean, musika jarri eta dokumentuak atera zituen. Paperei begira, trago bat bestearen atzetik edan zuen, gelditu gabe erre zuen, oharrak hartu eta hartu, harik eta ideiak argitzeko zirriborro bat erredaktatzera eseri zen arte:

GORPU BATEN ISTORIA

1)Pereira Antunezen gorpua Bogotatik Yupi izozki dendako furgoneta batean atera zen Santa Martarantz, Esquilachek Quinta Paredes auzoko etxetzar zahar batetik "lapurtu" ondoren, Tiflisek han gorderik baitzuen. Susan Caviedesen bertsioaren arabera, Pereira Antunez bizirik zegoen gatibu egon zen bitartean, baina aldian-aldian lasaigarri gogor batzuk ematen zizkiotenez, egoera begetatiboan zegoen... Horrek hil ote zuen? Agian, Piedrahitari galdetu beharko zaio. Esquilachek lapurtu zuen (hilik?) eta Santa Martara neberadun auto batean bidali, hemezortzi orduko bidaian ez usteltzeko, baina iristean hiru egunez itsasoan sartu behar izan zuten, kalkulu akats baten erruz "kargamentua" (Esquilacheren enplegatuek "haurra" ere deitzen diote) behar baino lehen iritsi zen, hau da, gordelekutzat hautatu zuten biltegiko zaintzaileek inauterietako jai eguna hartu baino lehen.

2)Esquilache hutsegite bategatik haserretu zen, baina handik hiru egunera gorpua atera ahal izan zuten. Hala eta guztiz ere izotzez betetako poltsa batean sarturik zegoen, eta Angel Vargas Vicuña (Barraganen laguna) eraikitzailearen kontrako amarrua prestatzen hasi ziren, Esquilachek Sisgako lurretatik alden zedin ikara bat eman nahi zion. Eta zein zen ikara? Vargas Vicuñak akzionista talde bati eta prentsari Rodadero inguruan hotelgune bat erakutsi behar zien. Esquilacheren ideia gorpua han jartzea zen, argazkilarien eta kazetarien aurrean denen begien aurrean ager zedin.

3)Baina Vargas Vicuñak asmoak aldatu zituen, eta Paston hiru izarretako hotel bat inauguratzera joan zen, merke antzekoa, Ekuadortik datozen merkatari txikientzat. Orduan, Esquilachek "estatuatxoa", horrela izendatu omen zuen azkenean, Pastoraino eraman zezaten agindu zuen, han jokoarekin jarraitzeko. Baina nola? Ez zen erraza; haren jendea zakarra zen, baina gauza horiek edozeini ematen diote nazka, eta batez ere, beldurra, zer esan behar du batek gizon potolo izoztu baten gorpuarekin aurkitzen badute, hotzak gogortu eta gero hirurehun kiloren inguruan zebilen gorpu batekin? Baina Esquilachek hala ere eraman zezatela agindu zuen, eta Santa Martara garraiatu zuen Yupi furgoneta berberak egin zuen Pastorako bidaia, Ventanas-Medellin-Cali-Popayan bidetik. Gidariek Tulcan inguruko upeltegi baten helbidea zuten, Ekuadorrekin mugan bertan, eta han utz zezaketen kolpea eman aurretik.

4)Vargas Vicuñak eremu guztian segurtasun neurriak hartu zituen (zerbait susmatzen al zuen?). Eta balio ahal izan zuen, Esquilachek jarri aurretik bereganatu ahal izan zuelako gorpua, baina ez zuen aurkitu bere zerbitzu sekretuei esker, kasualitate hutsez baizik: Ibarra upeltegiak, inguru hartan zegoen upeltegi handi bakarra izaki, Ekuadorren prezio baxura erositako eraikuntza-materialak gordetzen zizkion. Gizon batek, Contreras abizeneko tipo batek (hala dago jasota idatziz Esquilacheren oharretan), material bidaia bakoitzean bizpahiru artisau fardel sartzen zituen nagusiaren ezkutuan bere negoziotxo baterako. Yupiren furgoneta upeltegira iritsi zenean, Contreras delako tipoa alpakazko pontxoak zeramatzan kaxa bat ateratzen ari zen eta furgoneta sartzen ikusi zuen. Bogotako plakak atentzioa eman zion, gidariak hitz egiten entzun zituen eta arraroa iruditu zitzaion. Contrerasek upeltegiko enplegatu bati azaldu zizkion bere susmoak, eta Vargas Vicuñaren aurrean ongi geratzeko, atentatu bat izango zela pentsatuz, arratsalde horretan bertan kamioneta lapurtzea erabaki zuen, gidarietako bat telefonoz ari zela eta bestea bainugelan pixa egitera sartu zela profitatuz (Esquilacheri behintzat azalpen hori eman zioten biek).

5)Hortik aurrera haria galtzen da. Esquilacheren ikerketengatik badakigu Vargas Vicuñak gorpua Pastotik hegazkin arin batean eraman eta aste bat inguru gorderik eduki zuela Popayan kanpoaldeko etxalde batean. Esquilachek ez zekien Vargas Vicuñak zer egin behar zuen gorpuarekin eta kontraeraso baten beldur zen, beraz ahaleginak bikoiztu eta, idatziz jarri zuenaren arabera, astebete barru berreskuratzeko modua izan zuen, Cali inguruko lore biltegi batean. Han bere gizonak sartu ziren eta indarrez atera zuten, eta antza denez, tiroak izan ziren, bi zauritu izan zirela esaten baita, eta pistola bat eta errifle bat kalean aurkitu zituztela ere zabaldu da. Esquilachek Bogotara itzuli zuen berriro.

6)Baina Bogotan gauza ez zegoen erraza, eta Tiflisek, bera ere oso arduratua kontu hori zela eta, ia bereganatu zuen, Esquilacheren idazkari baten zuhurtzia faltagatik, zeina laster bere kargua utzi eta atzerrira joango den. Ikara pasaturik, Esquilachek gorpua Tiflisengandik aldentzea erabaki zuen eta Tunjara eraman zuen, baina han Hijos del Solekoek (Susanen bidez jakin zuten Pereira Antunez desagertu zela, eta lurren kontzesioa galtzeko beldurrez) hari lapurtzea lortu zuten hilobiratzeko ideiarekin eta "kontua estaltzeko". Nola? Zehatz-mehatz jakitea ezinezkoa da, baina pentsatzekoa da Susanek Tiflisi atera zion informazioagatik eta bere ikerketengatik iritsi zirela gorpuarengana. Behin eskuratuta, txalupa baten azpialdean ezkutatu zuten, Tunjan. Eta orduan, momentu horretan erabaki zuen Tiflisek Pereira Antunezen ehorzketa "antolatzea", kolaboratzaileen eta Susan Caviedesen laguntzarekin (Tiflisi iruzur egiten ari zen, ez baitzion esaten gorpuari buruzko egiarik: Tiflisek uste zuen Esquilachek zuela; eta Esquilachek, bistan denez, berriro ere Vargas Vicuñak lapurtu ziola). Ehortzi zutenean, Pereira Antunez gaixotasun arraro batengatik aldendurik egon zela esan zuten, eta toki lasai batean hil zela. Tiflisen gizonak arduratu ziren antzeko gorpuren bat lortzen, Osler Estupiñan taxilariarena.

7)Gertatzen ari zenaz kezkaturik, Hijos del Solekoek gorpua bainu turkiarretik gertu zegoen toki batera eramatea erabaki zuten, eta horretarako Susanek Lotario Abuchija gidaria kontratatu zuen, eta honek Choconta kanpoaldeko bihitegi batera eraman zuen, hango zuzendaria klubeko kide naturista baitzen eta han seguru egongo zela uste zuten. Baina gaizki atera zitzaien, zeren eta azken batean Union Bihitegia Vargas Vicuña doktorearena zen, eta era horretan hark jakin zuenean, kontuan esku hartu zuen. Orduan Vargas Vicuñak gorpua lakuaren ertzean gurutziltza zezatela agindu zuen Hijos del Solekoak beldurrarazteko eta Tiflis eta Esquilacheri boteretsuena zein zen erakusteko.

23

Monica iritsi zenerako, ron botila erdia edana zuen eta nahiko mozkorturik zegoen.

–Victor, esna al zaude?

–Zure zain nago.

–Mozkorturik al zaude?

–Zure zain nago.

–Ez zait dibertigarria iruditzen... –esan zuen, eta haren masailak kolorea hartzen ari zirela ikusi zuen berak.

–Ez dela dibertigarria?

–Goizaldeko ordubietan nire etxera iritsi eta tipo mozkor bat topatzea, zigarrokinez betetako hautsontziak, airea kez beterik eta mahaia paperez estalirik...

–Hitz egin behar genuela esan zenuen, horregatik egon naiz zure zain.

–Ez izorratu –haren masailak sepia koloretik gorri bizira pasatu ziren–. Zuk uste al duzu horrelako erabakia arratsalde batean har daitekeela?

–Zu izan zinen...

–Ez izorratu!

Itzuli, zorroa amorruz sofara bota eta beregana joan zen.

–Ongi da,Victor. Erantzun bat nahi al duzu? Bada hor doa: bakarrik gelditukoko naiz, ulertua?, b-a-k-a-r-r-i-k. Ez zu ez Oscar. Bakarrik.

–Erantzunik ez baduzu, ez duzu eman beharrik.

–Ez… –lasaitzen saiatu zen, baina haren amorruak dena esaten zuen–. Kalte egiten dizudala ohartzen naiz. Begira zeure buruari. Pena ematen duzu. Badirudi kale gorritik hartu zaitudala.

–Kaletik hartu ninduzun…

–Zure eta nire artean gertatzen ari denaz Oscarrek ez daki ezer, baina hala eta guztiz ere bera hor dago, bai? Bera hor dago, eta zer egingo diogu ba. Nik badakit egoera honek hunkitzen zaituela, eta ni ere bai, sufritzen ez dudala uste al duzu?

–Ez dut ezer uste.

–Noski, zuretzat dena da erraza. Hona etorri, mozkortu eta nik denon arazoak konpon ditzadan itxaron.

–Begira, onena dena ahaztea izango da. Segi Oscarrekin hark ezer ez badaki, ez iezaiozu kontatu.

–Nik Oscarrekin egiten dudana nire arazoa da, ulertzen?

–Lasai zaitez…

–Orduan ez zaitez horren maritxua izan eta ez ni jazarri.

–Tira, utzidazu hau jasotzen.

Paperak ordenatu eta karpeta batean sartu zituen. Edalontzia eta botila altxatu, hautsontzia Monicaren begirada hotzaren pean hustu eta jaka jantzi zuen.

–Banoa.

Amorruz dardaraka ateraino lagundu zion eta kontsolamenduzko azken hitzik gabe berriro itxi zuen. Kalera ateratzean Silanpak lotsa sentitu zuen. Porrot honen lekukorik ez edukitzea ona zen. Noraezean ibili zen, minez ere hustua. Poliki aldendu zen, zigarreta bat eskuetan, loriarantz doan norbaitenak izan zitezkeen urratsez, edo berdin latak ostikatuz doanarenak.

Taxi bat gelditu eta ilusiorik gabe gidariari Lolitako helbidea eman zion. Sartzerakoan, lehen eguneko aurpegi berberak ezagutu zituen. Ezer ez zen aldatu.

Quica bezero batekin zegoen eta itxaroteko eskatu zion. Orduan mahai batean eseri eta rona eskatu zuen, harekin Kennedy auzoko etxera joateko irrikaz. Erlojuari begiratu eta hirurak zirela ikusi zuen. Estupiñanekin zuen hitzordua goizeko hamarretan zen.

–Nekatu itxura duzu, galankote, geroxeago etxera eramango zaitut eta panela ura prestatuko dizut –esan zion pasatzean.

Monica galdu izanaren kolperik ez zitzaion oraindik iritsi, eta oraindik ere lasaitasunezko ordu batzuk gelditzen zitzaizkiola pentsatu zuen. Onena prestaturik egotea zen eta, barran, beste ron bat eskatu zuen izotzarekin; "Barrura!", esan zuen edalontzia hustuz. Kopa berriro ere zerbitzariari eman zion eta likorezko zurrutada ikusi zuen; "Barrura!", eta bi aldiz, hiru aldiz gehiago betearazi zion, begiek dir-dir egin zioten arte eta mahaira itzultzeko kementsu sentitu zen arte. Baina han bere sentimenduak zituen zain, azken egun haietan bizi izan zuena tristeagoa zen zerbaiten atarikoa baitzen soilik. Orduan, saminez, Monicak Oscarri buruz kontatzen zizkion gauza ikaragarriez oroitu zen: "Zekena eta konplexuz beterikoa da. Ez zaio gogortzen, bere gorputzaz lotsatzen delako".

Ordubete geroago, Quica galtza bakero batzuekin eta beroki gorri itsusi batekin ateratzen ikusi zuen.

–Goazen, polita. Gaur urrezko gau bat eduki dut, begira zer oparitu didaten...

Plastikozko eraztun berde bat, lepoko arrosa eta pelutxezko hartzatxo erakutsi zizkion.

–Eta hori?

–Izan ere maitasunaren eta adiskidetasunaren eguna da.

–A...

Zazpigarrenean taxi bat gelditu zuten Kennedy-ra joateko eta Silanpak, hitzik esan gabe, hiriko argiei begiratu zien, eta Monicarekin pasatzen zituen arratsalde horiek gogoratu zituen, maitasunaren frogarik garbiena bakoitzaren isiltasuna izaten zenekoa. Ronek ez zioten negar egiten utzi, baina gau hartatik aurrera dena desberdin izango zela jakin zuen; hiria, bere denbora, erredakzioko lanorduak, zeinak bakardadezko eta lo gabeko gau luzeak izatera iritsiko baitziren. Leihotik begiratu eta urrun sentitu zuen bere burua, beste behin ere atzerritar bera abandonatu zuela zirudien hirian. Zergatik maite ote zuen horrenbeste? Iluntasunaren erdian ulertu zuen Monicak bere irudi bat kendu ziola, iraganaren eta bizitzaren zati bat.

Bat-batean, Quicaren konpainia jasanezina iruditu zitzaion. Ur kolonia merkearen usainak nazka eman zion, eta haren ileak lepoan ukitzeak.

Etxera iristean, hari ia begiratu gabe, tapaki artean sartu zen.

–Ea bada, galankote, lo egizu lasai, bihar nik prestatuko baitizut gosari goxo-goxoa.

Ez zuen han egon nahi. Maitekorra izaten saiatu zen, maindireen azpian haren zangoak bilatzeko, baina ezinezkoa izan zitzaion. Hotel batera joatea nahiago izango zukeen eta bakarrik itxaron hurrengo egunari.

Eguna argitzean, zaratarik egin gabe jaiki zen, oso poliki jantzi eta kalera atera zen. Atera baino lehen ohar bat utzi zion billete pare batekin: "Eskerrik asko guztiagatik".

Oso goiz zen, eta ia ez zegoen autobusik. Taxilari batek ezetz esan zion, ez zuela iparraldera eramango, eta azkenean erdiguneraino adostu ziren.

–Itzuli egin behar dut, anaia, bestela eramango zintudan...

Centro Internacional inguruan gosaldu zuen, eta jaikitzean Quicak nolako desengainua izango zuen pentsatu zuen. Eta Monica? Esna egongo al da jada? Hari deitzeko gogoari eutsi behar izan zion.

Hamarretan, Estupiñan zain zeukan Barraganen bulegoaren aurrean, koxka batean eserita.

–Ezusteko bat daukat zuretzat, nagusi.

–Zein?

–Esquilacheren gidariarekin hitz egin dut, Vladimir horrekin, oroitzen?

–Bai.

–Gauzatxo batzuk kontatzeko bazituela esan zidan –esan zuen harro–. Barka ekimena hartu izana, baina ez ezazu ahaztu tartean nire anaia dagoela, goian bego.

–Ez zait ahaztu, Estupiñan. Eta zer esan du?

–Eguerdian joan behar dugu harekin hitz egitera. Nik beldurra sartu diot, eta egia esaten ez badigu Polizia jakinaren gainean jarriko dugula esan diot.

–Ongi egina, orduan geroago joango gara.

Barraganen bulegoko atean hiru agente hizketan ari ziren. Silanpa kreditatu zen eta biak sartu ziren.

–"Vargas Vicuña" dioen edozein paper behar dugu, entzun duzu?

–Bai, nagusi.

Estupiñan idazkarien artxiboez arduratu zen eta Silanpa Barraganen bulegoaz. Idazmahaiko tiraderetan begiratu zuen, apaletan, baina ez zuen ezer ere aurkitu. Horretan ari zela, txirrin hots batek gela bete zuen: goialdeko tiraderan gordea zegoen sakelako telefono bat zen. Silanpak zalantzazko une bat izan zuen, baina berehala erantzun zuen.

–Bai?

–Barragan doktorea? –emakume ahots bat zen.

–Bai, ni naiz –entzun zen esaten.

–Elmerren partetik deitzen dut. Barka zelularrera deitzea, baina zuretzat garrantzitsua zela esan zidan.

–Eta zergatik ez dit berak deitu?

–Doktore, kontua da zuk agindutako lantxo horretan zebilela, arazo bat izan du eta atxilotu egin dute.

–Eta zu nor zara?

–Elmerren emaztea naiz, doktore –isiltasun luze bat izan zen–. Berak zuretzako mezu bat eman dit, nahiko larria den zerbait. Baina telefonoz ez emateko esan dit, hitzordua egin al dezakegu?

–Bai, premiazkoa baldin bada bai.

–Ordu erdi barru La Golondrinan itxarongo dizut.

Silanpa harriturik gelditu zen, non zegoen hori?

–Itxaron, andrea. Zuk esan nahi duzu Subako La Golondrina edo...

–Ez, hemen Chapineron, Berrogeita hamazazpi eta Hamahiru artean.

Eskegi eta lasterka atera zen.

–Gauza arraro bat gertatu da, Estupiñan, zoaz bakarrik Vladimir ikustera. Berandutzen banaiz, Hacienda Santa Barbarako kafetegi biribilean itxaron iezadazu.

–Ados, nagusi, txanda eta kito.

Ziztu bizian joan zen tokira eta mahai bat hartu zuen. Bere burua ahal zuen hobekien atontzen saiatu eta zain geratu zen. Azkenean, itxura apaleko emakume bat iritsi zen atera eta barrurantz begiratu zuen. Hurbiltzeko keinua egin zion.

–Barragan gaztea, zein atsegina berriro ere zu ikustea...

Silanpak urduritasuna sentitu zuen...

–Zu ez zara nitaz oroitzen, txikia zinen eta, baina ni bai.

–Eser zaitez, mesedez.

–Doktore, zu arriskuan zaude... Elmerrek esan dit paper hau emateko. Bera kartzelan dago, atzo harrapatu zuten. "Bizkor, eraman iezaiozu doktoreari" esan dit.

Silanpak papera destolestu zuen. Zenbait lerro zituen, arkatzez idatziak, letra dudatsuz:

"Vargas Vicuñarekin kontuz ibili, txikito. Berak badaki zuk tiro egin zeniola Esquilacheri eta salatu egingo zaitu. Gainera, Tiflisekin adiskidetu da eta bahiturik zuen Runcho itzuli dio, lurrekin negoziatzeko. Tiflisek esan zion atzo arratsaldean berreskuratuko zituela dokumentuak eta gauean elkartzekotan geratu ziren negoziatzeko. Zoaz bizkor, txikito, nik jada ezin zaitut babestu".

Silanpak begirada altxatu zuen eta begi negartsuak zituen emakumea ikusi.

–Zer gertatuko zaio Elmerri, doktore?

–Ezer ez, andrea. Gaur arratsaldean bertan arduratuko naiz. Zoaz lasai etxera.

–Eskerrik asko, doktore –mahukarekin begiak xukatu zituen.

–Galdera bat, andrea, Elmerrek hemen ez dit esaten zergatik atxilotu duten.

–Lelokeria bategatik izan da, baina gero iaz egindako gauza bat aurkitu diote espedientean. Zoaz ikustera eta berak azalduko dizu.

Silanpak papera gorde zuen eta emakumeari agur eginez atera zen. 57tik Zazpigarreneraino joan zen eta taxi bati itxaron zion, Tiflisen eta Vargas Vicuñaren arteko hitzordua nekez egin ahal izango zela pentsatuz.

–Eta orduan?

–Vladimirrek kantatu du, nagusi. Esquilachek eta Tiflisek Pereira Antunezen ehorzketa antolatzea erabaki zutela esan zidan benetako gorpuarekin trikimailurik ez izateko. Baina gorpurik ez zutenez, antzeko gorpuzkera zuen norbaiten bila atera behar izan zuten. Aitortu didanaren arabera, Tiflisen gizonek harrapatu zuten nire anaia.

–Izenik esan al zuen?

–Ez.

–Tira, komisariara, Moya kapitainari dena kontatzera.

Goazen.

Moya kapitainak arretaz entzun zien, begiak zabalduz eta tripa zangoen gainean egokituz. Beren hizketaldia bukatu zutenean, Silanparekin bakarrik hitz egin nahi zuela esan zuen.

–Begira, letra gizon –leihora eraman zuen–. Zure ikerketa honaino iritsi da, gainerakoa Poliziari utz iezaiozu. Eta hau esaten dizut Toluako boxeatzaile baten burua baino gehiago endredatzen ari delako kontua.

–Endredatzen?

–Hona Barraganen aurkako frogak ekarri dizkigute. Errebolberra agertu da, aurkako lekukoak, dena. Badirudi gaztetxo horrek hil zuela zinegotzia, zuk esaten didazun bezala.

–Eta orduan zein da endredoa?

–Tiflis, ene maitea. Badirudi ez dagoela froga nahikorik, eta bihar goizean goiz bermepan aterako da epaiketa egin bitartean.

–Eta Tiflisen pistoladunak ez al dira bere aurkako froga nahikoak?

–Denek beren kontura lan egiten zutela deklaratu dute. Kafetegikoak ere esan du zuri mehatxu egiten ari ziren pistola berarekin ari zirela Tiflis mehatxatzen, ikusten iskanbila?

–A...

Kapitainak begietara begiratu zion.

–Argi dago Esquilachek makilan gurutziltzatu zuela potolotxoa eta Barraganek Esquilache garbitu zuela. Gainerakoak, beren etxera. Eta amaitu da.

–Ez, kapitaina, ez zen Esquilache izan. Vargas Vicuña izan zen...

–Ai, ene kazetari maitea, ez iezazkidazu gauzak gehiago zaildu, nik esaten al dizut idazten dituzun artikulu on horiek nola egin? Vargas Vicuña garbi dago, ez dago froga bat bera ere.

–Baina eman nizkizun dokumentuetan, Esquilacherenetan, oso argi ikusten da Vargas Vicuña izan zela, hori froga bat da.

–Begira, ene Silanpa maitea –esan zuen Moyak begirada desbideratuz–, hemen material hori guztia kontuz errepasatu beharko dugu, eta Gure Jaun Jesukristo harrapatu eta kartzelan sartu behar badugu ere, helduko diogu, bai? Baina hori utz iezaguzu guri.

–Ulertzen dut.

–Horregatik esaten dizut, kazetari. Zure lana bukatu da. Hobe izango duzu zure etxera joan eta ordenatzen hastea, han egun batzuetarako lana baituzu. Edo har itzazu opor batzuk.

–Eta Susan Caviedesekin zer gertatu da?

–Bart gauean askatu genuen, azkenean inoren aurkako kargurik ez aurkeztea erabaki zuen.

Bulegotik atera eta Estupiñanekin elkartu zen. Isilik joan ziren Zazpigarreneraino eta taxi bat hartu zuten bere apartamendura joateko.

Atea irekitzean, bere buruarekin aurrez aurre topo egin zuen: etxera iritsi eta hutsik sentitzen zen. Guzmani festa bat irabazi ziola pentsatu zuen, baina mila aldiz nahiago izango zukeen galtzea. Panpina han zegoen, lurrean botata. Silanpak hura ikustean irribarre egin zuen. "Zutaz ahaztu nintzela uste al zenuen?".

–Nondik hasiko gara, nagusi? –galdetu zuen Estupiñanek desordena ikustean–, nahi al duzu nire potxolari deitzea traperoarekin lagun gaitzan?

–Ez, Estupiñan, eskerrik asko. Zatoz, has gaitezen hemendik –apalean zutik iraun zuen ron botila atera zuen–. Azkenean trago bat hartzeko ordua iritsi da.

–Zuri zerbait gertatzen zaizu, nagusi, zintzoa izan zaitez, atso batengatik al da?

Silanpak telefonoari begiratu zion eta hura zaintzen egunak pasatuko zituela jakin zuen, nekez egingo zioten dei baten esperoan. Alkohol eta min gauak etorriko zirela aparatua belaunetan jarri eta alfonbran eserita, momentu horretan bertan imajinatu zuen esaldi bat erregutzen, zeina gero Underwoodean idaztea pentsatzen baitzuen, panpinan gordetzeko: "Jainkoa, inoiz ez dizut ezer eskatu. Baina egin ezazu zerbait jo dezan eta bera izan dadila". Figuraren sakelara joan eta paper bat atera zuen. Irakurri zuen: "Iraganeko garai ona. Orain kaka pila. Indio amerikar baten partetik".

–Bai, Estupiñan, begira, hau da...

Argazki bat erakutsi zion. Monica eguzkia hartzen ari zen hondartzan.

–Ama neurea, a ze beroa egingo zuen...

–Utzi egin nau. Beti berandu heltzen nintzen hitzorduetara.

–Ai, nagusi, izan ere maitasun kontuetan garaiz iristea beharrezkoa da.

–Nire erruz izan da.

–Ze zure errua eta ze demontre. Atso ederrak zoragarriak dira dantzalekuan, baina etxean aginduak ematen bakarrik dakite.

–Agian arrazoi duzu.

–Atso hauek larruzko jakak bezalakoak dira: hasieran politak eta garestiak dira. Gero itsustu egiten dira eta bizitza osoan irauten dute. Ze izango da zure errua. Nik ezagutzen zaitut eta oso pertsona noblea zara.

–Eskerrik asko, Estupiñan.

Silanpak bigarren edalontzia hartu eta trago batean hustu zuen.

–Poztu zaitez, nagusi, tristura pasatzen zaizunean ulertuko didazu. Begira, nik, aldiz, nire potxola daukat eta primeran bizi naiz. Ez da beste munduko ezer, zertarako ukatu, baina dena jasaten dit, eta behar denean, eskua luzatu eta hor dago.

Bat-batean txirrin arraroak berriro jo zuen. Jakan Barraganen zelularra zuela oroitu zen Silanpak.

–Bai?

–Emilio? –emakume ahots bat zen.

Ez zekien zer esan.

–Catalina naiz, zu al zara, Emilio?

–Ez, andrea, bulegoko enplegatu bat naiz, zer nahi duzu?

–Nire senarrarekin hitz egin nahiko nuke...

Ahotsean beldurra nabari zen. Saihestezina den zerbaiti beldur dion norbaiten dardara.

–Zure senarra ez dago momentu honetan. Dei iezaiozu bihar –komisariara joango zela pentsatu zuen Moya kapitainari telefonoa ematera–. Barka, baina hori da esan diezazukedan gauza bakarra.

Eskegi egin zuten, Estupiñani nor zen esan zion eta erronda bat zerbitzatu zuen. Berriro ere besteen sufrimenduak hunkitzen zuen. Patuak aldi berean bi tragedia baino gehiago ez lituzkeela eragin behar pentsatu zuen. Eta berriro ere triste sentitu zen.

–Aurpegi hori alda ezazu, nagusi, pentsa egin duguna ongi atera dela eta zerbaitetarako balio izan duela. Gauza horiek bizipoza ematen dute.

–Bai, arrazoi duzu.

–Zein arraroa den bizitza, ezta? Bat-batean, bila ibili gabe, zerbait agertzen da. Begira Oslerrena... Gau hartan hilerrira joan izan ez bagina, nik ez nuen jakingo hilik zegoela ere. Zuk ikusi al zenuen *Flashdance*, nagusi?

–Bai.

–Film horrek bizitza aldatu zidan. Hor ikasi nuen patua ez dela oparitzen. Landu egin behar dela, borrokatu. Bila ateratzen ez bazara, hura ez zaizu etortzen, baina etortzen zaizunean, etorri eta gelditu egiten da.

–Estupiñan, ez nekien filosofia interesatzen zitzaizunik.

–Hori ez da filosofia, hori logika hutsa da. Ez ahaztu ni kontularia naizela. Unibertsoan ez dago ezer zenbakiak botaz konpontzen ez denik.

–Eta sentimenduak?

–Ai, nagusi, maitemindurik zaudela sumatzen zaizu. Horiek ez dira unibertsoan gertatzen –algara bat egin zuen, kontrako zintzurrera joan zitzaion–. Horiek hemen gertatzen dira, buruan, gehiago hartu al dezaket?

Berriro ere, lehertutako kuxinen artean eroso jarri zen eta zigarreta bat piztu zuen orbanez betetako paretei, lurrera botatako apalei eta altzari hautsiei begiratuz. Agian, egunkarian atalez alda zezatela eskatuko zuela pentsatu zuen, bizitza aldatuko zuela.

–Zatoz, Estupiñan, egin dezagun topa.

–Zergatik egin behar dugu topa?

–Libertadores Kopagatik, Nacionalek irabazi zuen, ezta?

–Bai, nagusi, irabazi dugu.

–Ba garaipenagatik orduan.

24

Narrazio apal honen amaierara iristen ari naiz, non, neure burua goresteko gogorik gabe, ni naizen protagonista, nire bizitza kontazen ari bainaiz, xehetasun asko bazterrera utzita bada ere, bai denbora faltagatik, bai, nire amonak esaten zuen bezala, historia guztietan beti utzi behar delako zerbait lanbro artean. Eta bukatuan bukatu, ikusiko duzuen bezala, esperientzia sakon baten kontaketarekin bukatuko dut hitzaldi hau. Honaino hiritarraren zerbitzura aritzeko nuen bokazioa kontatu dizuet, gaizkile gutxiago eta gizon on gehiago izango dituen gizarte baten alde egin dudan ahalegina, zeinetan, sastre arkatzez kontuak aterata, hogeita zazpi urte utzi ditudan, hogeita zazpi! Hortik dator nire erabakia, kontatu dizuedan esperientzia sakona. Eta berriro ere luzatzen ari naiz indar gehiagorekin itzultzeko, gaur egun mundua jada ez dela polizia gorputzean sartu nintzenekoaren berdina esan ahal izateko. Gaur, onartzen badidazue, ni bezalako pertsona bat ere, hezigabea baina ez analfabetoa, konturatzen da batzuek "esfera publikoa" deitzen diotenari pribatua gailendu zaiola, eta konparazio moral batera baldin bagoaz, kanpokoa barnekoari nagusitu zaiola esan liteke. Ni neure garaiko gizona naiz, goian esan dizuedan bezala, eta hortik dator nire erabakia, ni ere esfera publikotik pribatura pasatuko naiz, zehatzago esateko, polizia gorputza utzi eta, kreolera onean esaten den bezala, "neure kontura" lanean hasiko naiz. Imajina dezakezue gaur egungo herstura garaietan, inor ez dela erreka ondoko etxola uzteko bezain etxekaltea, edo bestela esateko, Estatuaren soldata finkoa utzi eta abentura ero batean abiatzeko bezain burugabea. Bistakoa da ezetz. Baina, sotoskriptoak, eta handinahikeria arrastorik gabe diot, logikoa eta humanoa denez, lan eskaintzatxo zenbaiten artean aukera egin ahal izan zuen, eta kausa on bati jarraipen emateko, eta aberriari begira erantzukizun handieneko bideak eskaintzen zituena hartu genuen, azken batean horrek axola baitu. Horregatik egun hauetan, kargua utzi ondorengo ordainsariak eta ereduzko bizitzagatik pilatutako beste batzuk zehatz-mehatz kobratu ondoren, sotoskriptoa gauza berri batean hasiko da, gure nazio errespetagarriko enpresa gizonetan ahalmen eta balio handienetakoa dutenetako baten segurtasun buru: Angel Vargas Vicuña eraikitzailea, zeina ezagutuko baituzue, ez bakarrik esparru nazionalean egin dizkigun merituengatik, baita atzerrian egin dizkigunengatik ere.

Orain, bistakoa da, horrelako erabaki bat ez da hausnarketa politiko baten ondorio bakarrik, eta onartzen badidazue, ez munduari buruzko hausnarketa moral baten ondorio ere; zerbitzuko azken esperientzia batek bultzaturik iritsi zen nire espiritura, zeina fisikoaren esparruan hunkitzera baino gehiago, metafisikaren eremuan ikasgaia ematera etorri baitzen. Hemen kontatuko dizuet bukatzeko:

Kapitain izanik, hiriburuko polizia etxe ospetsu bat zuzentzen, gauzarik itsusienak ikustea egokitzen zaizkio bati. Agian, zuetako baten bat oroituko du kasu hau, duela denbora bat gertatua, Sisgaren laku inguruan iltzaturik agertu zen tipo potolo eta anonimoarena. Nire agenteek han aurkitu zuten, lakuaren ertzean, orain hain dotore eta horrenbeste apaindurarekin egiten ari diren urbanizazio hori eraikitzen ari den eremuan, badakizue non? Bada tira, jaun potolo hura, ikuste hutsak ere min ematen zuen jaun hura, sotoskriptoak, eta barka urrunegi banoa, bere dohain onenak azaltzeko aukera izan zuen ikerketetako bat izan zen, baina, halaber, bizitzari buruz ikaskizun gehien, apaltasun osoz diot, eman zidan kasuetako bat ere. Misterioetan misterio, inork ez zekien nor zen eta nondik atera zen. Eta hemen esan behar dut ez zela erraza izan, arrasto ilunei jarraitu behar izan genien, mundu itsusietan sudurra sartu, minik handiena ematen duten zaurietan zornea mugitu, eta barka nazatela andreek konparazio medikoa egin badut, baina azkenean jakin genuen erakunde kriminal bat zegoela guztiaren atzean, nola kaleko lapurrak hala traje eta gorbatadun jaunak biltzen zituen erakunde kriminala. Odola botatzen dutenean gauza ikaragarriak daude ikusgai, baina nire berrogeita hamabost urteetan ohartu nintzen miseria morala dela gauzarik itsusiena, ezin baita desinfektagarriarekin ere sendatu, eta azkenean, gizagaixo bat besterik ez zen gizon anonimoaren kasuan, kaleko eguneroko gorabeheretan ez baina bulegoetan erabili ohi dituzten gaiztakeria moduei egin behar izan nien aurre. Jaun-andreak, ez dut sermoirik bota nahi, denok baitakigu zein balio diren egoki, baina bukatzeko esan nahi nizueke, agente publikoa urteetan gaizkileen ekintzetara ohitzen denez, gero, zahartzaroaren atarian, are gehiago hunkitzen dutela jende doilorraren azpijoko moralek. Eta honekin, nire eserlekura itzuliko naiz berriro, ez baitakit ongi hitz egiten ari naizen, baina hala eta guztiz ere, hasieran esaten nizuen bezala, hona biltzen gaituen gauza itsusi eta mingarriaren aurkako borroka zailagoa egiten zitzaion sotoskriptoa bezalako bati, gauza zikoitzek inguratzen zuten garaian. Nahiago nuke Eskriturarekiko harremanak, bere hurbiltasun goxo eta probetxuzkoak, indarra emango balit, haragiaren nagusitasun gogaikarri hau behin betiko garaitzeko. Eta orain bai, eseri egingo naiz. Eta barka.

Epilogoa

Liburuetan gertatzen denarekin alderatuz, bizitzan istorioak ez dira inoiz bukatzen, pentsatu zuen Silanpak. "Hurrengo egunean batek lehengo berbera izaten jarraitzen du –bere panpinarentzat idatzi zuen–, aurpegi bera ispiluaren aurrean aharrausika, begiratzen asperturik dauden begi berberak". *El Observador*-en zerga ihesari buruzko ohar bat idazten goiz guztia pasatu zuen, eta orain gose zen eta ezohiko ezer ez gertatzeko gogoa zuen. Denbora mantso joan zedila nahi zuen soilik, denbora estropezurik gabe arratsalde amaieraraino irrista zedila Angelarekin ateratzeko, Planetarioraino joan eta gero Torres del Parquera igo haren etxean zerbait hartzeko, Monserrateko teleferikoaren kaxatxo gorriari leihoetatik begiratuz eta musika pixka bat entzunez, arratsaldeko zirkulazioa pasatzen zen bitartean.

Erredakzioari bere IBMtik begiratu zion, eta denak aulkietatik jaikitzen hasi zirela ikusi zuen, zakuak eta jakak janzten ari zirela bazkaltzera jaisteko, eta instintiboki eskua bularraldera eraman zuen zigarreta baten bila. Angelak telefonoan itsatsirik jarraitzen zuen, eta berak itxaron egin zion, ez baitzuen haren aurrean giltzatakoarekin jolasten gelditu nahi. Leihotik egunak laino grisez kargaturik jarraitzen zuela ikusi zuen, kutsadurak zikinduak, haize hotz eta euritsu batek bultzatuak.

Monica Oscarrekin bizi zela jakitea ez zitzaion axola –lagun batek kontatu zion–, baina min eman zion urrundik hura ikusteak, *Batman II* ikustera Astor Plaza zinemara sartzen ari zelarik. Jendartean ezkutatu zen, burua jaitsi eta Hamahiruraino joan zen, eta hiria zelai baten modukoa zela sentitu zuen, non, paisaia eder baten erdian, bat-batean, zerbaitek eztanda egin eta oroitarazten dizun han bertan tragedia bat izan zela. Egiatan, hura galdua zuela jakin zuen une hartatik beretik, gauzak hobeki zihoazen. Hark zera esan zuen behin: "Orain, utz nazazu haurdun", baina berak ez zion kasurik egin eta hark horrenbeste gorrotatzen zuen isiltasun horietako batean murgildurik jarraitu zuen. Orduantxe galdu zuen, zenbait hilabete lehenagoko gau hartan. Huts egin zion eta gainerakoa eraikuntza ahul bat piezaz pieza, mantso-mantso desmuntatzea izan zen. "Badira derrigor erantzun beharreko galderak, behin bakarrik etortzen dira eta", esan zuen bere baitan. Berari ausardia falta izan zitzaion eta orain bakarrik zegoen.

Azkenean Angelak hitz egiteari utzi zion eta irribarre eginez bera hurbildu zitzaion.

–Gizentzen ari zara –esan zion ikusi zuenean–, ea ron gutxiago hartzen duzun eta tomate eta azenario gehiago jaten.

–Aspirinak behintzat utzi ditut. Goazen pixkanaka.

Angela beragatik kezkatzen zen. Monicarena kontatu zion, aitorpen absurdu bat egiten ari ote zen beldurrez baina, egia esateko, lagundu egin zion, eta gainera, erakargarria bilakatu zuen. Pentsatu zuen ezerk ez zituela bi pertsona elkartzen hirugarren baten ustezko gaiztakeriak baino gehiago, jada ez dagoen norbaiten mehatxuak baino gehiago, egon ez arren ezinegona sortzen baitu eta hura aipatzeak mina ere bai. Angelak xehetasunak eskatzen zizkion eta berari halako miresmen bat sortzen zion hura sufrimenduak kalkulatzen ikusteak, Monicaren lekuan, eta berean ere bai, hark zer egingo zukeen imajinatzeak. Gustatzen zitzaiola uste zuen. Ez zekien oraindik zergatik.

Erredakzioko eskailerak jaitsi eta kalera atera ziren. Zazpigarrenetik zihoazen bitartean, Silanpak pentsatu zuen, agian, Angelak lagun ziezaiokeela larunbatean Estupiñanen eta Coraren etxera, egurrezko sutegian prestatutako *ajiako* famatua dastatzera. Geroxeago proposatuko zion. Ideia ona zen.

Liburu hau,
Galtzea metodo kontua da,
Graficas Lizarrak inprimitu du,
2004ko martxoan
90 gramotako offset paperean,
Bembo letra tipoa erabiliz,
1945ean Francesco Griffok sortutakoa.

Aurkeztu dizugun liburuaren eduki, itxura edo inprimaketari buruzko iritzia guri helarazi nahi izanez gero, bidal iezaguzu; zinez eskertuko dizugu.

TXALAPARTA ARGITALETXEA
Nabaz-Bides karrika 1, 2
78 posta kutxa
31300 TAFALLA
Nafarroa
Tfnoa: 948 703 934
Faxa: 948 704 072
txalaparta@txalaparta.com
www.txalaparta.com